윤동주와 그의 시대

이 저서는 2008년 정부(교육과학기술부)의 재원으로
한국연구재단의 지원을 받아 수행된 연구임 (NRF-2008-361-A00003)

연세학풍연구총서 6

윤동주와 그의 시대

연세대학교 국학연구원 연세학풍연구소 편

혜안

2017년은 윤동주 탄생 100주년을 맞은 해이다. 우리 민족의 대표적 시인으로 널리 알려져 있는 윤동주는 연세대학교의 학풍을 대표하는 인물로, 지난 2016년 연세를 빛낸 인물로 처음 선정되어 다양한 추모 활동이 이루어졌고, 탄생 100주년을 기념하는 많은 행사들이 줄을 이었다.

우리 국학연구원 연세학풍연구소에서도 탄생 100주년을 기리면서 윤동주를 다시 살펴보기 위해 학술대회를 행하고, 이 책을 기획하였다. 이 작업을 위해 지난 2017년 5월에, 윤동주가 태어나 어린 시절을 보냈던 연변의 연변대학 민족연구원과 더불어 공동연구 및 학술행사를 행하였다. 이 책은 이 학술대회의 결과를 다시 보완하여 편찬하였다.

윤동주의 문학에 대해서는 많은 연구가 이루어져 왔다. 우리는 이를 기반으로 윤동주를 조금 더 폭넓게 이해하기 위해 윤동주 문학과 새로운 시각과 그의 문학이 형성될 수 있었던 '시대와 공간'에 주목하였다. 그리하여 학술대회의 제목을 '윤동주와 그의 시대'라고 하였다.

잘 알려져 있듯이, 윤동주는 용정에서 자랐고, 서울의 연희전문을 거쳐 일본에서 공부하였다. 그리고 그의 옆에는 같은 해 태어나서 같은 해 사망한 그의 사촌 송몽규가 있었고, 또 다른 여러 스승과 동료가 있었다. 그의 모든 생활은 한편 한편의 시로 탄생하였다. 그리하여 그가 생활했던 중국, 한국, 일본 3개국의 연구자들이 모여 윤동주, 그리고 송몽규가 자란 환경, 교유, 그리고 문학을 검토하였다.

이 책은 3개의 부로 나누었다. 먼저 윤동주가 살았던 공간을 만주지역을 중심으로, 다음에는 연희전문과 일본 유학시기를 살펴보았다. 그리고는 이런 배경에서 만들어진 윤동주의 문학세계를 새롭게 돌아보았다.

제1부에서는 '윤동주의 공간(1)－만주와 조선족, 기독교, 교육'이라는 주제 아래, 만주국 하 조선인의 삶과 민족정체성(이용식), 민간신앙으로 본 명동사람들의 삶(최민호), 20세기 초 간도지역 기독교계 학교의 설립과 민족 교육(박금해), 1920년대 이후 용정 주재 캐나다 선교사들의 활동과 문재린 목사(문백란), 그리고 만주와 세브란스(여인석) 등 5편의 글을 실었다. 이를 통해 윤동주가 나고 자란 공간인 만주 지역의 만주국과 조선인의 관계, 기독교계 학교의 민족 교육의 실태, 기독교 신앙과 민간신앙, 세브란스 출신의 만주에서의 활동 등을 종합적으로 살펴보았다.

제2부에서는 '윤동주의 공간(2)－연전과 교토, 송몽규'라는 주제로 윤동주 문학과 연희전문 학풍(허경진), 일본유학 시절의 윤동주와 송몽규(미즈노 나오키), 송몽규의 민족의식 형성과 기독교(홍성표) 등 3편의 논문을 실었다. 이 글들을 통해 송몽규의 교토대학 입학원서 등 새로운 자료를 발굴 소개하였고, 윤동주가 기존에 알려진 것과 달리 교토대학 입학시험에 응시하지 않았으며 처음부터 릿쿄대학에 진학하고자 했었을 수도 있었음을 새롭게 밝혔다. 또 송몽규의 중국 군관학교 등 독립운동에 대한 사실을 명확히 하였고, 송몽규와 윤동주의 관계 및 윤동주에게 큰 영향을 미친 연희전문의 학풍을 살펴봄으로써 윤동주의 시가 윤동주 개인의 경험에 그치는 것이 아니라 연희전문 학풍에 근거한 동시대 연희전문 재학생들의 역사적 책임에 대한 응답임을 보여주고 있다..

제3부에서는 '윤동주의 문학－동주 문학의 새로운 이해'라는 주제 아래, 기존에 가장 많이 논의되었던 윤동주 문학에 대한 새로운 이해를 시도하였다. 윤동주 시의 내재적 자질로서의 상호 텍스트성(정명교), 윤동주론 : 순결한 영혼의 고뇌와 저항(김호웅·김정영), 윤동주 시의 기독교적 근원(강동

호) 등 윤동주 문학을 해석하는 새로운 시각을 제시하는 세 편의 글을 실었다.

연변대와의 공동학술회의를 개최하면서 학교에서 윤동주를 기념하는 공식 일행으로 김영석 부총장, 이경태 부총장, 김동노 기획실장, 김용호 언론방송편집인이 참여하였고, 국학연구원에서도 김도형 원장, 최연식 이하 여러 교수님, 그리고 연세학풍연구소 관련자들이 다수 참여하였다. 학술대회를 대학 차원의 행사로 도와준 총장님 이하 여러분께 감사드린다. 그리고 책을 편집하면서 많은 분들이 힘을 보탰다. 홍성표 박사는 귀찮은 일들을 마다하지 않았다. 그리고 윤동주 육필원고 등 사진자료를 제공해준 연세대학교 학술정보원 국학자료실과 박물관의 관계자에게 감사드린다. 마지막으로 연세학풍연구총서를 맡아 얌전한 책으로 만들어준 혜안의 편집진에게도 고마움을 전한다.

이 책을 통해 윤동주에 대한 연구의 범위를 확장하고 새로운 시각과 자료를 제시했다고 자부한다. 하지만 윤동주 연구는 아직 부족한 부분이 많을 것이다. 윤동주 탄생 100주년을 넘어서 새로운 101주년이 되는 해에 윤동주가 세상을 떠난 날을 즈음하여 출간되는 이 책을 통해 윤동주에 대한 연구가 더욱 활성화 되기를 기대한다.

2018년 2월
편찬위원회를 대신하여
김 도 형

제1부

윤동주의 공간(1)－
만주와 조선족, 기독교, 교육

만주국(滿洲國)하 조선인의 삶과 민족 정체성
―간도성 조선인을 중심으로―

1. 머리말

위만주국(僞滿洲國)이라 하면 1931년 9·18사변 후 이듬해 일본에 의해 세워진 '만주국'을 지칭한다. 일제는 '만주국'이라는 독립적인 국가형태로써 자신들의 침략목적을 숨기고, 동북에서의 민심을 수습하고자 하였다. 간도성이라 하면 현재 중국 길림성 동부의 연변지역을 가리킨다.[1] 19세기 중·후반부터 한인들이 대거 이민하면서 간도지역에 집거구(集居區)를 형성하였다, 20세기에 들어와서는 지역이 갖고 있는 전략적 특수성으로 하여 중국과 일본 사이에 주도권쟁탈의 민감한 지역으로 되었다. 그럼에도 불구하고 간도지역은 한인들의 지속되는 이주로 한인 인구수가 다수를 차지하는 명실상부한 한인 집거구이자 한인사회를 형성한 지역이 되었다. 일제의 침략이 심화됨에 따라 간도지역 한인들의 반일투쟁도 점점 거세졌으며 무장활동을 위한 근거지 건립과 인재양성도 이루어졌다. 1920년의 봉오동

---

[1] 1932년 3월 1일 위만주국이 성립되었다. 국호를 "대동"이라 하였고 수도를 신경(현 장춘)에 정하였다. 1934년 3월 1일 위만주국을 "만주제국"이라 고치고 원수 부의가 "황제"로 되었으며 연호를 "강덕"이라 개칭하였다. 그해 10월 1일에 새로운 성관제(省官制)를 공포하여 열하성을 포함한 원 동북 4성을 10개 성으로 나누었다. 12월 1일 길림성에서 연길, 왕청, 훈춘, 화룡, 안도 등 5개 현을 분리하여 "간도성"을 설립하였다.

전투와 청산리 전투는 간도지역 조선인들의 자부심과 긍지를 느끼게 하는 독립무장투쟁이었다. 1930년대에 들어와 일제의 동북침략에 맞서 중·한 양 민족은 생사고락을 함께 하면서 항전을 진행하였다. 한중연합 항일투쟁은 조선인들의 반일투쟁에 있어 새로운 계기가 되었다. 물론 중국공산당이 영솔(領率)하는 동북항일연군 가운데 많은 조선인들이 적극적으로 활약하였기에 위만주국하의 중국항일투쟁사에서 조선인들의 위상은 아주 높게 평가해야 할 것이다.

그러나 일만통치하에서의 조선인들은 일본군 식량을 보급해주는 농민으로, 또 일제의 전쟁수행에 필요한 인력인 동시에 만주통치에서 압제의 대상이자 회유의 대상이었다. 일제는 조선인들을 충실한 '일본신민'으로 만들기 위해 경제적 수탈과 동시에 민족동화정책을 펼쳤다. 일제의 강압적인 민족동화정책과 민족문화를 말살하기 위한 여러 가지 잔혹한 조치에 맞서 조선인들은 자기 민족성을 지키기 위해 피나는 노력을 하고 끊임없는 저항을 견지하였다. 이 글에서는 위만주국하 간도성 조선인들의 민족정체성을 지키기 위한 여러 가지 저항과 기억 속에서의 삶을 나름대로 정리하고 서술하고자 한다.

2. 간도지역 조선인과 민족정체성

두만강 북안의 간도지역은 일찍부터 한인들의 발자취가 있었던 지역이었다. 지리적으로 강 하나를 사이에 두고 있어 두만강 양안의 주민들은 일찍부터 북관개시를 통해서 상호 무역내왕을 하였다.[2] 물론 청조의 봉금정책

---

2) 청태종은 영고탑과 우랄 일대에 거주한 팔기들의 농경에 필요한 물자를 조선에서 구하기 위하여 천총 2년 10월부터 회령과 경원에서 개시하도록 요구하여 양국 관헌의 감시하에 소, 소금, 연초 등을 교역하도록 하였다.(『동문휘고』 별편 권3

하에 두만강 북안지역은 오랫동안 황폐하고 인가가 드문 곳으로 되었다. 19세기 중반, 조선 북부지역의 연속되는 재해로 하여 두만강 이남의 조선인들이 강을 건너 대량 이민하였으나 그때 정착한 곳은 간도지역이 아니라 간도지역에서도 훨씬 떨어진 러시아 연해주지역이었다.[3] 청조의 봉금정책은 시기에 따라 변화되면서 부분적 개방정책도 하였지만 청나라 조상의 발상지이자 성지로 간주되던 두만강 북안지역에 대해서는 1870년대까지 철저하게 봉금이 실시되고 있었다. 간도지역에서 한인의 거주가 사실상 인정된 것은 1880년대 초 청조의 이민실변에 의해서였다.[4] 이민실변에 의해 한인촌락이 형성되고 1890년대 두만강 이북에서부터 해란강 이남에 이르는 넓은 지역에 한인 집거구가 형성되었다. 비록 한중간에 간도 한인을 둘러싼 지배권 갈등이 있었지만 협의를 거쳐 분쟁을 해결하였다. 그러나 일제의 간섭하에 간도문제는 일본의 대륙침략에 이용되는 결과를 가져오게 된다.

일제는 러일전쟁을 통하여 남만지구를 자기들의 세력범위로 만들었다. 그리고 한인들의 집거구―간도지역에서 한인을 보호한다는 미명하에 부단히 침투하였다. 용정촌에 통감부 간도파출소를 설치하고 그 산하에 이른바 도사장제를 두어 적극적으로 한인들을 자기들 산하에 포섭하려 시도하였다. 간도 한인사회에 대한 일제의 침투가 본격화됨에 따라 중국정부는 한인에 대해 이주와 토지소유를 엄격히 단속하게 된다. 어찌되었든 간도지

교역, 원편 권45 교역)

3) 두만강 이남 지역 조선인들이 러시아 연해주 지역으로 이동한 상황은 여러 자료들에서 쉽게 찾아볼 수 있는 내용이다. 예를 들면 길림장군 부명아의 상주문에서 훈춘하구 지방을 통하여 한인 남녀 200여 명이 노령으로 이주하고 있음을 발견하고 그 원인을 탐문하였더니 그들은 흉년과 과세의 증가로 인하여 실로 생활을 유지할 수 없어 집을 버리고 살길을 찾아 도망쳐 나왔다고 한다.(中央研究院近代史研究所編, 『淸季中日韓關系史料』 卷2, 台北 : 1972, 第6頁. "年景歉收 課稅加倍 繳納无力 實難度日 无奈弃家逃出渡命.")

4) 김춘선, 『북간도 한인사회의 형성과 민족운동』, 고려대학교민족문화연구원, 2016, 137~153쪽.

역에 힌인들이 많이 기주하게 됨에 따라 한인들의 이익을 대표하는 단체들이 나타나기 시작하였다. 간민교육회와 연장선상의 간민회가 그 대표적 단체이다. 간민회는 한인사회를 대표하여 지방당국과 교섭하였으며 한인들의 사회경제적 문제와 교육문제를 해결하는 데 주력하였다.[5] 간민회의 성립을 간도 한인사회의 형성으로 볼 수 있다.

한인의 만주이주에서 간도지방로으로의 이주는 기타 지방에 비하여 훨씬 빠른 속도로 진행되었다. 1909년 북간도의 한인수는 9만 8천여 명이었고 1911년에는 12만 6천여 명이었으며 1921년에는 30만 7천여 명, 1929년에는 38만 2천여 명으로 급증하였다. 이는 1927년 재만한인 이주민 수(59만 7천여 명)의 약 63%에 해당되는 수치이다.[6]

간도한인들을 기반으로 간민회, 부민회 등 자치단체들이 폭넓은 자치운동을 전개함으로 한인사회의 형성과 발전에 크게 공헌하였다. 1920년대에 이르러 한인사회의 자치운동은 독립운동 단체들을 비롯한 각종 사회단체들이 공동 참여하였다. 비록 여러 가지 원인으로 명실상부한 한인자치를 실현시킬 수는 없었지만 민족정체성 확보와 한인사회의 지속적인 발전에 기여하였다고 본다.

간민회가 제일 힘을 기울인 분야는 민족교육 분야이다. 그것은 우리말과 글은 물론이고 민족역사와 전통문화를 전승, 발전시켜야만 민족정체성을 지킬 수 있기 때문이다. 특히 간민회는 역사과목과 창가과목을 통해 청소년

---

5) 1910년에 간민교육회가 설립되었는데 교육을 통하여 한인들의 민족의식을 고양시키는 것을 목표로 삼았다. 일제 관헌들도 간민교육회를 한민자치회의 '화신'으로 인식할 정도로 간민교육회는 한인사회의 형성에 크게 기여하였다. 그러나 간민교육회는 동남로 관찰사 산하의 부속 교육기관에 불과함으로 한인사회를 대표하여 한인들의 사회경제적 문제를 보다 독자적으로 해결할 수 없는 한계를 가지고 있었다. 이러한 상황에서 간도한인들은 1913년 간민회를 설립하게 되었다. 물론 1911년 신해혁명 후 중화민국에서 실시한 연성자치가 한인사회 자치운동을 자극하였다. 김춘선, 위의 책, 285~339쪽.
6) 牛丸潤亮, 『最近間島事情』, 1927, 122頁 ; 滿鐵調査課, 『間島事情』, 13頁.

들에게 애국·애족과 반일의식을 주입시키기에 주력하였다. 이를 위해 간민
회에서는 간민교육회 시기 자체로 편찬한『조선역사』,『동국사략』,『최신동
국사』,『안중근전』,『이순신전』등을 역사교과서로 사용하였다.[7] 1914년
간민회가 해체된 이후에도 한인들의 사립학교들에서 한글로 교재를 편찬하
고 민족역사와 조선지리를 가르쳤다. 간민회는 조선민족의 전통명절인
단오절을 이용하여 간도학생 연합대운동회를 개최함으로써 한인사회의
결집력과 민족정체성을 향상시키고자 하였다.[8] 이 시기 공화사상을 가진
간민회의 자치운동이나 중화사상을 가진 농무계의 공교운동은 비록 구체적
인 방략과 방법이 달랐지만 그들이 추구하는 목적은 조국의 독립과 한민족
의 정체성을 지켜나가기 위한 것이었다.

〈그림 1〉은 간도지역 명동교회로 일요예배를 온 사람들이 모여 찍은
모습이다. 뒤켠에 보이는 집이 교회로서 현재 그 형태를 보존하고 있다.
간도지역으로 이주한 조선인들이 학교를 건립하고 교회를 건립하면서 민중
을 단결시키고 민족역사와 민족언어를 가르쳤다.

〈그림 1〉 간도지역의 명동교회와 교인들

7) 김춘선, 「중국 동북지역 한인 자치운동과 민족 정체성-중화민국 시기를 중심으로」,
   『디아스포라 : 민족 정체성, 문학과 역사』, 광복70주년 항전70주년 기념학술회의,
   2015, 47쪽.
8) "간민회 대표인 김약연과 김영학의 주최하에 이틀간 진행된 운동대회는 용정촌
   합성리에서 개최되었으며 명동학교를 비롯한 부근 40, 50리 내의 중소학교 학생과
   학부모들이 모였는데 그 수는 무려 1,500여 명에 달하였다. 폐회후 시가를 돌면서
   일본제국주의의 침략을 규탄하고 애국가를 부르는 등 일대 반일시위로 이어졌다."
   국사편찬위원회, 『한국사』(21), 탐구당, 1978, 130~133쪽.

1920년대 초 간도지역의 자치운동은 주로 친일단체인 조선인거류민회를 중심으로 전개되었다. 1920년 일제의 '경신년대토벌' 이후 간도지역의 한인사회는 대체로 친중반일(親中反日)과 친일반공(親日反共)으로 급속히 양분되는 경향이 나타났다. 조선인거류민회는 일본영사관의 철저한 감독하에 일본 총독부의 기층행정 사무를 처리하는 친일기구에 불과한 것이었다. 그렇다면 1923년 민회가 일본국적 이탈과 한인자치를 요구하는 이유는 무엇일까? 첫째, 조선인 민회는 이른바 일본의 '한인보호'에 대한 진의를 점차 깨닫게 되었으며 특히 '경신년대토벌'에서 무고한 한인을 대량 살해한 사실에 대해 분개하고 있었던 것이다. 둘째, 간도주재원 히다카 에이고로(日高丙子郎)의 이른바 도덕광명주의를 내건 '광명회'사업의 영향에서도 기인한 바가 크다고 볼 수 있다.[9] 결과적으로 1923년 최창호 사건을 계기로 간도 일대에서 전개되었던 일본국적 이탈운동과 한인자치활동은 중일 양측의 반대로 말미암아 큰 성과 없이 실패하였다. 그러나 이 시기의 자치활동이 친일단체인 조선인거류민회를 중심으로 전개되었다는 점이 주목되는 바이다. 또한 이 시기 민회에 참여하였던 한인들의 활동과 조직은 점차 자신들의 운명은 자기 자신들이 중심이 되어 해결해야 한다고 여기는 민족정체성의 한 표현이었다.

1920년대 말 당시 중국 당국의 배일(排日)운동의 일환으로 한인구축을 감행하였다. 이에 맞서 간도지역의 한인들은 한인유지들을 중심으로 군중집회 혹은 시민대회를 개최하는 방식으로 대응하였다. 1927년 9월에 화룡현 옥돌골에서 한인 소작농 최창락이 중국인 지주 형전갑에 의해 무고하게 살해된 사건이 발생하였다. 이 사건을 계기로 간도지역에서는 간민교육연구회를 중심으로 중국 당국의 한인구축에 대한 한인사회의 조직적인 대응을 전개하였다. 1928년 3월 18일 간민교육연구회 회장 김영학의 주최로 국자가

---

9) 김춘선, 앞의 글, 51쪽.

청년회관에서 연변간민유지자대회가 개최되고 연변대표자촉성회를 결성했다. 이 회의에서는 길림성에 대표를 파견해 한인구축에 항의할 것을 결의했다.[10]

일제의 압제와 중국 지방당국의 한인구축정책으로 말미암아 이중적 고충에 시달리던 한인들은 진정한 민족자치의 필요성을 더욱 절감하였다. 그리하여 1929년 1월 1일 간도지방간민대표 전성호 등은 길림에서 10여 명의 각 현 대표자들과 회합을 갖고 간도지방의 시민대회 활동을 합법적 자치운동으로 전환할 것을 결의하였다. 1930년 3월에는 국자가의 한인유지들이 합법적 자치기관으로 신화민회(新華民會)를 조직했다. 그리고 중국 지방당국의 협조로 1930년 10월 4일 연변4현자치촉진회를 설립한다. 설립목적을 "화한 양 민족의 감정을 융합시키며, 자치지식의 보급과 자치진행의 촉성을 목적으로 한다."고 정했으며, 의무는 "자치학식의 촉진, 자치사무의 이폐에 대한 연구, 자치사상의 보급" 등으로 규정하여 명실상부한 한인자치단체를 표방하였다.[11] 하지만 이들이 추진했던 합법적 자치운동은 사실상 일제와 중국 지방당국이 한인 사회주의자들을 진압하는 데 이용되었다. 결국 연변4현자치촉진회의 자치활동은 더 이상의 진전을 보지 못하고 이듬해 중국 당국의 명령에 의해 강제로 해체되었다.

연변4현자치촉진회를 제외한 기타 한인유지들은 1930년 9월 20일 용정시 공회당에서 민중대회를 개최하였다. 민중대회에서는 결의문을 채택하여 여론을 환기시키고 대표를 파견해 항의할 것, 살해 동포의 구휼금을 모집할 것과 민중대회의 상설기관을 설치할 것을 결의하였다. 그 후 이 단체들은

---

10) 『조선일보』, 1928년 3월 31일, 「한교 당면문제로 연변간민회 길림성에 대표파견을 결의」.
11) 연변4현자치촉진회는 비록 한인자치를 표방하고 있지만 그 운동방침을 보면 공산주의 타도와 민족주의 고취로 일관되어 있었다. 결국 한인 사회주의자들에 대한 중국 당국의 탄압에 이용되어 한인사회 내부의 분화와 대립만 증대시키는 결과를 초래했다.

한인들의 피해 실상을 상세히 조사한 후 대표를 정부에 파견해 정식 항의하고 언론을 통해 여론을 환기시키는 등 다양한 활동을 전개하였다.

일제는 1931년 9·18사변을 일으켜 중국대륙에 대한 침략을 시작한 후 만주지역에 거주하는 한인에 대해서는 이용하는 동시에 불온한 상대로 그 통제를 강화하였다. 일제는 만주국에 거주하는 한인에 대해서는 '통제와 안정' 정책을 실시하는 한편, 새롭게 만주에 이주하는 한인에 대해서는 1932년 8월에 작성한 「조선인이민대책안대강」에 따라 제한도 장려도 하지 않고 자유방임하는 정책을 실시하였다.[12] 그렇지만 조선인들의 대일관에 큰 변화가 발생하여 수많은 파산한 조선인들이 만주로 이주하게 되었다.[13]

만주국 성립 후 동북항일부대와 항일근거지 민중을 탄압하기 위하여 1936년 3월 관동군은 「치안숙청3년계획」을 만들어 만주국의 치안을 회복하고자 한다. 그 군사토벌의 중점지구는 간도지구, 동변도, 북만삼강이었다. 비록 군사토벌로 일시적인 안정을 얻었지만 민중들의 항일의지를 꺾을 수 없었다. 그리하여 일제는 항일연군(抗日聯軍)을 대처하는 방법으로 집단부락, 보갑제도, 가촌제도(街村制度) 등을 실시하였다. 일제는 궁극적으로 일본인에 의한

---

12) 만주로 이주하는 조선인에 대해 제한도 장려도 하지 않는다는 것은 환영하지 않는다는 말이다. 일제가 조선인을 보호한다는 미명하에 만주 각지에 영사관을 설치하면서 세력기반을 확장해 나갔으나 만주국이 건립된 후 조선인을 보호한다는 명분은 필요 없게 되었다. 그리하여 조선 국내의 민족모순을 완화하고자 조선총독부에서는 적극적으로 조선인의 만주이민을 추진하려 하였다. 이와 반대로 관동군은 전 동북의 사회치안과 질서를 장악하기 위하여 일본인 무장이민은 적극적으로 추진하였지만 조선인에 대해서는 소극적인 태도 심지어 반대의 입장을 보였다. 결과적으로 자유방임하는 정책하에 조선으로부터 수많은 파산된 농민들이 만주로 이주하게 되었다.

13) 9·18사변을 통해 조선인들은 일본이 매우 짧은 시간에 그 큰 만주땅을 점령하는 것을 목격하였다. 또한 만주에서의 반일민족독립운동도 점점 미미해 감을 느꼈다. 많은 사람들은 조선의 독립과 민족해방에 희망이 없다고 생각하기 시작하였고 일본의 식민지통치를 뒤엎을 수 없다고 여겼다. 그리하여 조선인들 가운데 숙명론적 비관정서가 생기기 시작하였다. 반일의식은 점차 약화되고 사람들은 향락주의 사조에 빠져들기 시작하였다. 생계를 찾기 위하여 대량으로 만주국에 이주하였는바 매년 평균 5~6만 명 이상에 달하였다.

안정적인 통치를 이루기 위해 100만호 이민계획을 세웠다.[14] 일제는 만주국을 '대동아성전'의 병참기지와 후방공급기지로 만들기 위하여 일본인에 대하여 이민을 실시함과 동시에 조선인의 만주 이주에 대하여 종전의 방임적인 정책을 폐기하고 집단이주 정책을 실시하였다. 이러한 한인의 집단이주 정책은 1936년 8월에 제정한 「재만조선인지도요강」, 1938년 7월 22일에 「재만조선인지도요강」을 제2차로 수정한 「선농취급요강」, 그리고 1939년 12월 22일 일만(日滿) 양국이 제정한 「만주개척정책기본요강」에 근거하여 실시되었다. 이 시기 조선인의 만주이주는 집단, 집합, 분산개척민 세 가지 형태로 진행되었다. 그 가운데에서 만선척식회사에서 취급한 집단 이주민이 주종을 이루었다.[15] 개척민에 대한 선별작업과 훈련작업이 선행되었는데 이것은 조선인에 대한 통제를 강화하기 위해서였다.

이주한인사회의 기반은 광활한 농촌지역이었다. 이주한인들은 농촌에서 강한 생활력과 인내력을 바탕으로 강인하게 뿌리를 내렸다. 위만주국의 쌀 수확고의 90%이상은 이주한인의 노력으로 결실을 맺었다. 농촌에서 어느 정도 부가 축적되고 중국사정에 적응되면 다시 도회지로 2차 이주를 행하였는바, 간도지역에서는 용정, 국자가, 두도구, 훈춘, 왕청 등 현소재지가 있던 도회지가 새로운 삶의 터전을 넓혀 나가는 대상 지역이 되었다. 또한 도시 주변에서 한인거주지를 형성하면서 점차 도심으로 영향력을 확장하여 나가는 양상을 띠었지만 도회지에 거주지를 형성하고 나면 학교를 설립하여 자녀 교육에 착수하는 특징을 보이고 있다. 한인들의 자녀교육에 대한 열의는 중국인들도 감탄할 정도였다. 물론 이 시기 학교에서 민족교육과 민족문화를 고수하기 위한 노력이 아주 각고하였다. 위만주국시기 간도

---

14) 4분기로 나누어 제1기에 10만호, 제2기에 20만호, 제3기에 30만호, 제4기에 40만호를 입식(入植)시켜 20년에 걸쳐 100만호를 이민시키고자 하였다.

15) 만선척식회사는 1936년 9월에 신경에서 설립되었다. 그 후 집단이주민들이 이주할 부지를 조사, 매수함과 동시에 기타 필요한 준비를 추진하여 1937년부터 입식을 시작하였다. 『만주개척연감』, 1940, 208쪽.

성 조선인의 삶과 민족정체성에 대헤서는 우선 강압과 저항이라는 주제로 살펴볼 수 있다.

3. 위만주국하 간도성 조선인에 대한 일제의 강압과 조선인의 저항

일제는 위만주국의 식민지 기반을 공고히 하기 위한 목적으로 이미 만주에 거주하고 있는 한인에 대하여 '통제와 안정'[16]을 최우선 목적으로 안전농촌, 집단부락, 자경농창정들을 실시하여 재만한인들을 통제하고자 하였다. 이러한 계획에 따라 일제는 1933년부터 간도지역에서 '집단부락'정책을 실시하였다. '집단부락'정책은 항일의용군과 민중을 격리시키는 정책이었다. 초기에 연길, 화룡, 훈춘 등 3개 현에 8개의 '집단부락'을 건립하였는데 1935년에 와서는 144개로 급증하였다.[17] 집중영(集中營)과도 같은 '집단부락'에서 일만경찰과 자위단이 주민의 행동을 감시하였고 함부로 '집단부락'을 나가지 못하게 하였다. '통제'와 '안정' 정책하에서 조선인들에 대한 압박은 극도에 달하였다.

1937년 7월 7일 노구교사변으로 중일 간에 전면적인 전쟁이 폭발하였다. 일제는 대륙에 있는 후방기지를 공고히 하고자 동북에 강압적인 전제통치를 시행하였다. 그 구체적 조치로 동북항일연군을 소멸하는 것을 첫 번째 목표로 하였으며, 다음 조선인에 대해서도 종전의 '통제와 안정' 정책으로부

---

16) 이른바 '통제'와 '안정'은 일본 관동군이 만철주식회사 경제조사회에 지시하여 작성한 「재만조선인 이민대책강요」에서 제정한 조선인에 대한 정책이다. 소위 '통제'는 바로 정치, 군사상에서 조선인의 항일조직을 파괴하고 조선인 민중과 항일무장부대 간의 연계를 단절시켜 무력으로 조선인을 통제하려는 것이다. 소위 '안정'은 바로 경제상에서 조선인 빈곤농민을 안무(按撫)함으로써 그들의 '반일적화'를 방지하고자 하는 것이다.

17) 위만민정부탁정사2과, 『간도성집단부락건설개황』, 1935, 97쪽.

터 '통제와 부육' 정책으로 바꿔 시행하였다. 새 정책 실시의 목적은 바로 살벌하게 조선인을 통치하여 그들의 항일의지를 말살하려는 데 있었다. 동북의 조선인들을 일제의 통치가 엄밀한 이른바 '안정'지역에 집중시키고 계획적으로 조선에서 이민을 모집하여 수전개발을 하게 함으로써 전쟁에 필요한 식량을 생산하게 하였다. 또한 이들 조선인에 대해 민족동화정책을 실시하여 조선인의 민족의식과 반일정서를 말살코자 하였다.

일제는 조선인집거지로 '집단부락'에 대한 통제를 더욱 강화하였다. 1936년 4월과 12월에 일본관동군은 「남부방위지구선농통치방안」과 「동부국경지선농통치방안」을 반포하여 여러 지역에 널려 있는 조선인 농민가구들을 지정한 지방에 집중시켜 '집단부락'을 세웠다. 훈춘 등 중소(中蘇) 국경지역의 조선인 주민들은 국경에서 40리 떨어진 곳에 '집단부락'을 건립하였다. 그리고 집단개척민을 간도성 각 현에 이주시켰는데 1937년부터 1939년까지 간도성 지역으로 이주한 조선 집단개척민은 모두 5,265호, 27,285명으로서 72개의 '집단부락'을 건립하였다.[18]

<그림 2>는 당시 위만주국 도처에 세워졌던 집단부락의 단편이다. 대문이 보이고 옆에 보루가 있으며 그 위에 망을 보는 사람이 보인다. 1934년부터 1939년 사이 일제는 만주지역에 13,451

<그림 2> 당시 위만주국 도처에 세워졌던 집단부락의 입구와 망루

개의 집단부락을 세워 민중과 항일부대를 격리시켰다. 일제는 조선인에 대해 집단거주를 강요하여 감시를 강화하였을 뿐 아니라 집거지에 경찰,

---

18) 만주국통신사, 『만주개척연감』, 1941, 179쪽.

자위단과 '특별공작반'을 증설하고 엄밀하게 조선인 민중을 통제하였다.[19] 또한 민족소질을 제고한다는 미명하에 민족동화정책을 실시하였다. 조선인들로 하여금 자기의 언어문자를 사용하지 못하게 하였을 뿐 아니라 조선말을 하였다하여 벌을 주고 심지어 학교에서 쫓아내기까지 하였다. 그리고 강압적으로 마을마다 신사(神祠)를 짓고 이른바 '천조대신(天朝大神)'을 모시게 하였으며 억지로 '황국신민서사(皇國臣民誓詞)'를 외우게 하였다. 더욱 심한 것은 1939년 일본식민주의자들이 '창씨개명'령을 내려 조선인을 강박하여 일본인 성과 이름으로 고치게 하였다. 더욱 심한 것은 조선인에 대해 '징병제'를 실시하여 매년 수천수만의 조선인 청년들을 강제로 전쟁에 투입시켰다.

> 41년도인가 그럴끼야, 국가에서 뭘 제정했는가 하는가 하면, 조선청년들이 군대를 갈 꺼, 징병을 간단 말이야, 징병을 가는 걸 결정을 해서, 나이 18세 되면 다 일본 군대에 참전을 했지. 여기는 관동군이 아니라 일본군에 가게 되었지. 그때는 기로 나뉘었어, 그래서 몇 기 몇 기가 징병 대상이라(억울하다는 말투로) 그니까 이거 한족은 아니하고 조선사람만 했다고, 이래서 왜 이렇게 하는가? 하고 된 거지. 조선이 반식민지이니까 절반은 조선꺼 하고 절반은 만주꺼 하니까 막 양 쪽의 정치의 영향을 받아서 식민생활을 하니까.[20]

이렇게 징병당한 조선인 청년들이 한번 전장에 나가면 소식이 없는 경우가 다수였다. 그리하여 일제가 조선인들에 실시한 징병제에 대해 조선인 청년들은 여러 가지 형식으로 저항하였다. 예를 들면 징병좌담회에 참가하지 않거나 혹은 참가하여서도 아무 발언을 하지 않는 방식으로 저항

---

19) 1938년 통계에 의하면 일만정부는 연길, 화룡, 왕청, 훈춘, 안도 등 5개 현에 경찰서 31개, 분주소 153개, 파출소 55개, 그리고 삼림경찰서 10개를 설립하였는데 경찰 총수는 4,230명에 달하여 1935년에 비해 5.9배 증가하였다. (일)만주홍보사, 『만주국 현세』, 1938, 190쪽.
20) 김도형, 『식민지시기 재만 조선인의 삶과 기억』 1, 선인, 2009, 233~234쪽.

하였다.[21] 당시 강압적으로 징병된 청년들이 입대 전 일만경찰이나 앞잡이들을 구타하는 경우도 많았는데 심지어 때려죽인 사례도 있었다. 입대 후엔 도주현상도 많았다. 일제의 강압과 조선 민족의 차별에 대한 반발이 여러 가지로 다양하고 빈번하게 발생함에 따라 이에 당황한 일제는 무고한 민중을 '반만항일분자'로 마구 구금하는 현상이 나타났으며 감옥에는 '불온분자'들로 가득하였다.

　민중들의 반일투쟁과 더불어 조선인들의 반일무장투쟁도 아주 격렬하게 진행되었다. 일제의 토벌과 압박에 맞서 간도성의 조선인들은 기동영활(機動靈活)한 유격전쟁을 벌였다. 중국공산당 소속하의 각 항일부대에서 조선인들은 새로운 항일유격구를 개척하면서 유격활동 범위를 확대해 나갔다. 왕청현 나자구, 안도현 차창자 등은 대표적인 항일유격근거지였다. 1935년 이곳 항일유격근거지에 설립된 인민혁명정부는 토지를 분배하고 농민들의 고충을 해결해줌으로써 근거지 인민들의 적극적인 지지와 성원을 이끌어내었고 또한 주동적으로 일제와 전투를 벌여 일만군을 타격하였다. 1934년 가을부터 1935년 5월 사이 40여 차례의 전투를 벌여 일제의 간담을 서늘케 하였다.[22] 간도성 일대에서 동북인민혁명군 제2군이 창설될 때 그 인원이 1,200여명에 달하였는데 그중 조선인이 3분의 2를 차지하였다.[23] 이들은 1936년 동북항일연군 제2군으로 개편된 후 남만일대로 옮겨 전투를 계속하였다.

　중국공산당은 '민족자치', '민족평등'의 원칙하에 조선인의 민족해방투쟁

---

21) 1942년 11월 16일 훈춘현 훈춘가에서 44명의 청년들에게 "징병좌담회" 통지를 하였는데 오지 않거나 와서도 발언하지 않은 상황이 발생하여 일만경찰을 당혹케 하였다.

22) 강덕상 등 편, 「교전기록(1933~1935)」, 『현대사자료』(30), 삼령서방, 1977, 216~237쪽.

23) 1935년 5월 30일 동북인민혁명군 제2군이 성립되었다. 왕덕태가 군장을 담임하고 중공동만특위서기 위증민이 정위를 담임하였다.

을 지지, 협조하였다.[24) 중국공산당의 민족정책에 힘입어 간도지구의 조선인들은 중국공산당이 지도하는 여러 조직단체에 가입하였는데 농민협회에만 3만여명이 가입하는 등,[25) 중국공산당의 영솔(領率)하에 간도지역에서의 반제, 반봉건운동이 거세게 일어나게 되었다. 중국공산당은 1936년 한국인 민족자치구를 건립하는 문제에 대하여서도 간도에 한국인 민족자치구를 건립할 것을 주장하였고, 또한 연합하여 항일하며 한국민족혁명군을 지원하여 한국민족독립을 돕고자 하였다.[26)

동북항일연군 2군이 남북만지역으로 옮긴 1937년부터 간도성 지구는 일제토벌의 중점지구로 지정되지 않았다. 1938년 이후 동북항일전쟁은 일만군의 연속적인 토벌과 경제봉쇄, 정치적 유혹으로 말미암아 극히 간난(艱難)한 시기에 들어섰다. 유격구와 근거지는 엄중히 파괴되었고 항일연군 부대도 중대한 손실을 입었다. 이에 1938년 5월 11일부터 6월초까지 항일연군 제1로군에서는 군정간부 연석회의를 소집하였는데 이 회의가 바로 '노령회의'이다. 회의에서는 "일본제국주의에 대한 유격전쟁을 견지하는 가운데서 실력을 보존하여 적들의 전면진공을 분쇄할 것"의 방침을 제출하고

---

24) 중공언변주위당사연구실편, 「중공중앙에서 민주성위에 보낸 지시편지-소수민족문제에 관하여(1928년 6월 10일)」, 『동만지구혁명역사문헌휘편』(하), 연변인민출판사, 1999, 894쪽.

25) 중공연변주위당사연구실 편, 「중공만주성위에서 중앙에 보낸 보고-만주정치경제 상황 및 몇 가지 구체적인 공작문제(1931년 4월 24일)」, 『동만지구혁명역사문헌휘편』(하), 연변인민출판사, 1999, 1044~1056쪽.

26) "… 동북의 한국인 민족문제에 대하여 우리 당 중앙은 아래와 같이 주장한다. a. 중국인 한국인 민족은 련합하여 공동으로 항일을 하여 중국인, 한국인 민족독립을 쟁취한다. 아울러 동만의 간도에 대하여 우리 당 중앙은 다음과 같이 주장한다. '중국인, 한국인 민족은 련합하여 일만통치를 뒤집어엎고 간도한국인민족자치구를 건립한다.' b. 목전의 동만인혁명군을 중한항일련군으로 고치며 동만에서 한국민족혁명군을 단독으로 건립하고 한국국내에 가서 유격전을 하여 한국민족독립을 쟁취한다. …" 김득순, 최성춘 편역, 「요하중심현위와 4군4퇀에 보내는 중공길동성위의 편지(발췌)-한국인민족자치구를 건립하는 문제에 대하여(1936년 3월 12일)」, 『(20세기 중국조선족력사자료집) 중공동만특위문헌자료집』(하), 연변인민출판사, 2007. 9, 571쪽.

〈그림 3〉 항일연군 제1군 경위부대 대원들

금후의 유격활동 방향을 결정하였다. 이후 항일연군 2군의 일부 부대는 간도성으로 진격하여 집단부락을 습격하고 철로를 파괴하는 등 일제의 기세를 꺾어놓았다. 1939년 4월의 대포시하(大蒲柴河) 전투, 5월의 백리평 전투, 8월의 횡도하자 전투 등에서는 매복전, 습격전 등을 통해 적을 소멸하고 다량의 무기와 탄약을 획득하였다. 조선인을 주력으로 하는 항일연군 제1로군 제2, 제3방면군과 경위려 제3연대는 일년 남짓한 사이에 많은 전투를 진행하여 승리를 거둠으로써 길동, 북만 항일연군 부대의 전투를 지원하였고 많은 일본군 병력을 견제하였다. 수많은 전투를 겪으면서 동북 항일연군 제2군은 매우 큰 인원 손실이 있었는데 부대 창립시 2,000여 명에서(많을 때에는 4,000여 명에 달하였다) 1940년에 이르러서는 200여 명밖에 남지 않았다. 1940년 11월 이들은 전략적인 이동으로 소련 지역에 들어갔다. 훗날 이 부대들은 소부대를 편성하여 수시로 국경을 넘어 정보를 수집하였으며 소련군이 동북으로 진출할 때 선봉에 섰다.

〈그림 3〉은 항일연군 제1군 경위부대의 부대원들의 사진이다. 항일연군은 일제의 토벌과 삼광정책에 맞서 동북의 산간지대를 누비며 처절한 무장

투쟁을 벌여나갔다.

항일무장투쟁이 저조하고 일제의 공포적인 고압통치하에서도 조선인들의 저항은 계속되었으며 그 방식도 다양하였다. 농촌에서의 조선인 농민들은 각종 방식으로 일만통치에 반항하였다. 일제는 1938년과 1941년 「국가총동원법」과 「양곡출하제」를 반포하였다. 이에 조선인 농민들은 반노공, 반출하' 투쟁을 벌였다. 반'출하' 투쟁에서 농민들은 양식을 숨기고 '출하'양식을 납부하지 않거나 적게 납부하는 등 여러 가지 방법으로 저항하였다. 납부한다 하여도 시간을 끌거나 양식 속에 모래알이나 기타 잡물을 넣었다. 공장, 광산, 철로의 노동자들은 태업하거나 기계를 파괴하는 방식으로 일만통치자들과 투쟁하였으며 심지어 파업을 진행하기도 하였다.[27]

도시에서는 학생들이 일제의 징병과 민족동화정책에 여러 가지 형태로 저항을 진행하였다. 일제의 민족동화정책에 대한 학생들의 첫 번째 저항방식은 휴학이다. 예를 들면 1940년 연길국민고등학교 100여 명의 조선인 학생들이 일만노예교육에 반항하여 공개적으로 휴학을 단행하였다. 연길시의 다른 중소학교들에서도 연이은 휴학을 단행하면서 일만통치세력을 당황케 하였다. 두 번째로 여러 비밀단체를 조직하여 민족문화보급에 힘썼다. 예를 들면 비밀리에 '조선문예보급회'를 조직하여 활동하였다는 혐의로 1943년 초 훈춘국민고등학교 양재영 등 23명의 학생들이 체포된 사건이다. 이들은 조선문 작품들을 소지했다는 이유로 모진 고문을 당하였으며 양재영 등 3명은 감옥에서 전염병으로 사망하였다. 이러한 학생들의 저항에 있어 교원들의 역할이 컸다. 예를 들면 간도성사범학교의 조선인 교원들은 강의할 때 늘 반일사상을 선전하고 민족동화정책을 반대하는 목소리를 높이었다. 이렇듯 학교에서의 반일사상 전파도 당시 민족정체성을 보존하고자

---

27) 1940년 6월 21일 도문에서 목단강에 이르는 철로 녹도역전 노동자들이 열차를 탈선시키는 사건을 만들어 엄중한 손실을 조성하였다. 1942년에 훈춘반석탄광의 노동자들이 경찰특무들의 무리한 수색에 반항하여 파업을 단행하였다.

하는 일종의 표현이라고 해야 할 것이다.

그렇다고 한인들 모두가 일제에 저항한 것은 아니다. 1942년 4월말 통계에 의하면 전 간도성인구 중 조선인이 74%를 차지하였다. 일제는 조선인들에 대한 통치를 용이하게 하기 위하여 조선인 친일분자를 간도성 성장으로 내세우는 수단도 취하였다.[28] 물론 성장 아래에 총무청을 설치하고 일본인 관리가 청장을 담당하였고 그 일본인 총무청장이 성의 '진정한 성장'이었다. 조선인 친일분자들은 각종 친일단체를 설립하여 일제의 만주국 통치와 항일부대 진압에 앞장섰다. 반공을 명분으로 친일행위에 앞장섰던 단체는 조선인 민회,[29] 간도협조회,[30] 간도특설부대, 훈춘정의단 등이 있었다. 이러한 친일단체들은 항일유격근거지를 파괴하는 군사작전, 정보수집, 투항, 귀순공작에 투입되었으며 많은 항일분자들을 체포, 학살하였다. 또한 일제의 '오족협화', '왕도낙토' 건설이라는 구호하에 조선인사회에 대한 통제가 더욱 강화되었으나 이들은 민족의 자아의식이라든지 민족의 자존심도 없이 반민족, 반인륜 행위를 서슴지 않았다. 이들 친일세력들은 일제가 한반도에서 부르짖었던 동조동근론이나 내선일체론에 근거하여 일제를

---

28) 1934년 12월 1일 간도성이 설립되어 1945년까지 두 명의 조선인 성장이 있었다. 한명은 1937년 11월에 성장이 된 이범익이고 다른 한명은 1945년에 성장이 된 윤태동이다.

29) 조선인 민회는 1913년에 설립되기 시작하였다. 만주국 설립 후 비약적으로 발전하였다. 1934년의 75개로부터 이듬해 104개, 1936년에 123개로 증가하였다. 조선인 민회에 가입한 회원은 무려 17만여 명에 달하였으며 이는 당시 재만한인 총인구수 87만여 명의 20%에 달하는 것이다.(전만조선인민회연합회,『재만조선인현세요람』, 1937, 1쪽.) 이러한 증가율은 바로 조선인 민회 확대와 더불어 한인사회의 친일화 상황을 말해준다 하겠다.

30) 간도협조회는 1934년 9월 6일 일본관동군 헌병사령부 연길헌병대의 외곽조직으로 설립되었다. 연길헌병대 대장 가등 중좌, 연길독립수비대 대장 응삼 중좌 등은 김동한 등과 모의하고 한인을 주체로 한 간도협조회를 설립하였다. 간도협조회가 내건 행동강령을 보면 일본의 '아세아주의 정신'으로 공산주의 사상을 배격하고 일만일체 사상에 기반하여 일만합작을 완성하고 공산당과 반만항일군을 소멸하는 데 친일 한인들이 앞장서겠다는 것이었다.(연변조선족자치주 공안국 당안실,「간도협조회」,『유관간도협조회권종』 1-1호)

등에 업고 일제에 의지히여 일신의 영달을 꿈꾸었으며, 위만주국하에서 일본인으로 자처하며 한족(漢族)에 대한 비하와 멸시로 허영과 변상적인 민족적 차별로 인한 만족감을 얻고자 하였다. 이러한 몰지각한 인식이 그들로 하여금 '대일본제국의 신민'으로 일본 천황폐하의 '충직한 전사'로 일본의 대륙 침략의 선봉에 서게 하였다.

4. 위만주국하 조선인의 삶과 민족정체성

민족정체성은 주로 이민족의 침략이나 경쟁의 역사 속에서 형성, 강화되어 왔다. 일본이라는 이민족의 침략과 식민통치를 피해 중국 동북지역으로 이주한 조선인들은 간도지역에서 집거구를 형성하고 조선인사회를 형성해 나갔다. 물론 반일투쟁을 통한 독립운동은 간도한인사회의 생활 자체였다. 민족정체성을 지키기 위한 노력 또한 학교교육과 무장항일투쟁을 통해 전승되었다. 그러던 중에 일제가 지배하는 위만주국 국민으로 편입되면서 일제의 조선인에 대한 강압이 더욱 심해졌다. 이에 대한 조선민족의 저항은 더욱 거세졌으며 민족평등, 민족자치를 지지하는 중국공산당의 여러 가지 정책으로 말미암아 공산당 항일부대에 적극적으로 참여하게 되었다. 바로 중국의 항일전쟁 승리에 이은 조선의 독립을 쟁취하는 '일신겸양임(一身兼兩任)'의 역사적 책임을 떠안고 중국공산당과의 연합전선에 나선 것이다.

일제의 지배와 간섭으로 간도 조선인들은 '글'뿐만 아니라 '조선말'도 하지 못하게 하였다. 그 방식도 아주 치졸하였다.

예, 그래서 일본 때, 조선이 36년이구 여기가 14년이거든, 중국이, 그때 우리는 조선말 못했소. 조선말 못하구 학교에 가서 그저 이리 웃는 말 노는 말 해두 조선말만 새기면, 그날에 변소청소를 했소. 그래서 쪼끔할 때부터

일어를 배우고, 기래 일어선생질두 하구 이래 ….[31]

또한 유희 비슷한 방법으로 일제는 어린이들에게 자신들의 악랄한 수법을 은폐하였다. 변소청소를 하는 것으로 자기 말을 기피하게 하는 비열한 수법이 아주 보편적으로 사용되었던 것이다.

그때는 소학교인데 조선말을 하지 못하게 했단 말입니다. 만일 조선말을 하게 되며는 발견만 되면 벌금해요, 벌금, 무슨 벌금인가 하면, 예, 이렇게 팻쪽을 만드는데 이렇게 그 아침에, 누구 가졌는지도 모른단 말입니다. 반면, 저 담임선생님이 이 학생에게 가만이 준단 말입니다. 그래 아이들과 놀다가 그다음 그때 그 조선말 하는 아이들에게 준단 말입니다. 그다음엔 그 얘가 또 가져가다가 아들하고 놀다가 어째 조선말 하게 되면 그 아한테 준단 말입니다. 그다음에 마지막에 제일 마지막에 끝난 다음에 마지막에 가진 아가 변소청소를 하죠. (다같이 웃음)[32]

일제는 강압적으로 창씨개명을 모두에게 강요하였다. 무릇 성을 고치지 않는다면 국민이 아니라고 하여 거민증을 발급하지 않고 식량배급을 끊었으며 취업을 못하게 하였다. 철저하게 조선인의 민족의식을 말살하고자 한 동화정책이었다.

내 이름은 오야마 마사히찌라고요 대산정길입니다. … 그 이름 그때는 무조건 바꾸라고 했지 우리야 모르지 뭐 (가족들도)다 바꿨지.[33]

---

31) 김도형, 『식민지시기 재만 조선인의 삶과 기억』 1, 선인, 2009, 100쪽.
32) 김도형, 『식민지시기 재만 조선인의 삶과 기억』 1, 191~192쪽.
33) 김도형, 『식민지시기 재만 조선인의 삶과 기억』 1, 35~36쪽.

일제는 민족동화정책을 실시함과 동시에 일본인의 히수인으로 만들기 위한 정신적인 교육, 즉 신사참배, 훈시 등을 강압적으로 실시하였다.

있지, 신사 없는 학교 어디 있어요? 신사참배는 … 내 기억에는 12월 8일날, 일본 애들이 대동아전쟁을 폭발시킨 날, 그날 신사에 빌고. 학교에서 매달 8일에 빌고 …,
결국 매일 조회라는 것이 있었어요. 전교학생이 다 한 마당에 모다서 그래서 다 조회를 하는데, 조회를 할 때 공중무대라는 것이 있어요. 그래서 일본에 대한 충성심을 양성했죠. 교장훈화가 있어요. 교장훈화가 얼마나 긴지 여름에 더울 때 한쪽으로 막 넘어집니다. 그래서 한쪽으로 끌어내가면서 교장 훈화는 계속 그럼 훈화의 내용은 뻔하지요. 소위 대동아공영권 건설을 위해서 봉화라는 게 이런 기억이 있고.[34]

만주국에서 일본은 오족협화라는 구호를 내걸었지만 실제적으로는 민족 모순을 조성하여 서로를 견제하게 하였다. 민족을 등급으로 나누었는데 일본인이 일등민족, 조선인이 이등민족, 한족을 삼등민족이라 하였다. 실제 배급에서부터 월급도 차등을 주었으니 민족차별로 민족분리 정책을 조작한 것이다.

그래서 이 민족의 차별은 어느 정도 되는가 말인가, 그때 쌀을 주는 것을 배급이라 했어, 매달 쌀을 나누어 주지, 근데 붉은 통장 흰 통장 이렇게 나누었지. 조선족을 2등 민족이라 했지, 한족을 3등이라 하고, 그래서 통장도 색깔이 달라요. 이게 구체적으로 오족협화란 이름하에서 민족을 취한 방법이 지. 그러니까 오족이란 말은 그런데, 실제 집행된 방법에서는 민족분리 정책이

---

34) 김도형, 『식민지시기 재만 조선인의 삶과 기억』 2, 94, 267쪽.

지. 지금도 심각해요. 지금도 옛날 사람들은 한족은 3등 민족이다. 인상이
깊어요. 그니까 쌀을 주는 게 다르잖아! 쌀이 일단 숫자, 질이 다르잖아.
그러니까 얼마나 심각해. 그 사탕가루 주는 거, 아니 주는 거 다 차이가
있지.[35]

이렇게 드러내놓고 민족차별을 하게 된 일제의 속셈은 한족과 조선인의
민족모순을 조장하여 만주국에서 다수를 차지하는 한족을 견제하기 위함이
었다. 이등공민으로서의 조선인을 일본인의 앞에 내세워 중일간의 민족모
순의 초점을 조선민족에게 전가하는 것을 통해 일제가 식민지배를 관철하는
데 용이하도록 하였다. 만주국에 대한 인상에 있어서도 일본이 세운 괴뢰정
부라는 인식이 보편화되었기에 만주국을 반대하는 반만투쟁도 반일투쟁과
함께 진행되었다.

일본을 반대를 한다면은 어떤 사람이든 가리지 않고 다돼. 이것이 공산당의
정책이지 … 만주국을 반대하는 것이 일본을 반대하는 거지. 주요는 일본을
반대하는 거.[36]

위의 증언은 중국공산당의 통일전선에 대해 이야기하는 것이지만 만주국
에 대한 조선인들의 인상이 어떠했는지를 보여주는 것이기도 하다. 물론
일본의 공식적인 입장은 만주국을 독립국이라고 하지만 만주국에 사는
조선인들에 눈에 비친 만주국은 일본의 괴뢰정부라는 사실이다.
또한 민중을 상대로 진행한 독립운동가들의 선전활동에 대해 인상깊은
생생한 증언이 있다.

---

35) 김도형, 『식민지시기 재만 조선인의 삶과 기억』 1, 234쪽.
36) 김도형, 『식민지시기 재만 조선인의 삶과 기억』 1, 169쪽.

야학에서는 뭘 많이 히는가 히면 독립운동 이런 사상 있는 사람들이 연설하고 그리고 토론을 많이 조직했지. 그러는데 꽃과 나비 이런 문제도 많이 토론하지. 꽃이 나비를 따르는가 나비가 꽃을 따르는가. 그러니까 그게 계몽이지, 누구를 따라야 하는가, 우리 백성은 꽃을 따라야 되지 않는가? 자기 민족을 따라야 한다. 독립운동을 해야 한다.[37]

이는 민중에 대한 교육에 있어서 민족독립을 잊지 말고 꼭 해야 한다는 선전으로 공동체의식이 기본바탕으로 깔려있었음을 보여준다. 민족사상과 반일사상 전파에 있어 조선인 교사들은 몰래 가르치기도 하였다.

농촌 소학교에서는 조선역사나 원래 공식적으로 강의 못하지요. 그러나 가만이 몰래 가르치고, 이런 선생들도 있었고, 그때 선생이 한명 선생이 기억나는 게 방학에 집에 갔다 와서 대단히 불평했지요. 자기 자식들한테 집에서 일본말로 듣고 말하더라던거예요. 조선말을 안 쓰고 대단히 불평했다는 거지요. 불쾌하다는 거지요. … 안중근에 대해서 어른들은 그런 얘기 잘해요. 그리고 항일투쟁에 대한 전설처럼 농촌에서 그런 얘기 잘해요. … 그런 선생들도 공식장소에서 말하는 것이 아니라 개별적으로 말 한단 말이에요. 그런 선생들도 있었어요. 그래서 중학교 가서는 그런 것이 더 많이 나타나는 경우도 있었고요. 이동수 선생이라고 있었는데 … 사람들에게 소박한 사람의 민족주의 사상은 다 있다. 솔직히 말해서 그때 농촌에 그런 책이 있었어요. 을지문덕 사진 요만하게. 그때 세상 모르지며. 우리 집에 그런 책이 있어요.[38]

이렇게 학교에서 조선인 교사들이 학생들에게 반일민족사상을 전파하였고 학생들은 자신도 모르게 호기심이 생겨 자기 민족의 역사나 인물에

---

37) 김도형, 『식민지시기 재만 조선인의 삶과 기억』 1, 235쪽.
38) 김도형, 『식민지시기 재만 조선인의 삶과 기억』 2, 263~265쪽.

관심을 갖고 가만히 읽어보고 하였던 것이다.

이상 위에서 살펴보았듯이 조선인들은 일제의 식민통치에 저항하여 무장투쟁을 전개하였는데 위만주국시기 일제의 민족차별, 민족모순 조장에도 불구하고 한족과 연합하여 무장투쟁을 진행하였다. 또한 일제의 민족동화정책에 맞서 교육과 일상생활에서 자기의 민족정체성을 지키기 위한 노력을 하였다. 민족사상과 반일사상을 전파함으로써 독립에 대한 희망을 심어갔던 것이다.

5. 맺음말

만주국 하의 조선인들은 일제의 강압적인 통제와 이용을 당하면서 그 정체성 보존이 위기에 처하게 되었다. 이에 대한 저항으로 조선인들은 항일을 위한 전민족적 통일전선을 구축하는 중국공산당의 연합전선에 적극적으로 참여하였다. 더욱이 중국공산당의 민족평등·민족자치정책으로 말미암아 간도지역의 조선인들은 중국공산당 동만특위의 지휘아래 항일근거지를 설립하고 간고한 항일투쟁을 벌였다.

일만통치하에서의 조선인들은 일본군 식량을 보급해주는 농민으로, 또 일제의 전쟁수행에 필요한 인력으로 만주통치에서 압제의 대상이자 회유의 대상이었다. 일제는 조선인을 충실한 '일본신민'으로 만들기 위해 경제적 수탈과 동시에 민족동화정책을 펼쳤다. 조선말을 못하게 하고 조선역사와 지리를 가르치지 못하게 하였으며 매일과 같이 대동아공영권을 부르짖는 훈화 등을 통해 철저한 정신교육을 시도하였다. 그렇지만 조선인 교사들은 사적인 장소에서 민족사상과 반일사상을 전파하였으며 민족자긍심을 갖도록 항상 일깨워주었다. 간도지역의 조선인들은 항일부대를 지지, 응원하였을 뿐 아니라 농촌에서는 반출하운동으로, 도시에서는 파업, 휴학, 반징병

등 반일운동을 끊임없이 진행하였다. 그러나 반일에 앞장섰던 민족주의자들과 달리 반민족적인 친일분자들도 적지 않았다.

반공이라는 명분으로 친일행위에 앞장섰던 조선인 민회, 간도협조회, 간도특설부대, 훈춘정의단 등 친일단체들은 항일유격근거지를 파괴하는 군사작전, 정보수집, 투항, 귀순공작에 투입되었으며 많은 항일 독립운동가들을 체포, 학살하였다. 또한 일제의 '오족협화', '왕도낙토' 건설이라는 구호하에 한인사회에 대한 통제가 더욱 강화되었다. 일제가 한반도에서 부르짖었던 동조동근론이나 내선일체론을 바탕으로 친일세력들은 일제를 등에 업고 일제에 의지하여 일신의 영달을 꿈꾸었으며, '대일본제국의 신민'으로, 일본 천황폐하의 '충직한 전사'로 일제의 대륙침략의 선봉에 섰던 것이다.

참고문헌

만주국통신사, 『만주개척연감』, 1941.

滿鐵調査課, 『間島事情』.

牛丸潤亮, 『最近間島事情』, 1927.

위만민정부탁정사2과, 『간도성집단부락건설개황』, 1935.

(일)만주홍보사, 『만주국현세』, 1938.

전만조선인민회연합회, 『재만조선인현세요람』, 1937.

강덕상 등 편, 「교전기록(1933~1935)」, 『현대사자료』(30), 삼령서방, 1977.

국사편찬위원회, 『한국사』(21), 탐구당, 1978.

김도형, 『식민지시기 재만 조선인의 삶과 기억』 1·2, 선인, 2009.

김득순, 최성춘 편역, 『(20세기 중국조선족력사자료집) 중공동만특위문헌자료집』(하),
        연변인민출판사, 2007.

김춘선, 『북간도 한인사회의 형성과 민족운동』, 고려대학교민족문화연구원, 2016.

중공연변주위당사연구실편, 『동만지구혁명역사문헌휘편』(하), 연변인민출판사, 1999.

민간신앙으로 본 명동사람들의 삶

1. 머리말

사회보장과 의료복지시설이 극히 취약했던 전근대사회에서, 사람들은 가족의 안녕과 공동체의 번영을 신에게 의지할 수밖에 없었다. 사람들은 구체적인 수요에 따라 초자연적인 존재와 다양하고 밀접한 관계를 설정해 나가게 되는데, 이것이 바로 민간신앙이다. 민간신앙의 궁극적인 목적은 현실사회에서 부딪치는 생사화복의 문제들을 관념적으로 풀어나가고자 하는 데 있다. 이리하여 가정에서는 성주, 조상, 조왕, 삼신, 터주 등을 정성스레 모셨고, 마을에서는 수호신인 산신, 용신, 부군, 서낭, 국사 등에게 해마다 잊지 않고 제를 올렸다. 이런 의미에서 민간신앙은 해당 지역, 나아가 한 민족의 고유한 정신세계를 엿볼 수 있는 중요한 창구임에 틀림이 없다.

19세기 중후반에 본격적으로 시작된 조선인의 중국이주는, 기존의 민간 신앙을 고스란히 조선족사회에 정착시켰다. 그리고 함경도 이주민이 절대 다수를 점했던 연변지역에서는 함경도 고유의 풍속이 다양하게 전해졌고, 시간의 흐름과 더불어 타 민족과의 교류를 통해 부단히 변모를 보여 왔다.

현재까지 조선족 민간신앙에 관한 연구는 매우 적다. 지난 몇 십년간, 특히 사회주의 개조와 문화대혁명을 거치면서 민간신앙에 대한 연구는 거의 금기시 되어왔고, 게다가 1990년대까지도 학술적인 관심이 지극히 적었던 것이, 이 분야의 연구가 상대적으로 저조했던 원인이라 할 수 있다. 기존의 연구성과를 검토하면, 학술논문으로는 허휘훈[1]의 샘물제 연구가 대표적이고, 조사보고서로는 천수산[2]과 국립민속박물관[3]의 연구가 대표적이다. 이들 조사자료를 보면 그 내용이 상당히 다양함에도 불구하고, 자료집이 가지는 한계 때문에 내용적인 측면에서 단편적이고 간략한 것이 특징이다. 따라서 샘물제 연구를 제외하면, 기타 신앙에 대한 연구가 구체적으로 이루어지지 않았음을 확인할 수 있다.

주지하다시피 명동지역, 특히 이곳에서 생활했던 유명인사들을 둘러싼 학술연구는 그동안 상당히 많이 이루어져 왔다. 이들은 당시 전 연변지역뿐만 아니라, 한반도, 더 나아가 동북아지역에서도 일정한 영향력을 행사했던 엘리트계층이었다. 그럼에도 불구하고 이들의 삶이 결코 전 명동지역을 대표할 수 있었던 것은 아니다. 광복 이전까지도 대부분의 명동사람들은 가난과 굶주림에서 완전히 벗어나지 못했고, 생활 속에서 여전히 초자연적인 존재에 의지할 수밖에 없었다. 실제로 해방이후까지, 명동지역에는 상산제를 포함해 산천제, 상공당제사, 기우제 등 민간신앙이 다양하게 전승되었다. 특히 함경도와 연변지역에만 존재했던 단군신앙, 즉 상산제의 원형은 명동지역에 가장 잘 남아있다. 이 글에서는 이미 출간된 조사자료와 필자의 현지조사자료를 바탕으로, 연구가 상대적으로 적었던 민간신앙을 명동지역을 중심으로 고찰하고자 한다.

---

1) 허휘훈, 「중국 연변지역 돈화 대구촌의 샘물제에 관한 연구」, 『국제어문』 제40집, 국어국문학회, 2007.

2) 천수산, 『중국조선족풍속백년』(한글판), 심양 : 료녕민족출판사, 2011.

3) 국립민속박물관, 『중국 길림성 한인동포의 생활문화』, 국립민속박물관, 1996.

2. 이주와 생활여건

명동촌의 본래 이름은 용암동이다. 전하는 바에 의하면 명동의 동쪽 산줄기는 오랑캐령으로부터 구불구불 이어져 내려왔는데 마치 용을 닮았고, 명동 북쪽의 선바위는 마치 여의주를 닮았다고 한다. 산줄기와 선바위가 마치 용이 여의주를 다루는 모습을 하고 있어 사람들은 이곳을 용암동이라 불렀다. 그러다가 1909년 명동학교가 설립되면서 그 이름이 용암에서 명동으로 바뀌게 되었다.[4]

명동촌에 사람들이 본격적으로 정착하기 시작한 것은 19세기 말부터이다. 특히 1890년대와 1900년대 초에 조선의 북부지역에서 조선인들이 대거 이주해 오면서 점차 마을을 형성해나갔다. 조선인 중 대부분은 처음부터 가솔을 이끌고 왔으며, 심지어 소, 수레, 농기구 등도 함께 가지고 와서 정착생활을 시작했다. 거의 같은 시기에 관내의 한족들도 명동에 와서 이주생활을 시작했다. 그러나 이들은 홀몸으로 왔다가 시간이 지나 벌이가

〈그림 1〉 명동촌의 선바위

4) 吉林省民族研究所, 『吉林省朝鮮族社會歷史調查』, 北京 : 民族出版社, 2009, 2쪽.

되면 나중에 가솔도 함께 데리고 왔으나, 대부분 벌목, 약재채집, 사금채취 등 업종에 종사했던 관계로 얼마 뒤에는 동한이라 부르는 한족 지주를 제외하고 모두 인근 도시나 타 지역으로 이주해나갔다.

이주 초기에 조선인들은 산중턱에 집을 짓고 살았다. 비옥한 토지는 지주들의 소유였고, 조선인들은 그 땅을 살 수 있는 경제적 여건이 없었으며, 게다가 신분적으로도 토지소유권을 가질 수 없었다. 평지는 지세가 낮고 홍수가 자주 범람했으므로 개간할 수 있는 상황이 되지 못했으나 산중턱의 땅은 개간해서 3~4년간 소작료가 면제되었기 때문에 사람들은 이 땅을 개간해 생활을 시작했다. 그 뒤에 지주들이 평지의 땅을 팔게 되자 지금의 마을로 이주해 살게 되었다.

1899년 지주 동한이 사망하자 그의 가족들은 모든 땅을 팔고 고향으로 돌아갔다. 그 땅의 대부분을 안성주, 김병호, 박윤섭 등 입적한 세 명의 부호가 조선 농민들에게 되팔았다. 조선 농민들은 동한의 땅을 매입한 후 장재, 명동(하중영), 중영, 성교(상중영), 소룡동, 대룡동, 풍악동 등 일곱 마을에 나뉘어 살았다.

이주 조선인들 중 극소수의 상류계층을 제외하면 대체로 빈궁한 생활을 면치 못했다. 민국시기에는 정부에서 해마다 농민들로부터 전세를 거두었는데, 헥타르 당 적게는 3~4원, 많게는 5~6원씩 거두었다. 그리고 소를 키우면 소 값의 5%를 우표(牛票) 명의로 거두었는데, 보통 소 한 마리에 5, 6장의 우표를 매기며 심할 때는 11장까지 매겼다고 한다. 이외에도 농민들은 해마다 거두는 방패전(房牌錢), 3년에 한 번씩 거두는 토지계량비 등을 지불해야 했고, 소금도 값이 비싼 관염을 사먹어야 했다. 일제통치 시기에는 여러 가지 고리대에 시달렸고, 특히 태평양전쟁 중에는 출하, 봉사, 가렴잡세, 배급에 시달려야 했다.

1945년 해방 당시, 명동에는 총 155호에 820명이 살고 있었으며, 이들은 토지 360헥타르, 소 60마리, 수레 60대, 쟁기 50대를 보유하고 있었다.

그러나 360헥타르의 토지 중에서 1949년 중화인민공화국 건국 이전까지 수전면적은 고작 1헥타르에 불과했다.[5] 즉 1940년대 말까지 명동촌에서는 거의 벼농사를 하지 않았고, 밭농사로 조, 콩, 옥수수, 기장, 보리, 담배를 주로 심었다.

명동촌이 기타 조선족마을들과 다른 점은 기독교신자가 많다는 사실이다. 1910년 촌민들이 기독교를 수용하기 시작하여, 몇 년 뒤인 1916년에 이르러 140호의 주민들 중에 70여 호의 주민들이 기독교신자가 되었다.[6] 그렇다고 서양에서 들어온 기독교 신앙이 기존의 민간신앙을 모두 대체했던 것은 아니었다. 남아있던 민간신앙 중에서 가장 대표적이 것이 바로 상산제이다.

3. 상산제의 변천

상산제(上山祭)를 향산제(香山祭) 또는 단군제(檀君祭)라고도 부른다. 연변지역에서는 시월상산 또는 낟가리제사라고 부르기도 한다. 상산제는 한반도에서도 유독 함경도지역, 특히 함경북도지역에서 보편적으로 존재하는 가정신앙의 일종이다. 단군설화에 의하면 단군은 묘향산 신단수 아래에서 탄생하였다고 한다. 따라서 상산제는 사람들이 국토개척시조신인 단군의 탄생일을 기념하고 아울러 일가의 제액안택(除厄安宅)을 기원하는 차원에서 치르는 가정제사의 일종이다. 단군의 탄생일은 지역에 따라 음력 10월 1일이나 3일, 혹은 10월 중의 어느 하루로 서로 다르게 나타난다. 따라서 상산제의 제일은 지방마다 또는 가족마다 일정한 차이를 보이고 있다.

전설에 의하면 단군은 평안도 묘향산 부근에서 탄생하여 평양에 도읍을

---

5) 吉林省民族研究所, 위의 책, 12~13쪽.
6) 吉林省民族研究所, 위의 책, 43쪽.

정하고 나중에는 황해도 구월산에 들어가 신선이 되었다고 하는데, 재미있는 사실은 평안도나 황해도에는 상산제가 없고 유독 함경도에만 존재한다는 것이다. 상산제의 제사과정을 보면 새로 난 쌀 또는 조로 밥을 짓거나 떡을 쳐 방안의 정결한 곳, 부엌, 또는 마당에 볏짚으로 제단을 만들고 밥 또는 떡을 바친다. 제주는 호주가 담당하며 향을 피우고 절을 올린 다음 기축하고 소지를 올리는 순서이다. 제사가 끝나면 온 가족이 함께 음복을 하게 된다. 지역에 따라 제사 후에 부엌의 덕대 위에 제물을 올려두고 10월의 맨 마지막 날에 가족이 함께 음복하는 경우도 있다. 이것은 단군의 탄생일이 10월의 어느 날인지 확정할 수 없기 때문이라도 한다.[7]

1937년 조선총독부 촉탁 무라야마 지준(村山智順)의 조사에 의하면, 당시 조사대상 지역에 한정하여 상산제가 행해진 곳은 〈표 1〉과 같다.

<표 1> 1937년 함경도 상산제 통계표

지명	단천군	갑산군	경성군	명천군		길주군	무산군
제사 명칭	단군제	상산제	단군제	단군제	향산제	단군제	향산제 (단군제)
제신	단군	단군	단군		단군		
제주							호주
제수	떡	떡				햇곡 으로 만든 떡·백반	햇곡으로 만든 떡, 좁쌀과 입쌀
제장	마당	자택					실내 정결한 곳
제사 방법	마당의 구석진 곳에 짚이나 소나무로 신단을 만든 후 그 위에 제물 올림.	10월 1일부터 제사가 끝날 때까지 도살을 금하고 빚을 재촉해 받지 않음.					향을 피우고 절을 올림.
목적	풍작	일가안택	일가안택		제액		
시기	10월 3일 (단군탄생일)	10월 상순	10월 중	단군 즉위일	10월 1일	10월 1~3일	10월 1~10일

출처 : 村山智順, 『釋典·祈雨·安宅』, 東京 : 國書刊行會, 1972, 374~378쪽.

7) 村山智順, 『釋典·祈雨·安宅』, 東京 : 國書刊行會, 1972, 324~325쪽.

연변지역의 조선인은 대부분이 함경북도에서 이주해왔는데, 상산제는 이들에 의해 연변지역에 전파된 것임을 알 수 있다. 실제로 연변지역에서 중화인민공화국 건국이전까지 상산제는 매우 보편적인 민간신앙이었다. 무릇 1940년대 이전에 농촌에서 태어난 사람이라면 '시월상산' 또는 '낟가리 제사'를 모르는 사람이 거의 없다. 그럼에도 불구하고 현재까지 확인된 상산제 관련 자료는 그리 많지 않으나 이미 조사되어 출판된 내용과 필자의 조사자료를 토대로 그 실상을 살펴보고자 한다.

사례 1 : 지신향 명동촌

(10월) 상사일에는 그해 걷어 들인 햇곡식으로 집집마다 찰떡을 쳐서 낟가리에 떡을 꽂아 놓는다. 이것은 산신님이 도와서 농사가 잘 되었다는 의미로, 며칠 후에 내다 먹는다. (제보자의 동네에서는) 차입쌀이 없는 곳에서는 차조입떡(차조떡)을 쳐서 저녁에 낟가리에 떡을 꽂아 놓고 나머지 떡을 먹는다.[8]

사례 2 : 용정시 지신향 명동촌

음력 10월 1일에 상산제를 지냈다. 한해 농사가 풍년이 들었다고 해서 산신·지신님이 잘 돌봐준 덕분이라고 제사를 지냈다. 집체로 지낸 것은 아니고 개인적으로 집안에서 지냈다. 우리 부친은 햇곡식을 가지고 찰떡을 쳐놓았다. 찰떡은 차조로 했는데 당시에는 찹쌀이 없었다. 손바닥만큼 한 작은 접시에 찰떡을 떼놓고 창턱, 문턱, 덕대, 찬장 등에 하나씩 놓았다. 아마 한 열 곳은 넘었을 것이다. 고방과 안방에도 놓았다. 그리고 차례 떡도 차리는데, 상에 떡 한 사발과 명태 등을 놓고 술을 붓고 절을 했다. 역시 세 잔 따르고 아홉 번 절했다. 정주간의 맨 끝, 즉 안방과 고방 사이 중간기둥이 위치한

---

8) 국립민속박물관, 앞의 책, 310쪽.

앞에 상을 차린다. 그리고 떡을 놓은 곳에는 모두 촛불을 켜놓는다. 고물은 올리지 않고 떡을 담은 그릇만 놓는다. 제사는 아버지 엄마가 지내며, 아들이 크면 한다. 여기 사람들은 집집마다 했는데, 간혹 안 하는 집도 있었다. 단군이야기는 들어본 적이 없다. 전통이니까 이날이 오면 상산제를 지내는데 일 년 농사가 잘되었다는 의미에서 하는 것이다. 귀신이 잘 지도해 주었기 때문에 지내는데 술이나 한잔 먹어라 하는 뜻이다. 문화대혁명기간에도 어떤 집에서는 지냈다. 아마 도거리 이후부터 상산제를 지내지 않았을 것이다.[9]

사례 3 : 용정시 지신향 장재촌

10월 초하루부터 초열흘까지 아무 날이나 택하여 떡을 찐 다음 떡을 떼어 고간의 아무 덕에나 올려놓고 농사가 잘 되게 해달라고 시아버지가 빌었다. 1940년대까지 하는 것을 보았다.

가을에 집집마다 저녁에 집 울안 짚가리 앞에 떡·냉수 등을 상에 차려놓고 칠성에게 집안에 탈이 없게 해달라고 부친이 빌었다. 이를 지신제라고도 한 것 같다.[10]

사례 4 : 용정시 지신향 영동촌

10월 초하루 노인들이 상산제를 지냈다. 조이가리 앞에 상을 차리고 절을 했다. 단군절이라고 한다. 상에다 찰떡만 놓고 하더라. 마당에 있는 조이가리에서 한다. 내가 아이일 때 보았다.[11]

사례 5 : 연길시 장백향 인평촌

낟가리제사를 50년대 초반에 인평촌에 있는 외갓집에 갔다가 보았다.

---

9) 정창복, 남, 1935년생, 용정시 지신진 명동촌민.
10) 국립민속박물관, 앞의 책, 315~316쪽.
11) 김서, 남, 1928년생, 용정시 지신진 영동촌민.

동네에서 하는 것이 아니라 개인들이 했다. 가을에 벼 낟가리를 마당에 들여온 다음 탈곡하기 전에 한다. 낟가리 앞에 상을 차리고 감주를 부어놓고 외할아버지가 나가 절을 하고 뭐라고 말했다. 감주는 작은 노란 공기에 한 잔만 올린다. 그리고 명태를 올리고 젓가락을 올린다. 기억이 생생한 것은 내가 그 상을 들고 집에 들어갔는데, 외할아버지가 아이들을 왜 이런 일을 시키는가, 하고 호통을 쳤다. 아마 풍년이 들어 감사하게 잘 먹겠습니다하는 뜻인 것 같았다.12)

사례 6 : 연길시 팔도향 백석촌

엄마가 10월 상산을 했다. 낟가리 밑에 상을 차려놓고 그 위에 차좁쌀 밥 세 사발을 올려놓고 했다. 단을 묶어 가려놓고 탈곡하기를 기다릴 때다. 조이 단을 묶어서 동그랗게 곱게 만든다. 탈곡하기 전에 농사가 잘 됐다고 했다. 시간은 해가 질 때 조금 어두컴컴할 때 했다. 술을 놓지 않고 밥과 물을 떠놓았는데, 꼭 구렁 물에 가서 새로 길었다. 개체를 할 때까지 했으니 1950년대까지 했을 것이다. 단군 소리는 들어보지 못했다. 그저 시월상산이라 불렀다.13)

사례 7 : 화룡현 룡수향 룡호촌

농민들은 매년 음력 10월 1일부터 10일 사이에 날을 받아서 낟가리 곁에 떡함지를 놓고 농신에게 제사 지낸다. 이것을 '시월상산' 혹은 '상산제사'라고 한다. "상산떡을 아무리 많이 먹어도 체하지 않는다"는 속담이 있다. 그 까닭은 첫째로는 상산떡은 아주 정성을 들여서 만들기 때문이고 둘째로는 상산떡은 농신에게 차려주는 떡이기 때문이다.14)

---

12) 윤성호, 남, 1941년생, 연길시민.
13) 최순금, 여, 1943년생, 연길시 백석촌민.
14) 천수산, 앞의 책, 687~688쪽.

사례 8 : 화룡시 용화구 집시촌

낟가리제사는 매년 음력 10월 상순에 지낸다. 낟가리제사를 시월 상산제사라고도 한다. 조이찰떡을 몇 십 근씩 쳐서 낟가리 밑에 상을 놓고 그 위에 떡을 함지채로 놓는다. 가정주부가 그 앞에 꿇어앉아 손을 비비면서 농신에게 기도를 드린다. "하느님의 덕분에 올 농사는 잘 되었습니다. 새해에도 농사가 잘 되게 해주십시오!" 그리고는 다른 음식도 다소 마련해 놓고 동네사람들을 초청하여 음식을 함께 먹는다. 낟가리제사는 마을사람들이 동일한 날짜에 지내는 것이 아니라 서로 행사가 중복되는 것을 피면하기 위하여 날을 선택하여 지낸다. 그 시기에는 찰벼가 없었으므로 주로 조이찰떡을 쳐서 낟가리제사를 지냈다.[15]

사례 9 : 화룡시 동성진 해란촌

상산제는 단군제라고도 한다. 음력 10월 1일이나 2일에 지내며 주로 함경도 사람들이 한다. 10월이면 수확이 마무리되어 곡식가리들이 다 들어오는 시기이다. 제의의 대상신은 단군이며 그 목적은 단군이 하늘에서 내려와 만백성에게 농사짓는 법을 가르쳐 주어 농민들이 살아갈 수 있도록 해주었기 때문에 그 은혜에 감사하여 단군을 위하고 기리기 위한 것이다. 먼저 준비과정으로 상산떡을 만들 때면 볏가리 앞에서 햇곡을 여러 번 찧는다. 일반적으로는 3번이나 5~6번 찧기도 함. 이때 눈만 내놓고 얼굴을 전부 수건으로 싸며 입도 막아 부정이 들지 않도록 한다. 그런 다음 조용하고 깨끗한 곳에 있는 우물에 가서 남이 긷기 전에 먼저 물을 길어 쌀을 씻어 조용히 떡을 친다. 이처럼 떡을 만들 때는 온갖 정성을 다한다. 제상에는 떡만 놓는데 시루채로 놓고 기원을 한다. 그 다음에는 찰떡을 큼지막하게 떼어 낟가리에 붙여놓고 절을 한다. 나머지 떡은 식구들끼리 나누어 먹는다. 상산떡은 아무리 먹어도

---

15) 천수산, 위의 책, 688~689쪽.

배탈이 나지 않는다고 한다. 낟가리의 떡은 굳을 때까지 놓아두며 낟가리 칠 때 떡을 다시 쪄서 먹는데 조금씩 나누어 먹는다.[16)]

《표 1》을 통해 알 수 있는 것처럼, 상산제는 본래 단군과 관련된 제사이다. 함경도에서 상산제의 대상신은 당연히 단군이며, 그 기능을 볼 때 국조신인 동시에 농경신, 안택신의 성격도 지니고 있다. 그러나 연변에서는 전승과정에 일정한 변화를 가져오게 된다. 일단 제의 명칭에서 많은 변화를 보이는데, 원래 함경도에서는 향산제나 단군제로도 불렸지만, 연변에서는 시월상산 또는 낟가리제사가 가장 보편적인 이름이며, 향산제나 단군제의 이름은 거의 보이지 않는다. 위의 9개 사례 중에서 향산제라는 명칭은 전혀 확인되지 않으며, 단군과 관련이 있다고 생각하는 곳도 고작 두 곳뿐이다. 따라서 제의의 대상이 초기의 단군에서 산신, 지신, 칠성신, 농신, 하느님으로 다양하게 나타난다.

위의 사례를 살펴보면, 연변의 상산제에서 단군은 대상신에서 점차 빠지게 되는 결과를 보인다. 늦어도 1920년대 또는 그 이전에 태어난 사람들의 경우 간혹 시월상산이 단군제라는 것을 기억하고 있지만, 그 이후에 태어난 사람들은 대부분이 이 사실을 전혀 알지 못하고 있다. 심지어 단군이 누구인지도 모르는 사람이 매우 많았다. 이는 1930~1940년대 일제의 민족문화말살 정책과 밀접한 관련이 있을 것으로 추측된다. 그럼에도 불구하고 제의의 목적은 여전히 가족의 안녕과 추수의 감사 등으로 큰 변화가 없음을 확인할 수 있다. 다시 말해, 시조신의 신격이 사라진 반면, 기존의 농경신, 안택신의 기능을 산신, 지신, 농신, 칠성신 등을 통해 여전히 수행하고 있음을 확인할 수 있다. 이런 의미에서 연변의 상산제는 추수감사의례인 동시에 가족의 안녕을 기원하는 벽사진경의 의례이기도 하다.

---

16) 국립민속박물관, 앞의 책, 321쪽.

낟가리제시라는 이름에서도 알 수 있듯이 연변지역에서 상산제의 가장 큰 기능은 추수감사임을 확인할 수 있다. 위의 아홉 개 사례들 중에서, 두 번째와 세 번째 사례를 제외하면, 제사장소가 모두 낟가리 앞 또는 낟가리를 쌓아둔 마당으로 한정됨을 알 수 있다. 이는 상산제의 주목적이 한 해 농사에서 풍년을 안겨준 신령에 대한 고마움의 표현, 더 나아가 내년의 풍년을 기원하는 기풍제(祈豊祭)의 성격을 지니고 있음을 말해준다. 동시에 연변에서는 상산제가 본래부터 가지고 있는 또 하나의 중요한 기능, 즉 일가안택의 기능이 많이 쇄락되어 있음을 확인할 수도 있다.

위의 사례들 중에서, 명동촌과 장재촌의 경우를 제외하면 집안에서 행하는 의례는 거의 찾아볼 수 없다. 즉 상산제의 일가안택의 기능을 확인할 수 있는 사례는 명동지역에만 한정된다는 사실이다. 따라서 명동지역에서의 상산제 신앙은 초기 상산제의 성격을 가장 완전하게 보존하여 온 사례로 큰 의미를 지닌다고 할 수 있다. 특히 필자가 조사한 사례 2의 내용은 〈표 1〉의 무산군의 사례와 매우 흡사하다. 연변지역에서 일가안택의 기능이 많이 소실된 배경에는 이주사회의 특수성, 즉 먹고살기가 최우선이고, 따라서 농업생산에 모든 것을 의지할 수밖에 없었던 사실과 밀접한 관련이 있다.

특별한 경우를 제외하고, 상산제의 제주는 당연히 한 가정의 호주가 담당한다. 그러나 대부분의 가정신앙에서, 예를 들면 성주, 조상, 삼신, 조왕, 터주, 측신 등과 관련된 제사에서는 대체로 가정주부가 제주를 담당하게 된다. 유독 상산제에서만 일가족의 좌장인 호주가 제주를 담당하게 되는 이유는, 우선 시월상산에서 농업신이 차지하는 위상이 너무 큰 것과 관련이 있다. 즉 "男主外, 女主內"의 관점에서 볼 때, 농업은 남성의 영역임에 틀림이 없다. 다른 하나는 일가안택, 즉 한 가족의 운명과 관련된 사항이었기 때문에 당연히 남성의 영역으로 인정받았던 것이다. 사례 2에서 정주방에 차리는 상산상을 차례상이라 부르는 사실을 놓고 보아도, 본 제사에서 남성의 주도권을 확인할 수 있다.

상산제의 제수는 찰떡이다. "상산떡은 아무리 많이 먹어도 체하지 않는다."라는 속담이 있을 정도로 상산제에서 찰떡은 중요한 위치를 차지한다. 물론 일부 사례에서 제수로 밥을 쓰기도 하지만, 이는 전승과정에서 발생한 변이로 받아들일 수 있다. 지금은 찰떡이라면 당연히 흰 찹쌀떡으로 생각하겠지만, 적어도 1940~1950년대까지는 차조이로 친 노란색의 찰떡을 가리켰다. 위에서 언급했듯이, 1945년 당시 명동촌에는 360헥타르의 농지를 보유하고 있었지만, 그 중에서 수전은 고작 1헥타르였다. 명동촌이 이 정도라면 다른 곳은 굳이 설명할 필요가 없다. 제수로 이외에도 명태와 감주가 보인다.

본래 상산제의 제일은 단군이 탄생한 10월의 어느 하루인데, 연변에서는 대체로 10월 초순으로 한정하고 있다. 비록 같은 마을일지라도 가족마다 제일은 서로 차이가 났다. 상산제가 중요한 행사인 만큼 가족마다 가능한 같은 날을 피하고 싶었던 것이다.

상산제는 우선 농경문화의 산물이고 동시에 가족이 하나의 경제단위로 남아있을 때에만 가능한 의식이다. 연변지역에서 상산제는 낟가리제사로 통하며, 따라서 이 제사를 지내려면 우선 낟가리가 있어야 한다. 즉 농업생산에서의 가족경영이 전제되어야 한다는 점이다. 그러나 중국은 1950년대에 사회주의 개조를 통해 토지를 개인소유에서 국가소유로 전환시켰다. 따라서 농민은 가족의 일군에서 인민공사의 사원으로 신분이 바뀌었고, 생산은 가족단위에서 집체단위로 넘어갔다. 마을마다 탈곡장이 있어 낟가리도 더 이상 집 마당에 들일 필요가 없었다. 이 같은 이유로 상산제는 인민공사화가 마무리되는 1958년을 기점으로 급격히 사라져 갔다. 오로지 명동의 상산제가 1970년대까지 남아있을 수 있었던 것은, 이곳의 상산제가 추수감사제 외에도 안택의 기능을 충실히 수행했기 때문에 가능했다.

4. 상공당제사의 성격

1950년대까지만 하더라도 연변지역에서 상공당 신앙은 매우 보편적인 현상이었다. 늦게는 1950년대에 태어난 사람들도 상공당에 대한 기억을 하고 있다. 상공당은 개인에 따라 상공단, 성공당, 삼공당 등으로도 불리나 필자의 조사에 의하면 가장 많은 쓰이는 용어는 그래도 상공당이다. 상공당 관련 용어를 한자로 살펴보면 아래의 세 가지로 표기할 수 있다. 하나는 '誠貢堂'이다. 이와 관련된 기록을 보면, 평안도 민간신앙에 성공당제사가 있는데 이는 기자풍속의 일종으로 알려지고 있다. 지역적으로 보나 제의 내용으로 보나 상공당과는 거리가 멀다.

다른 하나는 '三公堂'인데, 1996년 한국 국립민속박물관에서 출간한 『중국 길림성 한인동포의 생활문화』에 실린 내용이다. 지금까지 문헌에 소개된 상공당 관련 기록은 이 책에 실린 아래의 네 기록이 전부이다.

사례 10 : 용정시 지신향 장재촌

가을에 삼공당에 치성을 드린다. 제물로는 돼지를 잡아 살을 쳐서 올리고, 제관과 동네사람들이 모두 두루마기를 입고 제를 올리며, 산신령에게 온 동네가 무사히 지내게 해달라고 빈다. 가지고간 제물은 그곳에서 모두 먹는다. 떡을 콩고물에 버무려서 꿰어 주고 돼지고기도 꿰어 나누어준다.[17]

사례 11 : 용정시 지신향 장재촌

한족들이 믿는 사당은 삼공당(三公堂)이라 했는데 역시 오봉산에 있었다. 장재촌 마을의 노인들에 의하면 한족 농민들이 정초가 되면 돼지나 강아지 고기를 김이 무럭무럭 나는 것을 통째로 가져와 바치고 갔다고 한다. 그래서 장재촌의 조선족들은 그믐날 파제한 후에 몰래 들어가서 가져와서 먹어

---

17) 국립민속박물관, 위의 책, 316쪽.

버리곤 했다고 한다. 한족의 신앙을 비웃었지만 아무 일도 없었다고 한다. 현재 삼공당은 없어졌다.[18]

사례 12: 용정시 지신향 장재촌
3월 열여섯 날 삼공당에 대삼공을 들였다.[19]

사례 13: 화룡현 동성향 해란촌
음력 3월 16일 대삼공이라 하여 삼공단에 치성을 드린다. 일 년에 두 번, 3월 16일과 9월 16일에 제를 지낸다. 제수로는 돼지를 쓰며, 집집이 진지를 해서 가지고 간다.[20]

위의 장재촌의 두 기록을 보면, 같은 보고서에서 내용이 많이 엇갈리고 있음을 확인할 수 있다. 이름의 정확여부를 떠나, 한족의 제사인지 조선족의 제사인지조차 확정할 수 없다. 그리고 정초에 올린 것을 그믐날 파제한 후 가져다 먹었다는 기록도 시간적으로 의문의 여지가 있다. 단 본 제사가 마을제사의 일종이며, 주변의 한족들과 일정한 관련이 있었음을 확인할 수 있다. 이 같은 의문을 풀고자 필자는 상공제와 관련하여 70세 이상 되는 노인들을 대상으로 현지조사를 진행했다. 그러나 상공당의 존재를 알고 있으나 그 내용에 관해서 잘 알고 있는 사람은 별로 많지 않았다. 조사과정에서 확보한 내용을 소개하면 다음과 같다.

사례 14: 용정시 지신향 영동촌
영동촌 서쪽에 작은 산봉우리 네 개가 줄을 지어 있는데 이곳 사람들은

---

18) 국립민속박물관, 위의 책, 139쪽.
19) 국립민속박물관, 위의 책, 314쪽.
20) 국립민속박물관, 의의 책, 320쪽.

네드렁봉이라 부른다. 예전에 영동에서 명동으로 가려면 네드렁봉 사이 골짜기를 지나면 되는데, 그 입구에 큰 나무가 있고 그 밑에 상공당이 있었다. 거기에 나무로 작게 사람모양을 만들어 놓았다. 그리고 나무에는 늘 헝겊(천)이 걸려 있었다. 나는 어릴 때 명동소학교를 다녔는데 매일 그 옆을 지나다녔다. 상공당제사는 마을제사가 아니고, 개인별로 집에 무슨 일이 있으면 조용히 지냈다. 개인별로 제를 지냈다. 마을동네 제사는 아니다. 그저 나무에 제를 지냈다. 상공당은 문화대혁명 전까지 있었는데, 지금은 그곳에 밭을 만들었다.[21]

사례 15 : 화룡시 부흥촌

내가 화룡시 부흥촌에서 태어났는데, 마을 근처에 상공당이 있었다. 가정에 좋은 일이나 나쁜 일이 있을 때 상공당에 찾아가서 빌었다. 특히 먼 길을 떠날 때 혹은 자식이 시험을 치거나 집에 일이 안 풀리면, 가장이 가서 제를 지냈다. 집이 잘되기를 비는 것이다. 상공당은 작은 집인데 그저 농촌의 창고만큼 컸다. 그때는 한족들이 많이 믿었다. 보통 한족들이 사는 동네에 많았다. 안에다 신상을 모시고, 단지를 놓고 향을 피우고 음식을 놓았다. 한족들이 '쌍꿍(上貢)'을 간다고 했는데 아마 그 말일 것이다. 상공당은 문화대혁명 때 없어졌다.[22]

사례 16 : 용정시 덕신향 금곡촌

우리 마을에서는 일 년에 한 번씩 상공당에 제사를 지냈다. 상공당이 있었는데 나무에다 했다. 개인이 평소에 하는 제사가 아니다. 돼지를 잡고 집집마다 밥을 한 사발씩 떠간다. 간이랑 순대를 함지에 이고 가는데 아이들이 따라가면 나누어 준다. 주로 남자들이 제사를 지냈다. 어떤 한족 마을에서는

---

21) 김서, 남, 1928년생, 용정시 지신진 영동촌민.
22) 배문식, 남, 1956년생, 화룡시 부흥촌민.

제단을 차리고 만티(찐빵)를 놓는다. 조선 사람들은 밥을 한다. 차조로 했을 것이다. 떡은 반드시 콩고물로 하는데, 제사 때는 절대 패끼(팥)고물을 쓰지 않는다. 쉬땡기(수숫대)로 떡을 꿰서 아이들에게 나누어주었다. 떡은 아마 공동으로 했을 것이다.[23]

사례 17 : 연길시 백석촌

옛날에 상공당은 다 있었다. 해마다 한 번씩 마을의 무사를 위해 제를 지냈다. 돼지를 잡아서 순대를 하고 또 찰떡도 한다. 콩고물에 찰떡을 해서 아이들에게 나누어주었다. 상공당이라고 마을에서 지점이 있는데 나무 밑이다. 집을 안 짓고 제일 오래된 나무 밑이다. 아이들은 고기와 찰떡을 얻어먹으러 따라다녔다. 집집마다 고기를 나누어주었다. 삶아서 했다. 술을 붓고 '유세차' 하면서 아바이(할아버지)들이 했다. 상공당 나무를 베고 낭패를 본 곳도 있다. 우리 마을은 아니고 삼합의 어느 마을인가 그것을 베고 사람이 몇이 죽었다고 하더라.[24]

필자의 조사에 의하면, 연변에서 '삼공당'이라 부르는 곳은 거의 없었다. 그리고 민간신앙과 관련하여 중국에는 '상공당(上供堂)' 혹은 '상공단(上供壇)'이란 말은 있어도 '삼공당(三公堂)'이란 말은 없다. 그리고 지역을 불문하고 연변지역의 거의 모든 사람들이 상공당이라 부르는 것을 보면, 이 이름이 가장 보편적인 것임을 확인할 수 있다. 그리고 사례 11, 15 등에서 보이듯이, 일부 지역에서 상공당은 한족의 상공(上供) 풍속과 관련이 있을 가능성이 있다. 한족들은 제를 올리는 것을 '쌍꿍(上供)'이라 말한다. 그러나 이것은 제사를 올린다는 말로 제사의 명칭이 되지는 않는다. 그리고 한족과 전혀 관련이 없는 마을에서도 상공당 신앙은 아주 광범위하게 존재하며, 게다가

---

23) 정희옥, 여, 1941년생, 용정시 덕신향 금곡촌민.
24) 최순금, 여, 1943년생, 연길시 백석촌민.

소선족들 사이에서는 상공당에 관하여 여러 가지 속담까지 전해지고 있다. 예전에 노인들은 공손한 행위를 보면 "상공당 섬기는 듯하다."고 했고, 물건을 높이 쌓아올리면 "상공당처럼 쌓는다." 또는 "상공당처럼 솟는다."고 했다. 이런 사실들을 고려하면 상공당 신앙이 조선족 고유의 신앙임을 확인할 수 있다. 다만 전승과정에서 지역에 따라 혹은 개인에 따라 '상공'이 '성공' 또는 '삼공'으로 와전되었을 가능성이 많다.

위의 상공당 관련 기록들 중, 사례 14과 15를 제외하면 모두 개인제사가 아닌 마을제사임을 확인할 수 있다. 즉 상공당제사는 우선 마을제사의 일종이며, 일부 마을에서는 개인단위로 필요에 따라 수시로 지냈던 것으로 볼 수 있다. 금곡촌이나 백석촌의 경우 상공당제사는 곧 산천제 또는 산신제에 해당하며, 장재촌의 경우에도 사례 10을 보면 제보자에 따라 산천제나 산신제와 구별 없이 사용했던 것으로 보인다.

5. 마을제사의 종류 및 변천

본래 마을제사는 지역과 개인에 따라 불리는 이름이 다양하다. 명동지역만 놓고 보더라도, 해방 전까지 상공당제사를 제외하고 산천제, 산신제, 부군치성, 기우제 등이 다양하게 존재하고 있었다. 지금까지 소개된 명동지역의 마을제사를 도표로 작성하면 〈표 2〉와 같다.

우선 명동촌의 경우, 같은 보고서에 다섯 개의 마을 제사가 확인된다. 제일을 보면 봄, 청명, 가을, 추석, 중구 등으로 보이는데, 아무리 잘 사는 마을일지라도 한 해에 다섯 번씩 공동제사를 지낸다는 것은 거의 불가능한 일이다. 그리고 〈표 2〉를 보면 실제로 제사 1·2·4는 같은 제사일 가능성이 아주 크고, 제사 3·5 역시 같은 제사임을 추측할 수 있다. 다만 제보자에 따라 산신제 또는 산천제로 조금씩 차이를 보이나, 이 두 이름은 연변에서

<표 2> 명동촌의 마을제사

제사명칭	제일	제터	제주	제수	기타사항
1.칠석제사	칠석	산		소, 진지밥	추렴을 통해 소를 준비
2.산천제	봄, 가을				봄 기원, 가을 추수감사
3.중구일제사 (산신제)	중구	명산	촌장		
4.산천제 (부군치성)	봄, 가을 7월			닭	쌀과 닭을 거둠. 봄 기원, 가을 추수감사. 부군치성 이라고도 부름.
5.산신제	청명, 중구	오봉산(명산)	촌장	돼지	

출처 : 국립민속박물관,『중국 길림성 한인동포의 생활문화』, 137~311쪽.

가장 많이 보이며 실제로 통용된다. 그리고 칠석제사 또는 중구제사는 실제로 가을에 올리는 마을제사인데, 바로 산신제 또는 산천제이다.

위의 내용을 종합하면, 명동마을에서는 대체로 한 해에 두 번씩 봄과 가을로 나누어 제사를 지냈던 것은 분명하다. 봄의 경우 청명, 간혹 단오에 지냈을 가능성이 크고, 가을의 경우 시대에 따라 추석 또는 중구에 지냈을 가능성이 크다. 해방 전까지 연변사람들은 한식에 묘제를 지냈는데, 그렇다면 청명에 마을제사를 지낼 수도 있었다. 한식을 동지로부터 105일로 설정할 경우 대략 청명 이튿날이 되는데, 이렇게 되면 청명 마을제사 때 잡아서 나누어가진 돼지고기나 소고기로 한식 묘제를 지낼 수 있게 된다. 그리고 마을 노인들의 추억에 의하면 1950년대까지 마을에서는 단오명절 행사 때면, 마을 뒤편에 윤동주 고택 뒤에 자라는 비술나무 밑에 쇠고기와 돼지고기 등 음식을 차려놓고 공동제사를 지낸 후 씨름이나 그네놀이를 했다고 한다.

마을제사의 목적을 보면, 봄에는 마을의 무사태평과 오곡의 풍년을 기원하고, 가을에는 풍년이 들게 도와준 데 대한 감사의 마음을 전달하고자 했다. 마을제사인 만큼 제주는 촌장이 담당하고, 간혹 마을 좌상(座上)이 대리하는 경우도 있었다. 제수는 추렴을 통해 마련하며, 사정에 따라 쌀 또는 돈을 거두어 떡을 치고, 작황이 좋을 경우 소를 잡고 그렇지 못할 경우 돼지나 닭을 올리는 것으로 나타난다. 이외에 가정별로 진지밥(메)을 한 그릇씩 따로 준비하여 제사상에 올리는데, 이런 풍속은 연변의 다른 마을에서도 보편적으로 확인된다.

<표 3> 장재촌의 마을제사

제사명칭	제일	제터	제주	제수	기타사항
1.국시당제사	봄, 가을	국시당		돼지	
2.기우제	여름	선바위, 개울		개	개피를 선바위에 바름. 여성들이 개울에서 물장구를 침.
3.산신제	단오 전후	오봉산 큰 나무 밑		돼지, 닭, 순대, 밥	반드시 장군이 난다고 함.
4.부군제사 (국시당)	설, 칠석, 추석	선바위		돼지	설에는 돼지 두 마리, 칠석에는 돼지 한 마리, 추석에는 각자 음식을 올림. 70여 호 참여. 경비는 추렴을 통해 마련.
5.비술나무제사	정월 보름	마을 뒷산		떡과 술	원하는 사람들만 추렴. 개인별로 필요시에 지내기도 함.

출처 : 국립민속박물관, 『중국 길림성 한인동포의 생활문화』, 137~311쪽.

장재촌의 경우 제사가 다양하게 나타난다. 그러나 자세히 들여다보면 제사 1과 4는 하나일 가능성이 많다. 우선 제사 1에 관련된 내용을 보면 한 줄로 끝나는데, 제보자가 정확하게 아는 내용이 아닌 것으로 보인다. 그러나 제사 4를 보면 아주 구체적으로 묘사되며, 그리고 관련내용을 보면 장재촌에서 부군제사가 바로 국시당제사라고 언급하고 있다. 그렇다면 장재촌의 마을제사는 부군제사로 설과 칠석에 마을단위로 이루어진 것임을 알 수 있다. 물론 봄과 가을 칠석에 행해졌을 가능성도 배제할 수 없다.

명산인 오봉산은 명동지역의 많은 마을에서 산신제의 제터로 공동으로 이용했다. 명동촌은 아예 마을제사를, 장재촌은 마을제사 이외에 제일을 선정하여 신성한 이곳에서 산신제를 따로 지냈던 것이다.

그리고 비술나무제사는 분명히 신격이 존재할 것인데, 지금으로서는 확인할 수가 없다. 다만 같은 날에 원하는 사람들만 간단히 제를 올렸다는 사실을 보면, 마을제사의 성격이 미약하게나마 보인다. 그러나 공동으로 돼지를 올리지 않고, 게다가 기타 시간대에 개인별로 지낸다는 사실은 개인제사의 성격이 짙다.

기우제 풍속은 연변의 많은 지역에서 확인된다. 장재촌의 경우 개를 잡아 피를 바위에 바르고, 여인들이 개울에서 물장난을 친다고 했다. 즉 개의 피로 성역을 오염시켜 하늘로 하여금 비를 내려 바위를 씻어내게 하고자 했다. 이와 동시에 유감주술(類感呪術)의 일종으로 보이는, 여성의 물장난으로 비를 청하는 방법이 사용된다. 기우제는 마을마다 다양했다.

장재촌의 바로 뒷산 너머 마을인 영동에서는 그 장대에서 기우제를 지냈다. 방법은 살아있는 돼지를 제터에 끌고 가 잡은 후, 솥을 설치하고 그 자리에서 고기를 삶는다. 그리고 기도를 올린 후 칼을 던져 끝이 앞으로 향하면 용신이 받아들였다고 제사를 마무리한다. 만약 칼끝이 사람 쪽을 향하게 되면 제사를 다시 한 번 중복하는데, 칼끝이 앞으로 향할 때까지 계속한다.[25]

마을단위의 제사에는 여성들이 참여하지 않는다. 집에 남성 가장이 없을 경우 다른 사람에게 부탁해서 진지밥을 올린다. 그러나 아이들은 고기나 떡을 얻어먹는 맛에 남녀 구분 없이 따라다녔다.

명동촌과 장재촌의 마을제사를 비교해 보면, 명동촌의 뒷산은 상대적으로 지세가 낮고 게다가 대부분이 개간되어 있었기 때문에 제터로는 적합하지 않았다. 그리하여 상대적으로 먼 거리에 있는 오봉산이란 명산을 선택하게 되었다. 그러나 장재촌은 근처에 양기가 강한 선바위가 있어 굳이 멀리 찾을 필요가 없었다. 그럼에도 오봉산의 정기가 하도 강했기 때문에, 기본

---

25) 김서, 남, 1928년생, 용정시 지신진 영동촌민.

〈그림 2〉 명동촌 동남쪽에 위치한 오봉산

마을제사 외에도 한 해에 한 번씩 이곳을 선택하지 않았을까 하고 추측할
수 있다.

6. 맺음말

과거 한반도에서는 단군신앙을 토대로 한 상산제가 유일하게 함경도지역
에서만 전승되어 왔으나 일제시기 조선총독부 조사자료를 제외하면 지금까
지 알려진 바가 거의 없다. 특히 한국전쟁 이후 북한에서 체제변화가 본격적
으로 진행되면서 상산제 같은 민간신앙이 남아있을 가능성은 거의 없다고
볼 수 있다. 그러나 연변지역의 명동촌에서는 1970년대까지 이 전통이
거의 그대로 남아있었다. 위에서 언급했듯이, 상산제는 본래 가족안택과
추수감사의 기능을 두루 갖춘 단군관련 민간신앙이었다. 함경도에서 연변
으로 전파된 후, 상산제는 우선 단군이란 신격이 점차 퇴색되었다. 이와

동시에 가족안택의 기능이 약화되는 반면 추수감사의 기능이 강화되면서, 대부분 지역에서 낟가리제사로 변모하게 된다. 이런 낟가리제사가 1950년대 말 인민공사화를 겪으면서 완전히 설 자리를 잃게 되었다. 그러나 명동의 상산제는 두 가지 기능을 적절히 전승해왔기 때문에, 인민공사화 이후에도 가족안택의 기능만을 이어오면서 1970년대까지 이어질 수 있었다.

그리고 마을제사에서는 상공당, 산신당, 산천당, 부군당 제사가 주를 이루는데, 그렇다고 이들 사이에 큰 차이가 있었던 것은 아니다. 다만 마을에 따라, 가문에 따라 부르는 이름이 달랐을 뿐이다. 실제로 '집단부락'을 제외한 연변지역의 대부분 마을은, 주로 자유이민으로 형성된 공동체이다. 이런 마을에는 같은 함경도일지라도 서로 다른 군에서 이주한 사람들이 뒤섞여 살았다. 이것이 바로 같은 마을에서 동일한 제사가 서로 다른 이름으로 불리게 된 하나의 큰 이유이다.

참고문헌

국립민속박물관, 『중국 길림성 한인동포의 생활문화』, 국립민속박물관, 1996.
천수산, 『중국조선족풍속백년』(한글판), 심양 : 료녕민족출판사, 2011.
吉林省民族研究所, 『吉林省朝鮮族社會歷史調査』, 北京 : 民族出版社, 2009.
村山智順, 『釋典·祈雨·安宅』, 東京 : 國書刊行會, 1972.

박 금 해

20세기 초 간도지역
기독교계 학교의 설립과 민족교육

1. 머리말

주지하다시피 간도지역은 민족독립운동사에서 중요한 역할을 감당하였던 역사적인 공간이었다. 간도지역이 민족독립운동의 중요한 본거지로 자리 잡기에까지는 많은 복잡한 사회적 요소들이 얽혀 있겠지만, 무엇보다도 간도지역의 바탕에 깔려 있는 이주민사회의 힘을 간과할 수 없다. 19세기 말부터 시작된 조선인의 대규모적 이주로 간도지역은 한반도의 연장선으로서의 또 다른 새로운 조선인들의 삶의 공간이 개척되었으며 이 삶의 공간은 종교운동, 교육운동 및 기타의 일련의 사회활동에 힘입어 단순한 생계의 차원을 벗어난 경제적, 정치적, 사회적 공동체로 거듭나기 시작하였으며 미구에 민족독립운동의 중요한 무대로 발돋움 하게 되었다.

바로 이와 같은 간도지역의 특수한 지정학적 위치와 독립운동사적 의미에 입각하여 간도지역의 민족독립운동사는 줄곧 학계의 중요한 연구과제로 부각되었으며 그중에서도 특히 봉오동전투, 청산리전투를 중심으로 한 간도지역의 반일민족독립운동사 연구가 활발하게 전개되고 있다. 또한 민족독립운동의 중요한 인적기반 역할을 해온 간도 조선인 민족교육도 부단히 조명을 받고 있으면서 민족독립운동사 연구의 폭도 부단히 넓혀지고 있다. 그러나 학계의 연구를 일괄해보면 아직도 독립운동사 일변도 연구에 편향되어 있음을 지적하지 않을 수 없다. 특히 간도 조선인 이주민들이 하나의 새로운 공동체를 이루기까지의 기나긴 과정에 그들의 사상적·영적 계몽, 종교 인사들의 정치·경제·문화 등 제반분야에 거친 역할 등이 아직 다양하게 조명되고 있지 못하고 있기에 간도가 반일민족운동의 본거지로 부상하게 된 그 바탕에 대한 해석이 설득력 있게 이뤄지지 못하고 있다. 민족교육운동사 연구 역시 교육의 민족적 성격 부각에만 집착하고 그 내면의 부동한 사회계층과 인물, 단체들의 역할에 대한 연구는 별로 많지 않다.

이에 이 글에서는 간도가 독립운동의 본거지로 부상하게 된 사회적 근저에서 특히 기독교의 역할을 감안하여 간도 조선인사회의 형성과정에서의 종교적 계몽 및 민족교육에서의 기독교계 교육운동에 초점을 맞추고자한다. 간도 조선인사회의 형성, 교육운동의 전개 및 민족독립운동에서의 기독교외의 다른 종교들의 사회적 역할도 간과할 수 없지만, 굳이 기독교로 한정함은, 당시의 기독교가 단순한 선교의 차원을 벗어나 간도 조선인공동체의 면면에 밀착되어 있었으며 특히 기독교 인사들이 간도 조선인사회의 사회단체, 교육활동, 생업활동, 민족운동 등의 중심에 있었다 해도 과언이 아닐 정도로 간도 조선인공동체와 긴밀한 관계를 유지하였기에 간도 조선인사회의 기독교전파 및 기독교계 교육활동의 조명은 전반 재만 조선인사회 연구의 기초적인 작업이 될 수 있다는 생각에서이다.

2. 조선인의 간도 이주와 종교적 계몽

1) 조선인의 간도 이주

중국경내에로의 조선인 이주의 시원에 대하여 여러 가지 주장이 있으나, 이주민공동체의 형성과 발전 및 오늘날 중국경내의 조선족 민족공동체와의 연관성에서 그 맥락을 살펴 볼 때, 조선인의 본격적인 이주는 19세기말로 보는 것이 타당할 것이다.

19세기 중엽에 이르러 청나라는 대내외적으로 위기에 직면하게 되었다. 중원지역의 인구급증으로 인한 농경지 및 식량부족으로 농민반란이 빈발하였으며 게다가 19세기 중반을 계기로 연이은 서구열강들의 침입과 일련의 불평등조약의 체결로 국가재정이 고갈되고 나라의 주권이 위협을 받게 되었다. 특히 동북 일대는 러시아가 북쪽에서 호시탐탐 침략의 기회를 노리고 있는데다가 17세기 중엽부터 시작된 장기간의 봉금정책으로 변강이 공허하고 수비가 경각에 달려 있었다. 러시아의 남하를 막고 군대의 식량을 해결하며 변강수비를 강화하려는 목적에서 1870년대부터 청나라 정부는 이민실변(移民實邊)정책을 실시하여 대내외적으로 직면한 곤경을 타개하려고 하였다. 1875년 봉천성(지금의 요녕성과 길림성의 동남부)에 대한 봉금령을 폐지하고 선후로 안동·관전·봉성과·장백·임강·집안 등 현을 설치하였으며 무민국을 설립하여 관내의 한족 유민들을 유치하여 황무지를 개간하게 하고 토지문서를 발급하였으며 조세를 받아들였다. 비록 청조정부의 이민실변정책의 대상은 주로 관내의 한족 유민이었으나 연이은 자연재해 및 조선후기의 '삼정문란'으로 극심한 생활고에 시달리던 조선북부의 이민들도 대거 압록강 북안지역으로 몰려들었다.

1880년대에 이르러 두만강 북안의 간도 일대에 대한 봉금도 해제되기 시작하였다. 1881년 청정부에서는 「성경동변간광지개간조례(盛京東邊間曠地開墾條例)」에 근거하여 길림성 남부의 남황위장(南荒圍場), 즉 간도지역을 개방하고 훈춘에 초간총국, 남강·동오도구·흑정자에 초간분국을 세우고 토지 무상 배분, 생산도구 및 소와 식량제공 등의 일련의 우대정책으로 관내의 한족 유민 유치를 꾀하였으나 지리적 원인으로 한족 유민들의 발길은 간도 일대를 비롯한 변경지역까지 크게 닿지 않았으며 따라서 청정부의 이민실변정책은 소기의 목적을 달성하지 못하였다. 이에 반해 조선인들은 비록 법적으로 그 이주가 허용되지 않았지만 지리적으로 강 하나를 사이에 두고, 또한 경지가 턱없이 부족했던 탓으로 몰래 두만강을 건너 간도지역에 들어와 대량의 황무지를 개간하였을 뿐만 아니라 사실상 크고 작은 조선인 부락을 이루고 정착생활을 하고 있었다. 이러한 현실에 비추어 청 지방당국은 이한실변(以漢實邊)정책을 이한실변(以韓實邊)정책으로 조율하여 조선이주민을 이용하여 간도지역을 개간하기로 하였다.

1885년, 청 지방정부는 「길림조선상민지방장정(吉林朝鮮商民地方章程)」에 근거하여 화룡욕에 통상국을 설립하고 광제욕·서보강에 분관을 설치하여 조선인의 월간사무를 관장하도록 하였으며 도문강 북안의 길이 700여 리, 너비 40~50여 리에 달하는 지역을 조선이주민을 수용하는 전문지역으로 확정하였다.[1]

1890년 청은 치발역복령을 반포하여 귀화입적을 조건으로 조선인들이 개간한 농지를 등록하고 토지문서를 발급하고 토지세를 징수하기 시작하였을 뿐만 아니라 두만강 이북지역에 4개 보(堡), 39개 사(社)를 설치하여 조선인들에 대한 통일적인 행정관리를 실시하였다. 당시 4보 39사에 편입된 조선인 가구 수는 4,308호, 인구는 20,896명이며 개척한 토지는 15,442헥타르에 달하였다.[2] 이민실변정책의 실시, 조선인 전문개간구역의 확정 및 4개보 39개사의 설립 등은 사실상 간도지역에서의 조선인의 이주를 합법화시킨 것으로, 이는 객관적으로 조선인 공동체의 형성에 정책적 및 공간적 여건을 마련해 주었다. 이때로부터 간도지역의 인구수는 급격한 증가세를 보여 결국 간도가 만주 일대에서의 가장 큰 조선인 집거지역으로 자리잡게 되었다.

1910년의 한일병합조약의 체결로 조선의 국운이 급격히 기울어지자 민족

---

1) 吳祿貞, 「延吉邊務報告」, 1907 ; 李樹田 주편, 『長白叢書』 初集, 길림문사출판사, 1986, 65쪽.
2) 徐世昌, 『東三省政略』, 邊務四, 第二章.

독립을 성취하기 위한 기지건설 및 인재양성을 목적으로 의병·유림인사·민족지사·종교인사 등 다양한 계층의 애국지사들과 단체들이 속속 그 활동무대를 간도를 비롯한 만주 일대로 옮기면서 기존의 이민과 다른 정치적 이민의 가세로 간도지역 이민의 규모는 점점 확대되었다.

또한 "선내(鮮內)의 문화진전에 따른 생활 곤란자", "인구과잉에 따른 생활고", "환경격변의 영향(합병에 불만을 품은 민족주의자, 강기진숙(綱紀振肅)을 피해 도주한 부정관리, 방탕무뢰한 무리, 각종 범죄자)", "선내 소작곤란으로 인한 이주자", "조선 내에서의 탁식회사, 수리조합 등 내지인 자본가들의 토지매입 및 내지인 이주로 경지가 부족한 농민"[3] 등 다양한 성격의 이민이 간도로 생활터전을 옮기면서 간도일대의 조선인 사회는 그 규모가 급속하게 팽창되었을 뿐만 아니라 간도지역의 주요한 주민으로 자리 잡게 되었다.(〈표 1〉 참조)

〈표 1〉 간도지역 민족별 인구증장 변화

연도	1907	1910	1912	1916	1922	1925	1926	1930
한인	77,032	109,500	163,000	203,426	323,806	346,194	356,016	388,366
%	76.6	76.4	76.8	76.8	81.8	80.4	80.1	76.4
중국인	23,456	33,500	49,000	60,896	70,698	82,472	86,349	117,909
%	23.3	23.4	23.1	23	17.9	19.2	19.4	23.2
일본인	120	320	320	660	1320	1,978	1950	2256
%	0.1	0.2	0.1	0.2	0.3	0.4	0.4	0.4

자료 : 上塚司, 『調査資料 제2집-間島事情』, 13~14쪽 ; 亞細亞第二課, 『間島問題調書』, 1931, 621~623쪽

조선인의 간도 이주는 처음의 생계목적의 이주로부터 정치이민이 가세하면서 그 성격이 다양해지게 되었고 따라서 조선이민들의 사회활동도 단순한 경제활동의 차원을 넘어 입적·사회결사·교육·종교·독립운동 등 다양한

---

3) 亞細亞第二課, 『間島問題調書』, 1931, 481쪽.

영역으로 반경을 넓혀갔으며 점차 조선인사회를 구축하기에 이른다. 또한 1907년의 일제가 '간도 조선인의 생명안전 보호'를 빌미로 용정에 조선통감부 간도파출소를 설립함에 따라 간도 조선인의 입장은 여러 가지로 복잡한 상황에 빠져들게 되었으며 중국당국의 조선인 이주민에 대한 관리와 정책도 본격적으로 가동하기 시작하였다.

2) 기독교의 전파와 종교적 계몽

간도 일대에 조선인의 집거공간이 형성됨에 따라 각종 종교세력의 유입도 시작되는바, 그중에서도 유럽 기독교계 선교단체의 선교복음운동의 움직임이 가장 활발하였다. 가장 일찍 간도 일대에 유입된 외래 종교로는 천주교로, 1896년에 김영렬이 조선 원산으로부터 화룡현 서학대에 돌아와 친척, 친우들에게 전도하면서부터 북간도지역에 전파되기 시작하였다. 1900년에 신도 최문화, 최병학, 김일룡 등이 대불동(용정에서 4㎞ 거리)에 이주하여 신도촌을 건립하였다. 1903년에는 김계일, 석해일, 박정규 등 10여 호의 신도들이 용정으로부터 조양구(지금의 용정시 팔도구)에 이주하여 신도촌을 이루고 교회를 건립하였다.[4] 천주교도들은 생계를 유지하기 위하여 선후하여 팔도구에서 식산조합, 협동조합을 조직하고 영암촌에서 연화조합(延和組合)을 조직하여 빈곤한 신도들이 상부상조하면서 자구하도록 하였다. 신도촌의 형성과 교회의 발전에 따라 각지에는 선후하여 포교수단으로서의 교회학교가 건립되었다. 1904년 영암촌에 화룡서숙을 건립한 데 이어 1906년 용정촌에 애주(愛主)·애국(愛國)·애인(愛人)의 삼애학교가 건립되고 이듬해 대교동에 교향의숙(教鄉義塾)이 설립되었다. 학교교육을 통한 포교활동을 통해 북간도지역의 천주교 교세는 신속히 확장되었다. 1909년 영암촌에 천주교

4) 李光象, 「延邊朝鮮族宗教概況」, 『朝鮮族研究論叢 1』, 延邊大學民族研究所, 1987, 278쪽.

당이 건립된 데 이어 용정촌, 팔도구 등지에 천주교당이 설립되고 주위의 촌락들에 천주교 공소가 설립되었다. 1910년대 초에 북간도지역에는 2,100여 명의 천주교신도들이 있었다.[5]

천주교의 뒤를 이어 기독교도 신속히 간도 일대에 파급되기 시작하였다. 간도지역의 기독교 선교는 함경도지방의 장로교회와 캐나다장로회 선교부가 맡아 진행하였으며 구체적인 전도는 간도선교를 위해 함경북도 성진에 주재하고 있던 캐나다장로회 선교사 그리어슨(R. Grierson, 具禮善)에 의하여 시작되었다. 1902년 그리어슨은 조사 홍순국과 함께 간도 각 지역과 시베리아 지역을 돌며 전도를 시작하였다. 그후 전도사 안순영이 이 지역에서 중국인 단금(單金)과 협조하여 전도활동을 함으로써 1906년에 양목정자교회·광제암교회 등이 설립되었다.[6]

그리어슨 선교사와 홍순국의 노력으로 1906년 용정에 예배처소가 마련되었는데, 1907년 캐나다선교부는 럽(A. F. Robb, 鄰亞力) 선교사를 이 지역에 파송하고, 1908년 3월에는 함북 성진 대리회에서 김계안 조사를 용정에 파송하여 교회를 인도하게 하였다. 이 교회는 후에 용정중앙교회로 발전하

〈그림 1〉 간도지역의 캐나다 선교사[7]

5) 李光奎, 위의 글, 23쪽.
6) 차재명, 『조선예수교장로회사기』(상), 조선기독교창문사, 1928, 171쪽.
7) 1910년대 초 조선 주재 캐나다 장로교회 선교협의회 소속의 구례선(R. Grierson) 선교사와 부인 레나가 간도지역 선교를 위해 말을 타고 두만강을 건너는 사진이다. 구례선 선교사는 정재면과 더불어 김약연에게 기독교 신앙을 전도함으로써 명동촌을 명동학교와 명동교회를 축으로 한 민족교육과 교회운동의 기지로 탈바꿈시켰다.

여 이 지역 선교의 중심이 되었다. 이 무렵 이 지역에는 미국 남감리회 선교부도 들어와 선교활동을 하였고 1907년에 와룡동교회, 1908년에는 모아산교회를 설립하였으나 1909년 캐나다장로회 선교부와 남감리회 선교부 사이에 선교구역 분할 협정이 맺어져 그 후 간도전역의 선교를 캐나다장로회가 모두 관할하게 되었다.

간도지역의 선교를 맡고 있던 캐나다장로회 선교부는 1912년 가을 선교본부에서 파송된 맥퍼슨 스코트(J. Mcpherson Scott) 목사를 대동하고, 바커(A. H. Barker, 朴傑), 맥도널드(Macdonald), 럽(Robb) 선교사가 북간도지역을 여행하고, 용정에 선교지부를 건설할 것을 본국 선교부에 요청하여 즉시 허가를 받았다. 그리하여 이듬해인 1913년 6월, 바커 선교사 가족이 용정으로 이주하여 활동하였으며 얼마 뒤 마침내 캐나다장로회 한국선교부 용정지부가 설립되었다. 그 후에도 캐나다장로회 선교사로서 프록토(S. J. Proctor, 부록도, 1913), 푸트(W. R. Foote, 부두일, 1914), 스코트(W. Scott, 서고도, 1914), 프레이저(E. J. O. Fraser, 배례사, 1914), 마틴(S. H. Martin, 민산해, 1916), 로스(A. R. Ross, 로아력) 등이 간도에 파송되어 이 지역에서 활동하였다.[8]

캐나다장로회는 비록 외래선교단체였지만, 발생기부터 그들은 간도 조선인사회 발전과 유기적인 관계를 맺고 있었다. 대체로 일제가 조선을 식민지화하고 지배하던 과정에서 조선국내 및 만주 일대에서 활동하던 서구제국의 선교사들은 대부분 '정교분리 원칙'을 내세워 '정치 불간섭'과 '엄정 중립'을 표방하여, 결과적으로 일제의 불법적 침략 지배에 순응하는 것이 일반적이었지만, 캐나다장로회 소속 선교사들은 이례적인 특성을 보이기도 하였다. 그들 역시 다른 선교부들과 마찬가지로 복음선교와 교육선교, 의료선교가 선교활동의 중심이었지만, 그들은 선교과정에 결코 약자의 현실을 외면하

---

8) 김승태, 「캐나다 장로회의 의료선교 : 용정 제창병원을 중심으로」, 『延世醫史學』 제14권 제2호, 2011, 7~36쪽.

지 않았고 침략세력인 일제에 대해서 비판적이었으며 학교설립운동, 생활 개혁, 사회봉사 등 면면에 걸쳐 조선인들에게 새로운 삶의 대안을 제시하려 고 노력하였다. 특히 간도의 기독교 전파과정에서 그리어슨과 이동휘의 관계, 바커·푸트·스코트·마틴 등과 김약연을 위시한 간도 조선인 사회단체 의 관계, 제창병원과 3·13운동 등의 관계 맥락에서 볼 때 그들은 민중들의 가슴 속에 불붙고 있는 민족의식을 외면하지 않았다. 선교 초기에 냉담한 반응을 보였던 사람들이 마음을 열고 복음을 받아들여 교세가 급격히 성장 한 이유도 거기에 있었을 것이다.

간도지역 기독교 전파에서 특히 주목되는 점은 기독교의 민족주의 지향이 다. 조선의 국운이 급격하게 기울어짐에 따라 조선 국내의 많은 민족지사들 이 분분히 기독교에 입신하면서 기독교의 민족적 성향은 날로 짙어지게 되었다. 많은 민족주의계열 기독교 인사들은 조선 내에서의 독립운동이 자유롭지 못하게 되자 간도를 비롯한 해외독립운동기지의 개척을 서둘렀으 며 '기독교 포교'라는 표면적인 목적을 내세우고 대거 간도 각 지역으로 활동무대를 옮겼다. 그중에서 특히 간과할 수 없는 두 갈래의 역량이 있었으 니, 하나는 서울 상동교회이고 다른 하나는 이동휘와 그의 추종자들이다.

서울 상동감리교회는 독립협회와 신민회의 기반역할을 담당하였던 교회 로, 독립운동의 산실로 잘 알려져 있다. 일찍부터 간도지역에서의 복음전파 와 민족운동기지 구축을 염두에 둔 상동교회는 1906년 이동녕, 정순만 등 상동청년학원의 골간들을 파견하여 이상설의 서전서숙 설립에 협조하였 으며 1909년에는 상동청년학원 출신 정재면 등이 간도 명동에 교사로 부임하여 명동학교와 명동마을의 복음화를 꾀하였다. 정재면의 노력으로 김약연을 비롯한 명동마을의 유지들과 김영학, 구춘선, 마진 등 간도지역의 명망 높은 민족지도자들이 집단으로 기독교로 개종하였으며 급기야 명동학 교는 기독교학교로, 명동마을은 기독교마을로 탈바꿈하게 되었다. 비록 이들 모두가 유학자들이지만 민족독립이라는 시대적 과제 앞에 그들에게 있어서 기독교적 신앙운동과 민족운동은 동일한 것으로 인식되었다.[9] 같은 해 김약연·정재면·박태환 3인을 주축으로 중국교인들과의 전도를 목적으로 한 길동기독전도회가 설립되기도 하였다. 그 뒤에도 상동교회의 학감 이회영 등은 남만 일대에 망명하여 신흥강습소를 설립하였으며 남만 일대의 민족교육과 독립운동의 인재양성을 이끌었다.

이동휘 역시 간도 일대 종교운동과 민족운동의 중심에 있던 인물로, 1910년 8월 말 한일합병 후 그리어슨 선교사와 협의하여 간도에 대한 기독교 포교에 나서기로 결정하고, '이동휘의 교육생'으로 불렸던 계봉우·오영선·장기영·도용하·김하구 등 30여 명의 민족주의자들을 간도 각 지역으로 망명시켜 학교설립운동과 교재편찬 및 간민교육회의 활동에 참여시켰다. 1911년 1월 중순경 이동휘는 조수인 김철, 오상언 등과 함께 조선 성진을 떠나 회령을 거쳐 간도에 도착하였다. 그는 간도의 교회를 심방하며 사경회를 인도하면서 조국애와 기독교 입교 그리고 조선인들 간의 일치단결을 역설하였다. 특히 1911년 2월 12일경에는 교인 200여 명이 운집한 용정의 명동교회에서 대사경회를 열었으며 김약연·정재면·박태환 3인을 중심으로 설립된 길동기독전도회를 조선·중국·러시아 3국에서의 전도를 목표로 한 삼국전도회에 편입시켰다. 삼국전도회는 이후 3년간의 열정적인 활동을 통하여 교회와 학교 설립운동을 추진하여 그 수가 36개에 달했다. 이동휘의 간도 방문은 간민교육회의 활동을 촉진하고 기독교신자의 증가를 가져왔으니, 1911년 11월 말 현재 기독교 인수는 40여 교회에 1천 6, 7백명에 달했다.[10]

---

9) 서굉일, 「일제하 북간도지역 민족운동과 기독교(1906~1921)」, 『북간도지역 한인민족운동』, 독립기념관, 2008, 290쪽.
10) 반병률, 『성재 이동휘 일대기』, 범우사, 1998, 78쪽.

3. 기독교계 학교의 설립과 민족교육

1) 학교의 설립

간도 조선인사회의 형성 및 교육운동에서 종교인의 역할을 간과할 수 없었으니, 그 이유는 그들 자체가 종교인인 동시에 교육자였기 때문이다. 민족주의자들은 조선 내에서의 독립운동이 자유롭지 못하자 간도로 망명하였고 그곳에서 독립운동을 전개하기 위해서는 무엇보다도 조선인사회를 조직할 필요를 느꼈다. 그러나 조선인들은 중국과 일제의 압력 때문에 표면적으로 정치사회단체를 조직할 수 없었기에 그들은 종교가 지닌 신성불가침의 영역과 영미선교사들의 치외법권적 입장을 가장 적절히 활용할 수 있는 교회를 사회결사의 모체로 삼았다. 이러한 이유로 민족주의자들은 대량으로 기독교에 입신하여 종교를 방편으로 민족계몽운동과 사회단체의 결집을 추진하면서 민족운동의 불씨를 지피기 시작하였다.

간도로 망명한 기독교계 민족주의자들이 제일 먼저 서두른 작업은 바로 학교의 설립이다. 1905년 '을사보호조약'의 체결로 국망(國亡)을 예견한 이상설·이동녕·이회영·정순만·여조현·황달영·김우용·박정서·홍창섭 등 민족운동가들은 1906년 4월경부터 북간도의 요충지인 용정촌을 독립운동 기지의 한 예정지로 삼고 그 경영에 착수하였다. 1906년 음력 4월, 해외 독립운동기지 구축의 일환으로 계획된 학교 창설을 위해 이상설은 솔선하여 블라디보스토크에 망명하여 동지들과 회합한 후 8월경에 용정촌에 도착하여 사재를 들여 집을 매입하고 조선인 자제를 교육하는 요람인 서전서숙을 설립하기에 이르렀다. 설립초기 숙장에는 이상설, 운영에는 이동녕·정순만, 교사는 이상설·여조현·김우용·황달영 등이었다.

서전서숙은 처음에 22명의 학생을 모집하여 갑·을 두 개의 학급을 편성하였는데, 갑학급은 20살 전후의 청년학생들로 편성된 고등학급이었고 을학

<그림 2> 서전서숙과 설립자 이상설

급은 초등학급이었다. 학교체제를 갖춤과 아울러 서전서숙은 전통적인 한문학과 외 역사, 지리, 정치학, 법학 등 근대교과를 설치하였으며 이상설이 손수 갑학급의 『산술신서(상·하)』를 저술하여 가르쳤다.

　서전서숙의 교과과정을 살펴보면 주로 신학문에 바탕을 두고 있으며 종교성격의 교과과정은 보이지 않는다. 그러나 학교의 설립자 이상설의 근대학문의 수용11) 및 그의 열혈한 동지이자 학교운영을 맡았던 이동녕과 정순만의 배경으로 보아 기독교와 무관한 학교라고 말할 수 없다. 이동녕은 1893년 원산에서 부친이 운영하던 광성학교(후에 광명학교로 개칭)에서 육영사업을 시작으로 서울 상동교회의 전덕기 목사와 함께 상동청년학원(중학교)을 설립하여 민족주의 교육을 전개하였던 기독교 감리교 신자였으며, 정순만 역시 전덕기 목사와 함께 상동교회 청년학원의 학생들을 중심으로 청년학우회를 조직하고 이끌었던 쌍두마차였다. 상동청년회는 기독교청년단체이면서도 민족운동의 본산이라고 할 정도로 조선 국내는 물론, 간도

---

11) 독립운동가로 잘 알려진 이상설은 대유학자이면서도 선구적으로 외국어, 서양과학과 법학 등 다양한 분야의 신학문을 익힌 과학자이기도 하였다. 특히 후세에 '한국근대수학교육의 아버지'라고 일컬을 정도로 수학 등 신학문에 해박하였다. 누구보다도 먼저 서양수학과 과학의 중요성을 깨달은 그는 수학과 서양과학을 공부하였고 1890년대 말에 『수리』라는 전통수학과 근대서양수학을 연결하는 교재를 완성하기도 하였다.

지역의 민족교육과 독립운동에 상당한 역할을 하였다.

서전서숙은 숙장 이상설이 1907년 4월 3일경 헤이그밀사로 특파되어 직접 학교운영에 참여하지 못하게 되자 운영상 재정난에 봉착하게 되었고 또 외적으로는 일제가 용정촌에 '통감부 간도파출소'를 설치하여 조선인사회에 대한 통제와 더불어 민족교육을 백방으로 방해함으로써 1907년 10월에 문을 닫게 되었다.[12]

서전서숙은 비록 1년 미만의 짧은 기간 동안 운영되고 폐교되었지만 간도는 물론, 만주지역의 반일독립운동사상 중요한 의의를 지니고 있다. 그것은 이 서숙의 설립목적이 전통적인 구식 서당교육으로부터 근대적인 학교교육으로 넘어가는 신학문의 교육기관으로서의 의의뿐만 아니라 동북지역에서의 반일운동의 정신적 기반을 구축하고자 하는 민족교육의 역할을 수행하였다는 점에서 그 역사적 의의가 더 주목된다. 서전서숙은 문을 닫았으나 서숙의 운영에 참가하였던 애국지사들과 졸업생들은 모교의 교육정신을 계승하여 만주 각 지역에 많은 학교를 설립하여 민족독립운동을 위한 인재를 양성하였으며 한편으로는 독립운동 지도자로서의 역할을 계속 추진해 나갔다.[13]

서전서숙의 뒤를 이어 민족주의계열의 종교인사들에 의해 간도지역의 조선인사회에는 사립학교 교육의 선풍이 일어나기 시작하였다. 1907년 봄, 서전서숙 갑반 출신인 이병휘는 서전서숙 폐교 후 남성우(南性祐)·오상근(吳祥根)과 더불어 국자가 서북쪽의 와룡동에 창동서숙(昌東書塾)을 설립하였으며 1912년에는 중학부를 부설하고 교명을 창동학원이라고 고쳤다. 서전서숙의 맥을 이어받은 창동학원은 투철한 민족교육으로 그 명성이 날로 높아져 간도 일대는 물론, 남·북만주 심지어 러시아 연해주에서 온 유학생들도 있었다.[14]

---

12) 윤병석, 『이상설전』, 일조각, 1984, 54쪽.
13) 박금해, 『조선족교육운동사』, 연변교육출판사, 2015, 41쪽.

〈그림 3〉 명동학교와 설립자 김약연

그 뒤를 이어 북간도 반일민족교육의 요람으로 널리 알려진 명동학교의 전신인 명동서숙이 1908년 4월 27일 화룡현 태랍자 명동촌에 설립되었다. 명동서숙은 1901년 4월에 설립된 규암 김약연의 규암재가 발전한 것으로, 서전서숙이 폐교된 후 동숙의 운영에 참가하였던 박정서와 동숙에서 수학하였던 김학연(김약연의 사촌동생)이 명동촌으로 가서 근대적 학교교육의 필요성을 강조함으로써 기존의 규암재 등 사숙을 토대로 명동서숙을 설립하기에 이른 것이었다. 초기의 숙장은 박정서였고 숙감에는 김약연, 교원은 김학연·남위언 등이었으며 학생은 모두 42명이었다. 이듬해, 신교육을 실시하기 위하여 김약연은 서울 상동청년학원 출신 정재면을 교사로 초빙하면서부터 그의 권유를 받아 기독교 신자로 신앙을 바꾸었으며 명동학교도 기독교학교로 성격을 전환하였다. 이어 명동서숙은 명동학교로 발전하였고 1910년에는 3년제의 중학부를 증설하여 김약연이 교장으로 취임하였으며 1911년 2월에는 여성교육을 목적으로 여학부를 증설하였다. 서전서숙의 전통을 이어받은 명동학교의 초기교원들에는 조선 국내에서 망명하여간 쟁쟁한 애국지사들이 많았고,[15] 또 철저한 민족교육을 실시하였기에 그

14) 延邊政協文史資料委員會, 『延邊文史資料』 第5輯, 1988, 19쪽.
15) 1910년대 초, 명동학교의 교원으로는 신민학회에서 파견된 저명한 역사학자 황의돈, 논리학자 박태환, 언어학자 장지영, 일본와세다대학 법학부출신인 김철, 구한말

명성이 날로 높아져 간도 일대는 물론 만주전역, 그리고 러시아령 연해주에서까지 학생들이 운집되면서 '북간도 민족교육과 독립운동의 본거지'로 자리 잡게 되었다.

1908년 10월, 화룡현 개운사 자동툰 후저동에 정동서숙이 설립되어 숙장에 강백규, 숙감에 강희헌, 학감에 유한풍이 취임하였다. 1909년 3월에 정동서숙은 정식으로 5년제 학제를 실시하고 교명을 정동학교로 고쳤다. 1914년 8월에 여학부를 증설하고 25명의 여학생을 모집하였다. 1917년 3월 15일에는 중학부를 증설하고 김윤승이 교장을 연임하고 백유정이 교감을, 진석오가 학감을 담임하였다.16) 정동학교도 철저한 민족교육으로 창동·명동·광성 등 학교와 더불어 20세기 초 북간도지역 반일민족교육의 중심지의 하나로 되었다.

1910년 10월 화룡현 덕신사 장동의 마진 등 유지들은 당지의 서당을 병합하여 창동학교를 설립하고 초기에는 설립자인 마진이 교장을 맡고 노상렬·강상진 두 사람이 교사로 있었으며 초대 학감으로는 마을의 유지인 사인 윤학선이 부임하였다.17) 설립자 마진은 일찍 19세기 말 조선 국내에서 관북 최초의 교육기관인 동일학교를 창설하여 초대교장을 역임하였고 을사조약 체결 후 간도로 이주한 뒤로는 명동촌의 김약연 등과 함께 기독교에 입문함과 아울러 간도 조선인의 문맹퇴치와 신교육 및 반일민족운동을 이끌었던 인물로, 그의 투철한 반일민족정신은 창동학교에도 그대로 계승되어 학교는 일제에 의해 두 번이나 토벌, 소각당하였다.

1911년 1월 하순경 일제의 감시를 피해 기독교전도사의 신분으로 간도에 망명한 이동휘는 기독교 포교에 나서는 한편 그의 민족운동 동지들인 김립·

장교인 김치관 등이 있었으며 여학부에는 정재면의 여동생인 정신태, 이동휘의 차녀 이의순, 그리고 우봉운 등이 있었다.

16) 연변정협문사자료위원회, 앞의 책, 27쪽.

17) 연변정협문사자료위원회, 위의 책, 35쪽.

윤해·계봉우·장기영·오영선 및 당지의 간민교육회의 핵심들인 이동춘·김하석·구춘선 등과 협력하여 연길현 소영자촌에 길동기독학당을 설립하였다. 초대교장은 간민교육회장을 역임한 이동춘, 재무는 정현서, 간사는 구춘선·이봉우·이남원·황원호이며 교원은 윤해·장기영·계봉우·오영선·김하석·이인순 등으로 이들 모두가 당시 간도지역 반일투쟁에 앞장섰던 기독교계 민족지사들이었다. 이 학교에서는 교사양성을 위하여 6개월의 속성사범과도 설치하였으며 여학부도 두었다. 1912년에는 중학부를 증설하고 교명을 광성중학이라 고쳤으며 이동휘가 직접 교장을 담임하였다. 진보적 지식인들과 독립지사들의 운집 및 투철한 반일민족교육으로 광성학교는 '독립군학교'로 지칭되었으며 와룡동의 창동중학, 명동촌의 명동중학과 더불어 간도 일대의 명문학교로 부상하였다.[18]

이처럼 '을사5조약'과 경술국치를 계기로 기독교계 민족주의자들이 분분히 간도에 망명하여 사립학교 설립운동에 투신하였는데 일제 측의 문헌에는 당시의 상황을 "이 무렵 정치상에서의 뜻을 이루지 못한 선지(鮮地)의 불평도(不平徒)들이 속속 간도에 들어와 지나관헌(支那官憲)을 농락(籠絡)하여 당지에 잠복하였으며 사립학교를 설립하여 양민(良民)의 여재(餘財)를 교(絞)하여 배일(排日)의 기세를 선동하였다."[19]라고 기록하고 있다.

외국선교단체들에서도 복음전파와 교세확장의 목적에서 학교설립을 추진하였다. 1908년 독일 천주교파들은 연길현 영암촌에 화룡서당을 설립하였고 1910년에는 용정에 상정여학교를 설립하였는데, 이는 외래종교단체에서 설립한 첫 여자학교이다. 1915년에는 화룡현 대랍자에 해성학교를 세웠으며 그 후 간도 각 지방에 해성학교를 설립하였다.

캐나다 기독교 장로교파에서도 간도 일대에서 학교설립을 추진하였으며 그중에서도 특히 여성교육에 주목하였다. 1913년 캐나다 선교사 바커 부부

18) 『권업신문』, 1913년 9월 15일, 「광성학교의 학생모집」.
19) 동양척식주식회사편, 『間島事情』, 大正 7年, 815쪽.

가 연합교회 해외선교부의 파송으로 용정에 정착하면서 여성교육에 착수하였는바, 바커의 부인 레베카는 일찍 조선체류 시에 "유교의 질곡에 얽매인 조선의 여성들에게 교육을 받을 수 있는 기회를 주어야 한다", "여성들로 하여금 학문을 제고하고 견식을 넓혀 그들도 남성들과 동등한 지위임을 자각시켜야 하며 여성의 권리를 찾도록 하여야 한다"[20]며 여성교육의 필요성과 여성지위향상을 주장하였다. 용정에 부임한 레베카 부인은 전도에 힘쓰는 한편 1913년 용정에 소학교를 설립하고 여자아동들을 받아들여 수업을 시작하였는데, 그 뒤 교세가 부단히 증대되어 1920년에는 명신여자학교로 발전하여 간도지역 여자교육의 일익을 담당하였다. 1914년 레베카 부인은 용정촌에 기독교도를 중심으로 또 다른 여학교인 영신여학교를 설립하였으며, 교장은 레베카 부인이 직접 담당하고 교사는 최성녀가 담임하였다. 1915년 학생 수는 55명이었으며 레베카 부인이 매년 180원의 유지비를 지불하였다. 1923년 영신여학교는 4년제의 영신여자중학으로 승격하였다.

〈표 2〉 1910년대 간도지역 조선인 사립학교 통계

학교종별	1911년		1913년		1917년	
	학교수	학생수	학교수	학생수	학교수	학생수
민간인 계통	8	206	46	609	56	1,750
기독교 계통	6	162	35	1,042	15	593
천주교 계통	5	125	4	121	5	160
단군교 계통	0	0	3	87	6	115
천도교 계통	0	0	0	0	1	27
합계	19	493	88	1,859	83	2,645

자료 : 동양척식주식회사편, 『間島事情』, 大正7年, 835~845쪽.

---

20) 『독립신문』, 1896년 4월 21일.

2) 기독교계 학교의 민족교육

(1) 교육이념과 교과과정

간도 일대 기독교학교의 교육목적은 크게 신앙지향과 근대지향 및 민족지향으로 나눌 수 있다. 정재면·이동휘 등 종교인사들의 간도활동의 제1보는 복음전파와 학교설립이라는 이중의 과제를 동시에 해결하고자 하는 것이었다. 서울 상동청년학원 출신인 정재면이 명동학교 교사 부임조건으로 김약연 및 전체 명동마을의 기독교신앙과 명동교회 설립을 요구한 것이 바로 그 예이다. 그러나 그들의 학교운영 목적은 단순한 복음전파에만 그친 것은 아니었다. 이 점에서 민족주의 계열의 기독교학교와 외래 종교단체 설립의 학교들이 어느 정도의 차이를 보이고 있다. 당시 대부분의 민족주의계 기독교인사들이 직면한 절실한 과제는 복음전파를 통한 근대학문의 보급과 민족인재의 양성이었다. 특히 1905년 을사조약이 체결되고 일제의 침략이 노골화되면서, 일제에 의한 국권침탈이 우리 민족의 힘과 실력이 뒤떨어졌기 때문이라고 인식한 민족지사들은 국권회복을 위한 실력양성을 위해서는 반드시 민지(民智)를 깨우치고 외국의 새로운 문물을 수용함으로써 조선인사회의 근대화와 자강을 이루어야 하며 이를 바탕으로 근대적 민족국가를 창출하여야 한다고 주장하였다. 다른 한편, 잃어버린 국권을 회복하기 위해서는 해외 독립운동기지가 필요하였고 투철한 민족의식을 지닌 독립인재의 양성이 절박한 과제로 대두되었는데, 이러한 과제의 완성을 조선인 사립학교의 민족교육을 통하여 이루고자 하였다. 이 같은 시대적 과제에 직면하여 민족지사들이 설립한 교육기관들은 교육이념에서 단순한 복음전파 목적에서 벗어나 민지를 깨우치고 민족산업의 자강과 부흥을 도모하기 위한 근대 지향적 정신의 함양과 민족의 자주독립을 위한 민족주의 지향으로 방향을 바꾸기 시작하였다.

이처럼 간도 기독교계 학교의 설립은 일제의 침략이라는 특수한 역사적 배경 하에 전개되었기에 복음의 전파, 근대문명의 접수, 교육구국이라는 세 가지 벅찬 과제를 동시에 수행하게 되었는데 그중 특히 국가관념과 민족의식의 고취 및 독립인재의 양성을 목적으로 한 교육구국이 당시 대다수 사립학교들의 당연한 사명이었고 목표였다. 때문에 민족주의계열의 기독교 인사들은 기독교인의 범주에서 민족운동을 전개하였다기보다는 민족운동의 격정으로 말미암아 비기독교적인 면모마저 보일 정도로, 그들에게 있어서 상위적 가치는 민족독립이었고 그 달성을 위해 결코 종교적 범주에만 고착되어 있지 않았다.[21]

조선인 사립학교의 교육이념은 주로 학교의 교과과정을 통하여 실천되었다. 20세기 초 기독교계 사립학교들은 그 경영주체의 특성에 따라 설립취지와 교육내용에서 약간의 차이를 보이고 있었지만 전체적으로 볼 때 크게 신앙지향과 근대적 신문화에 대한 추구 및 자주독립을 위한 민족정신의 함양에 그 뜻을 두었다.

〈표 3〉에서 보는 바와 같이 신앙지향의 차원에서 기독교계 학교들에서는 모두 성경·신약전서를 학교의 필수교과로 규정하고 학생들의 심성수련과 복음전파를 도모하였으며, 민지를 깨우치고 서양의 새로운 학문과 지식을 접수하고 조선인사회의 자강을 도모하기 위한 목적에서 근대지향의 교과목들, 이를테면 부국강병의 기초가 되는 자연과학과목(산술·대수·기하·삼각·주산·물리·화학·생리·식물·동물·광물·박물·위생 등), 조선인 현실사회의 경제자립 및 산업의 진흥을 위한 실업교육 과목(실업·농림학·농학초급·경제·농상·부기·수공 등), 근대인으로서의 법률적 상식과 지식함양을 위한 법학과목(법학·법제·법률 등), 후세의 민족교육을 염두에 둔 사범교육과목(심리·사범교육학 등), 주변사회와의 소통 및 서양문물의 습득을 위한 외국

---

21) 박걸순, 『독립운동계의 '3만'-정순만』, 경인문화사, 2013, 96쪽.

<표 3> 1910년대 간도지역 대표적인 기독교계 학교 교과목

학 교	위 치	학 과 목	계통	경영인
창동학교 1907	연길현 지인사 와룡동	성경·수신·국어·한문·작문·내외역사·내외지지·지문(地文)·외국어·산술·대수·기하·삼각·부기·주산·도서·생리(生理)·식물·동물·광물·물리·화학·심리·법제·경제·실업·창가·체조	기독교	오상근 이병휘 남성우
명동학교 1908.4	화룡현 지신사 태랍자	역사·지리·법학·국어·박물·이화(理化)·생리·수신·수공·신한독립사·위생·식물·사범교육학·농림학·광물학·외교통역·지나어·작문·습자·체조·산술·신약전서(중학부)	기독교	김약연
태흥학교 1912.3	왕청현 나자구 삼도하자	수신·성경·국어·한문·작문·역사·내외지지·지문·대수·기하·삼각·주산·산술·생리·동물·식물·광물·화학·심리·법제·경제·실업·농상·창가·체조(중학반)	기독교	김문오
영신학교 1912.11	연길현 용지사 육도구	신약전서·조선어·수신·영어·지리·최신동국사·한문·사민필독(土民必讀)·체조·창가·산술 (소학과정) 조선어·중국어·영어·일어·대수·산술·물리·생리·지리·역사·도화·체조·작문·성경(중학과정)	기독교	박 걸

資料 : 玄圭煥, 『韓國流移民史』, 語文閣, 1967, 141~170쪽 ; 朝鮮駐劄憲兵隊司令部 1916年 12月조사, 「在外朝鮮人經營各學校書堂一覺表」, 姜德相 편, 『現代史資料 27』(朝鮮三), 三鈴書房, 1970, 143~148쪽에서 작성.

어교육(영어·중국어·일본어·외교통역 등) 등이 중요시되었다.

민족주의 지향적 측면에서는 자주와 독립사상을 고취하고 민족 실력을 양성하기 위한 교육이념을 학교교과교육의 저변에 깔아두었다. 따라서 애국사상·민족독립·민족의식 등 정신교육의 핵이 되는 역사·지리교육과목, 애국충군의 의리와 도덕적 질서의 확립 등을 내용으로 하는 수신·윤리과목, 민족적 정서와 민족의 자각 및 저항의식의 함양을 위한 음악교육과목, 체력의 증강으로 국력신장을 도모하기 위한 상무체육교육과목, 문무쌍전의 독립인재 양성을 위한 군사교육 등 교과목들이 대다수 사립학교들의 핵심교과로 되었다. 이처럼 기독교계 사립학교교육기관의 교육은 대체로 신학문을 통하여 사회구습을 개혁하고 시대의 조류에 부응하여 민족산업의 부흥과 자강을 도모하기 위한 신앙교육과 근대학문교육 및 국권회복을 위한 독립인재의 양성에 뜻을 둔 민족주의 교육에 초점을 맞추었다.

(2) 기독교계 학교의 민족교육

① 애국교과를 통한 민족교육

앞에서 보다시피 조선인 사립학교들은 국권회복과 민족의 자주독립을 교육이념으로 삼았고 이를 실천하는 데는 역사·지리·국어와 수신 등 교과가 중추적인 역할을 담당하였다. 그중에서도 무엇보다도 중요시된 교과로는 역사였다. 국가 관념과 민족의 혼을 일깨우고 반일정신을 고취하기 위하여 1910년대 초, 간도 일대의 조선인 자치단체인 '간민교육회'는 산하에 편찬위원회를 두고 기독교인들인 계봉우(광성학교 교원), 윤화수(영신학교 교원) 등 학자를 초빙하여 자체적으로 『조선역사』, 『동국사략』 등 사립학교교과서를 편찬하여 등사본으로 발행하였으며, 조선 국내에서는 출판 및 사용이 금지되었던 『동양역사』·『월남망국사』·『최신동국사』·『이순신전』·『안중근전』·『오수불망』·『유년필독』 등 교과서를 광범위하게 사용하였다. 이러한 교과서들에는 강렬한 애국애족사상, 역사상의 위인들의 전기, 망국의 설움과 민족적 저항, 자주독립에 대한 갈망 등 민족독립과 애국사상이 가득차 있었다. 이와 같은 역사교육은 조선역사가 학교교육에서 철저히 배제되고 오히려 일본역사가 국사로 버젓이 자리 잡고 있는 조선 국내의 상황과는 사뭇 대조적이었다.

사립학교의 민족정신과 반일의식의 함양에서 국어교육도 중요한 일익을 담당하였다. 당시 조선인 사립학교에서 많이 사용한 국어교과서로는 『유년필독』·『초등소학독본』·『고등소학독본』·『국어독본』 등이었는데 이러한 도서들은 주로 조선의 역사, 지지(地誌)와 세계사정에 대한 소개를 통하여 하나같이 자주독립과 애국심을 고취하고 있었다. 일례로 당시 조선인 사립학교 국어과에서 널리 채용되었던 헌채 편찬의 『유년필독』은 그 범례에서 "우리 한인은 구습에 얽매이고 애국하는 일에 어두운 고로, 이 책은 오로지 국가사상 환기를 목적으로 역사를 총괄하며 아울러 地誌와 세계事狀도 겸하여 서술한다"[22]고 애국의 중요성을 강조하였다.

수신·윤리 역시 당시의 민족교육에서 빼놓을 수 없는 핵심교과였다. 수신교과를 통하여 주로 애국·충·의·효·예 등 인간으로서의 도리와 양심을 깨우치는 데 역점을 두었는데, 그중 애국사상의 함양은 두말할 것 없이 수신, 윤리교과의 핵심내용이었다. 수신교과에서 광범하게 사용된 교과서는 1912년 광성학교 교사 계봉우가 저술한 『오수불망』이었다. 이 책은 수신교과서라고 하지만 그 내용은 대부분 역사에 관한 것을 다룬 것으로, 삼국시대부터 일제의 한국강점시기까지 연대순으로 한국에 대한 일제의 야만적인 침략사실을 천명하면서 학생들의 민족의식과 애국정신 그리고 일본에 대한 적개심을 유발하는 데 목적을 두었다.

민족교과를 가르치는 교사들의 민족의식도 투철하였는바, 당시 기독교계 학교의 경우 대부분의 설립자와 교사들은 조선 국내에서 애국단체와 계몽운동을 이끌었던 쟁쟁한 민족지사, 종교인사 및 마을유지로서 반일애국사상의 함양과 근대학문의 신장을 교육 전반에 일관하였다. 이를테면 간민교육회의 핵심인물이며 길동·광성학교의 교사로 맹활약하였던 윤해의 경우, 일제의 문헌에는 "때와 장소를 가리지 않고 일본의 조선병합의 부조리를 폭로하면서 우리들은 열심히 공부하여 그 기초를 공고히 다져 독립을 이루어야 한다고 설교하는 등 배일주의를 고취"[23]한 것으로 기록되어 있다.

---

22) 玄采, 『幼年必讀』, 1907.

23) 外務省, 『朝鮮邊境淸國領土內居住ノ朝鮮人ニ對スル淸國政府ノ懷柔政策關係雜纂』, 憲機第八0一號, 「局子街敎育會員ノ學校設立ニ關スル件」 明治44年 5月 2日.

② 창가와 체육을 통한 민족교육

학교교육의 반일성격은 창가교육에서도 뚜렷이 나타나고 있다. 국가의 흥망성쇠는 국민의 정신에 있고 국민의 정신을 감화시키고 분발시키는 데는 노래의 곡조가 제일이라고 생각한 각 학교들에서는 반일민족사상을 담은 창가를 청소년들에게 보급시키기에 힘썼다. 그 예로써 1914년 7월, 소영자의 광성중학교에서는 『최신창가집』을 등사본으로 발간하였는데, 이 책은 간도지역학교뿐만 아니라 조선내의 각 학교에까지 보급되어 상당한 영향력을 과시하였다. 이에 일본 간도총영사관에서는 이 책을 압수, 처분하기도 하였다. 당시 간도 일대의 창가교육은 1917년 간도총영사관 두도구분관의 조사자료에도 잘 드러나 있다.

근래 지나측 관할하의 조선인 공사립학교에서는 배일적 창가를 사용하고 있음을 파악하고 은밀히 조사한 결과 아래와 같이 별지에 기재된 '조국생각'이라는 창가를 사용하고 있는 모양이다. 이 노래는 당관 관할내뿐만 아니라 전 간도 각 선인학교에서 보편적으로 같은 노래를 사용하고 있으며 이것을 비밀리에 성문하여 책으로 만들어 생도들에게 나누어주거나 학교에 비치하여 두고 암송하는 방법으로 이용하기도 한다. 생도들은 때로는 통학하는 도중 기타 교외에서도 노래한다고 한다. … 기타 각 학교들의 교과서에는 한국시대에 제정한 합병 당시 조선총독부로부터 인가를 받지 못한 지리, 력사를 사용하고 있으며 이에 관하여 목하 조사중에 있음을 보고한다.[24]

이밖에 각 학교들에서는 또 교가를 지어 학교의 설립정신을 구현하고 학생들에게 학교사랑·민족사랑·나라사랑의 교육을 실시하였다.

---

24) 재간도총령사관 두도구분관 주임외무서기생,『배일적 창가사용에 관한 건』, 1917년 4월 18일, 국사편찬위원회 한국사데이터베이스, http://db.history.go.krHOI:NIKH. DB-ha_m_006_0370.

사립학교의 교육구국운동으로 또 한 가지 강조하여 실시한 것은 체력훈련이었다. 체육은 단순한 스포츠 차원이 아닌 유희·병식체조·기계체조·과외활동 및 각종운동 등 근대학교 체육활동을 총 망라한 구국운동의 일환으로 전개되었으며 그 중에서도 병식체조가 위주였다. 명동학교에서는 매일 한 시간씩 전교 체육시간이 있었는데 2·3학년은 목총을 가지고 군사훈련을 받았다. 특히 이 시기 체육교과가 민족운동과 긴밀히 밀착될 수밖에 없는 중요한 이유는, 각 학교 체육담당교사들이 주로 일제통감부에 의해 강제로 해산당한 구한말의 군인들과 사관학교를 졸업한 사관들이었는데 그들의 망국의 울분과 민족의식이 그대로 체육교과에 투영되었다. 예를 들면 1915년 이동휘의 주도하에 설립된 나자구사관학교에서는 구한말 장교 출신들인 오영선·김하정 등이 체육교과를 담당하였으며 그 뒤 1917년 원라자구사관학교와 병합하여 훈춘에서 새로 설립된 북일학교에서는 오영선·김하정·장기영·고경재·남공선 등 쟁쟁한 반일인사들이 교수를 담당하였는데 특히 고경재는 학생들에게 손자병법을 등 군사지식을 가르쳤을 뿐만 아니라 창격·사격·권투훈련도 가르쳤다고 한다.[25]

이밖에 조선 국내에서는 1909년 일제에 의하여 학부주최 관·사립학교 연합운동회가 폐지되었으나 간도 경내에서는 병식체조와 조선인학교 단합의 연합운동회를 계속 개최하여 강건한 신체와 민족적 협동정신 함양을 도모하였다. 이를테면 간민회에서는 1913년 단오절을 기하여 2일간 간도지역의 학생연합운동회를 국자가 연길교 천변 백사장에서 개최하였는데, 명동중학교를 비롯한 40~50리 원근 각처에서 중소학교 학생들과 교원 및 주민들이 모여 그 수가 무려 15,000명이나 되었으며, 각 학교에서 차출된 악단원만 해도 400명에 달하였다. 광복가 제창으로 시작된 이날의 운동회는 조선인뿐만 아니라 중국인들도 흥겹게 참가한 대축제로 되었다. 경기를

---

25) 연변정협문사자료위원회, 앞의 책, 203쪽.

마치고 학생들은 북과 나팔을 불며 시내를 행진하여 일제의 만행을 규탄하고 조선의 독립을 외치며 대규모 데모행진을 전개하였다. 또 일본영사관의 주변을 돌며 기세를 올리는 등의 과격한 행동을 취하기도 하였다.[26]

조선인 사립학교들의 창가교육·체육교육·연합운동회 등은 하나같이 민족정신을 고취하는 데 큰 역할을 하였으며 나아가 독립군 양성에 사상적, 인적 배경과 자원을 마련하여 주었다. 20세기 초엽, 일제의 삼엄한 식민통치로 민족교육의 이념이 자유롭게 실천에 옮겨질 수 없었던 조선 국내의 상황에 반하여 일제의 통제가 아직 직접적으로 미치지 못했던 중국의 만주 경내에서는 비교적 자유롭게 민족교육이념을 구체화하기에 알맞은 교육내용을 실시할 수 있었으며 또한 개화자강과 근대시민사회를 목표로 한 신교육운동도 활발하게 전개할 수 있어 민족독립을 궁극적인 목표로 하는 해외독립운동기지의 구축에 결정적인 역할을 하게 되었다.

4. 민족교육의 실천과 학생들의 반일운동

1) 반일운동의 산실 ─ 사립학교

(1) 3·13운동

조선인 사립학교 민족주의 교육이념은 학교교사와 교과목을 통하여 그대로 학생들에게 투영되었으며 사립학교들은 점차 '독립운동책원지'와 반일운동의 온상으로 부상하게 되었다. 일제는 1908년의 '간도보통학교' 설립을 계기로 동북경내 조선인교육에 대한 회유와 제압을 꾀하였지만 민족주의 교육이

---

26) 洪相杓, 『間島獨立運動小史』, 1966, 25쪽.

수축을 이루넌 당시로서는 오히려 일본 측의 학교에 통학하는 학생과 그 부형들이 일본의 앞잡이로 경멸받을 정도로 조선인사회의 반일의식은 팽배되어 있었다. 이에 일제는 "간도교육의 제1보는 배일적인 민족주의였기 때문에 그 뒤에 설립된 종종의 교육기관도 모두 민족주의적인 것이었다"[27]라고 인정하지 않을 수 없었다. 이러한 민족교육의 저력은 끝내 1919년의 조선국내 3·1운동 동풍을 타고 학생주력의 거대한 3·13운동으로 표출되었다.

3·13운동은 그 온양(醞釀)과 조직과정 및 전개과정이 모두 명동·정동·창동·광성 등 기독교계 조선인 사립학교를 중심으로 전개되었다. 일제의 기밀문서에서도 "간도 용정촌 한족(韓族)독립운동의 수모자(首謀者)는 기보한대로 인바, 시위운동의 급선봉으로는 가장 불량적인 사상을 가지고 이 운동에 참가하고 열심히 행동한 명동예수학교·정동학교·연길도립중학의 학생과 직원들이다"[28]라고 하였다. 1919년 2월 중순, 조선 국내에서 독립운동이 온양되고 있다는 소식이 간도에 전해지자 간도 일대 학생들도 독자적으로 독립운동을 모색하고 준비하였다. 그들은 명동학교의 유익현, 연길도립중학의 최웅렬·김필수, 광성학교의 김호, 정동중학의 송창문 등을 각 학교의 대표로 선출하여 각자의 학교에서 공개적으로 조선독립에 관한 연설을 조직하게 하는 한편, 명동학교의 학생 유익현을 간도 조선인 학생대표로 노령의 조선인독립선언회의에 파견하는 등의 적극적인 자세로 독립운동을 준비하였다.[29] 뿐만 아니라 영신·명동·정동·연길도립중학 등 학교에서는 선후로 기독교동지청년회, 충렬대와 자위단 등 반일학생단체들이 결성되었다. 3월 7일, 조선국내의 3·1운동의 소식이 용정에 전해지자 3월 10일부터 각 사립학교의 학생들은 일제히 동맹휴학을 단행하였으며 간도조

27) 嶋田道彌, 『滿洲敎育史』, 문교사, 1935, 416쪽.
28) 朝憲機 제157호, 「독립운동에 관한 건」, 1919년 3월 27일, 『3·1운동편』(2), 한국학술진흥원, 97쪽.
29) 朝特報 제2호, 조선군참무부 「간도지방 韓族獨立運動에 관한 起因 및 경과개요」, 大正八年三月十三日, 『3·1운동편』(2), 한국학술진흥원, 85쪽.

선독립의사부에 독립선언서축하집회와 반일시위를 진행할 것을 강경하게 촉구하였다. 또한 스스로 일어나 비밀리에 독립선언서를 인쇄하고 삐라를 살포하며 민중들에게 조선국내 독립운동의 실황을 선전하는 등 형식으로 조선의 독립운동을 성원하여 나섰다.

3월 13일, 각계 반일단체의 연합주도하에 명동, 정동, 창동 등 용정 및 부근의 조선인 사립학교 학생들은 민중들과 함께 성대한 조선독립경축집회를 가졌다. 정오, 부근의 천주교당의 종소리를 신호로 부회장 배형식 목사의 개회로 시작된 독립선언축하회의의 광경을 사방자(계봉우)는 독립신문에 다음과 같이 기술하였다.

> 일시라도 급촉히 폭발치 않고는 휴식할 수 무(無)한 간북인심(墾北人心)은 돌지(突地) 분화구와 같이 그 열이 최고정에 달하엿다 한성 및 기타 각처에서 독립을 이미 선언하엿스매 간북에서는 독립축하회를 룡정시의 북변인 서전대야에 개하기로 하엿다 이때는 3월13일이다 회집인수는 삼만명 이상이 되엿다 남녀학교는 물론이오 궁벽한 산촌에 초동목수(樵童牧叟)까지 래회한 듯하다 룡정시로서 천주교당의 종성은 시간을 보(報)하야 ○○한다 회장 김영학씨가 등단하야 독립선언서를 랑독하고 축하의 취지를 설명하자 등사판인쇄물이 임의 회중(會衆)에게 산포되엿다 이때 만세성은 바야흐로 천지를 흔동한다 류례균 배형식 량씨와 황지영녀사의 격절쾌장(激切快壯)한 연설이 차제로 유하엿는대 기중 류례균씨의 어조가 더욱 유력하야 만장 청중은 희이읍(喜而泣)하고 읍이도(泣而蹈)하면서 십개 성상이나 심흉에만 잠장하엿던 태극기는 각기 수중에서 찬란한 대광채를 방하야 만세군과 함께 공중에 상하한다 이때 룡정시에는 팔백여호가 되는 우리 동포의 가(家)에는 미리 준비하엿던 태극기가 문미(門楣)마다 고게(高揭)하엿다 이곳뿐 아니다 여하한 촌락던지 다 그리하엿다.[30]

〈그림 4〉 3·13 반일의사릉

　집회에는 마진 집사, 배형식·박예헌·김내범 목사, 구춘선·정재면·강백규·유찬회 장로 등 종교계, 교육계의 유지들이 대거 참여하여 분위기를 일층 고양시켰다. 대회가 끝난 후 명동중학교의 교원과 학생을 중심으로 결성된 충렬대를 선두로 대한독립의 기발과 태극기를 높이 치켜들고 나팔을 울리며 일본영사관을 향하여 시위행진을 단행하였다. 노도와 같이 밀려드는 시위 군중들의 기세에 질겁한 일제는 일본경찰과 중국의 지방무장부대를 출동시켜 적수공권의 시위군중을 향하여 총격을 가하여 선후로 17명이 사망하고 40명이 부상당하였으며 94명이 체포되었다. 17명의 사망자 중에는 명동학교 중학부의 학생 김병영을 포함하여 박문호(남구학교 교원)·채창헌(오도구 사립경애학교교원) 등 기독교계 학교의 교원과 학생이 적지 않았다.[31]

　3·13운동은 해외에서 처음으로 일어난 거족적인 반일운동으로, 이를 계기로 간도의 전 지역에 교회나 학교가 서 있는 곳이면 어느 곳이나 독립선언식이 거행되었고 독립운동의 시위가 조직되었다. 3·13운동은 신분·직업·신앙·성

　30) 『독립신문』, 1920년 1월 10일, 사방자, 「북간도, 그 과거와 현재」(2).
　31) 박주신, 『간도한인의 민족교육운동사』, 아세아문화사, 2000, 391쪽.

별·연령 등을 초월한 거족적인 운동으로 '한일합방'이래 연변에서 온양되어온 여러 분야, 여러 계층의 집약적인 민족독립운동이었으며, '민중'이 역사의 주체로 떠오른 대중운동이었다. 3월 13일부터 4월말까지 연변 각지에서는 46차의 집회와 시위행진이 일어났고 참가인수는 약 8만 6,670명이었다.[32]

(2) 학생비밀단체의 활약

3·13운동은 비록 조선인들의 반일의지를 크게 고무하였지만 피의 교훈을 남기기도 하였다. 외세의존, 평화투쟁 등의 한계를 절실히 느낀 민족지사들은 적극적으로 반일무장단체의 결집에 나섰다. 특히 기독교계 학교의 교원과 학생을 주축으로 한 철혈광복단, 암살단, 맹호단 등 비밀결사가 조직되면서 중국경내의 조선족의 반일운동은 한 차원 높은 단계로 승화되었다.

철혈광복단은 학생비밀결사로 그 내력에 대하서는 잘 알려져 있지 않다. 대체로 1919년의 3·13운동 이후 설립된 것으로 보고 있으나, 실제로 그 시원은 1919년 이전에 벌써 설립되었던 단체이며 연변에서의 이동휘의 행적과 깊이 관련되어 있는 것으로 보인다. 1911년 초 이동휘가 간도지역을 순방했을 때, 항일투쟁의 비밀 핵심조직으로 광복단을 조직하였다는 설이 있으며 1918년경에 이 광복단과 러시아의 연해주에서 조직된 철혈단이 철혈광복단으로 통합된 것으로 추정된다.[33]

또한 '15만원 탈취사건'의 주역의 한 사람인 최봉설의 회고에 따르면, 철혈광복단은 1914년 나자구사관학교 출신인 남공선·김립·장기영·김하석·오영선 등이 중심이 되어 윤준희·임국정·최봉설 등 수십명 열혈청년들로 조직된 비밀결사단체라고 한다. 최봉설 등이 철혈광복단에 참가한 것은 1914년 8월 10일로, 무명지를 깨물어 "철혈광복단 맹세"란 혈서를 썼다고

---

32) 국사편찬위원회, 『한국독립운동사』(3), 1967, 146쪽.
33) 반병률, 앞의 책, 78~79쪽.

알려진다. 해당 자료를 보면 1919년 3·13운동에서 희생된 박문호나 채창헌, 최익선도 나자구사관학교 시절에 최봉설과 같이 벌써 철혈광복단성원이었던 것으로 드러난다. 최봉설은 또 "박문호는 창동학원의 교원이었는데 1915년에 남공선교원과 함께 임국정·최봉설·최익선 등을 데리고 나자구사관학교에 갔다가 임국정, 남공선과 함께 노령에 들어간 후 다시 돌아와서 서고성자에서 소학교교원을 담임하고 반일운동을 하였다"고 회상하였다.[34]

철혈광복단의 설립시기와 경위에 대하여 다소 의견이 갈리지만, 중요한 것은 1919년의 3·13운동을 계기로 철혈광복단의 세력이 신속하게 팽창하여 연변지역의 가장 큰 반일무장단체인 간도국민회의 외곽단체로 활약하였을 뿐만 아니라 본격적으로 반일투쟁의 수면 위로 그 실체를 드러내기 시작하였다는 점이다. 무장투쟁의 필요성이 급격하게 대두되면서 철혈광복단은 군자금을 해결하기 위하여 여러모로 방법을 강구하던 중 그들은 일제의 수중에서 직접 군자금을 탈취하는 거사를 계획하였다. 1920년 1월, 윤준희·임국정·한상호(명동중학교를 졸업한 뒤 와룡소학교에서 교사로 근무)·김준·박웅세·최봉설(창동학교 출신) 등 철혈광복단성원들은 조선은행 회령지점에서 간도의 일본영사관에 송금한다는 정보를 입수하고 용정의 동남쪽 동량어구에 잠복하여 있다가 호송 경찰 2명을 사살하고 15만원의 현금을 탈취하는 쾌거를 이루었다.

충렬대의 활약도 만만치 않았다. 명동학교 교사 김학수의 지휘 하에 명동학교의 300여 명의 학생들로 조직된 충렬대는 1919년 1월에 길림지역의 중국인 배일단체인 백룡단으로부터 기관총 1정을 구입하여 학교부근에 감춰두었으며 3·13운동 시에는 충렬단 전원이 모두 시위에 참가하여 시위대오의 전열에서 시위를 이끌었다. 3·13운동의 세례를 겪은 후 정동학교·광성

---

34) 박창욱 외, 「간도국민회를 재차 론함」, 『룡정 3·13반일운동 80돐기념문집』, 연변인민출판사, 1999.

학교 학생들의 참여로 충렬대의 세력은 진일보 확장되었으며 광성학교 교사 김상호가 조직을 지도하였다.

충렬대를 모체로 더 급진적인 단체들이 나타나기도 하였다. 1919년 4월, 국내진입을 목적으로 한 훈춘국민의회의 명령에 따라 김상호는 명동학교생 15명과 정동학교, 배영학고 및 국자가의 중국도립학교의 학생 정예들을 선발하여 명동학교에서 '암살대'를 조직하였다. 암살대는 대장 김상호의 인솔하에 직접 예봉을 친일민족반역자들에게 돌렸다. 그들은 용정촌의 친일단체인 조선인 민회 회장 리희응을 납치하여 명동학교 근처에 감금하고 조선인민회 해산성명서에 강압적으로 날인하도록 한 후 이를 간도 각지에 배포하였다. 이어 그들은 간도 일대에서 친일파로 악명이 자자한 간도총영 사관의 경부 현시달, 두도구의 김명여, 국자가 영사관의 경부 이경재 등에게 도 두당 천원의 현상금을 걸고 협박장을 보내면서 친일행각을 멈추도록 위협하였다. 일제를 뒤에 업고 제멋대로 친일행각을 벌여오던 친일역적들 은 그 기세에 눌리어 분분히 사직하거나 친일에서 손을 떼겠다고 다짐하는 가 하면 설사 직무를 보류하고 있는 자라 하여도 수시로 덮칠 암살단의 공포와 위압감에 직무수행이 제대로 되지 못할 정도였다.

암살대와 쌍벽을 이루는 다른 한 단체로는 청년맹호단을 들 수 있다. 청년맹호단 역시 기존의 충렬대를 모태로 결성된 과격단체로, 독립기성총 회에서 조직하였으며 단원에는 명동학교, 정동학교 및 기타 조선인 사립학 교의 학생들이 주축을 이루었으며 이밖에 러시아에서 온 20세 이상의 과격 청년들과 국자가 도립중학교에 결성된 '자위대'의 핵심멤버들도 일부 참가 하였다. 러시아경내에서 온 청년들이 연변지역 독립운동세력과의 연대를 염두에 두고 단총 32정을 소지하고 왔던 까닭에 맹호단은 무장단체의 성격 이 짙었다. 이들 역시 연변 일대에서 주로 친일주구 처단에 주력하는 한편 정보 수집과 연락통신임무를 수행하였다. 1919년 5월 2일 용정영사관 부속 건물에 방화사건이 일어났는데 일제는 이 역시 맹호단의 소행으로 의심하였

다.[35]

이 밖에도 연변 일대에는 자위단, 결사대, 단지결사대 등 급진적인 학생비밀단체들이 결성되어 반일격문을 발포하고 친일세력을 처단하며 군자금을 모으는 등 방법으로 무장투쟁을 적극적으로 준비하여 조선족의 반일운동의 새로운 전향에 물질적, 인적 토대를 마련하였다.

<표 4> 기독교계 학교의 비밀결사

단 체	설립시간	학 교	소재지	활 동 사 항
충렬대	1919.1	명동학교·정동학교사생	화룡현 태랍자	총수320명 ; 기관총·권총 등 무기소유, 3·13용정촌 독립시위운동에 전원참가 ; 단원채창헌·공덕흡·김병영 희생.
암살대	1919.4	명동학교·정동학교·연길도립학교·배영학교	화룡현 태랍자	일본순경 및 친일파암살을 목적으로 함, 충렬대원 중 20세 이상인 자를 정선하여 조직함.
맹호단	1919.3	명동·정동학교 및 연해주학생	두도구	일본관공서 방화 ; 친일조선인 밀정 암살 ; 친일단체 습격 ; 군자금 모집 ; 대한독립신보 간행 ; 단장에 광성학교 교사 김상호
결사대	1919.3	명동학교	화룡현 태랍자	대원 100여명 ; 총기 120정 ; 단장 : 명동학교 학생 강봉우
대한학생 광복단	1920.5	영신학교·명동학교 및 부근학교	용정촌	국권회복을 목적으로 함 ; 군자금 모집 ; 반일격문 배포
철혈 광복단	1919	창동·명동학교	용정촌	군자금 모집 ; 15만원사건 주도
충렬단	1919. 봄		왕청현	단장 김영학, 단원 200여명, 무기탄약 상당수 보유 ; 왕청토강자사립학교서 군사훈련 ; 8월경 안도경내에 집결하여 조선국내 진입을 계획 ; 주요멤버로는 박동원, 고경재,김동한, 박창화

자료 : 「배일선인충렬단의 동정에 관한 건」, 국사편찬위원회 한국사데이터베이스 HOI : NIKH.DB-ha_m_012_1200 ; 박주신, 앞의 책, 401쪽 ; 반병률, 앞의 책, 78~79쪽에 의해 작성.

---

35) 조헌기 제157호, 「조선독립운동에 관한 건」 대정 8년 5월 19일.

2) 기독교계 학교에 대한 일제의 무력취체

기독교계 사립학교들에서의 꾸준한 민족주의교육 및 학교와 민족독립운동과의 긴밀한 밀착으로 말미암아 사립학교는 늘 '반일운동의 책원지'로 주목되어 일제의 감시와 취체의 대상으로 되었다. 일제는 간도의 기독교인들은 모두 독립운동에 전념하는 민족주의자이며 교회는 독립운동의 정치적 결사요, 그러한 '불령선인'들의 소굴이라고 인식하였다.[36] 그들은 조선인학교에 대한 보조 등 회유책과 더불어 사립학교에 대한 규제와 취체를 늦추지 않았는바, 간도일본총영사관에서는 늘 사람을 파견하여 반일성격의 교과서를 압수하거나 반일교과를 가르치는 교사들을 체포하는 등 여러 가지 방법으로 민족교육을 통제하려 하였다. 3·13운동 이후 명동학교, 정동학교를 비롯한 사립학교들의 반일운동과 비밀결사활동이 날로 과격한 양상을 보이자 일제는 사립학교들에 대한 탄압을 강화하기 시작하였다. 1919년 5월 27일, 일본간도총영사관에서는 18명의 경찰을 명동학교에 파견하여 학교주변을 포위한 후 학생들의 외출을 엄금하고 총을 쏘는 등 시위를 한 후 교내에서 색출된 여교사의 옷을 불사르고 학교 내의 모든 기물을 함부로 부수어 약 천여원의 손실을 빚어냈으며 철수할 때 학생 4명을 체포하여 회령으로 압송하였다.[37]

조선인 사립학교에 대한 일제의 탄압은 1920년의 '경신년대토벌'을 계기로 절정에 이르렀다. 일제는 조선인 사립학교는 '독립군의 소굴'이요, 청장년은 '독립군'이라 하면서 연변 일대의 30여 개소의 학교들을 소각하였는데 그중 대부분은 명동학교·창동(昌東)학교·정동학교·창동(彰東)학교 등 기독교계 학교였다.

각 사립학교의 진보적인 교사와 학생들도 재앙을 면치 못했는바, 일례로

---

36) 서굉일, 앞의 글, 394쪽.
37) 『길장일보』, 1919년 6월 7일.

멍동학교의 경우 1920년 10월 20일에 일본군소대장은 22명의 병사를 거느리고 명동촌에 침입하여 마을사람들을 학교교정에 모아놓고 명동학교와 주민들의 가택을 수색하였는데 수색과정 중 일군에 저항하는 허익근·이용훈·최홍택 등 10여 명을 참혹하게 살해하였다. 또한 명동학교 수색 중 김약연을 비롯한 교사와 학생들의 반일운동 증거자료와 교수용 지리괘도에서 조선과 일본을 다른 색깔로 표시한 사실 및 장식용 만국기 가운데 일본국기가 없는 사실 등을 발견하고 이 학교 사생을 포함한 90여 명의 주민들을 체포하였으며 교장 김약연에게도 체포령을 내렸다. 국자가의 경우, 일본군의 주된 목표는 '독립군의 양성소'로 일컬어지는 광성학교와 창동학교였는데 일본군은 이 두 학교와 부근의 마을에서 166명을 학살하고 학교를 불살랐다.[38]

〈표 5〉 경신년대토벌 시 일군에 의해 소각된 기독교계 학교

시간	소재지	학교명	죄명
1920.10.14	화룡현 명신사 삼도구	묘령공립권학소	독립운동가 집합장소 ; 독립운동 문서 및 탄약,나팔 등을 발견
1920.10.19	연길현 팔가자 남구	제5학교	독립간부양성소
1920.10.19	화룡현 명동촌	명동학교	독립운동가 양성소 ; 총기 및 독립운동 문서 발견
1920.10.20	화룡현 덕신사 장동	창동학교	
1920.10.21	화룡현 개운사 자동	정동학교	
1920.10.22	화룡현 계장동	사립학교	
1920.10.23	훈춘현 덕혜향 대황구	제4국민학교 (북일학교)	각종무기 및 탄약제조기,태극기, 신한독립사,독립신보,독립군 인장 발견
1920.10.23	화룡현 사촌사 서래동	초성학교	독립운동가 책원지
1920.10.23	화룡현	공립제13학교	독립운동단체 양성,대원 숙소,독립운동문서
1920.10.23	연길현 鵝鷄砬子	○○학교	배일선전학교
1920.10.24	연길현 일량구	보성학교	배일선전학교

38) 박문일, 「1906~1919년 사이 중국동북 조선족인민의 사립학교 교육운동 및 그 력사적 작용」, 연변대학민족연구소 편, 『조선족연구론총』(3), 연변인민출판사, 1991, 23쪽.

1920.10.27	화룡현 안방촌	광동학교	배일선전학교
1920.10.27	연길현 팔가자 남구	○○학교	배일선전학교
1920.10.28	왕청현 라자구 삼도하자	태흥학교	독립운동기관학교 ; 독립운동 문서인쇄
1920.10.30	화룡현 장암동	○○학교	독립운동단체의 배일선전사무소
1920.10.30	화룡현 장암동	기독교학교	독립운동단체의 배일선전사무소
1920.11.2	화룡현 삼도구	숭신학교	배일선전학교
1920.11.3	연길현 허가구	사립국민학교	배일선전학교
1920.11.3	연길현 소영자	사립국민학교	독립인사양성소,숙소 ; 배일독립운동문서 발견
1920.11.5	연길현 옹권	○○학교	배일선전학교
1920.11.5	연길현 소왕도구	○○학교	배일선전학교,배일사상 고취 ; 독립운동가집합소
1920.11.11	연길현 상의사 북구	흥동학교	배일선전학교
1920.11.21.	연길현 허항	○○학교	배일선전학교

자료 : 박주신, 앞의 책, 103쪽 ; 허수동, 「간도사건이 교육에 미친 영향」, 『동아세아교육문화학회년보』 제3호, 2006.

일제의 무력적인 취체로 조선인 사립학교들은 일대 수난을 겪기도 하였지만 민족지사들과 백성들은 충천하는 교육열로 힘을 모아 민족주의교육기관을 재건함과 동시에 대성·동흥·은진 등 사립중학교를 설립하여 민족교육을 한 차원 더 높은 단계로 끌어올림으로써 민족의 실력양성과 반일민족교육을 끊임없이 추진하여 나갔다.

5. 맺음말

이상에서 간도지역의 기독교계 학교의 민족교육운동에 대하여 살펴보았다. 1910년대 간도 조선인사회의 민족공동체의 결성, 민족독립운동의 온양, 민족교육의 전개 등 전반에 걸쳐 기독교는 상당한 영향력을 과시하였다. 특히 민족교육운동의 전개에 있어서 기독교계 학교는 전반 만주 일대의 조선인 민족교육을 리드할 정도로 그 역할이 돋보였다. 기독교가 간도

소선인사회의 교육과 민족운동의 중심에 설 수 있었던 이유는 다음과 같은 몇 가지에서 찾아볼 수 있다.

첫째, 간도 조선인사회의 기독교의 전파는 시초부터 민족주의와 긴밀히 밀착되어 있었다. 조선의 국운이 날로 기울어져가는 급박한 상황에서 조선 국내의 상동청년학원, 신민회 등 기관과 단체 및 많은 민족지사들은 단순한 복음전파의 차원을 넘어 독립운동기지 구축의 목적에서 간도를 비롯한 만주 일대를 주목하였으며 '기독교 포교'라는 표면적인 목적을 내세우고 대거 간도 각 지역에 망명하여 당지의 조선인 공동체의 결성에 주력하였다. 다른 한편 이미 간도 일대에 정착한 김약연, 마진, 김영학 등 당지의 유지들은 민지계몽과 신학문 수용의 필요성을 절감하였으며 구국운동과 독립인재 양성의 목적에서 기존의 신앙을 버리고 분분히 기독교에 입신하였다. 따라서 "북간도의 기독교인들은 모두 독립운동에 전념하는 민족주의자이며 교회는 독립운동의 정치적 결사요, 그러한 '불령선인'들의 소굴"이라고 인식될 정도로 기독교단체와 종교인사들은 간도 일대 조선인사회의 복음전파, 자치, 식산흥업, 사회단체 결성, 민족교육, 반일운동 등 제반 사회활동과 유기적인 연계를 가지고 있었으며 제반 사회활동의 상위적 가치를 민족의 독립으로, 시종 민족주의와 궤도를 같이 하였다.

둘째, 기독교계 학교의 사회적 역할은 무엇보다도 그가 지향하는 근대교육과 민족주의 지향의 교육에서 찾아보아야 할 것이다. 기독교계 학교의 교육목적에서 볼 수 있듯이 학교는 단순한 포교의 수단이 아니었다. 각지의 학교들은 신앙의 차원을 벗어나 교육의 좌표를 민지계몽의 근대지향교육과 민족독립을 위한 민족지향에 두었으며 이 목적을 달성하기 위하여 근대교과목과 애국교과를 학교교육의 전면에 두었다. 명동학교의 경우, 학교의 실력을 강화하기 위하여 조선 국내로부터 쟁쟁한 민족지사들을 대거 초빙하였으며 교과과정에도 신앙지향, 근대지향, 민족지향의 교과들을 골고루 분포하였다. 또한 세계 각지에 있는 민족주의 단체들과 긴밀한 유대관계를 유지하면서 군사교과서를 구입하는 등 시국의 변화에 민감한 반응을 보이면서 간도민족교육의 요람으로 자리잡았다. 때문에 학교들은 늘 불령선인의 소굴, 독립운동의 온상으로 지목되어 수시로 일제의 취체대상이 되기도 하였다.

셋째, 간도 일대의 기독교계 학교의 민족교육은 전반 반일민족독립운동의 중요한 조성부분으로, 기독교계 학교의 학교운동을 떠나 조선민족 독립운동을 운운할 수 없다. 당시의 특정한 사회현실에서 많은 쟁쟁한 민족지사들과 마을 유지들은 민족운동의 한 방편으로 대거 기독교에 귀의하였던 까닭에 대부분의 기독교계 학교들은 설립취지부터 교사진영, 교과목, 과외활동 등 학교교육의 전면에서 민족주의를 부각하였으며 민족인재의 양성을 우선적인 목적과 과제로 간주하였다. 약 10여 년간의 실천을 거쳐 간도지역의 민족교육은 끝내 3.13운동이라는 커다란 물줄기를 형성하였으며 그 중심에는 늘 민족학교의 교사와 학생들이 뭉쳐있었다. 한마디로 간도의 기독교계 학교들은 민족독립운동과 떼어 말할 수 없을 정도로 그 자체가 민족독립운동의 과정이고 실천이었다. 민족독립운동사에 굵직한 한 획을 남긴 봉오동전투와 청산리전투가 간도에서 일어나게 된 것도 이 지역 민족교육의 경향(傾向)을 떠나서는 설명할 수 없다.

참고문헌

姜德相 편, 『現代史資料 27』(朝鮮三), 三鈴書房, 1970.

국사편찬위원회, 『한국독립운동사』(3), 1967.

金良善, 「韓國現代教育史上에 있어서 基督教學校의 위치와 공헌」, 『崇田大論文集』 2, 1970.

金正柱 編, 『朝鮮統治史料』 第9卷, 東京 : 韓國史料研究所, 1971.

김승태, 「캐나다 장로회의 의료선교 : 용정제창병원을 중심으로」, 『延世醫史學』 제14권 제2호, 2011.

嶋田道彌, 『滿洲教育史』, 文教社, 1935.

東洋拓植株式會社編, 『間島事情』, 1918.

박걸순, 『독립운동계의 '3만' - 정순만』. 경인문화사. 2013.

박금해, 「20세기초 간도 조선인 민족교육운동의 전개와 중국의 대조선인 교육정책」, 『한국근현대사연구』 2009년 봄(48), 2009.

박금해, 『조선족교육운동사』, 연변교육출판사, 2015.

朴文一, 「1906~1919年間中國東北朝鮮族人民的私立學校教育運動及其歷史作用」, 『朝鮮族研究論叢(3)』, 1991.

박주신, 『間島韓人의 民族教育運動史』, 아세아문화사, 2000.

박창욱 외, 「간도국민회를 재차 론함」, 『룡정 3.13반일운동 80돐 기념문집』, 연변인민출판사, 1999.

반병률, 『성재 이동휘 일대기』, 범우사, 1998.

서굉일, 「1910년대 北間島의 民族主義教育運動 - 기독교학교의 교육을 중심으로 - 」, 『白山學報』 제29호, 1984.

서대숙, 『간도 민족독립운동의 지도자 김약연』, 역사공간, 2008.

延邊政協文史資料委員會, 『延邊文史資料』 第5輯, 1988.

吳祿貞, 「延吉邊務報告」, 1907 : 李樹田주편, 『長白叢書』 初集, 길림문사출판사, 1986.

윤병석, 『이상설전』, 일조각, 1984.

李光奎, 「延邊朝鮮族宗教概況」, 『朝鮮族研究論叢』(1), 延邊大學民族研究所, 1987.

이명화, 「1920년대 滿洲지방에서의 民族教育運動」, 『한국독립운동사연구』 제2집, 1988.

차재명, 『조선예수교장로회사기』(상), 조선기독교창문사, 1928.

채휘균 외, 「일제하 간도직역의 기독교계 학교 설립과 운영」, 『교육철학』 제30집, 2006.

한국독립유공자협회, 『중국동북지역 한국독립운동사』, 집문당, 1997.

許壽童, 「'間島事件'이 교육에 미친 영향」, 『東亞細亞教育文化學會年報』 第3号, 2006.

玄圭煥, 『韓國流移民史』, 語文閣, 1967.

洪相杓, 『間島獨立運動小史』, 1966.

1920년대 이후 용정 주재 캐나다 선교사들의 활동과 문재린 목사[*]

1. 머리말

미국과 캐나다의 기독교 역사를 비교 고찰한 미국의 교회사가(敎會史家) 마크 A. 놀(Mark A. Noll)은 미국보다 캐나다가 더 기독교 국가다웠다고 판정했다.[1] 캐나다인들은 노예제를 용인하지 않았고, 해외 모험에 힘을 쏟지 않았고, 원주민들을 함부로 대하지 않았고, 메시아적 우월감으로 우쭐대지 않았다는 등의 이유들에서였다. 그런데 한말과 일제강점기에 활동한 캐나다 선교사들도 미국 선교사들과는 달랐다고 한국 교회사가들은 평가한다. 곧 친한·반일적이었던 점에서 달랐다는 것이다.[2] 캐나다장로교 교단은 1898년부터 한국선교를 시작하여 함경남·북도와 북간도에서 활동했다. 선교사들은 한말에 곧잘 일본 당국과 충돌했고, 1919년 3·1운동과 1920년 간도참변 후에는 일제의 만행을 서구사회에 앞장서서 폭로했다.[3]

---

* 이 글은 학술회의에서 발표된 이후 내용을 일부 수정하여 같은 제목으로 『동방학지』 180, 2017에 수록된 바 있으며, 본문에 사용된 사진은 '문익환 통일의 집'으로부터 제공받았다.

1) Mark A. Noll, *A History of Christianity in the United States and Canada* (Grand Rapids : William B. Eerdmans Publishing Company, 1992), pp.545~547.

2) 김승태, 「캐나다 장로회의 의료선교 : 용정 제창병원을 중심으로」, 『延世醫史學』 제14권 제2호, 2011, 10쪽 ; 서굉일, 『일제하 북간도 기독교 민족운동사』, 한신대학교 출판부, 2008, 50쪽.

그러나 그들도 기본적으로는 당시 선교계의 통념을 따라 총독부를 '합법적'인 정부로 인정하며 순응했고,[4] 상황에 따라 신축적으로 처신했다.

캐나다 선교사들은 독립운동 방면에서만 자취를 남긴 것이 아니었다. 1913년부터 용정을 북간도 선교의 거점으로 삼은 그들은 그곳의 한인 기독교들이 일제의 압박, 중국 관헌의 박해, 한인 사회주의자들의 공격 속에서 세력을 유지할 수 있게 도왔고, 윤동주가 태어나 자라면서 시의 세계를 형성하고 송몽규·문익환과 우정을 나누던 시절의 종교적 배경이 되었다. 뿐만 아니라 해방 후에 용정 출신 인사들이 조선신학교(1951년부터 한국신학대학, 이하 한신)에서 결집하여 반군부 민주화운동과 민족통일운동을 벌이고, 교계 내에서도 에큐메니칼운동과 새로운 신학운동─자유주의 신학과 민중신학─을 주창하다[5] 연세대 신과대의 학풍 형성에까지 영향을 끼치게 되는 그 모든 과정의 정신적 기반이 되었다.[6]

그런데 북간도의 기독교 집단은 종래에 재만 한인사회가 민족운동사 위주로 연구되면서[7] 한말부터 1920년 초까지의 시기에 편중되게 연구되었

---

3) 그들의 폭로행위에 관해서는 김승태, 위의 글 ; 나가타 아키후미, 『일본의 조선통치와 국제관계』, 박환무 역, 일조각, 2008 ; 문백란, 「캐나다 선교사들의 북간도 한인사회 인식-합방 후부터 경신참변 대응시기까지를 중심으로」, 『식민지시기 재만조선인의 삶과 기억』, 선인, 2009. 참조.

4) 馬三樂(Samuel Hugh Moffett), 「三·一運動과 外國人宣敎師」, 『三·一運動 50週年紀念論集』, 東亞日報社, 1969, 348쪽.

5) 캐나다 선교사들로부터 새로운 신학운동이 연유한 사실과 용정 출신들이 한신의 주축을 이룬 사실은 이미 널리 인정되고 있다. 한국기독교장로회 총회, 『韓國基督敎長老會 五十年略史』, 1965, 26~27쪽 ; 김건우, 「한국 현대지성사에서 '한신(韓神)'이 가지는 의미」, 『상허학보』 42집, 2014, 510쪽.

6) 연세대학교 신과는 한신대에서 수학했고 캐나다에서 유학한 적이 있던 김정준 교수와 서남동 교수를 통해 한신의 신학을 받아들였다.

7) 박영석, 『만주지역 한인사회와 항일 독립운동』, 국학자료원, 2010 ; 신주백, 『만주지역 한인의 민족운동사(1920~45)』, 아세아문화사, 1999 ; 장세윤, 『1930년대 만주지역 항일무장투쟁』, 독립기념관 한국독립운동사연구소, 2009 ; 채영국, 『1920년대 후반 만주지역 항일무장투쟁』, 독립기념관 한국독립운동사연구소, 2007 ; 황민호, 『일제하 만주지역 한인사회의 동향과 민족운동』, 신서원, 2008.

다. 그리하여 간도참변 때까지는 명동을 중심으로 활동한 한인 기독교 세력이 상세히 연구되어 만주지방 민족운동사 서술의 주축을 이룬 것으로 서술되었다.[8] 1920년대에는 대체로 일제와 중국 당국, 특히 한인 사회주의 자들의 공격을 받고 세력이 위축된 가운데 민족진영과 같은 궤적에서 보존과 재건을 위해 노력하며 교육의 확대와 생활 안정을 지향했던 것으로 간간이 설명되었다.[9] 그러나 이러한 연구에서는 하나의 변수로서 경신년의 참화를 수습하고 재건하는 과정에서 그들에게 영향을 미쳤음직한 선교사의 역할이 고려되지 않거나 매우 단편적으로 취급되었다.[10] 1930년대 이후의 상황은 거의 연구되지 않았고, 전기와 회고록이 연구 성과를 대신해왔다. 이러한 연구공백 때문에 이 시기의 기독교 집단은 더욱 더 간과되어왔고, 간혹 다뤄질 필요가 있을 때는 독립운동에 헌신했던 1910년대까지의 역사상을 그대로 연장하여 투사시킨 상태에서 논의되었다.[11] 그러나 이 시기에 그들은 그들 나름의 방식대로 역사의 한 부분을 채워가고 있었다. 그러므로 이 논문은 우선적으로 1920년대 이후 일제하 북간도 한인 기독교인들의 동향을 파악하고 캐나다 선교사들의 활동과 그 영향을 함께 살피는 데에 역점을 둔다. 이로써 북간도의 기독교인들 안에 민족감정과 사회문제에 대한 비판의식과 현실주의적인 유연성 및 개방성이 혼재되어 있었다는

---

8) 서굉일, 『일제하 북간도 기독교 민족운동사』, 한신대학교 출판부, 2008 ; 이명화, 「항일독립운동사상에서의 명동학교의 위상」, 『북간도지역 한인 민족운동 : 명동학교 100주년 기념』, 독립기념관 한국독립운동사연구소, 2008.

9) 황민호, 앞의 책 ; 박금해, 「滿洲事變以前 北間島民族教育에 關한 一研究」, 『인문과학연구논총』 제18호, 1998 ; 이시용, 「일제침략기 간도 한국인의 민족교육에 관한 연구」, 『교육논총』 21집, 인천교육대학교, 2003.

10) 김해영은 민족의식의 형성에 선교사들도 관여했다고 보면서도 구체적으로 입증하지는 않았다. 김해영, 「20세기 초 북간도 민족교육사상 형성의 역사적 동인(動因)」, 『한국교육사상연구회 학술논문집』 제48회, 2010 ; 일제강점기의 선교사들에 대해서는 초기의 선교 개척, 간도참변 때의 일제 만행 폭로, 용정에서의 의료활동이 주로 연구되었다. 각주 3)과 4) 참고.

11) 다음 논문이 한 예가 된다. 김치성, 「윤동주 시 연구-북간도 기독교와의 관련성을 중심으로」, 한양대학교 대학원 박사학위논문, 2016, 36~43쪽.

〈그림 1〉 문재린 목사

사실을 밝히려 한다.

당시에는 용정이 북간도 한인사회의 중심에 있었고, 문익환의 부친이자 북간도의 어머니교회라고 불린 용정중앙교회의 담임목사였던 문재린은 한인 기독교인 사회의 중심에 있었다. 그는 캐나다 선교사들과도 밀접한 관계를 맺고 있었고, 해방 후에는 월남하여 한신 중심의 신생 집단에게 북간도의 역사를 이어주는 역할을 했다. 그러나 문재린도 아직 본격적으로 연구된 바가 없다.

그러므로 이 논문은 그의 생애를 개관하면서 용정의 기독교인들이 해방 후에 남한에서 신흥세력을 이룬 과정을 그를 중심으로 파악하는 데에 또 다른 역점을 둔다. 이로써 한국사회에 친미·보수적인 기독교계와는 다소 구별되는 소수의 친캐나다·진보적인 기독교집단이 생겨나 그들만의 역사적 경험에서 동기와 동력을 얻어 정치적·종교적으로 강력한 저항운동을 펼치게 되었다는 점을 밝히려 한다. 강인철은 한신을 비롯한 기독교 진보진영의 대외 종속성이 민주화운동을 비롯한 사회참여활동으로 그들을 이끌었다고 주장했지만,[12] 이 논문은 그런 외적인 요인보다 그들의 역사적 경험에서 내적 요인을 찾는 데에 주력한다.

이 연구를 위해 캐나다 선교사들의 서신과 보고서[13] 그리고 용정 출신

---

12) 그는 당시 미국교회와 세계교회협의회의 화두가 정의, 평화, 인권, 발전, 민주주의, 토착화였는데, 그런 추세를 따라 그런 단체들의 자금지원과 노하우에 힘 입어 민주화운동에 뛰어들었다고 설명했다. 강인철, 「박정희 정권과 개신교 교회」, 『종교문화연구』 제9호, 2007, 98~99쪽.
13) 토론토대학 내 빅토리아대학의 문서보관소에 소장되어 있는 캐나다장로교와 캐나

인사들의 자서전, 회고록, 문집을 주요 자료로 사용하려 한다.[14] 그밖에 일제강점기의 조선예수교장로회 총회 회록과 김재준이 1937년 용정에서 발행한 정기간행물 『十字軍』도 참고자료로 사용하려 한다. 이러한 자료들을 통해 먼저 재한 캐나다 선교사들의 선교 상황과 한인 기독교인들의 동향을 살피고, 선교사들이 소속한 교단이 1925년 캐나다장로회에서 캐나다연합교회로 바뀐 것이 갖는 역사적 함의를 고찰하려 한다. 다음으로 문재린과 주변인물들의 활동을 살펴 교인들의 활동현장과 캐나다인들의 선교의 상관관계를 파악하려 한다. 그렇게 하여 일제하 북간도의 개신교계와 해방 후 용정 출신 인사들의 사회적 역할에 관해 그 전체 맥락을 개관하고 그 의미를 살피려 한다.

다연합교회의 마이크로필름 선교자료 "Correspondences of Presbyterian Church in Canada Foreign Mission Committee, Eastern Section Board of Foreign Missions Korea Mission 1898-1925 & Korea Mission of The Board of Foreign Missions (1925-1944) and The Board of Overseas Missions(1944-1961) of the United Church of Canada"가 이 논문에서 활용되었다. 미국 필라델피아의 장로교문서보관소에 있는 캐나다장로교 선교부 보고서들과 캐나다장로교 교계인사들의 유인물들도 참고되었다.

14) 강원룡, 『빈들에서 : 나의 삶, 한국현대사의 소용돌이』 1~3, 대화출판사, 1998 (『역사의 언덕에서』 1~5, 한길사, 2003) ; 金在俊, 『凡庸記』, 풀빛, 1983 ; 문재린·김신묵, 『기린갑이와 고만녜의 꿈』, 문영금·문영미 편, 삼인, 2006 ; 문동환, 『문동환 자서전』, 삼인, 2009 ; 문익환, 『늦봄 문익환 전집』 1~12, 사계절출판사, 1999 ; 恩眞중학교동문회, 『恩眞 80年史 : 北間島의 샛별』, 코람데오, 2002 ; 한국기독교장로회 신학연구소 편, 『만우 송창근 전집』, 만우송창근목사 기념사업회, 2000.

2. 북간도 캐나다 선교사와 한인교회

1) 선교사의 활동과 한인교회의 동향

(1) 선교사의 활동

캐나다장로교는 캐나다로 이주해온 프랑스 위그노들, 네덜란드와 독일의 개혁교회 교인들, 스코틀랜드와 아일랜드의 장로교인들에 의해 형성되었다.[15] 자치령의 형성과 철도 건설을 계기로 동부의 2개 집단과 서부의 2개 집단이 결합하여 1875년 "캐나다장로교회"를 수립했다.[16] 그들은 1925년을 기준으로 뉴헤브리디스, 트리니다드, 대만, 인도, 중국, 영국령 기아나, 한국에 해외선교사를 파송했다.[17] 한국으로는 1898년 그리어슨(Robert Grierson) 의사 부부, 푸트(W. R. Foote) 목사 부부, 맥레(D. M. MacRae) 목사를 맨 처음 파송하여 9월 7일 제물포에 상륙시켰다. 그 후 원산, 성진, 함흥, 회령, 용정을 중심으로 선교활동을 벌였다. 선교사들이 북간도까지 오게 된 것은 이곳에 이주해온 한인 신자들의 거듭된 선교사 파송 요청과 만주선교를 중단한 감리교 선교사들의 업무 이관 제안에 따른 것이었다.[18] 그들은 간도로 이주한 한인들 가운데 신자들도 많이 있는 사실을 주목하고 간도에 그들을 위해 놀라운 기회가 열렸다고 여겼다.[19]

캐나다 선교사들은 한국어만 알기 때문에 북간도의 선교대상을 한인으로

---

15) John Thomas McNeill, *The Presbyterian Church in Canada 1875-1925* (Toronto : General Board, Presbyterian Church in Canada, 1925), pp.1, 3, 6~7.

16) Ephraim Scott, *"Church Union" and the Presbyterian Church in Canada* (Montreal : John Lovell & Son, Limited, Publishers, 1928), p.39.

17) John Thomas McNeill, 앞의 책, pp.119~125.

18) William Scott, "Canadians in Korea : Brief Historical Sketch of Canadians Mission Work in Korea," 1975, pp.68~69.(미간행 타자본).

19) *Foreign Mission Report of the Presbyterian Church in Canada*, 1912, p.57.

국한시켰다.[20] 그들의 눈에 1910년대 북간도의 한인사회는 자력으로 30개의 학교들을 세우고, 열정과 에너지가 넘치며, 교육받은 한인 청년들이 남쪽에서 좋은 자리를 버리고 올라와서 학교에서 가르치고 있는 곳으로 비쳐졌다.[21] 선교사들은 그곳에서도 '자급(自給)'을 선교의 원칙으로 지켰고, 한인들도 스스로 교회를 짓고 학교를 운영했다.[22] 빈궁한 교회들을 조금씩 부조한 적은 있었지만, 이런 일은 매우 예외적으로 행해졌다.[23] 선교사들의 주된 업무는 교회들을 찾아다니면서 사경회(査經會)를 인도하고 세례를 주는 것이었다. 그들은 1913년 용정의 동산(東山)에 23,500평을 사서 기지를 조성하고, 바커(A. H. Barker) 부부를 그곳에 파송했다.[24] 용정의 선교사들은 그곳에 치외법권을 엄격하게 적용하여 일본 군경의 출입을 막았다.[25] 그곳에 또한 은진중학교(恩眞中學校, 1917년 2월 4일 설립), 명신여자소·중학교(明信女子小·中學校, 1913년 9월 7일 설립), 제창병원(濟昌病院, St. Andrews Hospital, 1916년 5월 20일 설립), 동북남성경학원·배신여성경학원(東北男聖經學院·培信女聖經學院, 각각 1915년 창립)을 세우고 운영했다. 한인들은 그곳을 '영국덕이'라고 불렀다.

---

20) 길림에는 아일랜드장로교 선교사들이 있었다. 위의 책, 1915, p.26.
21) 위의 책, 1914, p.24.
22) 위의 책, 1914, p.27 ; 1923, p.89.
23) 1930년 선교사들은 캐나다에서 보낸 "Needy Churches" 기금으로 11개 교회를 도왔다. E. J. Fraser (용정) to D. A. Macdonald, Mar. 19, 1930. (편지, 이하 이 형식의 각주에서 '(편지)' 표기 삭제)
24) 이 일은 김약연과 계봉우 등 북간도 교회대표들이 1912년 캐나다선교부에 "청원서"를 보내 선교사와 전도인 파송, 중학교 설립, 병원설립을 요청한 데 따른 것이기도 했다. 김승태, 앞의 글, 13쪽.
25) 치외법권 행사와 관련하여 은진학교 졸업생은 브루스(G. F. Bruce) 교장 시절의 일을 다음과 같이 회고했다. "카나다 조계지인 은진중학 울타리 안은 도주하는 혁명투사들을 일본인이 더 손댈 수 없는 치외법권의 성역이었다. 그래서 쫓겼다 하면 부례수 교장을 찾아 숨는 것이 예사였다. 참다못한 일본관헌이 총검을 휘두르며 학교 안으로 들어 닥칠 때는 그들과 대항하였고 특히 강의시간에 일경에 끌려가는 학생이나 선생이 있을 때는 혈투로 일제의 만행을 저지했다." 恩眞중학교동문회, 앞의 책, 91~92쪽.

선교사들은 모교회인 캐나다장로회(The Presbyterian Church in Canada) 가 1925년 캐나다감리회, 캐나다회중교회와 합하여 캐나다연합교회(United Church of Canada)를 형성하자 소속교단을 연합교회로 바꿨다. 그 일로 세브란스의학교에서 캐나다 측을 대표하여 근무하던 용정 소속의 맨스필드 (T. D. Mansfield)가 연합교회 합류를 거부하고 선교사직을 사임하자 그를 대신하여 용정의 제창병원장인 마틴(S. H. Martin)이 1927년 세브란스로 옮겨갔고, 블랙(D. M. BLack)이 그 해에 대만에서 제창병원으로 전임해왔 다.[26] 또한 은진중학교 교장인 윌리엄 스코트(William Scott)가 1925년 함흥 영생학교 교장으로 옮겨가고 프레이저(E. J. O. Fraser)가 그 자리를 맡았 다.[27] 이러한 교단변경과 자리이동에도 불구하고 선교사들과 교인들의 관계는 1941년 선교사들이 철수하기까지 변함없이 지속되었다.

(2) 한인교회의 동향

김약연은 1937년에 기고한 기사에서 1907년 감리교인 이화춘과 이응현, 장로교인 안순영과 정재면에 의해 간도에 처음 '복음'(福音)이 들어왔다고 회고했다.[28] 그의 설명에 따르면, 1908년 김계안 조사가 캐나다장로교 선교사 들의 파송을 받아 간도에 와서 예배처소를 정하고 구춘선, 박무림 등과 함께 예배를 드리기 시작했는데, 이곳이 발전하여 용정중앙교회가 되었다. 이

---

26) E. J. Fraser (용정) to A. E. Armstrong, May 10, 1926 ; D. M. Black (용정) to A. E. Armstrong, Nov. 6, 1927.

27) 은진중학교 역대 선교사 교장들과 그 부임연도는 다음과 같다. W. R. Foote(1920. 2), A. H. Barker(1920. 12), W. Scott(1922), E. J. O. Fraser(1925), G. F. Bruce (1934). 1940년부터는 한국인 또는 일본인들이 교장을 맡았다. 恩眞중학교동문회, 위의 책, 277~278쪽, 288쪽. 그런데 Bruce의 경우는 정확한 일자를 알 수 없지만 선교편지 들을 보면 1931년에 학교를 책임 맡은 것으로 짐작된다. G. F. Bruce (용정) to A. E. Armstrong, Jan. 13, 1931.

28) 金躍淵, 「東滿敎會三十週年略史」, 『十字軍』 제1권 제5호, 1937, 9~11쪽.

교회는 1922년 지교회를 분립시키고도 그 해에 평균 700명이 출석했다.[29]

북간도의 교회들은 1912년부터 1917년까지 조선예수교장로회 총회의 함경노회에 속했고, 그 후 1921년까지는 함북노회에 속했으며, 그 후 1925년까지는 간도노회에, 그 후에는 동만노회에 속했다. 1937년까지 그 일대에서 활동한 한인 목사는 25명이었고, 남녀 선교사는 26명이었으며, 교회는 미조직교회를 포함하여 총 74개였다.[30] 1940년에는 125개 교회가 있었고, 자급하고 있었다.[31] 북간도 지방은, 아래의 통계표에서 보듯이, 캐나다 선교사들의 관할구역들 중에서 교인수가 가장 많았다. 그래서 1937년 재정 곤란을 타개하기 위해 한두 곳을 폐쇄하는 방안이 제기되었을 때 용정은 함흥과 더불어 당연히 논의대상에서 제외될 곳으로 여겨졌다.[32]

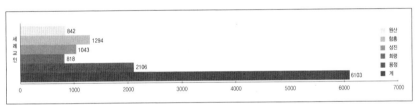

출전 : "Statistics for Year Ending June 30, 1925," *A Synopsis of Minutes of the Twenty-Seventh Annual Meeting of the Council of the Korea Mission of the Presbyterian Church in Canada*, 1925.

북간도의 기독교인들은 활기찬 모습도 보였지만, 사실 시련도 많이 당했다. 1921년도 노회 보고서에는 일본군의 "토벌", 곧 간도참변으로 살해당한 사람과 충화(衝火)당한 교회, 교실, 가옥을 일일이 기록하기 어려우며 "토벌에 화해를 당하여 의복 없고 양식 없이 엄동설한에 도로에 호읍하는 동포의

29) *Foreign Mission Report of the Presbyterian Church in Canada*, 1922, p.71.
30) 金躍淵, 앞의 글, 10~11쪽.
31) W. R. Reeds (용정) to Mr. Gray and Friends of Kew Beach Church, Apr. 13, 1940.(편지)
32) W. A. Burbidge, "Covering Letter Explaining the Following Resolution Adopted at Council Meeting July 1937."

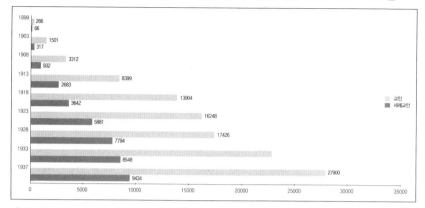

캐나다장로교·연합교회 한국선교회 교인 및 세계교인 총수 변화 1898~1937년

출전 : "Korea Mission of the United Church of Canada, Charts of Statistics 1898~1937,"
1937. (낱장 자료)

신자 불신자를 물론하고 1시 생명을 구제하기 위하여 용정 국자가와 그
외 각 교회에서 전곡을 여간 수합하여 1시 요구를 면케 하였사오나 목하
정형은 심히 가련함"이라는 기록이 있다.[33] 캐나다 선교부의 1922년도
연례보고서에서도 한인들이 극심한 가난을 무릅쓰고 노루바위(Norabowie)
를 포함한 여러 지역에서 일본군이 불태운 교회들과 학교들을 재건하기
위해 노력하고 있다고 보고되었다.[34] 1923년에는 한인들이 교육 분야에서
특히 감탄할 만한 노력을 하고 있는데, 작은 용정 마을이 교육의 중심지가
되어 간도 전체와 한국 북부지방, 심지어 시베리아에서까지 학생들을 끌어
들이고 있다고 설명되었다.[35] 그 해의 노회 보고서에서는 "각 교회가 왕성하
오며 학교도 더욱 왕성하여 많은 재미를 보았사오며"라고 보고되었다.[36]
이후에도 매년 노회 보고서에서 교회가 진흥하고 예배당이 여러 곳에서

---

33) 『죠션예수교쟝로회총회뎨十회회록』, 1921, 94쪽.
34) *Foreign Mission Report of the Presbyterian Church in Canada*, 1922, p.71.
35) 위의 책, 1923, pp.89~90.
36) 『죠션예수교쟝로회총회뎨十二회회록』, 1923, 112쪽.

신축·증축되었다는 보고가 이어졌다. 그러나 1924년부터 재정곤란으로 학교를 유지하기 어렵다는 보고가 함께 등장하기 시작했고, 1925년에는 흉년으로 각 교회가 막대한 생활난을 겪었지만 신앙 면에서는 많은 유익을 받았다고 기록되었다.[37]

1926년에는 각처에서 교회들이 반기독운동의 맹렬한 반박 속에서 더욱 "신령"해지고 있고 "중국교육령"으로 교육에 장애를 받고 있다고 보고되었고, 1927년에는 선교회 경영의 은진중학교와 명신중·소학교는 잘 운영되고 있지만 교회 경영의 학교들은 근근이 유지되고 있다고 보고되었다.[38] 그러나 은진중학교 교장 프레이저(E. J. O. Fraser)가 1927년에 쓴 편지를 보면 은진중학교도 그 해에 공산주의의 영향을 받은 학생들이 일으킨 졸업식 훼방, 출석 거부, 교사 해임 요구, 교사 구타, 선교사 주택습격 등으로 큰 어려움을 겪고 있었다.[39] 1929년에는 노회보고서에서 선교회 경영의 은진중과 명신여중 외에 교회가 경영하는 남녀 소학교들은 유지하기가 매우 곤란한 중에 있고, 교회들 간에 큰 분규가 일어나 노회원 일동이 총사직했다고 보고되었다.[40]

1930년대에도 시국불안, 비적, '핍박, 흉년, 경제공황, 재정곤란이 거듭 언급되었다. 1932년에는 문재린 목사가 캐나다 선교부로 보낸 편지에서 교인들이 공산주의자들에게 끔찍한 박해를 당하고 있고 기독교 학교들과 교회들이 강압에 의해 문을 닫고 있다고 진술했다.[41] 1933년에는 노회보고서에서 공산당에게 25명이 참살 당하고 예배당들이 충화되었으며, 1934년

37) 『죠션예수교쟝로회총회뎨十三회회록』, 1924, 101쪽 ; 『十四회회록』, 1925, 39쪽.

38) 『죠션예수교쟝로회총회뎨十五회회록』, 1926, 111-112쪽 ; 『十六회회록』, 1927, 88쪽.

39) E. J. Fraser (용정) to A. E. Armstrong, May 9, 1927. 4월 25일 재학생 150명이 대성중학과 동흥중학으로 전학을 하여 학교운영에 큰 타격을 입혔다고 한다. 황민호, 앞의 책, 65쪽.

40) 『죠션예수교쟝로회총회뎨十八회회록』, 1929, 119~120쪽.

41) Chairin Moon (문재린, 용정) to Friends, Nov. 30, 1932.

에는 농촌과 신간에서는 비적들의 공격으로 모이지도 못하는 교회들이 많지만 도시에서는 신자들이 매일 증가하고 왕성하게 운영되고 있다고 보고되었다.[42]

그런 상황에서 프레이저 선교사는 일본 만이 그곳을 평화롭게 할 수 있기 때문에 일본 당국이 공산주의자들을 진압하기 위해 쓰는 방법은 좋아하지 않지만 진압의 필요성에는 공감하고 있다고 토로했다.[43] 은진중학교 교장으로 새로 부임한 브루스 선교사는 1933년 그 학교 선생들에게 일본학교 선생들과 친밀한 관계를 맺도록 권장했고, 이듬해에는 한국인 선생들의 반대를 무릅쓰고 일본인 교사를 초빙해 일본어를 가르치게 했다.[44]

1937년부터는 사람들의 생활이 점차 안정되어 가고 있고, 신자들과 교회들이 증가되고 있다고 보고되었다. 특히 항일부대와의 접촉을 차단시키기 위한 일제의 집단부락 제도가[45] 외곽지역의 교회들에게 특별한 전도의 기회를 주어 그들이 "바라고 생각할 수 있는 모든 것을 뛰어넘는 극히 풍성한" 결과를 얻었다고 보고되었다.[46] 이러한 추세는 이후에도 계속되어 교인들은 열심히 전도하고 교회들은 부흥하고 있다고 보고되었다.[47]

그런 가운데 미션학교들인 명신여학교와 은진중학교가 1938년과 1939년에 만주국의 인가를 받아 공인된 학교의 지위를 얻은 대신 일본 교육당국의 통제 아래 들어가 종교교육 시간을 방과 후로 돌리고 직업학교의 형태로 운영되었다. 1940년 8월에는 일제 당국이 은진중학교의 이사회에서 선교사

---

42) 『죠선예수교쟝로회총회데二二회회록』, 1933, 106쪽 ; 『二三회회록』, 1934, 148~149쪽.
43) E. J. Fraser (회령) to A. E. Armstrong, Dec. 6, 1932.
44) 선교사들은 야학을 열어 일본인들에게 영어를 가르치기도 했다. 중국인들도 불렀지만 중국인은 야학에 오지 않았다고 한다. G. F. Bruce (용정) to A. E. Armstrong, Apr. 11, 1933 ; Jan. 15, 1934.
45) 『연변일보』, 2017년 10월 23일, 「45. 일제의 집중영 ≪집단부락≫」.
46) "Lungchingtsun Station Report," July 1938~June 1939.
47) 『죠선예수교쟝로회총회데二八회회록』, 1939, 118쪽 ; 『二九회회록』, 1940, 110쪽 ; 『三十回會錄』, 1941, 86~87쪽.

들과 교회 대표들의 수를 절반으로 줄이고 나머지 절반을 용정시장과 학부
형 대표 등—비기독교인일 가능성이 높은 인물—들로 채우도록 압력을
가했고, 이에 선교사들이 스스로 물러난 대신 한인 기독교인들로만 이사회
를 구성하여 학교의 기독교적 성격을 유지시키자는 안을 제시하여 합의를
받아냈다.48) 교회들은 만주국 협화회에 등록되었고, 교회 사역자들은 면허
증을 받았으며,49) 1941년 11월에는 만주의 5대 개신교 교파 한인교회들을
통합한 '만주조선기독교회'에 소속되었다.50)

그러던 중 1940년 10월 하순 여자와 아이들을 먼저 귀국시키고 현장에서
전권을 행사하라는 본부의 지시가 답지하면서 선교회의 분위기가 돌변하였
다.51) 그들은 다른 교단의 선교사들과도 연락하면서 개별적·집단적으로
철수시키고 재산을 맡기는 문제를 처리하기 시작했다.52) 용정에서는 마지
막으로 브루스가 1941년 3월에 떠났고, 원산의 프레이저와 함흥의 스코트는
계속 남아 있다가 캐나다에 억류된 일본인들과 교환되기 위해 1942년
6월에 추방되었다.53) 두 사람은 그 사이에 용정을 방문하거나 문재린 목사의
방문을 받기도 했는데,54) 그곳의 교회 일은 교인들에 의해 여느 때처럼

48) George F. Bruce (용정) to A. E. Armstrong, Aug. 24, 1940 ; Nov. 15, 1940 ; Dec.
    22, 1940 ; William Scott (함흥) to A. E. Armstrong, Nov. 29, 1940.
49) "United Church of Canada Korea Mission Station Report 1939~1940, Lunchingtsun,
    Manchoukuo."
50) 「滿洲朝鮮基督教會 合同結成式」, 『朝鮮監理會報』, 1941년 12월 1일, 6쪽.
51) E. J. O. Fraser (원산) to A. E. Armstrong, Oct. 26, 1940 ; A. E. Armstrong to
    R. M. Dickey, Oct. 29, 1940.
52) E. J. O. Fraser (원산) to A. E. Armstrong, Oct. 30, 1940 ; Nov. 15, 1940 ; William
    Scott (함흥) to A. E. Armstrong, Nov. 29, 1940. ; "A Brief Summary of the Factors
    Presented by Evacuees on Board the S. S. Mariposa As Their Reasons for Returning
    Home," November 25, 1940.
53) A. E. Armstrong to Mrs. George F. Bruce, March 18, 1941 ; William Scott, "Canadians
    in Korea," p.146.
54) William Scott (함흥) to Fellow-Workers, June 1, 1941 ; E. J. O. Fraser (원산)
    to A. E. Armstrong, Sep. 1, 1941.

〈그림 2〉캐나다로 귀국하는 선교사 전별 기념(1941년 3월)

잘 진행되고 있었다.[55]

2) 캐나다연합교회의 출범과 그 영향

선교사들은 1925년 그들의 모교회인 캐나다장로회가 둘로 나뉘면서 선택의 기로에 서게 되었다. 이는 장로회, 감리회, 회중교회를 통합한 캐나다연합교회가 출범하면서 캐나다장로회가 연합을 지지하는 다수파와 반대하는 소수파로 나뉘었기 때문이었다. 이 연합에는 감리교인·회중교인 전원과 장로교인의 70%(교회들의 83%)가 참여하였다.[56] 연합을 거부한 소수파는 '캐나다장로교'란 기존의 이름을 고수했다. 이러한 분열을 발생시킨 가장

---

55) W. R. Reeds to Mr. Gray and Friends of Kew Beach Church, May 7, 1941 ; William Scott (함흥) to Fellow-Workers, June 1, 1941.

56) Munroe, *The First Twenty Years 1925-1945*, The Montreal Office of the United Church of Canada, [1945?], p.2.(소책자)

큰 요인은 문화충돌이었다.[57] 캐나다 사회는 프랑스령의 가톨릭 신앙을 용인할 만큼 종교적 신념의 차이를 관용해왔다.[58] 그러나 세 교파들의 연합이 추진되었을 때 장로회의 소수파는 정체성이 침해될 것을 우려하여 모더니즘, 합리주의, 진화론을 배격했다. 한 예로 포트 아더(Port Arthur, 현재 슈피리어 호 연안의 Thunder Bay)의 한 장로교 집단은 1924년에 배포한 연합반대 호소문에서 "모더니즘은 기독교와 문명에 가장 해로운 적이다"(Modernism is the deadly foe of Christianity and Civilization)라고 단언했다.[59]

그러한 논란 속에서 캐나다연합교회가 출범했을 때 재한 캐나다 선교사들은 대부분 연합교회에 합류했다. 세 쌍의 합류 거부자들은 선교사직을 사임하거나 일본으로 임지를 옮겼다. 연합교회 측은 소수파 캐나다장로교 측이 원하면 용정과 회령을 그들에게 넘겨주겠다는 생각을 했지만, 그들 측에서 넘겨받을 선교사를 파송하지 않았다.[60] 그러므로 한국선교회는 겉으로는 큰 파문을 겪지는 않았지만, 내적으로는 새로운 국면으로 접어들고 있었다.

첫째로 그들은 이후로 '연합'의 덕목을 더 명시적으로 존중해야 했는데, 이 연합은 다른 집단의 개성을 존중하고 받아들이는 것을 뜻했다. 연합을 배격한 장로회 소수파의 시각에서 보면 이는 "기독교의 진리를 고수하는 사람들을 모두 제거하는" 위험한 일이었다.[61] 그러나 연합교회 사람들은 1925년 6월 10일 역사적인 창립예배 때 'The Hallowing of the Union'이란

---

57) H. H. Walsh, *The Christian Church in Canada* (Toronto : The Ryerson Press, 1956), p.1.

58) 위의 책, p.5.

59) "Presbyterian Church Association, Port Arthur Branch to Friends to Friends," November 29, 1924. (3장짜리 편지형식 유인물) 당시 그들의 문건들에서 인종적인 요인은 드러나지 않는다.

60) 윤상림은 연합교회 측이 용정과 회령의 양도를 거부했다고 주장했다. E. J. Fraser (용정) to A. E. Armstrong, Dec. 9, 1925 ; A. E. Armstrong to D. A. Macdonald (원산), May 26, 1926 (이상 편지) ; 윤상림, 「한국교회의 재일조선인 선교 연구-1908년~1941년을 중심으로-」, 연세대학교 신학과 박사학위논문, 2015, 110~111쪽.

61) Ephraim Scott, 앞의 책, p.143.

신앙고백문을 교독(사회자와 청중의 교독)하면서 그들이 장로교, 감리교, 회중교회의 유산을 공동으로 상속하여 '하나 된 믿음'을 가진 사실을 확인했다. 여기에서 ① 장로교의 유산은 '거룩한 지식의 수호'로 집약되었고, ② 감리교의 유산은 '복음전도'로, ③ 회중교회의 유산은 '영적 자유에 대한 사랑과 시민적 정의(正義)의 강화'로 집약되었다.[62] 보수주의자들이 우세한 당시 한국교회의 정황에서 연합교회가 이처럼 세 교파를 융합시킨 것과 ③번 항목을 명시한 것은 결과적으로 캐나다 선교사들이 한국 교계 안에서 현저한 차별성을 갖게 만들었다.

그런데 1937년 용정에서 발행된 정기간행물 『十字軍』의 한 기사에서는 교파연합운동의 대의가 다음과 같이 고취되고 있었다.

> 이제 전(全)그리스도교회는 불가불 합해야 하겠으며 합하기 위해서는 위선 피차 편견을 버리고 이해와 호의와 협력을 조장하여야 할 것이다. 이 이해와 협력이 있기 위해서는 무엇보다도 먼저 공통된 신앙, 공통된 직제를 발견하여야 할 것이다.[63]

은진중학교 교사 김재준이 썼다고 판단되는 이 글은 캐나다연합교회의 노선에 병행하는 주장이 용정에서도 제기되고 있었던 사실을 확인하게 한다. 또한 해방 후에 용정 출신 인사들이 남한에서 확산시킨 에큐메니컬운동이 그곳에서도 선행되고 있었던 사실을 확인하게 한다. 그러나 김재준이 용정에서 1936년부터 1939년까지 3년가량 보내는 동안 현지 선교사들에게 얼마나 많은 영향을 받아서 위의 주장을 했는지는 가늠하기가 쉽지 않다.

---

62) Munroe, 앞의 책, pp.9~10.

63) 編輯室, 「今年度의世界的大會合 에딘바라의信條와職制大會」, 『十字軍』 제1권 제5호, 1937, 8쪽. 참고로 다른 기사에서도 "금후 교회의 최대 급무는 연합운동이다. 일반세계 정세로 보아도 그러하고 각 교파의 內情으로 보아도 그러하다"는 주장이 소개된 바 있다. 스탄리·쫀스, 「今後의大事業은'聯合'」, 『十字軍』 제1권 제2호, 1936, 8쪽.

왜냐하면 그 기간에 학생들로부터 많은 존경을 받았던 그가 선교사들로부터는 어떻게 인식되고 어떠한 대우를 받았는지를 알아보기가 쉽지 않기 때문이다. 1936년 중반에 브루스 교장은 자기가 강력한 지도력을 가진 교사를 찾고 있는데, 함흥에서처럼 교장자리까지 넘길 수 있을만한 사람-캐나다에서 유학하고 돌아와 함흥 영생고보를 이끌고 있는 김관식이 모델이었던 것 같다-이면 좋겠다는 뜻을 밝혔다.[64] 1937년 5월에도 "나는 아직 강력한 지도력을 가진 선생을 얻는 데에 성공하지 못했다"라고 기술했다.[65] 김재준에 대한 직접적인 언급은 그가 이직한 지 한참 지난 후에야 나왔다. 브루스는 1940년 6월 본부에 보내는 편지에서 "우리의 성경교사가 새로운 성경학교에서 가르치기 위해 경성으로 갔습니다. 그들은 그것을 새 신학교로 조직하기를 바랐었습니다. 그는 한국교회의 주요 사상가들 가운데 한 명이기 때문에 틀림없이 매우 중요한 자리를 맡게 될 것입니다. 몇 달 동안 우리는 한국인 성경교사 없이 지냈습니다. 그래서 나는 평신도가 지기에는 상당히 무거운 짐을 졌습니다"라고 썼다.[66] 브루스가 왜 김재준을 붙잡기 위해 애쓰는 흔적을 보이지 않았는지는 알 수 없지만, 신학이 맞지 않아서 그랬을 것 같지는 않다. 그를 은진중학교로 초빙하도록 강력히 추천한 사람은 문재린이었다.[67] 문재린은 선교부의 지원으로 1928~32년간 캐나다에서 유학했고 귀국한 해부터 1946년까지 중앙교회의 담임목사로 활동하면서 선교사들과 매우 가깝게 지냈다. 그러므로 김재준이 그곳에서 문재린과 교분을 쌓고 있었다고 한다면 이방인처럼 지내지는 않았을 것으로 짐작된다.

둘째로 이 연합은 장로교 소수파가 거부했던 모더니즘을 관용하고 시대변화에 더 유연하게 대처하는 것을 뜻했다. 한국에 처음 내한했던 캐나다

64) George F. Bruce (용정) to A. E. Armstrong, May 19, 1936 ; June 14, 1936.
65) George F. Bruce (용정) to A. E. Armstrong, May 2, 1937.
66) George F. Bruce (용정) to A. E. Armstrong, June 1, 1940.
67) 문동환은 부친이 김재준을 유학시절부터 알고 지냈다고 설명했다. 문동환, 앞의 책, 139쪽 ; 고지수, 『김재준과 개신교 민주화운동의 기원』, 선인, 2016, 97쪽.

선교사들은 보수주의 신앙을 견지했지만, 나중에 온 스코트, 프레이저, 맥도널드 등은 자유주의신학을 좇은 것으로 알려지고 있다.[68] 그러나 그들의 자유주의신학은 적어도 해방 전까지는 한국교계에 별다른 영향을 끼치지 못했다. 그들의 연합정신이나 개방성 또는 유연성까지도 그러했다. 이는 캐나다 선교사들과 관북계 교인들이 서북계가 장악한 교계 안에서 열세에 있었기 때문이었다. 그들은 사상적으로도 곧잘 의심을 받았다. 그러므로 그들에게 있어서 서북계의 각종 행태, 곧 교권적, 교조적, 타계적(현실 외면), 미국선교사 의존적 행태들은 타파해야 할 대상이 되었다. 이런 내적 불만은 해방 후 교회지형의 변동에 큰 영향을 끼쳤다.

셋째로 연합교회의 사상적, 시대적 유연성은 일제강점기의 상황과 결합하여 독특한 현상을 발생시켰다. 그러한 내적·외적 조건들이 신학노선과 관련하여 재한 캐나다 선교사들 내부에서 논란을 일으켰는데, 특히 맥레와 스코트의 갈등이 그러했다. 최고선임들 중의 한 명이고 신학적으로 보수주의자인 함흥의 맥레는 일제에 대해 비타협적인 입장을 강하게 고수하면서 진보적이고 타협적인 스코트와 가장 크게 충돌했다.[69] 한말부터 일본인들의 만행을 보며 강한 반일감정을 갖게 된 맥레는 일본이 한국인들에게 물질적·정신적으로 좋지 않은 영향을 끼치는 것을 크게 우려했다. 특히 러시아와 유럽의 위험한 사상들이 일본에 유입되어 한국인들에게 전해지는 것과 일본인들이 한국인들에게 반외세(반선교사)감정과 물질주의를 조장하는 것을 우려했다.[70] 그는 일본적인 것과 공산주의를 똑같이 혐오했다.[71]

---

68) 김명배, 「던칸 M. 맥레의 초기 선교사역과 그 신학적 특징에 관한 연구」, 『韓國敎會史學會誌』 제31집, 2012, 125쪽.

69) Helen Frase MacRae, *A Tiger On Dragon Mountain, The Life of Rev. Duncan M. MacRae, D.D.*, Ross Penner and Hanice Penner ed. (Charlottetown : Williams & Crue Ltd, 1993), pp.195, 209~210.

70) 위의 책, pp.148~149.

71) 위의 책, p.172.

그러므로 선교 초기부터 선교사들이 전해준 단순한 신앙을 교인들이 보존하게 만들려면 일본의 정책에 타협하지 않게 해야 한다고 여겼다. 맥레는 그런 생각에서 스코트가 함흥 영생학교를 총독부 지정학교로 만드는 것에 반대했고, 신사참배를 인정하는 것에도 강력히 반대했다.[72] 반대로 스코트는 한국인들이 이제 마음을 돌려 정치적 독립에 대한 기대를 접기 시작했으므로 기독교인들이 공적인 일을 맡을 만한 역량을 가졌음을 일본인들에게 입증해보이기 위해 학교를 운영해야 한다고 주장했다.[73] 동료들 사이에서 마지막까지 비타협적인 태도를 완강하게 고수한 사람은 맥레밖에 없었다. 1941년 선교사들이 대거 철수한 상황에서 스코트는 한국에서 평소처럼 사역을 계속하고 일본 관리들과 따뜻한 관계를 유지하는 곳은 캐나다 선교회뿐이라고 진술했다.[74] 이러한 갈등을 돌아보면, 일제강점기의 상황 하에서는 신사조나 자유주의신학의 수용이 일제의 통치에, 동기의 여하를 불문하고, 타협하게 하는 결과를 낳았다고 할 수 있다.[75]

3. 문재린의 활동과 사상

1) 해방 전의 활동과 사상

문재린(文在麟, 1896~1985)은 1896년 함북 종성에서 태어나 네 살 때부터

---

72) 위의 책, pp.175, 191~193, 201 ; 루드 콤톤 부로우어(Ruth Compton Brouwer), 「카나다 장로(연합)교회의 한국 선교, 1942년까지의 간략한 개요」, 『기독교사상연구』 제5호, 1998, 96쪽.

73) "Dr. William Scott, Hamheung, Korea," Mar. 26, 1938.(개인 보고서)

74) William Scott (함흥) to A. E. Armstrong, Mar. 2, 1941.

75) 민경배는 이런 현상에 대해 진보적인 신학자들은 일제 말에 체제 협력적으로 변질된 반면 성서지상주의적인 보수주의 인사들은 굳센 반일성의 체질을 보여주었다고 지적했다. 민경배, 「일제하의 한일교회관계」, 『神學論壇』 第18輯, 1989, 164쪽.

북간도에서 살았다. 이는 1899년 2월 그의 증조부가 일가 40명을 이끌고, 김약연 일가, 남종구 일가, 김하규 일가와 더불어 두만강을 건너 북간도로 이주했기 때문이었다. 명동을 개척한 그의 집안은 종성 출신의 윤하영 일가와도 가깝게 지냈는데, 윤하영의 손자 윤동주는 문재린의 아들 문익환과 명동소학교, 은진중학교, 평양 숭실중학교를 함께 다녔다.

문재린의 진술에 따르면 그의 증조부 성제 문병규(文秉奎, 1834~1900)는 실학파 유학자로 종성의 두민(頭民)이었다.[76] 그의 부친 문치정(文治政)은 명동학교에서 재무로 일했다. 문재린의 부인은 함북 회령의 유학자로 동학에 관여했고 함북흥학회의 회장직을 위촉받기도 했던 김하규의 딸이었다. 문재린은 명동소학교와 명동중학교를 다녔고, 국민회 서기와 『독립신문』 기자로 활동했다. 그러던 중 청년들이 독립운동을 위해 교회를 떠나 공산주의를 좇는 것을 보고 교회운동이 곧 민족운동이라고 여겨 목사가 되기로 결심했다.[77] 평양신학교를 졸업한 후 1927년 목사가 되어 명동교회와 토성포교회를 함께 돌보았다.[78]

1928년에는 캐나다연합교회 선교사들의 특별한 지원을 받아 캐나다로 유학을 떠났다.[79] 훗날 문재린은 선교사들에 대해 "경제적인 면은 조금 약하지만 사상이 새롭고 관대하여 여러 가지 돋보이는 점들이 있었다"라고 회고하며 그들을 자랑스럽게 여기는 마음을 드러냈다.[80] 선교사들이 신사참배를 용인한 것에 대해서는 그 일 자체는 유감이지만 청년들을 계속 교육하려는 뜻에서 했던 것이라고 이해했다.[81] 문재린은 토론토대학 내

---

76) 문재린·김신묵, 앞의 책, 33쪽.

77) 위의 책. 89쪽, 463쪽.

78) 위의 책. 103쪽.

79) 한인교회들은 물론 자체 운영에 필요한 경비를 스스로 해결했고 선교사의 돈에 의지하지 않았다. A. E. Armstrong to C. R. Moon (문재린, 용정), April 24, 1933. 문재린은 선교사들의 배려로 캐나다에서 유학한 최초의 사례가 아니었다. 그에 앞서 조희염과 김관식이 캐나다에서 유학했다.

80) 문재린·김신묵, 앞의 책, 110쪽.

빅토리아대학의 임마누엘신학교에서 최첨단의 자유주의신학과 신정통주의 신학을 배웠다. 그런 다음 약 반 년 동안 스코틀랜드 에든버러의 뉴 칼리지(New College)에서 온건한 보수주의신학을 배웠다. 그는 이런 유학 경험을 통해 너무 완고한 것도 좋지 않고 너무 신신학(新神學) 편에 치우친 것도 좋지 않다는 입장을 갖게 되었다.[82] 그는 이 유학생활을 통해 신학사(B.D.) 학위를 취득했다.

그가 귀국하게 되자 캐나다 선교부 측은 용정의 선교사들에게 "그[문재린] 는 목사를 양성하는 업무를 맡아야 할 만큼 수준 높은 능력을 보유하고 있기 때문에 어느 한 회중에게 매여 활동의 영역을 제한받지 않게 해야 합니다"라고 한 신학교 교장의 말을 전했다.[83] 그럼에도 불구하고 그는 1932년에 귀국하여 용정중앙교회의 목사가 되었고, 청년교육에 특별한 의욕을 갖고 은진중학교에서도 성경을 가르쳤다.[84] 그런데 "동만 일대의 중앙교회"의 구실을 하는[85] 용정중앙교회의 담임목사 직은 그로 하여금 연로해진 김약연을 대신하여 동만지방 기독교 세력의 중심에 서게 만들었다.

그는 1936년 은진학교의 이사로서 그 학교를 위해 강당의 건축을 무리하게 추진하다가 개인 재산을 모두 잃을 뻔한 위기에 처하여 선교사들이 긴급히 건축비의 융자를 도운 적이 있었다.[86] 결국 한인들의 힘으로 지어진 이 건물은 강당, 도서관, 유도실 등 여러 용도로 유용하게 사용되었다.[87] 이 일 역시 그가 선교사들과 긴밀히 유대하고 있었던 것을 알려준다. 그러나 선교사들은 1941년 3월까지 간도에서 모두 철수했고, 문재린은 선교사

---

81) 위의 책. 111쪽.
82) 위의 책. 145쪽.
83) A. E. Armstrong to A. R. Ross (용정), Mar. 22, 1932.
84) Chairin Moon (용정) to Friends (캐나다), Nov. 30, 1932.
85) 문재린·김신묵, 앞의 책, 155쪽.
86) George F. Bruce (용정) to A. E. Armstrong, Feb. 13, 1936.
87) George F. Bruce (용정) to A. E. Armstrong, Jan. 8, 1937 ; May 2, 1937 ; Nov. 25, 1937.

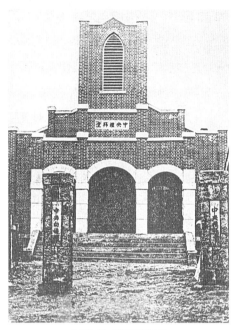

〈그림 3〉 용정중앙교회

재산(은진중학교, 명신여학교, 제창병원)의 관리를 맡은 한인들이 1년 후에 모두 남하해 버리자 한동안 그것들을 대신 지켰다.[88] 1945년 봄에는 윤동주와 송몽규의 영결식을 집도했다.[89]

1941년 7월부터 만주에서 교파합동 운동이 추진되어 그해 11월 신경에서 '만주조선기독교회'가 창립되었을 때 그는 그 총회의 총무국장이 되었다.[90] 만주조선기독교회는 헌법은 장로교회의 것을, 예식은 감리교회의 것을 받아들였고, 침례교의 침례 규정을 허용하였다.[91] 문재린은 해방될 때까지 그 교회의 일을 하는 동안 "뜻밖에 예상보다 재미있게" 지내서 해방 후 남한 교파의 분열상을 볼 때마다 만주 생각이 나곤 했다고 회고록에서 진술했다.[92] 그 교회가 일본의 관제 교회였음에도 불구하고 그가 그런 표현을 썼던 이유에 대해 그의 후손은 그 일이 ① 교파연합

---

88) E. J. O. Fraser (서울) to A. E. Armstrong, July 20, 1946.

89) 김형수, 『문익환 평전』, 실천문학, 2004, 228쪽 ; 문동환, 앞의 책, 234쪽.

90) 문재린·김신묵, 앞의 책, 173~174쪽.

91) 일본에서는 1939년 새 종교단체법에 의거하여 개신교의 모든 파들이 하나의 '일본기독교단'으로 통폐합되었고, 한국에서는 1943년 개신교 교파들을 통폐합하여 일본기독교단의 하부조직인 '일본기독교 조선장로교단'으로 만들려는 시도가 실패한 후, 1945년 7월 '일본기독교조선교단'이 발족되었다. 서정민, 「일제 말 '일본기독교조선교단' 형성과정」, 『한국기독교와 역사』 제16호, 2002 참조.

92) 문재린·김신묵, 앞의 책, 174쪽.

사상을 따른 것이었고, ② "만주라는 특수한 지역에서" 한인교회가 결집할
수 있게 되었고, ③ 독립운동을 위한 네트워크를 형성할 수 있게 되었기
때문에 그랬을 것이라고 하는 추정을 제시했다.[93] 당시의 특수한 상황을
고려하면 설득력이 있다고 생각되기는 하지만, 그러할지라도 그가 일제
말에 타협을 했던 것은 분명하다. 그의 아들 문익환은 훗날 어머니(문재린의
아내)에게 보낸 옥중편지에서 아래와 같이 이 시기의 일을 반추했다.

생각해 보면 제 아버지, 어머니야 좀 고생하셨지만 진짜 민족운동을 한
이들에 비하면야 평범하게 사신 거고, 그렇기 때문에 무난하게 사신 셈이지요.
아버님이 징역 네 번 사셨다지만 자식들을 다 공부시킬 만큼 시키면서 사신
것 아니겠습니까. 애국지사들 가운데는 일가가 흔적도 없이 망해 버린 이들이
수두룩하지 않습니까? 일본 국적에 오르는 걸 끝까지 거부하신 한용운 스님에
비하면야 우리야 '문평'(文平)이라고 창씨개명까지 하고 살아남았으니까요.
그럼에도 불구하고 나는 아버님, 어머님이 생이 자랑스럽고 소중하게 생각
됩니다. 아버지, 어머니는 자신뿐만 아니라 온 가정을 민족의 제단에 바친
투철한 애국자로 사신 것이 아닌지요. 90년 수를 누리셨다는 것이 그걸 말해
주는 것이 아니겠습니까? 이 민족의 한 세기에 걸친 수난사 속에서 아버지,
어머니는 예외적인 존재가 아닙니다. 아버지, 어머니는 파란만장한 민족수난
사를 별말 없이 꾸벅꾸벅, "우리는 일본 황국 신민입니다"를 외라면 속으로는
피눈물을 흘리면서도 그걸 따라 외면서 살아남은 평범한 민족의 큰 흐름
속에 의연히 서 있는 한 쌍의 바위로 보이기 때문입니다. 결코 민족혼을
잃지 않고, 끈덕지게 민족해방의 날을 믿고 주저앉지 않고 평범한 생을 정직하
게 소중하게 살아 민족의 생명을 이어 온 민족수난사의 한 토막이기 때문입니
다. 그리고 그 민족사의 증인이시기 때문입니다.[94]

---

93) 위의 책, 591쪽.
94) 문익환, 「어머님께 (1982. 12. 10)」, 『문익환 전집 : 옥중서신-1』, 사계절출판사,

문익환은 그의 부모가 투철한 애국자로 살았지만 진짜 민족운동을 한 사람들에 비하면 창씨개명까지 하며 무난하게 살았던 편이란 사실을 인정하고 반성했다. 그런데 아들과 연로한 모친 사이에서 이 같은 자성의 대화가 이루어질 수 있었던 것은 "애국단체"와도[95] 같았다고 알려진 그의 가문이 실로 남다른 민족의식과 분별력을 갖고 있었던 사실을 알게 한다.

당시에 문재린은 일본이 패전하고 소련이 만주와 한국 북부지역을 공산화할 것을 예상하고 있었다.[96] 그런 점에서 일제에 대한 그의 일부 타협적인 태도는 반공산주의적인 자세와도 관계가 있을 것으로 짐작된다. 그는 해방 후 용정에서 한인회를 만들어 회장이 되었고, 1945년 7월 20일부터 1946년 4월 말까지 일경, 한인 공산당, 소련군에게 체포·구금되는 일을 세 번 당한 후[97] 1946년 5월 용정을 떠나 월남했다.

2) 해방 후의 활동과 사상

서울에 도착한 그는 김재준을 찾아 조선신학교로 갔다. 1939년 서울에서 설립된 이 신학교는 해방 후에 옛 용정 사람들을 결집시키는 역할을 했다.[98] 그들, 곧 정대위, 안병무, 강원용, 이상철, 문익환, 문동환은 이 학교에서 교수 또는 학생으로서 이 학교를 발전시키는 데에 중추적인 역할을 했다.[99]

1999, 305~306쪽.

95) 김형수, 앞의 책, 57쪽.

96) 문재린·김신묵, 앞의 책, 177쪽.

97) E. J. O. Fraser (서울) to A. E. Armstrong, July 20, 1946.

98) 1938년 9월 평양의 장로회신학교가 폐교된 후, 평양(1939)과 서울(1940)에 두 개의 신학교가 설립되었는데, 김재준이 1939년 서울 측의 부름을 받고 용정을 떠나 송창근과 함께 조선신학교에서 가르쳤다. 이 신학교는 함태영을 이사장으로, 송창 근을 학장으로, 송창근·김재준·한경직·스코트를 정교수로 선임했다. 김경재, 『김재준 평전-성육신 신앙과 대승 기독교』, 삼인, 2001, 78쪽.

99) 문재린·김신묵, 앞의 책, 224쪽.

정재면의 아들인 정대위는 용정중앙교회의 부목사였다. 강원용과 안병무는 은진중학교 학생들이자 용정중앙교회의 교인 또는 전도사로서 문재린을 가까이 따랐던 이들이었다. 문익환과 문동환은 물론 문재린의 아들들이었다. 한편 이 형제가 일본 유학시절에 교제했던 장준하, 공덕귀, 김정준, 조선출, 전성천, 안희국 등도 학생 또는 교수로서 한신에 합류했다.[100]

한신에서 핵심적인 역할을 교수들은 김재준, 송창근, 스코트(1946년 10월 31일 재내한[101])였다. 김재준(金在俊, 호 長空, 1901~1987)은 함북 경흥의 창꼴(오늘날 아오지)에서 태어났고, 회령에서 우연히 송창근을 만나 학업을 계속하라는 권유를 받았다. 그 후 일본과 미국에서 조금 먼저 유학한 송창근의 인도를 따라 도쿄 아오야마신학교(1926~1928)와 미국 프린스턴신학교·피츠버그의 웨스턴신학교(1928~1932)에서 공부하고 신학사와 신학석사 학위를 받았다. 송창근(宋昌根, 호 晩雨, 1898~1951)은 함북 웅산에서 송몽규의 친척 집안에서[102] 태어나 10대 때 명동에서 짧은 기간 명동중학교와 광성중학교를 다녔다. 일본과 미국에서 김재준과 같은 학교에서 공부했고, 콜로라도 덴버신학교에서 신학박사 학위를 받았다.

미국에서 돌아온 송창근과 김재준은 평양으로 가서 각각 산정현교회의 목사와 숭인상업학교의 교사가 되었으나, 서북계 중심의 주류 교계로부터 신학을 의심받아 1935년 아빙돈사건 때 반성문을 썼다. 이 일은 교권에 의해 신학사상이 단죄를 받은 최초의 사건이었다. 이듬해에 김재준은 용정 은진중학교에서 교목으로 근무했고, 송창근은 부산에서 성빈학사(聖貧學舍)를 열고 무산아동을 돌보았다.[103] 김재준은 용정에서 발행한 『십자군』(十字

---

100) 김형수, 앞의 책, 201쪽, 204쪽.

101) William Scott, 앞의 책, p.172.

102) 만우 송창근선생기념사업회 편, 『晩雨 宋昌根』, 善瓊圖書出版社, 1978, 17쪽.

103) 송창근은 예수가 프롤레타리아, 평민, 노동자였다고 주장했다. 일제하 한국교회에 대해 사회에서 신용과 권위를 잃고 윤리적·도덕적인 비판의식이 없는 맹목적인 사랑으로 움직여 사회를 계도하기는 커녕 사회로부터 비판받는 지경에 이르렀다고

軍)에서 송창근의 성빈학사를 소개하기도 했다.[104]

문재린과 송창근의 만남은 해방 후에 이루어졌다. 문재린은 1946년 송창근의 소개로 김천의 황금정교회에서 그의 후임 목사가 되었다. 그런데 김천으로 떠나기 전에 캐나다 선교사들 중에서 가장 먼저 한국으로 귀임한 프레이저 선교사를 만났다. 프레이저는 문재린이 용정을 탈출하여 서울에 도착하기 일주일 전(1946년 6월 말)에 왔다.[105] 그는 서울에서 만난 함경도와 간도 사람들 중에서 문재린이 가장 핍절한 상태에 있다고 판단했다. 이에 캐나다 선교부에 보낸 7월 20일자 편지에서 "문 씨가 [용정에서] 우리와 매우 밀접하게 연계되어 있었고 우리의 자산관리인으로 있었던 까닭에 참으로 그처럼 매우 불안한 상태에 처하여 매우 큰 고통을 당했으므로" 그를 도우면 좋겠다고 말하고 그와 그의 아들들에게 당장 입을 옷이 필요하다고 호소했다.[106]

1948년 서울로 돌아온 문재린은 6·25전쟁이 나자 캐나다 선교사들의 주선으로 제주도로 갔다가 함경도 피난민들을 돌보기 위해 거제도로 갔다. 거제 옥포교회에서 목회를 하던 중에 훗날 대통령이 되는 김영삼에게 세례를 주었다. 1955년 서울로 올라와 만주 출신들과 함께 중앙교회를 세웠는데, 그곳은 나중에 한빛교회로 이름이 바뀌고 민주화운동의 한 거점이 되었다.

송창근은 전쟁 중에 납북되었고, 교계에서 신학노선을 늘 의심받았던 김재준은 1953년 대구에서 열린 장로교 총회에서 파면을 당했다.[107] 스코트

비판하기도 했다. 주재용, 「만우 송창근의 삶과 사상」, 한국기독교장로회 신학연구소 편, 앞의 책, 193쪽 ; 宋昌根, 「朝鮮基督敎의危機」, 『신학지남』 통권 제75호, 1934, 25쪽, 27~28쪽.

104) 十字軍主幹, 「紹介의말슴 편즙자로부터」, 『十字軍』 제1권 제4호, 1937. 10, 12~13쪽.
105) William Scott, 앞의 책, p.172 ; E. J. O. Fraser (서울) to A. E. Armstrong, July 20, 1946.
106) 프레이저는 이 편지에서 문재린이 "용정의 어머니교회의 목사로 15년간 재직하면서 그리고 캐나다에서 돌아온 후로 선교사들과 지내면서 일본인들과 공산주의자들로부터 매우 많은 의심을 받고 그들로부터 많은 고통을 받았다"는 설명을 더했다. 그는 몸에 맞는 옷을 보내도록 신체 치수들을 적어주기까지 했다. E. J. O. Fraser, 위의 편지.

선교사도 총회와 선교사 협의회에서 징계처분에 붙여졌다.[108] 이 일을 계기로 장로회가 총회 결정에 불복하는 기독교장로회(기장)와 찬성하는 예수교장로회(예장)로 분열되었다. 그 모든 과정에서 문재린은 아들들과 더불어 한신 측을 비호했다. 캐나다 선교사들 역시 총회와 선교사들의 결정에 유감을 품었다. 프레이저는 김재준과 송창근이 캐나다가 아니라 미국에서 유학했고 캐나다 선교사들과의 교제도 깊지 않았으며 따라서 그들의 신학이 캐나다 선교사들로부터 연유한 것이 아니었는데도 스코트를 김재준과 엮어서 징계한 데 대해 항의했다.[109] 그러나 실상은 스코트도 김재준 못지않게 교인들과 미국 선교사들로부터 신학을 의심받고 있었다. 결국 캐나다연합교회는 1956년 기장 측과 협약을 맺고 기장과 한신대의 재건에 적극 협조했다.[110] 1958년에는 김재준을 캐나다로 초청하여 브리티시콜럼비아 주립대 유니온대학에서 명예신학박사를 받게 했다.[111]

---

107) 1952년 총회에서 김재준의 처단을 지시받은 경기노회가 그 지시를 불법으로 규정하고 이행을 거부하자 1953년 총회가 파면을 선고했다. 더불어 학생들의 졸업 후 목사임직 자격박탈도 확정지었다. 『대한예수교장로회총회제三十八회회록』, 1953, 236~238쪽 ; 연규홍, 「교회의 전통과 해석 : 1953년 기장분열을 중심으로」, 『長老教會와 神學』 Vol. 8, 2011, 143~147쪽.

108) 스코트는 총회의 지시로 함남노회에서 조사를 받게 되었으나 함남노회가 그의 신학을 문제 삼지 않았다고 설명했다. 김재준은 스코트가 선교회 협의회에서도 징계에 회부되었다가 무마되었다고 설명했다. William Scott, 앞의 책, p.212 ; 金在俊, 앞의 책, 263쪽.

109) 프레이저는 미국 북장로교 선교부에게 다음과 같은 항의편지를 보냈다. "캐나다 선교사들과 그 두 사람[김재준, 송창근]의 관계는 거의 전적으로 1946년부터 시작되었고, 그들은 모든 교육을 일본과 미국에서 받았고 캐나다에서 받지 않았으며, 그들의 사상은 그들이 우리를 알기 오래 전에 정해졌습니다." 그는 캐나다 선교부에 보낸 7월 25일자 편지에서도 두 사람의 신학은 그들의 영향을 받지 않았으며 차라리 김재준 같은 학자를 우리 신학교 출신이라고 말할 수만 있다면 자랑스러울 것이라고 강변했다. E. J. O. Fraser (서울) to John C. Smith, Secretary, Board of Foreign Missions, Presbyterian Church in the U.S.A., June 25, 1952 ; E. J. O. Fraser (서울) to D. H. Gallagher, July 25, 1952.

110) 김경재, 앞의 책, 105쪽, 108쪽 ; 金在俊, 앞의 책, 265쪽.

111) 김경재, 앞의 책, 108쪽.

이후에도 김재준은 한국 자유주의신학을 대표히는 자리에 서서 서북게의 적자이자 한국 보수주의신학을 대표하는 박형룡과 대립했다. 김재준과 한신 인사들은 세계교회협의회(WCC)의 에큐메니컬 운동을 적극 지지했으나, 예장 내의 박형룡과 그의 지지자들은 세계교회협의회가 중공의 교회를 받아들임으로써 용공단체가 되었다고 비난했다. 박형룡은 선교사가 전한 보수신학의 고수를 주장한 반면에 김재준은 한국교회가 정통주의신학의 노예상태에 있다고 보았다.[112] 신사참배 문제에서도 김재준은 신사참배를 했던 것으로 인정되고 있지만, 박형룡은 끝내 그런 일을 피했던 것으로 여겨지고 있다.[113]

김재준은 1960년 4·19혁명 때 교수들의 시위에 참가했고, 1961년 박정희 군사정부가 60세 이상의 모든 교수들에게 은퇴를 지시함에 따라 한신대 학장의 자리에서 물러났다. 1969년에는 장준하의 추천으로 '3선개헌반대 범국민투쟁위원회'의 위원장이 되었다. 1971년에는 함석헌, 지학순 등과 더불어 '민주수호국민협의회'의 공동 대표위원이 되었다.

문재린은 1961년부터 10년 동안 전국의 교회들을 대상으로 신자들의

---

112) 위의 책, 61쪽.
113) 일제 말에 봉천으로 피신하여 한인 신학교육에 종사했던 박형룡은 해방 후 다른 2인과 함께 연명으로 미국 북장로교 선교본부에 보낸 편지에서 남만의 한인교회들 가운데 개별적으로 신앙의 자유를 지킨 사람들에 그 자신도 포함된다고 밝혔다, "The Korean Christian Church in Manchuria, as a whole, obeyed the Japanese order for making obeisance to their shrine, because the Church leaders thought that was the only way to preserve the churches under the Japanese rule. But, as the Japanese shrine policy was not so strict in Manchuria as in Korea, there were some individual leaders who enjoyed freedom of faith. The first signer of this letter is a man who has been wandering in foreign lands for nine years in order to enjoy freedom of faith against the Japanese order." Hyung-Nong Park, Principal of Korean Theological Seminary & Syung-Yu Kim, Moderator of Mukden Presbytery & Hyuk-choo Chaio, Moderator of Chang Choon Presbytery & Ki-ho Park, Moderator of South Manchuria Presbytery (Manchuria, China) to The Oriental Secretary, The Board of Foreign Missions of the Presbyterian Church in the U.S.A., March 1, 1947.

사회적 책임의식을 각성시키기 위한 평신도 운동을 벌였다.[114] 이후 목회 일선에서 물러나 캐나다에서 사는 삼남 문영환과 함께 노년을 보내기 위해 1971년 12월 그곳으로 건너갔다. 은진중학교와 용정중앙교회 출신이고 김재준의 사위인 이상철 목사도 토론토에서 한인연합교회를 이끌고 있었다. 문재린은 그 교회에 간도 출신이 많이 모여 있는 것을 보고 고향의 교회에 온 듯한 느낌을 받았다. 그는 이 한인교회에 대해 "개방적이고 사회참여적인" 캐나다연합교회의 신앙노선을 따라 설립되어 한인들의 정착을 도왔고 1970년대부터 고국의 민주화와 인권운동에 적극 참여해왔다고 설명했다.[115] 그는 1973년 5월 모교 빅토리아대학에서 명예신학박사 학위를 받았다.[116]

그런데 그가 캐나다에 간 지 얼마 되지 않아 김재준도 캐나다로 건너갔다. 김재준은 1973년 '민주회복을 위한 시국선언문'을 발표한 일로 종로경찰서에서 취조를 받았고, 1974년 긴급조치 발표 후에는 정보부에 끌려갔다.[117] 그는 그해 3월에 캐나다로 출국하여 이후 10년 동안 북미주 민주화운동을 주도하고[118] 1983년 9월 귀국했다.

문재린도 김재준과 함께 그곳에서 반정부 투쟁을 벌였다. 1973년에는 '개헌청원지지 서명운동 발기인회'를 열어 성명서를 발표하고 고국의 구속자 가족을 위한 모금활동을 벌였다. 1974년에는 '민주사회건설협의회'(민건)의 회장이 되어 민청학련 사건과 인혁당 재건위 사건에 항의하는 시위를 벌였다.[119] 오타와 한국 대사관 앞과 토론토 시청 앞 광장에서 시위를

---

114) 문재린·김신묵, 앞의 책, 249쪽, 256쪽.
115) 위의 책, 275쪽.
116) 위의 책, 288쪽.
117) 김경재, 앞의 책, 149쪽.
118) 대표적으로 김대중이 미국에서 조직한 '한국민주회복통일촉진국민회의'의 회장직을 맡아 활동했다. 위의 책, 169쪽.
119) 문재린·김신묵, 앞의 책, 301~321쪽.

〈그림 4〉 워싱턴에서 18인(윤보선·김대중·함석헌·문익환·문동환 등)의 석방을 촉구하며 시위하는 문재린(1976년 9월 9일)

벌이기도 했다. 1976년 '3.1민주구국선언' 사건으로 문익환과 문동환이 구속 수감되었을 때는 박정희에게 보내는 성명서를 작성하여 토론토의 한국 총영사관에 전했다. 워싱턴 광장에서 구속자들의 이름과 수인번호를 붙인 수의를 입고 한국 민주화를 위한 집회와 시위를 벌이기도 했다.

1977년에는 '북미주 한국민주화연합운동(The United Movement for Democracy in Korea)'과 '한국 인권을 위한 북미주연합'(North American Coalition for Human Rights in Korea)의 결성과 운동에 참여했다. 1978년에는 도널드 프레이저(Donald M. Fraser)를 비롯한 미국 정치인들에게 편지를 써서 미국 정부가 한국의 군사독재를 지원하지 말도록 호소했다. 그는 1981년 4월에 귀국하여 1985년에 사망했다.[120]

문재린 목사의 메시지는 주류 교계의 타계적, 교조적, 교권적 성향을 질타했다. 교인들에게 기독교의 근본정신은 사후의 세계보다 지상에서 완전한 인간이 되기를 추구하고 사회정의를 강조하는 것이라고 역설했다.[121] 또한 교회는 목사의 것이 아니라 평신도들의 것이고 각성된 평신도들

---

120) 위의 책, 327쪽.
121) 위의 책, 148쪽.

만이 교회를 교회되게 한다고 주장했다.[122] 문익환은 부친이 예수의 가르침에서 천국의 민주성과 민중성을 깨달았고 그런 것이 이 나라의 민주화와 민족의 통일로 구체화되기를 바랐으며 그 일을 위해 교회가 먼저 하나가 되기를 바랐다고 설명했다.[123]

임종 후에 그의 빈소가 민주세력들의 송년회 장소가 되었던 것은 그의 삶의 역사적 위치가 어디에 있었는지를 지시한다. 경찰의 압박으로 적당한 송년회 장소를 얻지 못한 민주인사들은 그곳에서 백기완의 제안과 박형규 목사의 선창으로 "민중 해방 만세" "민주주의 만세" "민족 통일 만세"를 외쳤다.[124] 한신대 출신의 김경재는 문재린이 중요한 역사의 증인으로서 북간도 한민족의 기상이 한국의 민주·인권운동과 민족 화해·통일운동을 이끈 1970~80년대 기독교 진보세력의 사상으로 맥을 잇는 사실을 증언했다고 평가했다.[125]

4. 맺음말

북간도의 기독교 집단은 한말 이래로 자생적으로 형성되었지만, 세력을 보존하는 데는 캐나다 선교사들에 힘입은 바가 컸다. 단적인 예로 교회 경영의 학교들은 1920년대 중반부터 재정난에 허덕이다 모두 폐교되었으나 선교회 경영의 은진중학교와 명신여자중·소학교는 계속 유지되어 교인들의 자녀가 기독교적 환경에서 교육받기 위해 타지로 떠나지 않아도 되게 했다. 그리하여 1929년에 교회들이 운영권을 잃은 명동중학의 맥을 은진중

---

122) 문익환, 「덧말 : 아버님은 이렇게 가셨습니다」, 문재린·김신묵, 위의 책, 347쪽.
123) 위의 책, 347쪽, 349쪽.
124) 위의 책, 362~363쪽.
125) 위의 책, 630쪽.

학교가 이음으로써 북간도 기독교인들의 집단의식과 정체성의 유지를 도왔다. 영국덕이 안에 함께 위치한 제창병원도 그러한 역할을 했을 것은 말할 나위가 없다. 경제적인 측면에서는 선교사들이 교인들의 의뢰심을 높일 것을 우려하여 직접 돕는 방식을 쓰지 않았다. 소수의 궁핍한 교회들에게 건축비의 일부를 지원하고 문재린에게 캐나다 유학비를 지원한 적은 있었지만, 이는 예외적인 경우였다. 그러므로 캐나다 선교사들은 대체로 사회적, 심리적인 측면에서 북간도 기독교 세력의 보존에 기여했다고 할 수 있다.

선교사들은 사상적으로도 한인 교인들에게 큰 영향을 끼쳤다. 캐나다연합교회의 연합사상과 사상적 개방성 및 시대적 유연성은 일제 강점기에는 한인 교인들을 타협노선으로 이끌었다. 그러나 해방 후의 달라진 환경에서는 주류 기성교회들의 교조적이고 배타적인 성격을 고발하고 저항하도록 이끌었다. 또한 일제강점기에는 사회정의와 사회적 책임의식을 중시하는 연합교회의 정신이 그들 안에서 응축되어 있었다. 그러나 해방 후에는 그런 것이 반정부투쟁의 정신적 토대가 되었고, 민족통일론과 민중신학 형성의 토대가 되었다.

이런 토대 위에서 김재준은 해방 후 한국 보수 기독교계에 저항했고, 제자들을 길러 한국사회를 뒤흔든 여러 갈래의 대안적인 신앙운동이 일어나게 했다. 그의 제자 문익환은 1970년 전태일의 분신에 이은 1975년 장준하의 죽음에 충격을 받아 반정부투쟁을 주도하고 1989년에 방북하여 김일성을 만나는 등으로 민족통일운동을 벌이다 여섯 차례 투옥되었다.

그러나 용정 출신을 원류로 하는 기장과 한신 사람들은 공통적으로 박정희 군부정권이 들어설 때까지 대정부 투쟁에 본격적으로 나서지 않았다. 그 기간에 그들은 생존을 꾀하고 조직을 갖추었다. 캐나다 선교사들은 그런 기간에도 그 집단을 붙들어주는 역할을 했다. 문재린은 원로로서 캐나다 선교사들과 더불어 한신·기장 사람들과 함께 있으면서 그들의 역사를 해방 전 명동과 용정의 역사에 이어주는 역할을 했다. 그는 어떠한 돈보이는 업적을 이룸으로써가 아니라 역사적 사건들을 증언하는 위치에 있음으로써 그렇게 했다. 좀 더 구체적으로 말하자면, 북간도 사람들의 독립운동과 생존투쟁으로부터 한국 장로교회의 분열과 기장·한신의 독자노선 구축, 한신 계열 인사들과 캐나다 교민들의 민주화운동에 이르기까지 이 모든 과정에서 자신의 굴곡진 삶의 체험을 통해 그리고 자신의 지역적·인적·사상적 연고를 통해 각 시대와 사건들이 연결성을 갖는 사실을 증언했다. 그는 그 자신과 김재준만 아니라 두 사람의 가족들과 다른 북간도 사람들까지 캐나다로 건너가서 그곳에서 결속하고 있는 것을 보았다. 이는 그들의 유대의식에서 캐나다 선교사들이 한 축을 이루고 있었기 때문이었다.

캐나다 선교사들은 연합정신과 사회적 책임의식과 신진(新進)사상에 대한 개방적인 태도를 기장과 한신 사람들에게 정신적 유산으로 남겨주었다. 기장과 한신 사람들은 그런 것에서 더 나아가 능동적으로 세계 기독교계와 소통하고 새 학문과 사상을 수용하여 한국사회의 문제를 해결할 대안을 만들어냈다. 그 모든 활동 속에서 북간도 한인들의 민족의식과 저항정신은 그들의 문제의식을 밖으로 표출할 수 있게 하는 정신적 동력이 되었다. 그런 것은 또한 박정희 정권의 치하에서 고뇌하던 문익환에게 다음과 같은 추억을 남겼다. "동주와 몽규는 나보다는 한 살 위여서 나는 어딘지 모르게 그들 앞에서 어리게 느껴지곤 했는데, 그 느낌은 지금도 여전하다. 우리는 그 작은 교실에서 민족심을 불태웠고 소박한 대로 기독교 신앙의 분위기를 맛보았던 것이다."[126]

---

126) 문익환, 「내가 아는 시인 윤동주 형」(『문학사상』, 1973년 3월호에 수록), 『문익환 전집 : 수필』, 사계절출판사, 1999, 64쪽.

참고문헌

강원룡, 『역사의 언덕에서 1 : 엑소더스』, 한길사, 2003.

강인철, 「박정희 정권과 개신교 교회」, 『종교문화연구』 제9호, 2007.

고지수, 『김재준과 개신교 민주화운동의 기원』, 선인, 2016, 97.

김건우, 「한국 현대지성사에서 '한신(韓神)'이 가지는 의미」, 『상허학보』 42집, 2014.

김경재, 『김재준 평전-성육신 신앙과 대승 기독교』, 삼인, 2001.

김명배, 「던칸 M. 맥레의 초기 선교사역과 그 신학적 특징에 관한 연구」, 『韓國敎會史學會誌』 제31집, 2012.

김승태, 「캐나다 장로회의 의료선교 : 용정 제창병원을 중심으로」, 『延世醫史學』 제14권, 제2호, 2011.

金在俊, 『凡庸記』, 풀빛, 1983.

김치성, 「윤동주 시 연구-북간도 기독교와의 관련성을 중심으로」, 한양대학교 대학원 박사학위논문, 2016.

김해영, 「20세기 초 북간도 민족교육사상 형성의 역사적 동인(動因)」, 『한국교육사상연구회 학술논문집』 제48회, 2010.

김형수, 『문익환 평전』, 실천문학, 2004.

나가타 아키후미, 박환무 역, 『일본의 조선통치와 국제관계』, 일조각, 2008.

루드 콤톤 부로우어(Ruth Compton Brouwer), 「캐나다 장로(연합)교회의 한국 선교, 1942년까지의 간략한 개요」, 『기독교사상연구』 제5호, 1998.

馬三樂(Samuel Hugh Moffett), 「三·一運動과 外國人宣敎師」, 『三·一運動 50週年紀念論集』, 東亞日報社, 1969.

만우 송창근선생기념사업회 편, 『晚雨 宋昌根』, 善瓊圖書出版社, 1978.

문동환, 『문동환 자서전』, 삼인, 2009.

문백란, 「캐나다 선교사들의 북간도 한인사회 인식-합방 후부터 경신참변 대응시기까지를 중심으로」, 『식민지시기 재만조선인의 삶과 기억』, 선인, 2009.

문익환, 「어머님께(1982. 12. 10)」, 『문익환 전집 : 옥중서신-1』, 사계절출판사, 1999.

문재린·김신묵, 『기린갑이와 고만녜의 꿈』, 문영금·문영미 편, 삼인, 2006.

민경배, 「일제하의 한일교회관계」, 『神學論壇』 第18輯, 1989.

박금해, 「滿洲事變以前 北間島民族敎育에 關한 一硏究」, 『인문과학연구논총』 제18호, 1998.

박영석, 『만주지역 한인사회와 항일 독립운동』, 국학자료원, 2010.

서굉일, 『일제하 북간도 기독교 민족운동사』, 한신대학교 출판부, 2008.

서정민, 「일제 말 '일본기독교조선교단' 형성과정」, 『한국기독교와 역사』 제16호, 2002.

신주백, 『만주지역 한인의 민족운동사 (1920~45)』, 아세아문화사, 1999.

연규홍, 「교회의 전통과 해석 : 1953년 기장분열을 중심으로」, 『長老敎會와 神學』 Vol.

8, 2011.

윤상림, 「한국교회의 재일조선인 선교 연구-1908년~1941년을 중심으로-」, 연세대학교 신학과 박사학위논문, 2015.

恩眞중학교동문회, 『恩眞 80年史 : 北間島의 샛별』, 코람데오, 2002.

이명화, 「항일독립운동사상에서의 명동학교의 위상」, 『북간도지역 한인 민족운동 : 명동학교 100주년 기념』, 독립기념관 한국독립운동사연구소, 2008.

이시용, 「일제침략기 간도 한국인의 민족교육에 관한 연구」, 『교육논총』 21집, 인천교육대학교, 2003.

장세윤, 『1930년대 만주지역 항일무장투쟁』, 독립기념관 한국독립운동사연구소, 2009.

주재용, 「만우 송창근의 삶과 사상」, 한국기독교장로회 신학연구소 편, 『만우 송창근 전집』, 만우송창근목사 기념사업회, 2000.

채영국, 『1920년대 후반 만주지역 항일무장투쟁』, 독립기념관 한국독립운동사연구소, 2007.

한국기독교장로회 신학연구소 편, 『만우 송창근 전집』, 만우송창근목사 기념사업회, 2000.

한국기독교장로회 총회, 『韓國基督敎長老會 五十年略史』, 1965.

황민호, 『일제하 만주지역 한인사회의 동향과 민족운동』, 신서원, 2008.

Noll, Mark A., A History of Christianity in the United States and Canada. Grand Rapids : William B. Eerdmans Publishing Company, 1992.

MacRae, Helen Frase., A Tiger On Dragon Mountain, The Life of Rev. Duncan M. MacRae, D.D.. Ross Penner and Hanice Penner ed. Charlottetown : Williams & Crue Ltd, 1993.

McNeill, John Thomas, The Presbyterian Church in Canada 1875-1925. Toronto : General Board, Presbyterian Church in Canada, 1925.

Munroe, The First Twenty Years 1925-1945, The Montreal Office of the United Church of Canada. [1945?].

Scott, Ephraim, "Church Union" and the Presbyterian Church in Canada. Montreal : John Lovell & Son, Limited, Publishers, 1928.

Scott, William, "Canadians in Korea : Brief Historical Sketch of Canadians Mission Work in Korea." 1975.

Walsh, H. H., The Christian Church in Canada. Toronto : The Ryerson Press, 1956.

| 편지 |

A. E. Armstrong to D. A. Macdonald, May 26, 1926 ; to A. R. Ross, Mar. 22, 1932. ; to C. R. Moon, April 24, 1933 ; to R. M. Dickey, Oct. 29, 1940 ; Mrs. George F. Bruce, March 18, 1941.

A. H. Barker to Mackay, 1919. 3. 27.

Chairin Moon to Friends [in Canada], Nov. 30, 1932.

D. M. Black to A. E. Armstrong, Nov. 6, 1927.

E. J. O. Fraser to A. E. Armstrong, Dec. 9, 1925 ; May 10, 1926 ; May 9, 1927 ; Mar. 19, 1930 ; Dec. 6, 1932 ; Oct. 26, 1940 ; Oct. 30, 1940 ; Nov. 15, 1940 ; Sep. 1, 1941 ; July 20, 1946 ; to John C. Smith, June 25, 1952 ; to D. H. Gallagher, July 25, 1952.

G. F. Bruce to A. E. Armstrong, Jan. 13, 1931 ; Apr. 11, 1933 ; Jan. 15, 1934 ; Feb. 13, 1936 ; May 19, 1936 ; June 14, 1936 ; Jan. 8, 1937 ; May 2, 1937 ; Nov. 25, 1937 ; June 1, 1940 ; Aug. 24, 1940 ; Nov. 15, 1940 ; Dec. 22, 1940.

Hyung-Nong Park, Principal of Korean Theological Seminary & Syung-Yu Kim, Moderator of Mukden Presbytery & Hyuk-choo Chaio, Moderator of Chang Choon Presbytery & Ki-ho Park, Moderator of South Manchuria Presbytery (Manchuria, China) to The Oriental Secretary, The Board of Foreign Missions of the Presbyterian Church in the U.S.A., March 1, 1947.

"Presbyterian Church Association, Port Arthur Branch to Friends to Friends," November 29, 1924.

W. A. Burbidge, "Covering Letter Explaining the Following Resolution Adopted at Council Meeting July 1937."

W. R. Reeds to Mr. Gray and Friends of Kew Beach Church, Apr. 13, 1940 ; May 7, 1941.

William Scott to A. E. Armstrong, Nov. 29, 1940 ; Mar. 2, 1941 ; to Fellow-Workers, June 1, 1941.

| 회의록·보고서 |

『죠션예수교쟝로회총회뎨十회회록』, 1921~『三十回會錄』, 1941 ; 『三十八회회록』, 1953.

"A Brief Summary of the Factors Presented by Evacuees on Board the S. S. Mariposa As Their Reasons for Returning Home," November 25, 1940.

A Synopsis of Minutes of the Twenty-Seventh Annual Meeting of the Council of the Korea Mission of the Presbyterian Church in Canada, 1925.

"Dr. William Scott, Hamheung, Korea," Mar. 26, 1938.

Foreign Mission Report of the Presbyterian Church in Canada, 1912 ; 1914 ; 1915 ; 1920 ; 1922 ; 1923.

"Korea Mission of the United Church of Canada, Charts of Statistics 1898-1937," 1937.

"Lungchingtsun Station Report July 1938~June 1939" ; 1939~1940.

"United Church of Canada Korea Mission Staton Report 1939~1940, Lunchingtsun, Manchoukuo."

W. A. Burbidge, "Covering Letter Explaining the Following Resolution Adopted at Council Meeting July 1937."

만주와 세브란스

1. 머리말

간도(보다 넓게는 만주지역)는 조선 말기부터 우리나라 사람들이 이주해 개간을 하며 살기 시작한 지역이다. 특히 한일합방으로 나라를 잃은 이후에는 더욱 많은 사람들이 이주하여 새로운 삶을 개척한 장소이자 다시 나라를 되찾으려는 독립운동의 중심지가 되기도 했다. 간도지역의 이러한 역사성은 세브란스의 역사와도 밀접한 관계를 가진다. 간도지역과 세브란스의 역사적 관계는 대략 다음의 세 가지 양상으로 나타난다.

첫 번째는 독립운동을 통한 관계이다. 일제 강점 이후 간도·만주 지역으로 이주민이 늘어나고 이 지역이 독립운동의 근거지가 되는 큰 흐름 속에서 김필순, 박서양 등 세브란스 졸업생들이 이곳으로 이주하여 의료활동과 독립운동을 병행했다. 두 번째는 용정의 제창병원을 매개로 한 관계이다. 캐나다 장로교에서 설립한 제창병원은 이 지역의 중심적 병원으로서 중요한 역할을 했다. 처음 제창병원을 세운 마틴은 후에 세브란스로, 세브란스에 있던 맨스필드는 제창병원으로 오는 등 선교의사들은 제창병원과 세브란스 병원을 오가며 근무했다. 또한 제창병원에 근무하던 한국인 의사는 대부분 세브란스 졸업생이거나 세브란스와 관련이 있는 사람이었다. 세 번째는 1932년 만주국 설립 이후 독립운동과 선교병원(제창병원) 근무가 아니라 다른 직업적 가능성의 기회를 찾기 위해 만주지역으로 진출하는 세브란스 졸업생들의 증가 양상으로 나타난다. 이는 1934년 세브란스가 문부성 지정학교가 되면서 조선뿐 아니라 대만과 만주를 포함한 일본제국 내 어디서나 의료 활동을 할 수 있게 된 것이 결정적 계기가 되었다.

이상에서 언급한 세 가지 양상이 절대적인 구분은 아니다. 제창병원의 경우는 단순히 선교병원으로서의 역할만이 아니라 간도지역의 독립운동 과정에서도 적지 않은 기여를 했기 때문이다. 그리고 그밖에 극소수이기는 하지만 간도 출신으로 세브란스 의전을 졸업하고 다시 간도로 돌아와 의료 활동을 하는 경우도 있었다.

이 논문에서 다루고자 하는 간도·만주 지역과 세브란스의 관계는 크게 보아 결국 세브란스 졸업생들이 이 지역에서 활동한 양상으로 정리된다고 볼 수 있다. 이는 의료활동의 장으로서 간도·만주 지역이 가지는 특성을 보여주는 것에 그치지 않고, 일제 강점기에 국내에서 교육받은 의사들의 국외활동 양상을 보여주는 사례로서도 중요한 역사적 의미를 가질 수 있다고 할 수 있겠다.

2. 독립운동을 하는 의사들

한일합방이 되고 이듬해인 1911년 총독부는 소위 105인 사건을 통해 항일 성향의 지식인들을 대대적으로 검거하는 일에 착수했다. 이런 상황에서 감시가 심한 국내에서 독립운동을 하는 것은 지극히 어려운 일이었다. 따라서 독립을 위한 활동의 근거지는 국내에서 국외로 옮겨질 수밖에 없었고, 일차적으로는 이미 우리나라 사람들이 많이 이주하여 살고 있던 간도지역이 그러한 장소가 되었다. 이런 흐름 속에서 의사로서 간도지역으로 가장 먼저 건너간 사람이 세브란스 1회 졸업생인 김필순(金弼淳, 1878~1919)

이었다.

1908년 6월 세브란스 의학교를 1회로 졸업한 김필순은 교장 에비슨의 특별한 총애를 받으며 모교에 남아 후배들을 가르쳤으며, 에비슨을 도와 병원 경영에도 참여하였다. 김필순은 졸업 이전부터 안창호와 의형제를 맺고 깊이 교유하였고 신채호, 이동휘, 김구 등이 조직한 신민회의 일원으로도 활동했다. 세브란스 병원 구내에 있던 김필순의 집은 신민회의 비밀회의 장소로도 자주 이용되었다.[1] 이처럼 세

〈그림 1〉 김필순

브란스 병원의 의사로서 반일의식을 갖고 활동하던 김필순은 105인 사건으로 검거의 대상이 되었다. 검거 소식을 사전에 안 그는 1911년 12월 31일 난산을 겪는 산모를 돌보러 신의주로 간다는 편지를 남기고 서울에서 자취를 감춘다.

검거를 피해 중국으로 건너간 그는 먼저 통화(通化)로 갔다. 애초에는 그가 많은 감명을 받았던 신해혁명의 위생대로 참가하기 위해 거기로 간 것이었으나 혁명이 종결되어 뜻을 이루지는 못했다.[2] 그런데 그는 간도지역에 동포들이 많이 살고 있지만 이들의 건강을 돌볼 의사가 없는 것을 보고 현지에 머물며 동포들을 돌보기로 한다. 당시 통화에는 조선인촌이 있었고, 이회영은 그러한 배경으로 조선 독립군 기지를 그곳에 세우고 있었다. 통화에 정착하기로 결심한 김필순은 동생 김필례에게 어머니와

---

1) 반병률, 「세브란스와 독립운동」, 『연세의사학』 2(2), 1998, 322쪽.
2) 「김필순이 안창호에게 보낸 편지(1912년 3월 8일)」, 『도산 안창호 자료집(2)』, 독립기념관, 1991, 243~245쪽.

언니 김순애, 그리고 자신의 아내와 자식들을 모두 데리고 서간도로 오라는 편지를 보낸다. 김필순은 통화에 적십자병원을 열고 병원의 수입은 전부 독립군 자금으로 기부했다.

그런데 이후 통화가 일본의 영향권 내에 들어가 더 이상의 활동이 어렵게 되자 김필순은 1916년 8월 경에 내륙 깊숙이 치치하얼로 들어갔다. 그곳에서 그는 의료활동을 계속하는 한편 넓은 토지를 구입해 평소 꿈꾸던 이상촌 운동을 시작했다. 그는 이곳에 중국 각지의 애국 청년들을 모아 생활하며 독립군의 근거지로 만들 계획이었다. 그런데 김필순은 이러한 일들을 추진하던 가운데 1919년 9월 1일 의문의 죽음을 맞는다.3) 김필순이 죽자 가족들은 뿔뿔이 흩어지게 된다. 다만 장남 김영은 산동의대와 봉천의대를 거쳐 의사가 되었고, 1929년부터 1931년까지는 세브란스 병원에서 수련을 받았다.4) 김영은 세브란스 병원에서 수련을 받고 용정의 제창병원에서 근무했으며 후에는 원장까지 역임했다.5)

김필순과 함께 세브란스를 1회로 졸업한 박서양(朴瑞陽, 1885~1940)도 간도로 건너가 독립운동에 투신했다. 그러나 박서양과 김필순은 건너간 시기도 달랐고, 관심을 갖고 활동한 영역도 달랐다. 박서양도 김필순과 마찬가지로 졸업 후 학교에 남아 후배들을 가르치는 일에 몰두했다. 김필순이 먼저 학교를 떠나 간도로 건너간 이후에도 박서양은 상당 기간 학교에 남아 있었다. 박서양이 언제 간도로 건너갔는지 그 시기는 확실하지 않으나 적어도 1917년에는 간도에서 활동하고 있음이 확인된다.6) 박서양은 연길현(延吉縣) 국자가(局子街)에서 구세병원(救世病院)을 열어 환자들을 돌보았다. 박서양이 관심을 가진 영역은 교육이었다. 그는 의사로 활동하는 한편

---

3) 사인은 분명치 않으나 집안에는 김필순이 일본인에 의해 독살당한 것으로 전해지고 있다.
4) 『世富蘭偲校友會報』 12호, 1929, 71쪽 ; 14호, 1931, 25쪽.
5) 박형우, 『근대서양의학교육사』, 청년의사, 2008, 495쪽.
6) 국사편찬위원회, 『일제침략하 한국 삼십육년사(3)』, 국사편찬위원회, 1968, 860쪽.

1917년 6월 30일에는 숭신학교(崇信學校)를 세우고 본인이 교장을 맡았다. 박서양은 어렸을 때부터 민족의식을 함양하는 것을 목표로 숭신학교를 세웠다. 때문에 숭신학교는 일제당국이 주시하여 지켜보는 학교가 되었고, 실제로 일본의 간도총영사 대리영사는 불령선인이 숭신학교를 설립했고, 배일적 경향이 있다고 본국에 보고하기도 했다.[7] 또 박서양을 극히 주의를 요하는 인물로 분류하여 감시하였다.[8] 그 결과 숭신학교는 일제가 만주

〈그림 2〉 박서양

국을 설립하여 간도지역에 대해 직접적인 영향력을 행사하게 되자 폐교되는 운명에 처하게 되었다.[9] 한편 박서양은 교육사업 외에도 대한국민회 군사령부의 군의로 임명되어 활동하기도 했다. 박서양은 1936년에 귀국하여 수색에서 개원을 하다 세상을 떠났다.

이들 외에 1회 졸업생으로 중국에서 독립운동을 한 사람으로는 신창희와 주현측이 있는데 이들은 주로 중국의 안동과 상해를 거점으로 활동하였으므로 여기서는 특별히 자세히 언급하지는 않겠다.[10] 1회 졸업생들을 포함하여 초기 졸업생들 가운데 만주나 연해주 지역에서 활동한 사람들이 적지 않다. 이들이 모두 독립운동을 위해 이곳에서 활동했다고 보기는 어렵지만 이들 중 상당수가 김필순이나 박서양과 같이 병원을 개원하면서 동시에 여러

---

7) 機密 제292호 間情 제 27, 52, 53호. 1920년 11월 9일 界與三吉.
8) 機密 제283호 1923년 9월 16일 鈴木要太郎(間島 總領事).
9) 『동아일보』, 1932년 6월 16일, 「間島 崇信校를 不穩타고 閉鎖」.
10) 이 두 사람의 활동은 다음에 자세하게 정리되어 있다. 박형우, 『근대서양의학교육사』, 청년의사, 2008, 525~552쪽.

방식으로 독립운동에 참여했던 것으로 생각된다.

여기서 이들 한 사람 한 사람에 대해 자세히 소개하기는 어렵지만 대략적으로 이들의 활동 지역과 내용을 가능한 졸업순으로 간단히 정리해보면 다음과 같다. 먼저 2회 졸업생인 이태준은 처음 남경으로 갔다가 몽골에 정착해 독립운동을 한 것으로 알려져 있으나,[11] 1917년 무렵에 목단에서 생명보험회사의 외과의로 활동한 기록이 있다.[12] 따라서 이 지역에서 이태준의 활동은 좀 더 검토할 필요가 있을 것으로 생각된다.

또 3회 졸업생인 곽병규(郭炳奎)와 김인국(金仁國), 그리고 4회 졸업생인 나성호(羅聖鎬)는 연해주와 흑룡강성을 중심으로 활동했다. 이들은 1910년 대 후반에서 20년대 초반까지 블라디보스토크에 거주했다. 곽병규는 연해주지역의 조선인 기독청년회를 중심으로 활동했고, 김인국과 나성호는 고려공산당의 일원으로 독립운동에 참여했다. 김인국은 러시아의 의사면허까지 취득해서 활동하였다. 이후 곽병규와 김인국은 귀국하였으나 나성호는 하얼빈으로 옮겨 계속 활동했다.[13] 나성호는 졸업 이듬해인 1915년 러시아 니코리스크에서 황경섭(黃景燮) 등의 후원으로 부상의원(扶桑醫院)을 개설하였다. 이후 『해조신문(海潮新聞)』의 김이직(金利稷) 등과 협력하여 항일운동과 독립운동을 펼쳤다. 1920년 4월 일본군을 방해한 혐의로 체포되었다가 풀려난 뒤인 1922년 중국 흑룡강성(黑龍江省) 하얼빈(哈爾濱)으로 이주하여 고려의원을 개설하였고, 고려공산당 간부로 활동하였다.[14] 그는 하얼빈의 고려공산당 지부장을 맡았다.[15] 1928년부터는 흑룡강성 앙앙시

11) 반병률, 「세브란스와 독립운동」, 『연세의사학』 2(2), 1998, 322쪽

12) *Catalogue Severance Union Medical College*, 1917.

13) *Catalogue Severance Union Medical College*, 1925~26 ; 『セブランス聯合醫學專門學校一覽』, 1928, 43쪽 ; 『世富蘭偲校友會報』 15호, 1931, 15쪽.

14) 機密 제324호, 高麗共産黨員의 行動에 관한 件, 山內四郎(哈爾賓總領事), 1922년 12월 08일.

15) 機密受 제262호, 關機高收제5452호-1, 1923년 4울 24일, 不逞團關係雜件-朝鮮人의 部-在 滿洲의 部(36) 關東廳警務局.

(昻昻溪)에서 의사로 지내며 항일운동을 펼쳤다.[16]

같은 해 졸업한 이원재(李元載)는 흑룡강성 목단의 통화병원에서 근무했으며[17] 1920년대 초반에 귀국해 강릉에서 개원했다.[18] 5회 졸업생인 김기정(金基貞)은 처음 중국 안동에서 활동하다가[19] 이후 천진으로 옮겨 박인의원(博仁醫院)을 개원했다. 이후 1940년 사망할 때까지 천진을 근거지로 독립운동에 관여한 것으로 생각된다. 그는 일제 당국에 의해 "排日親中派로 中國에 있는 민족주의적인 조선인들과 내통할 혐의가 있음"이란 평가를 받았던 것으로 보아 드러나지 않게 독립운동을 지원한 것으로 생각된다.[20] 그리고 김기정의 졸업 동기생인 김병호(金丙浩)는 처음에 안동의 박인의원에서 김기정과 함께 일하다가 김기정이 천진으로 옮길 때 귀국하였으며 안동과 가까운 접경지역 의주와 용암포에서 개원하여 의료활동을 이어갔다.[21]

6회 졸업생인 김현국(金顯國)과 김진성(金鎭成)은 1916년 졸업과 더불어 바로 중국으로 건너가 장가구(長家口) 십전병원(十全病院)에서 1940년대까지 함께 근무한 것으로 나타난다. 이들의 병원은 고륜과 장가구를 오가는 독립투사들에게 숙식과 교통을 비롯한 각종 편의를 제공하는 이 지역 독립운동의 근거지였다.[22] 상해의 한인공산당 대표로 러시아 유학차 파견되어 가던 김립과 계봉우는 김현국의 병원에서 유숙하기도 했다.[23] 의사로서

---

16) 나성호(羅聖鎬), 『한국향토문화전자대전』, 한국학중앙연구원. http://terms.naver.com/entry.nhn?docId=2597500&cid=51883&categoryId=53371

17) *Catalogue, Severance Union Medical College*, 1917.

18) 「다년간 만주와 시베리아 접경에서 분투하시다가 귀국하여 강릉에서 개원」, 『世富蘭偲校友會報』 10호, 1928, 58쪽.

19) *Catalogue, Severance Union Medical College*, 1917.

20) 『昭化思想統制史資料』, 236.

21) 『セブランス聯合醫學専門學校一覽』, 1923, 41쪽 ; *Catalogue, Severance Union Medical College* 1925~26, p.37.

22) 반병률, 「의사 이태준의(1883-1921)의 독립운동과 몽골」, 『한국근현대사연구』 13, 2000, 171쪽.

23) 계봉우, 『꿈속의 꿈』, 강남대학교 출판부, 2009, 186쪽.

독립운동단 의무부장을 맡아 활동했던 이자해(李慈海)도 1926년 경 남경 국민정부의 북벌군 풍옥상(馮玉祥) 부대에 참여하여 이동하던 중 장가구 십전병원에서 김현국에게 신세를 진 기록을 남기고 있다.[24] 한편 김현국의 졸업동기생인 최영욱(崔泳旭)은 1918년 김필순의 여동생인 김필례와 결혼을 한 이후 김필례와 함께 김필순이 활동하던 치치하얼로 왔다. 당시는 김필순 의 가족 대부분이 이곳에서 함께 김필순을 도와 일을 하고 있을 때였다. 최영욱은 김필순의 병원에서 함께 일하다가 2년 후에 김필례와 함께 귀국하 여 본가가 있던 광주로 돌아갔다.[25]

안사영(安思永, 1917년 졸업)은 졸업 후 원주 기독병원에서 근무하다[26] 개원을 했다. 그의 선배들은 대개 졸업 직후 만주로 건너갔으나 그는 국내에 서 10년 이상 의료활동을 하고 1930년대에 만주로 건너갔다. 그는 길림성 교하현(蛟河縣)에서 안동의원(安東醫院)을 개원하는 한편[27] 이 지역 무장독 립단체인 독립단(獨立團)의 일원으로 활동했다.[28]

간도와 만주 지역을 중심으로 독립운동을 한 것으로 드러나는 세브란스 졸업생들은 대개 위와 같다. 이들 외에 이 지역을 거치지 않고 바로 북경이나 임시정부가 있는 상해 방면으로 가서 독립운동을 한 졸업생들도 있는데 이들은 여기서 별도로 언급하지 않았다. 또 위에서 언급한 이들은 독립운동 의 행적이 분명히 드러난 경우들이고, 이 지역에서 개원하여 의사로 활동한 사실은 확인되지만 독립운동의 행적이 분명히 드러나지 않은 졸업생도 있다.

예를 들어 이익찬(李翼燦, 1916년 졸업)은 1925년 현재 하얼빈에서 활동하

---

24) 이자해, 『이자해 자전』, 국가보훈처, 2007, 194쪽.
25) 이기서, 『교육의 길 신앙의 길-김필례 그 사랑과 실천』, 북산책, 2012, 97~100쪽.
26) *Catalogue, Severance Union Medical College*, 1925~26, p.88.
27) 『セブランス聯合醫學專門學校一覽』, 1940, 125쪽.
28) 機密公 제25호 1920년 10월 6일 在安東領事館通化分館 主任 本田選, 不逞鮮人狀況ニ關レ報 告ノ件.

다가[29] 용정의 구세의원(救世醫院)[30]과 1931년에는 용정의 동일의원(東一醫院)[31]에서 일한 것으로 알려져 있다.[32] 이병천(李炳天, 1919년 졸업)은 졸업 후에 1920년대 초부터 하얼빈 고려동극병원(高麗東極病院)[33]에서 근무하는 것으로, 그리고 이하원(李夏源, 1925년 졸업)은 1928년 3월 현재 북간도 동불사(銅佛寺)에서 개업하는 것으로 『세브란스 교우회보』나 『세브란스연합전문학교일람』에 나타나는 것 이외에는 별다른 기록이 없다.[34]

물론 이들이 단순히 개원을 위해 이곳으로 왔을 가능성도 배제할 수는 없다. 그러나 만주국 설립과 더불어 소위 만주붐이 일기 훨씬 이전인 1910년대나 20년대 초반에 단지 순수한 개원을 목적으로 특별한 연고도 없고, 국내보다 개원 환경이 좋지 않은 이 지역으로 올 이유는 많지 않은 것으로 보인다. 뒤에서 보겠지만 만주국 설립 이후 만주 개발붐과 함께 적지 않은 의사들이 새로운 가능성을 찾아 만주로 진출하는데 이들과는 분명 진출의 동기가 다르다고 보아야할 것이다.

위의 여러 사례에서 본 바와 같이 의사가 귀했던 간도의 동포거주 지역이나 만주지역의 여러 도시들에서 병원은 여러 측면에서 독립운동의 거점의

---

29) *Catalogue, Severance Union Medical College*, 1925~26, p.37.

30) 『世富蘭偲校友會報』 13호, 1930, 49쪽.

31) 『セブランス聯合醫學專門學校一覽』, 1931, 70쪽.

32) 1919년 일제가 작성한 동향 보고서에 따르면 삼일운동을 즈음한 시기에 이익찬은 제창병원에 상주하면서 대한독립신보라는 불온간행물을 발간한 것으로 되어있다. 세브란스 측의 기록에 따르면 이익찬은 1917년 무렵에는 성진에 있었고, 1925년 당시에는 하얼빈에서 활동하다가 1930년에 용정으로 와서 활동한 것으로 되어 있다. 위치상이나 정황으로 볼 때 성진에서 하얼빈으로 가기 전 중간 지점인 용정에서 근무했을 가능성도 배제할 수 없다. 성진 제동병원 역시 캐나다장로회에서 운영하던 병원이었고, 성진과 용정의 의료진들이 서로 왕래하며 근무한 것을 볼 때 이익찬이 성진에서 근무한 다음 용정으로 갔을 가능성도 크다. 제동병원 역시 성진의 독립운동의 중심 근거지로 기능한 것을 볼 때, 1919년 이익찬이 용정에 있었다면 마틴의 지원 하에 독립운동을 했을 가능성은 매우 크다고 볼 수 있다.

33) 『セブランス聯合醫學專門學校一覽』, 1923, 42쪽.

34) 『世富蘭偲校友會報』 9호, 1928, 23쪽.

역할을 하기 좋은 시설이었다. 의사 본인이 적극적으로 독립운동에 참여하지는 못하더라도 이동 중인 독립운동가들을 숨겨주거나 유숙시키고 각종 편의를 제공해주는 일, 그리고 병원의 수입을 독립운동자금으로 제공하는 정도의 활동은 했을 가능성이 크다.

또 한 가지 이 지역을 중심으로 독립운동을 한 의사들이 주로 1920년대 초반까지의 초기 졸업생들에 집중되어 있음에 주목할 필요가 있다. 이들은 연령상 일제가 우리의 국권을 침탈하는 과정을 직접 지켜본 세대에 해당한다. 따라서 이들 세대의 항일의식은 기억이 거의 없는 아주 어린 유아기에 한일합방을 경험했거나, 혹은 이미 식민지 상태에서 태어난 1930년대 이후 졸업생들의 의식과는 달랐을 가능성이 크다.

3. 용정 제창병원과 세브란스

북간도지역의 용정은 함경도와 함께 캐나다장로회가 관장하고 있던 선교 지역이었다. 공식적으로는 1913년 6월 바커(A. H. Barker) 선교사의 가족이 용정에 이주하면서 캐나다장로회 한국선교부의 용정지부가 설립되었다.[35] 용정의 의료사업은 제창병원(濟昌病院, St. Andrew Hospital)을 중심으로 이루어졌다. 제창병원은 세브란스와 밀접한 관계에 있었다. 우선 제창병원에서 근무한 캐나다 선교의사들은 대부분 세브란스에서도 근무를 했고, 제창병원의 한국인 의사는 세브란스의 졸업생들이 많았다.

제창병원과 세브란스에서 모두 근무한 캐나다장로회 소속의사로는 마틴(S. H. Martin), 맨스필드(T. D. Mansfield), 그리고 머레이(F. J. Murray) 등이 있다. 사실 캐나다장로회 소속의 초기 선교사 가운데 한 사람인 그리어

---

35) 김승태, 「캐나다 장로회의 의료선교」, 『동아시아 역사 속의 선교병원』, 역사공간, 2016, 59쪽.

슨은 목사이자 의사였다.36) 그는 캐나다장로회가 북간도지역까지 선교지로 맡게 되자 용정에도 와서 활동했으나 의료선교보다는 복음선교에 관심이 많아 지속적인 의료선교 활동을 펴지는 않았다. 용정지역에 본격적인 의료선교가 시작된 것은 1916년 마틴 부부가 용정에 부임하면서부터였다.37) 마틴은 처음에 방이 7개 있는 진료소에서 진료활동을 시작했으나 1916년 11월부터 병원 신축을 시작하여 1918년에 30병상 규모의 제창병원을 완공하였다. 신축된 병원은 남녀입원실, 수술실, 엑스선 촬영실 등의 시설을 갖추고 있었다.38) 병원에 오는 환자들의 대부분은 한인들이었으나 1/4 정도의 환자는 만주인, 중국인, 일본인, 러시아인이었다.39)

제창병원은 용정지역 한인들의 건강을 담당하는 중심적 기관이었을 뿐만 아니라 이 지역 독립운동의 거점이기도 했다. 용정에서 일어난 3·1운동의 진압과정에서 다친 사람들은 제창병원에서 치료를 받았고, 사망한 사람들의 시신은 병원 지하실에 안치하고 합동장례까지 제창병원에서 치러주었다.40) 병원장 마틴은 독립운동에 대해 매우 호의적이어서 병원과 부속건물은 독립운동가들의 집회장소나 숙박장소로 자주 이용되었고, 독립사상을 고취하기 위한 각종 문서들이 이곳에서 제작되어 배포되었다.41) 이런 이유로 제창병원은 일제의 요주의 기관이 되었다. 더구나 제창병원장 마틴은 1920년에 있었던 일본군의 간도 출병에서 벌어진 학살의 현장인 불탄 학교, 교회, 마을 등을 방문하여 피해사례를 조사하고 바커 등 다른 선교사들과 함께 보고서로 작성하여 일제의 만행을 외부로 알리기까지 하였다.42)

36) 김승태, 위의 글, 57쪽.
37) 'Lungchinsun Station', *The Korea Mission Field* 27(2), 1931, p.37.
38) 이만열, 『한국기독교의료사』, 아카넷, 2003, 461쪽.
39) D. M. Black, 'A Hospital in Manchukuo', *The Korea Mission Field* 31(11), 1935, pp.237~238.
40) 김승태, 앞의 글, 64쪽.
41) 김승태, 위의 글, 65쪽 ; 김정명, 『조선독립운동』 III, 국학자료원, 1980, 430~431쪽.
42) 서굉일, 「북간도 기독교인들의 민족운동 연구」, 『한국 기독교와 민족운동』, 보성,

당시 일제당국에게 제창병원이 얼마나 눈의 가시와 같은 존재였는지는
일제가 작성한 보고서에 다음과 같이 잘 나타난다.

> 용정촌 동쪽 언덕 영국인 선교사 주거지 구내에 있는 제창병원 혹은 부속
> 가옥은 한족 독립운동자의 집회장이 되거나 독립운동 연락자의 숙박소가
> 되거나 또는 불온문서 발행소가 되어 당시 밤낮 그들 불령자의 단속 경계에
> 힘쓰고 있던 총영사관과는 한 블록에 이르는 가까운 거리에 있어서 기괴한
> 대조를 이루는 것이었다.[43]

마틴은 1927년 세브란스로 옮겼으며, 세브란스에서는 당시 큰 보건상의
문제였던 결핵의 치료와 예방에 많은 노력을 기울였다. 마틴의 후임으로는
중국에서 활동하던 블랙(D. M. Black)이 부임하여 1940년 일제에 의해 강제
추방될 때까지 일하였다.[44]

머레이는 마틴이 건강이 악화되어 제창병원을 떠나 휴양을 한 1922~1923
년 2년간 제창병원을 맡아 운영했다. 원래 머레이는 함흥 제혜병원을 맡아
활동하던 케이트 맥밀런의 후임으로 올 예정이었으나, 마틴의 건강 악화로
자리가 빈 제창병원에서 일하게 된 것이었다. 머레이는 1923년 가을부터
함흥 제혜병원에서 근무를 시작하여 일제에 의해 추방되던 1942년 6월까지
제혜병원을 지켰다. 머레이는 광복 후 다시 한국으로 와서 세브란스와
원주기독병원에서 일했다.

아울러 적지 않은 세브란스 졸업생들이 제창병원에서 일했다. 현재까지
확인된 바로는 모두 9명이 제창병원에서 일했으며 이들의 근무 기간은
짧게는 1년 길게는 3~4년에 이른다. 초기 졸업생(1920년 이전 졸업생)으로

　　1986, 533쪽.
43) 김정명, 『한국독립운동』 III, 430쪽.
44) 이만열, 앞의 책, 720쪽.

제창병원에서 처음으로 일한 사람은 김석현(金碩鉉, 1918년 졸업)이다. 그는 1922년 8월부터 1923년 8월까지 1년간 제창병원에서 근무했다.[45] 김석현 이후에는 몇 년 간 제창병원에서 근무한 세브란스 졸업생은 찾아보기 어렵다. 그러다가 1929년부터 1940년까지는 거의 끊어지는 경우가 없이 세브란스 졸업생들이 제창병원에서 일했다. 그것은 아마도 1927년 제창병원에서 세브란스로 부임한 마틴의 권유가 컸을 가능성이 높다. 물론 뒤에서 설명할 1930년대 이후 만주붐과 어느 정도 관련이 있을 수도 있으나, 1929년부터 지속적으로 세브란스 졸업생들이 근무하기 시작한 것을 보면 반드시 그것만으로는 설명할 수 없는 부분이 있음은 분명하다. 다만 1930년대 중반까지는 매년 한 명 내지 두 명이 근무하다가 1930년대 후반에는 최대 4명까지 동시에 근무한 것을 보면 만주 진출붐도 어느 정도 영향이 있었음은 알 수 있다.

제창병원에서 근무한 세브란스 졸업생들이 제창병원 근무 이후의 진로는 크게 두 가지로 분류된다. 하나는 근무 후 국내로 다시 복귀하는 경우이고, 다른 하나는 용정 현지에 남아 개원하여 활동을 이어가는 경우이다. 전체 비율로 보자면 국내로 복귀한 경우는 9명 중 3명이고, 현지에 남은 경우는 6명으로 용정에 남은 경우가 더 많다. 다만 간도 출신인 최송림의 경우는 양자 모두에 해당한다고 볼 수 있겠다. 국내로 복귀한 경우는 상대적으로 이른 시기에 근무한 졸업생들이다. 1929년에 졸업한 김광소(金光沼)는 신의주 출신으로 졸업 무렵 제창의원 근무가 예정되어 있었고,[46] 졸업과 동시에 제창병원에서 2년 정도 근무를 하다가[47] 1931년 고향인 신의주로 복귀하여

---

45) 이만열의 앞의 책에서는 "세브란스를 갓 졸업한 김의사(Dr. Kim)가 1922년 8월부터 1923년 8월까지" 근무했다고 기록되어 있는데, 세브란스 일람을 참고하면 이 시기에 근무한 김의사가 김석현임을 확인할 수 있다. 『セブランス聯合醫學專門學校一覽』, 1923.

46) 『世富蘭偲校友會報』 11호, 1929, 78쪽.

47) 『世富蘭偲校友會報』 13호, 1930, 52쪽.

신의주 도립의원에서 근무했다.[48] 1932년에 졸업한 김준성(金俊成)이 언제부터 제창병원에서 근무를 시작했는지는 분명하지 않으나 적어도 1934, 35년에는 제창병원에서 근무했으며,[49] 1936년에는 국내로 들어와 개성 남성병원(南星病院)에서 근무했다.[50]

제창병원 근무 후 용정에 남아 개원을 하거나 활동을 이어간 경우는 대개 제창병원이 일제에 의해 문을 닫은 1940년 직전까지 근무한 졸업생들이다. 확인할 수 있는 그들의 근무 기간과 이후 행적은 대략 다음과 같다. 먼저 최관실(崔寬實, 1927년 졸업, 1932년 별과 졸업)은 1928년에서 1930년까지는 제창병원에서 일했고,[51] 이후에도 계속 용정에 남았으며 1943년 당시 용정에서 동춘의원(同春醫院)을 개업하고 있었다.[52] 홍황룡(洪黃龍, 1934년 졸업)은 1936년에서 1939년까지 제창병원에서 근무했으며,[53] 이후에도 최소한 1943년까지는 계속 용정에 남아 있었던 것이 확인된다.[54] 김순모(金舜模, 1935년 졸업)는 1936년에서 1939년까지 제창병원에서 근무했다.[55] 김순모와 졸업동기인 최용주(崔鏞周, 1935년 졸업)는 졸업 후 세브란스에서 외과 수련을 받고 용정으로 가서 1940년까지 제창병원에서 근무했고,[56] 이후에는 현지에서 제중의원을 개원했다.[57] 간도 출신의 최송림(崔松林,

---

48) 『セブランス聯合醫學專門學校一覽』, 1931, 75쪽.

49) 『セブランス聯合醫學專門學校一覽』, 1934, 122쪽 ; 『교우회보』 24호, 1935, 53쪽.

50) 『セブランス聯合醫學專門學校一覽』, 1936, 125쪽.

51) 『世富蘭偲校友會報』 9호, 1928, 22쪽 ; 『世富蘭偲校友會報』 11호, 1929, 78쪽 ; 『世富蘭偲校友會報』 13호, 1930, 52쪽.

52) 旭醫學專門學校 同窓會, 『同窓會名簿』, 1943, 32쪽. 간도성 연길현 용정가 신안구(新安區) 연평로(延平路) 13-12 동춘의원(同春醫院).

53) 『セブランス聯合醫學專門學校一覽』, 1936, 128쪽 ; 『セブランス聯合醫學專門學校一覽』, 1939, 132쪽 ; 『セブランス聯合醫學專門學校一覽』, 1940, 133쪽.

54) 旭醫學專門學校 同窓會, 『同窓會名簿』, 1943, 37쪽.

55) 『セブランス聯合醫學專門學校一覽』, 1936, 129쪽 ; 『セブランス聯合醫學專門學校一覽』, 1939, 133쪽.

56) 『セブランス聯合醫學專門學校一覽』, 1940, 139쪽.

57) 旭醫學專門學校 同窓會, 『同窓會名簿』, 1943, 38쪽. 만주국 간도성(間島省) 신정가(新井

1936년 졸업)은 졸업 후 바로 용정으로 돌아가 제창병원에서 근무하기 시작해서 1939년까지 거기서 일했다.[58] 이후에는 현지에서 협화의원(協和醫院)을 개원했다.[59] 최인태(崔寅泰, 1940년 졸업)는 졸업 후 바로 제창의원으로 갔으며,[60] 제창의원이 문을 닫은 이후에는 현지에서 개원했다.[61]

그리고 숫자가 많지는 않지만 간도 출신이므로, 졸업 후에 다시 고향으로 돌아와 활동하는 경우가 있다. 현재까지 확인된 간도 출신 졸업생은 3명이다. 가장 빠른 졸업생인 박태형(朴泰亨, 1916년 졸업)은 북간도 출신으로 졸업 후에 미국 남감리회에서 운영하던 원산 구세병원과[62] 고저항(庫底港)의 구세병원 분원에서 근무했다.[63] 김종진(金宗鎭, 1929년 졸업)은 졸업 후 접경 지역인 회령의 야소교 병원에서 근무하다 삼성의원을 개원했다.[64] 『세브란스 연합의학전문학교일람』에 회령의 '야소교병원'으로 표현된 곳은 캐나다장로회에서 운영하던 진료소로 생각되며 운영이 어려워 문을 닫았다.[65] 그나마 회령에 있던 병원이 문을 닫자 김종진이 삼성의원을 개원하여 진료활동을 이어간 것으로 여겨진다. 최송림(崔松林, 1936년 졸업) 역시 간도 출신으로 졸업 후에 용정의 제창병원에서 근무했고[66] 1940년부터는 연길현(延吉縣) 두도구(頭道溝) 협화의원(協和醫院)[67]에서 근무했다.

街) 조일구(朝日區) 대통로(大通路) 2-24 제중의원(濟衆醫院).

58) 『セブランス聯合醫學專門學校一覽』, 1936, 128쪽 ; 『セブランス聯合醫學專門學校一覽』, 1939, 135쪽.

59) 『セブランス聯合醫學專門學校一覽』, 1940, 140쪽. 연길현(延吉縣) 두도구(頭道溝) 협화의원(協和醫院).

60) 『セブランス聯合醫學專門學校一覽』, 1940, 146쪽.

61) 旭醫學專門學校 同窓會, 『同窓會名簿』, 1943, 49쪽. 간도성(間島省) 왕청역전(汪淸驛前).

62) Catalogue, Severance Union Medical College, 1917, p.42.

63) 『セブランス聯合醫學專門學校一覽』, 1928, 44쪽.

64) 『セブランス聯合醫學專門學校一覽』, 1931, 75쪽. 김종진의 경우 출신지가 간도와 함경남도

65) 이만열, 『한국기독교의료사』, 아카넷, 2003, 463쪽.

66) 『セブランス聯合醫學專門學校一覽』, 1936, 131쪽.

67) 『セブランス聯合醫學專門學校一覽』, 1940, 140쪽 ; 旭醫學專門學校 同窓會, 『同窓會名簿』,

4. 만주국 설립 이후의 진출 양상

세브란스 의전은 1923년 조선총독부 지정학교가 됨으로써 졸업생들이 조선에서 무시험으로 의사면허를 받아 개원을 할 수 있게 되었다. 이어서 1934년에는 문부성 지정학교까지 됨으로써 내무성 의사면허를 얻게 되어 조선은 물론 일본, 대만, 만주 남양군도 등 일본제국의 판도 내에서는 모두 의사로서 활동할 수 있는 길이 열렸다.[68] 문부성 지정은 세브란스 졸업생들의 활동 지역을 조선 외부로 확장하는 중요한 계기가 되었다. 특히 1936년부터 조선에 만주 이주 붐이 대대적으로 불자[69] 이 무렵의 졸업생들 중 적지 않은 수가 만주지역으로 진출한다. 에비슨 교장이 세브란스 의전을 은퇴하던 1935년 간도지역을 찾아 이 지역의 세브란스 졸업생들과 모임을 가진 것도 이처럼 만주지역에서 활동하는 졸업생들의 수가 적지 않았기 때문이다.[70]

졸업년도에 따른 만주 진출 졸업생 수의 변화를 보면 1930년 이전 졸업생 가운데 만주지역에서 활동한 사람은 대략 20명 정도이다. 이후 1931년 졸업생은 6명, 1935년 졸업생 1명, 1937년 졸업생 9명, 1938년 졸업생 5명, 1939, 1940, 1942년 졸업생은 각 2명 등으로 매년 일정하지는 않으나 특정 해에는 5~9명이란 적지 않은 수가 만주로 가게 되는 경우를 보게 된다. 그리고 1930년대 이후는 단순히 수적으로 많아졌을 뿐만 아니라 이들이 만주로 진출하는 동기나 활동 양상 또한 이전과는 다른 모습을 보인다. 1910년대와 20년대 중반까지 만주지역으로 온 졸업생들은 주로 독립운동과 관련된 활동을 했고, 20년대 후반부터는 제창병원 근무를 위해 지속적으로

1943, 40쪽.

68) 연세의료원 120년사 편찬위원회, 『인술, 봉사 그리고 개척과 도전의 120년』, 2005, 185쪽.

69) 한석정, 『만주모던』, 문학과지성사, 2016, 99쪽.

70) 『世富蘭偲校友會報』 25호, 1936, 68쪽.

졸업생들이 왔다. 그리고 만주국 설립 이후에는 이상의 경우 이외에 보다 나은 직업적 활동의 기회를 얻기 위해 오는 졸업생들이 많아졌다. 이들의 수는 거의 40명에 이른다. 이들은 처음부터 개원을 하거나 공의로 일하는 경우도 있고, 일부에서는 만주군의 군의로 들어가 활동하는 사람들까지 나오게 되었다.

먼저 개원을 위해 만주로 온 경우를 살펴보자. 제창병원 근무 이후에 개원한 경우는 앞에서 설명했으므로 여기서는 언급하지 않고, 처음부터 개원을 목적으로 온 경우만 먼저 보겠다. 대략 절반에 해당하는 20명 정도가 개원했는데 이 중 일부를 제외하고는 1934년 이후 만주에 온 졸업생이 대부분이었다. 1920년대 초반의 졸업생인 백근학(白根學, 1921년 졸업)과 백두현(白斗鉉, 1922년 졸업)처럼 졸업 후 10년 이상 국내에서 개원하다가 나중에 만주로 간 경우도 있다. 물론 역으로 만주지역에서 개원하다가 다시 국내로 복귀한 경우도 일부 있다. 이들의 개원 지역은 용정을 비롯하여 봉천, 훈춘, 통화, 목단강, 연길, 하얼빈 등 다양한데 용정과 봉천에 개원한 경우가 가장 많았다. 그것은 용정지역은 전통적으로 동포들이 많이 살던 지역이었고, 봉천은 만주의 중심 도시였기 때문인 것으로 생각된다.

개원 이외에 공립병원이나 병원 이외의 공립기관에 근무하는 경우도 적지 않았다. 김종현(金宗鉉, 1931년 졸업)은 간도 안도현(安圖縣) 진료소 공의,[71] 장철(張喆, 1931년 졸업)은 봉천성 유하(柳河) 화동의원(和同醫院) 공의,[72] 신태식(申台植, 1931년 졸업)은 만주국 흥안서성(興安西省) 개로(開魯) 현립병원(縣立病院),[73] 조용림(趙容林, 1937년 졸업)은 만주국 승덕(承德) 공의,[74] 이봉구(李鳳九, 1942년 졸업)는 간도성 공립의원[75]에서 공의로 근무

71) 『世富蘭偲校友會報』 25호, 1936, 73쪽.
72) 『セブランス聯合醫學專門學校一覽』, 1934, 121쪽.
73) 『セブランス聯合醫學專門學校一覽』, 1940, 132쪽.
74) 『セブランス聯合醫學專門學校一覽』, 1939, 136쪽.
75) 旭醫學專門學校 同窓會, 『同窓會名簿』, 1943, 54쪽.

했다. 그밖에 병원이 아니라 만주의 위생행정 분야에서 보건관료로 일한 졸업생도 있다. 오형석(吳亨錫, 1938년 졸업)은 졸업 후 도쿄의 공중위생원을 시작으로 경기도 위생과를 거쳐, 만주 신경시(新京市) 후생과(厚生科)에서 일했다.76) 같은 해 졸업생인 강우성(姜祐晟, 1938년 졸업)은 졸업 직후 목단강성(牧丹江省) 위생과에서 시작해 목단강성 현립병원을 거쳐 봉천의 미츠이(三井) 생명보험회사에 취직하는 다채로운 이력을 보이기도 한다.77) 그리고 공직의와 개원의의 중간 형태로 볼 수 있는 촉탁의로 근무한 경우도 있었다.78) 촉탁의는 공립병원이 없는 지역의 사립병원에서 근무하며 그 지역의 공적 의료의 일부를 책임지는 직책이라 할 수 있다. 최준(崔駿, 1928년 졸업)은 길림성 두도구(頭道溝) 상부지(商埠地) 촉탁의로,79) 김순오(金淳五, 1933년 졸업)는 만주국 혼춘현(琿春縣) 공서(公署) 촉탁의로,80) 조상일(趙尚日, 1935년 졸업)은 만주국 무순(撫順) 회생의원(回生醫院)에서 민회(民會) 촉탁의로81) 활동했다. 특이하게 1942년 졸업생인 조용근(趙龍根)은 만주국의 관료양성기관인 신경(新京) 대동학원(大同學院)에 있는 것으로 당시 동창회명부에 기록되어 있는데82) 일종의 교의(校醫)로 간 것인지, 아니면 학생으로 간 것인지는 아직 확인되지 않고 있다.

마지막으로 주목할 것은 만주군의 군의로 활동한 경우로 모두 6명의 졸업생이 그에 해당된다. 가장 잘 알려진 원용덕(元容德, 1931년 졸업)은 졸업 후 고향인 강릉에서 개원하다가 1933년 만주군에 들어가 1934년

---

76) 『セブランス聯合醫學專門學校一覽』, 1939, 138쪽 ; 『セブランス聯合醫學專門學校一覽』, 1940, 143쪽 ; 旭醫學專門學校 同窓會, 『同窓會名簿』, 1943, 44쪽.

77) 『セブランス聯合醫學專門學校一覽』, 1939, 137쪽 ; 『セブランス聯合醫學專門學校一覽』, 1940, 142쪽 ; 旭醫學專門學校 同窓會, 『同窓會名簿』, 1943, 45쪽.

78) 『セブランス聯合醫學專門學校一覽』, 1934, 118쪽.

79) 『セブランス聯合醫學專門學校一覽』, 1934, 118쪽.

80) 『世富蘭偲校友會報』 25호, 1936, 71쪽.

81) 『セブランス聯合醫學專門學校一覽』, 1936, 129쪽.

82) 旭醫學專門學校 同窓會, 『同窓會名簿』, 1943, 54쪽.

6월 17일 만주국 일등군의로 임명되었다.[83] 이후 봉천 육군병원, 봉천 제1독립포병대, 봉천육군사관학교 등에서 해방 광복 이전까지 근무했다. 한편 졸업 동기생인 유시천(劉時天, 1931년 졸업)도 원용덕과 비슷한 시기에 만주군에 들어가 육군 1등 군의로 임명되었으나[84] 1940년에는 국내로 들어와 경성부 학무국에서 근무했다.[85] 그밖에도 유병천(兪炳天, 1937년 졸업)은 만주에서 공의로 일하다가 혼춘(琿春) 국경경비대본부에서,[86] 윤문기(尹文麒, 1937년 졸업)는 흥안(興安) 기병(騎兵) 제4단(第四團) 육군 상위(上尉)로,[87] 장기섭(張基燮, 1938년 졸업)은 하얼빈 군의학교에서[88] 근무했다. 원용대(元容大, 1940년 졸업)도 1940년 현재 만주국 군의로 근무하고 있는 것으로 확인된다.[89]

5. 맺음말

간도와 만주 지역은 19세기 말 이래 우리 민족에게 새로운 활동의 공간이 되었다. 일본에게 국권을 상실한 직후 원치 않게 고국과 고향을 떠난 이들에게 이곳은 또 다른 가능성의 공간이었다. 이곳은 그들에게 새로운 삶을 개척하는 공간이자 나라를 되찾기 위한 활동의 근거지이기도 했다. 그러나 일제의 손길은 이곳도 안전하게 두지 않았고, 만주국 설립 이후에는 그 직접적인 영향력 아래에 놓이게 된다. 이러한 만주지역의 성격 변화는

---

83) 『世富蘭偲校友會報』 22호, 1934, 14쪽.
84) 『セブランス聯合醫學專門學校一覽』, 1934, 121쪽.
85) 『セブランス聯合醫學專門學校一覽』, 1940, 133쪽.
86) 『セブランス聯合醫學專門學校一覽』, 1940, 142쪽.
87) 『セブランス聯合醫學專門學校一覽』, 1939, 137쪽.
88) 『セブランス聯合醫學專門學校一覽』, 1939, 138쪽.
89) 『セブランス聯合醫學專門學校一覽』, 1940, 146쪽.

기기서 살았던 우리 민족의 삶의 모습에도 그대로 반영되었다. 세브란스 졸업생들이 이 지역에서 활동한 양상 또한 이러한 만주지역의 성격 변화를 잘 보여줌을 우리는 위에서 알 수 있었다.

그간 한국의 근대의료사는 만주지역을 거의 염두에 두지 않았다. 이곳에서 활동한 소수 한국인 의사들의 활동을 인물사의 관점에서 다루거나 혹은 항일운동사의 관점에서 해방 이전 만주 지역 보건의료사를 다룬 경우는 있었으나[90] 한국 근대의학사의 한 영역으로서 만주의료사를 다룬 경우는 없었다. 세브란스 졸업생에만 한정하더라도 거의 50여 명의 의사가 이 지역에서 활동했다. 여기에 경성의전과 중국, 일본 등 다른 곳에서 의학공부를 한 의사까지 포함한다면 아마도 백여 명이 넘는 한인 의사들이 만주에서 의료활동을 한 것으로 여겨진다. 이 글에서는 광복 이전 세브란스 졸업생들의 활동에 국한하여 살펴보았지만 다른 교육 배경을 가진 한인 의사들의 활동상까지 만주지역의 의료체제 속에 대입해 살펴본다면 보다 총체적인 만주의료사의 서술이 가능할 것으로 생각된다. 이 글이 그 작은 출발점이 되기를 기대해본다.

---

90) 북경대학 조선문화연구소, 『중국 조선민족문화사대계 10, 의료보건사』, 민족출판사, 2005.

참고문헌

Catalogue Severance Union Medical College
『世富蘭偲校友會報』
『セプランス聯合醫學專門學校一覽』
旭醫學專門學校 同窓會, 『同窓會名簿』, 1943.

계봉우, 『꿈속의 꿈』, 강남대학교 출판부, 2009.
국사편찬위원회, 『일제침략하 한국 삼십육년사(3)』, 국사편찬위원회, 1968.
김승태, 「캐나다 장로회의 의료선교」, 『동아시아 역사 속의 선교병원』, 역사공간, 2016.
김정명, 『조선독립운동』 III, 국학자료원, 1980.
박형우, 『근대서양의학교육사』, 청년의사, 2008.
반병률, 「세브란스와 독립운동」, 『연세의사학』 2(2), 1998.
반병률, 「의사 이태준의(1883-1921)의 독립운동과 몽골」, 『한국근현대사연구』 13, 2000.
북경대학 조선문화연구소, 『중국 조선민족문화사대계 10, 의료보건사』, 민족출판사, 2005.
서굉일, 「북간도 기독교인들의 민족운동 연구」, 『한국 기독교와 민족운동』, 보성, 1986.
연세의료원 120년사 편찬위원회, 『인술, 봉사 그리고 개척과 도전의 120년』, 연세의료원,
        2005.
이기서, 『교육의 길 신앙의 길-김필례 그 사랑과 실천』, 북산책, 2012.
이만열, 『한국기독교의료사』, 아카넷, 2003.
이자해, 『이자해 자전』, 국가보훈처, 2007.
한석정, 『만주모던』, 문학과지성사, 2016.

제2부

윤동주의 공간(2)-
연전과 교토, 송몽규

윤동주 문학과 연희전문 학풍

1. 머리말

윤동주가 민족주의자들이 모여 살던 명동촌에서 태어나 명동학교를 졸업하면서 조선어를 잘 배웠으므로 「서시」를 비롯한 아름다운 한글시를 지을 수 있었다고 많이들 알고 있다. 그러나 윤동주는 중국 용정현에서 태어나 일본 도쿄와 교토에 유학하다가 후쿠오카 형무소에서 순국한 시인으로, 그가 조선에 살았던 기간은 4~5년에 지나지 않는다. 그렇다면 그의 아름다운 한글시는 어디에서 어떤 과정을 거쳐 만들어졌을까?

선교사들은 선교지에 도착하기 전에 해당 국가의 언어를 미리 배운다. 언어를 알아야 주민들에게 접근할 수 있기 때문이다. 조선어 학습교재가 없던 시기에 입국한 선교사들은 간단한 의사소통을 위하여 교단마다 이중어사전을 편찬하였는데, 천주교에서는 리델의 『한불ᄌ뎐』(1880), 개신교에서는 언더우드의 『한영ᄌ뎐』(1890), 스캇의 『영한ᄌ뎐』(1891), 게일의 『한영ᄌ뎐』(1897), 존스의 『영한ᄌ뎐』(1914)[1] 등이 잇달아 출판되었다.

1884년 조선에 도착한 언더우드는 상당히 빠른 속도로 조선어를 배워 1년만에 제중원에서 물리와 화학을 조선어로 가르쳤으며, 아펜젤러와 함께

---

[1] 이 사전들은 다른 사전들과 함께 박문사에서 『한국어의 근대와 이중어사전』이라는 영인본 전집으로 간행되었다.

「마가복음」을 번역히였다. 3년만에 조선어문법 관련 책 2권과 한영(韓英) 및 영한(英韓) 사전도 편찬하였는데, 조선어 학습에 그치지 않고 산골마을까지 찾아다니며 조선을 연구하였다. 선교 차원의 방문이었지만, 그가 조선문화를 체험하고 『한국 개신교 수용사(The Call of Korea)』(1908)를 발표했기에 조선(동양)과 서양의 낯선 만남이 융화될 수 있었다.[2]

원한경(元漢慶)은 교장 취임사에서 "우리는 서양인으로 이곳에 오는 것을 요구치 않고 조선사정에 깊이 동정하고 그리스도의 정신을 가지고 온 이를 환영합니다. … 이 학교가 이러한 통일적 이상 아래 설립된 것은 그 역사를 아는 이에게 명백히 들어나는 사실이올시다."[3]라고 말했는데, 이는 선교사들의 연합선교와 연합교육만을 강조한 것이 아니라, 연희전문의 교육방침을 다른 식으로 천명한 것이기도 하다.

연희전문의 설립자 언더우드는 대학과 전문학교의 차이를 알았기에 사립대학을 설치하려고 애썼지만, 총독부의 교육방침에 따라 끝내 사립대학 인가를 받을 수 없었다. 학자를 양성하는 것이 목표가 아니라 전문인을 양성하는 것이 목표였던 전문학교에서 학풍(學風)이라는 말이 가능한가? 교수에게는 가능하겠지만, 학생에게도 가능한가? 중국 땅에서 조국으로 유학온 윤동주의 예를 들어서, 연희전문의 문학 및 어학 교육을 통해 '동서고근의 화충'이 어떻게 실현되었는지 찾아보기로 한다.

2. 한문시대 서양 유학생 출신 교수들의 합류

당시 조선 지식인들은 서양 선교사가 세운 연희전문이 서양식 교육을

---

2) 허경진, 「연희전문의 문학 교육에서 보여진 동서고근 화충의 실제」, 『일제하 연세학풍과 민족교육』, 혜안, 2015, 143쪽.
3) 『延禧同門會報』 3, 1935.

할 것이라고 생각하였다. 그러나 상황보고서에서 밝힌 교육방침은 동양과 서양의 화충이었다.

本校는基督敎主義下에東西古近思想의和衷으로文學, 神學, 商業學, 數學, 物理學 及化學에 關한專門敎育을施하야宗敎的精神의發揚으로써人格의陶冶를期하며 人格의陶冶로브터篤實한學究의成就를圖하되學問의精通에伴하야實用의能力 을幷備한人材의輩出노써敎育方針을삼음[4]

1) 백낙준 교수의 수학과정

'동서 고근의 화충'이라는 교육방침을 실현하려면 당연히 동양교육을 받은 교수와 서양교육을 받은 교수들이 함께 가르쳐야 했다. 선교사들은 서양식 교육을 받은 교수였지만, 한국인 교수들은 유학생을 임용해야 했다. 연희전문은 1910년대에 유학생을 교수로 대거 받아들였는데, 그들이 유학 을 떠나기 전의 조선사회는 한문학시대였으므로 대부분 한문학적 소양을 지닌 상태에서 서양학문을 받아들였다. 연희전문의 교육방침 이전에, 교수 자신이 동서 고근의 화충을 체현한 것이다. 그러한 예를 백낙준(白樂濬, 1895~1985)에게서 찾아볼 수 있다.[5]

백낙준은 1910년 평안도 선천의 신성중학에 입학하여 윤산온(尹山溫, George S. McCune) 선교사의 지도를 받고, 중국 톈진신학서원(天津神學書院)에 유학하여 중국어와 영어 강의를 들었다. 1927년 예일대학교 대학원에 서 철학박사학위를 받았는데, 한국사를 연구하면서 서양의 기독교가 한국 에 어떻게 들어와 발전했는지를 박사논문 주제로 삼았다. 그는 조선어학회

---

4) 연세대학교 박물관 편, 「延禧專門學校狀況報告書」1932, 「本校敎育方針」, 『연희전문학 교 운영보고서(下)』, 선인, 2013, 30쪽.

5) 허경진, 앞의 글, 145쪽.

회원, 영국 횡실이주학회 한국지부 이사, 진단학회 발기인 등으로 폭 넓게 사회활동을 펼쳤는데, 이러한 활동 역시 '동서 고근의 화충'을 연희전문 캠퍼스에 국한시키지 않고 조선사회로 확장한 결과라고 볼 수 있다.[6]

2) 4년과정을 통한 영어와 한문, 조선어 강의시간

동양과 서양을 제대로 배우려면 언어 교육이 필수적이다. 전문학교는 3년과정이었지만, 연희전문의 문과는 동서양 언어교육에 많은 시간을 배정했기에 4년과정이었다. 1921년 학칙을 보면 매학년 영어(英語 : 讀方, 會話, 解釋, 書取, 暗誦, 作文) 5시간, 영문학(英文學 : 文法, 書取, 作文) 3시간씩 배정하여 매주 8시간씩 4년을 가르쳤다. 한문(漢文) 3시간도 1~2학년에는 독방(讀方)과 해석(解釋), 3학년에는 저술(著述)을 가르쳐, 읽고 쓰기에 부족함이 없게 하였다.

경성제국대학은 1926년에 설립되었는데, 일제가 제국대학을 설립한 것은 "국가의 필요성에 부응하는 학술기관으로서"의 연구중심적 성격과 식민관료의 형성을 위한 법학중심적 성격 때문이었다. 경성제국대학은 대학이 위치하고 있는 지리적 조건을 명분으로 하여 '조선문화연구'라는 학술 연구의 사명을 부여받았는데, 이것은 경성제국대학의 초대 총장이었던 핫토리(服部宇之吉)의 "지나와의 관계, 또 한편으로는 내지와의 관계로 널리 여러 방면에 걸쳐 조선연구를 행하고 동양연구의 권위가 된다고 하는 것" 등의 시업식 훈사에도 잘 나타나고 있다.[7]

연희전문 1932년도 문과 입학시험에 조선어과목이 추가되었다. 최현배 교수는 '조선사람이 조선어를 얼마나 아는'지를 제기하고, "전문학교에 입학

---

6) 허경진, 위의 글에서 일부 요약하여 인용하였다.
7) 정선이, 「연희전문 문과의 교육」, 『근대학문의 형성과 연희전문』, 연세대학교출판부, 2005, 64~65쪽.

을 지원하는 조선 청년의 조선말에 대한 이해력과 사용력이 얼마" 정도 되는지를 알아보고자 조선어 시험을 출제했다고 하였다. "전문학교 입시에 조선어 과목이 포함된 것은 연희전문이 처음이었다. … 조선어를 출제함으로써 이에 대비하는 일반 학생들의 한글 실력을 높이려 했던 연희전문 문과의 민족주의적 성향을 읽을 수 있다."(『한글』 1-2, 1932)[8]

총독부에서 1938년부터 조선어 교과과정을 개설하지 못하게 하였지만, 연희전문에서는 1938년 11월에 학칙을 개정하여 문과에 조선어를 개설하였다. 윤동주 재학시절의 조선어와 한문 강의시간의 변화는 아래와 같다.

1939년 : 조선어(문법, 조선문학) 1-2학년 3시간씩, 3-4학년 2시간씩
　　　　　한문(한문학사, 강독) 1-2-3-4학년 2시간씩
1940년 : 한문학(강독, 작문, 한문학사) 1-2-3-4학년 2시간씩
　　　　　문학개론 1학년 2시간,
　　　　　조선문학 1학년 3시간, 2학년 2시간씩(학칙개정, 일본문학 필수)
1942년 : 국문학 유지, 문학개론(2시간) 외에 한문(8-6시간),
　　　　　조선문학(5-4시간)은 이수학점이 줄어들었음(3년 과정으로 단축)

학생들이 4년 동안 수준 높은 영어와 한문, 조선어를 배웠기에 다른 대학이나 전문학교에 비해 상대적으로 많은 유학생이 배출되었고, 20년대 졸업생 5명이 30년대에 모교로 돌아와 자연스럽게 '동서 고근의 화충' 대열에 참여하였다.

---

8) 정선이, 위의 글, 50쪽.

3) 정인보 교수의 교지 『연희(延禧)』 편집 지도

'동서 고근의 화충'은 교지 『연희(延禧)』의 목차에서도 드러난다. 1922년에 창간된 『연희』는 당시로는 보기 드물게 10년 동안 8호나 지속되었는데, 창간사를 보면 "經綸해온지는 임이 四五星霜을 지내엿건만 성의가 未到함이엿던지 時機가 尙早함이엿던지" 4~5년 준비 끝에야 나왔음이 밝혀진다. 개교 직후부터 교지 발간을 준비하다가 3·1운동 때문에 무산되었는데, 1923년에 임시호를 내면서 편집 지도교수 정인보는 이렇게 말했다.

> 뺏기고 아니뺏기는 것이 사회에 무삼 影響이 업다는 『延禧』에서 나는 大新聞에 보지 못할 時代反映을 보앗노라. … 檢閱官눈에는 엇더케 놀라히 보이엇든지 약한힘을 구차히 모아서 간신이 백힌 이 雜誌를 쉽사리 빼아서바리엇는데 … 學生들은 또다시 心血을 쏘다서 若干存拔을 지난뒤에 臨時號를 박으랴하는 것을 보고 나는 이로써 現代朝鮮의 眞面을 비초이는 鏡臺라하얏노라.[9]

『연희』에 실린 글의 제목을 일부 소개하면 다음과 같다.

李順鐸　社會主義의 分析

빽 커　星과 電子論

朴承哲　太陽의 老衰率에 對한 放射能의 蓋然的 效果 (이상 2호)

盧東奎　現朝鮮 産業 現狀態에 如何한 關稅政策을 取할가

李殷相　支那 小說戲曲의 起源

尹正夏　朝鮮貨幣의 沿革에 就하야 (이상 3호)

林炳斗　經濟上으로 본 朝鮮人의 衣服問題 (6호)

---

9) 정인보, 「延禧臨時號 발간에 대하야」, 『延禧』 2호, 1923, 2쪽.

金允經　訓民正音創作에 對한 異說

金榮吉　朝鮮 酒類 釀造業에 對한 考察

白南煥　朝鮮經濟의 將來性 (이상 7호)

이 글들의 공통점이 바로 '동서 고근의 화충'인데, 학생들의 편집을 지도하던 정인보 교수는 편집실의 분위기를 이렇게 소개하였다.

朴術音君의 애쓰던 얼골이 밤으로 보고싶고 廉亨雨君의 原稿넘기던 손이 별안간 그립습니다. 이번 號를 마터내이는 金致善君이 編輯에나 校正에 수고로움이 만흐나 前號때 功勞者인 저들이 한칭 더 생각납니다.[10]

이 글을 통해서 정인보 교수가 몇 년째 학생 편집위원들과 함께 편집에 깊이 관계했음을 알 수 있다. 시인 박용철이 3호에 「해피나라」라는 동화극을 실었는데, 그가 뒷날 『시문학』의 동인으로 한문학자 정인보를 추대한 것도 이러한 인연 덕분이다.

3. 문과 강의실의 정인섭과 손진태

정인섭(鄭寅燮, 1905~1983)은 와세다대학 영문과를 졸업한 서양문학 전공자였지만, 자신의 학문적 사명을 '세계문학'에 두었다. 조선의 근대문학을 발전시키기 위해서는 서양의 문학을 번역해야 했기에 해외문학파의 주역으로 활동했지만, 궁극적인 목표에는 한국 고전의 영어 번역도 포함되었다. 그는 1927년에 발표한 「飜譯藝術의 有機的 機能」이라는 글에서

---

10) 정인보, 「序言」, 『延禧』 5호, 1925, 3쪽.

문학주의의 일도를 내포하고 개관적 견지에서 외국 것을 한국화하고 한국
　　　것을 외국화하는 데 그 종합적 명제의 焦點과 目標가 있어야 하겠다.

고 주장하였다. 그는 시조를 영어로 번역하면서 영어권 독자들이 감정적으
로 받아들일 수 있는 적당한 형태를 만들어내기 위해 많이 고심하였다.
「시조 영역론」에서 "시조의 특수성을 인정하여 그것의 본질 내지 외형적
효과를 영시(英詩型) 속에 전환시켜야 한다"고 주장하였다.11) 그가 생각한
'세계문학'은 한국의 독자가 서양문학을 읽고 서양의 독자가 한국문학을
읽게 되는 것이다.

　정인섭은 한국 시가를 영어로 번역하는 일에만 힘쓴 게 아니라, 한국
민속을 조사하는 일에도 앞장섰다. 그와 함께 민속조사를 주도한 손진태(孫
晉泰)는 중학 시절에 주시경에게서 조선어를 배웠다. 와세다대학 사학과에
유학하여 학위를 받고, 1933년에 귀국하여 이듬해부터 연희전문에서 동양
사를 강의하였다. 그의 학문적 관심이 학부 시절부터 민속학으로 기운
것은 역사를 자유롭게 연구할 수 없었던 식민지 상황에서 민족 연구를
위한 방법이기도 했다.

　그는 설화뿐만 아니라 시조에도 관심을 가졌다. 「시조와 시조에 표현된
조선사람」(『新民』, 1926년 7월)이라는 글에서 우리의 민족성이 시조에 잘
나타나 있다고 설명하더니, 이듬해 발표한 글에서는 이미 시효가 지난
조선시대의 시조 형태만 고집하지 말고 새로운 형태를 개발하자고 주장하였
다.12)

　정인섭과 손진태는 전공분야가 다른 서양문학과 동양사 교수였지만 조선
민속조사를 함께 다녔다. 정인섭이 1927년 도쿄 니혼서원(日本書院)에서 『온
돌야화(溫突夜話)』라는 설화집을 간행하자, 손진태는 1928년 「온돌예찬」에서

---

11) 정인섭, 『비소리 바람소리』, 정음사, 1968, 76쪽.
12) 손진태, 「반드시 古型을 固執함은 退步」, 『新民』, 1927년 3월호, 83~85쪽.

"온돌은 조선 문화의 '태반(胎盤)'이자 '자모(慈母)'다."라고 온돌을 칭찬하였다.

『남창 손진태선생 유고집』에서 문학 관련 논문은 제2권 『우리의 역사와 문화』에 실렸는데, 이 가운데 민속과 문학이 만나는 접점은 '무당(巫堂)－무당노래(巫歌)－민요(民謠)－동요(童謠)'로 이어진다. 1938년 입학한 윤동주의 동기생 김삼불(金三不, 1920~?)을 비롯하여 강한영(姜漢永, 1913~2009), 정병욱(鄭炳昱, 1922~1982) 등의 판소리 1세대 연구자들이 모두 연희전문 문과에서 이 시기에 문학을 배웠다는 사실이 우연만은 아니다. 김삼불은 김일성종합대학, 강한영은 중앙대학, 정병욱은 연희대학을 거쳐 서울대학에서 판소리를 비롯한 한국고전문학을 가르쳐, 연희전문의 국학연구가 풍성한 결실을 맺게 하였다.[13]

1938년 4월에 입학한 윤동주가 첫 번째 여름방학에 고향 용정에 돌아와, 광명학원 중학부 2년 후배인 장덕순에게 연희전문 이야기를 들려주었다. "당시 만주땅에서는 볼 수 없는 무궁화가 캠퍼스에 만발했고, 도처에 우리 국기의 상징인 태극 마크가 새겨져 있고, 일본말을 쓰지 않고, 강의도 우리말로 하는 '조선문학'도 있다는 등등 … 나의 구미를 돋우는 유혹(誘惑)적인 내

〈그림 1〉 백양로 돌계단 표지석

---

13) 허경진, 앞의 글, 154쪽.

용의 이야기를 차분히, 그러나 힘주어서 들려주었다."14)

외솔 최현배의『우리말본』강의도 감격적이었지만, 손진태의 퀴리부인 이야기도 학생들을 울렸다. 정인섭은 문학개론 학기말시험에 작문 제목을 내주어 이론이 아닌 창작을 유도했는데, 윤동주의 답안지「달을 쏘다」가 그대로 신문에 게재되었다.15) 서양식 석조건물인 기숙사에 살며 달밤에 솔숲을 내다보며 지은 글인데, 이듬해인 1939년 1월 23일자『조선일보』학생란에 발표되었다. 정인섭은 제자 윤동주에게 강의만 한 것이 아니라 시인의 길로 들어서게 만든 것이다.

4. 한문학 소양 속에 기독교를 받아들인 윤동주의 시

1) 윤동주가 받아들인 한문학 소양

윤동주가 태어난 명동촌은 두만강변의 회령과 종성에 살던 학자 문병규, 김약연, 남도천, 김하규가 가족 141명을 이끌고 강 건너 정착하면서 1899년 2월 18일에 시작되었다. 이들은 학전(學田)부터 떼어놓은 뒤에 각 집안의 땅을 분배했으며, 학전을 바탕으로 세 군데 서당을 세우고 한학(漢學) 책을 사다가 자제들을 가르쳤다. 뒷날 서당이 한 군데로 합해지면서 명동서숙(明東書塾) 이름을 따서 명동촌이라는 이름이 생겨났다. 1년 뒤에 윤씨네 18명이 이사왔는데, 윤하현의 맏아들 윤영석이 김약연의 누이동생 김용과 결혼하였다. 그 사이에서 태어난 맏아들이 바로 윤동주이다.16)

1931년에 명동소학교를 졸업한 윤동주는 명동에서 10리 떨어진 화룡현

---

14) 장덕순,「윤동주와 나」,『나라사랑』23집, 1976, 143~144쪽.
15) 유영,「연희전문 시절의 윤동주」,『나라사랑』23집, 1976, 122~126쪽.
16) 허경진, 앞의 글, 158쪽.

따라즈(大拉子)의 중국인 소학교에 6학년으로 편입해 계속 공부했다. 김석관이 후일 윤동주 비문에서 '화룡현립 제일교 고등과'라고 표기한 학교가 바로 이 학교이다. 명동촌에서 조선어로 생활하고 학습하던 윤동주는 자연스럽게 중국어를 쓰며[17] 중국 아이들과 어울렸는데, 그러한 기억이 뒷날 그의 대표작 가운데 하나인 「별 헤는 밤」에 나타난다.

별 하나에 追憶과
별 하나에 사랑과
별 하나에 쓸쓸함과
별 하나에 憧憬과
별 하나에 詩와
별 하나에 어머니, 어머니

어머님, 나는 별 하나에 아름다운 말 한마디씩 불러봅니다. 小學校때 冊床을 같이 했던 아이들의 이름과, 佩, 鏡, 玉 이런 異國少女들의 이름과 벌써 애기 어머니 된 계집애들의 이름과, 가난한 이웃사람들의 이름과, 비둘기, 강아지, 토끼, 노새, 노루, 프랑시스 쟘, 라이너 마리아 릴케, 이런 詩人의 이름을 불러봅니다.

전문학교 졸업반이 된 윤동주는 별 하나에 아름다운 말 한 마디씩 찬찬히 불러보다가 소학교 때 책상을 같이 했던 중국 소녀들의 이름에 이르러선 감정이 흘러넘쳐 걷잡을 수 없이 패(佩), 경(鏡), 옥(玉) 등의 이름을 산문체로

---

17) 윤동주는 이미 명동소학교 시절부터 중국어와 일본어를 정규과목으로 배웠다. 1915년에 발표된 중국 정부의 '교육법'에 따라 중국어는 반드시 가르쳐야 하는 정규과목이었다.(송우혜, 『윤동주평전』, 푸른역사, 2004, 86쪽) 그러다가 중국인 학교로 전학하면서 생활 자체가 중국어로 바뀌었다.

주위섬겼다. 사무라이 낭인이 세운 광명학원 중학부에서 일본어 교육을 받다가 연희전문학교에 와서 조선어 교육을 받으면서 그의 시가 부드러운 한글투로 바뀌었지만, "佩, 鏡, 玉 이런 異國少女들의 이름"에 이르러선 한자어들이 자연스럽게 내뱉어진 것이다.

윤동주는 연희전문학교 문과 시절에 한문과 중국어 성적이 뛰어났는데, 명동촌의 서당 분위기와 중국인 학교를 다녔던 학업과정이 그에게 많은 영향을 끼쳤던 것으로 보인다. 그가 나중에 전공으로 선택한 영어보다 한문(85, 90, 90, 90) 성적이 더 높으며, 중국어(지나어 98, 96)도 만점에 가까워 전체 과목 가운데 조선어 다음으로 높다. 그의 시에서 한문학적인 배경, 동(東)과 고(古)의 영향을 무시할 수 없다는 증거이다.[18]

윤동주의 자필 시고를 열람한 오오무라 마스오는 윤동주의 한자 사용법을 정자체(正字體), 오자 및 오용 한자, 중국식 서사체자(書寫體字)와 이체자(異體字), (개인적인) 필기 습관[19]의 네 가지로 나누었다. 오오무라 마스오는 그 맺음말로 "일본인이 통상 사용하지 않는 중국식 서사체(후에 簡体字)나 한어(중국어)가 사용되고 있는 점이 흥미롭다"고 했는데, 이는 그가 일본인이 아니라 중국에서 교육받고 자란 조선인이었기 때문에 가능했다.

윤동주는 방학이면 외삼촌 김약연 목사에게 한문을 배웠는데, 아우 윤일주는 『시전(詩傳)』을 끼고 다니던 형의 모습을 기억하였다.[20] "『시전(詩傳)』을 배웠다"고 한 것을 보면 단순한 한문 학습이 아니라 주자(朱子)의 주(註)까지 배울 정도로 수준이 높았던 듯하다. 전문학교 시절에 『시전(詩傳)』을 배웠으니 윤동주의 시인 형성에 중요한 요소가 되었음이 당연하다.

그가 29세 되던 1945년 2월 16일 후쿠오카 형무소에서 세상을 떠나자, 시신을 고향으로 옮겨와 3월 6일 용정 동산의 중앙교회 묘지에 유해를

---

18) 허경진, 앞의 글, 160~161쪽.

19) 오오무라 마스오, 『윤동주와 한국문학』, 소명출판, 2001, 106~108쪽.

20) 윤일주, 「윤동주의 생애」, 『나라사랑』 23집, 1976, 158쪽.

안장하였다. 6월 14일 '詩人尹東柱之墓'라고 새긴 비석을 무덤 앞에 세웠는데, 윤영석과 함께 북경 유학을 하고 돌아와 명동학교 교사로 재직했던 김석관(金錫觀)이 비문을 짓고 글씨를 썼다. 죽어서도 비문이 한문으로 지어졌으니, 그가 한문학세대였음은 분명하다. 다만 그의 집안에서는 그가 한문이 아닌 한글로 시 쓰는 것을 이해하여, "영민하여 배우기를 즐긴데다 신시(新詩)를 더욱 좋아하여 작품이 매우 많았다"고 평가했다. 비문은 고인의 한평생을 가장 간결한 문장으로 기록하는 문체인데, 문단에 등단하지 못한 문학청년을 시인으로 인정한 것이다.

〈그림 2〉 윤동주 묘비 뒷면

2) 영문학과 기독교 교육

윤동주는 가정에서 할아버지 윤하현 장로와 외삼촌 김약연 목사의 신앙교육을 받으며 자랐고, 유아세례를 받고 명동교회에 등록한 뒤 9세 되던 1925년에 기독교 학교인 명동학교에 입학했다. 캐나다 선교부가 운영하는 은진중학에 다니다가, 3학년 때인 1935년 9월에 미국 장로교 선교사가 운영하는 평양 숭실학교에 편입하였나. 당시로서는 드물게 영어를 가까이 했지만, 이 시기의 습작시에서는 기독교 분위기가 두드러지게 드러나지 않는다.

총독부가 숭실중학에 신사참배를 강요하자 윤동주는 1936년에 자퇴하고 용정으로 돌아와 광명학원 중학부 4학년에 편입했는데, 일본 낭인(浪人) 히다카 헤이고로가 설립한 학교였다. 대학이나 전문학교 입학자격을 얻기 위해 편입한 것인데, 그해 6월 10일에 쓴 시 「이런 날」은 한자 투성이이다.

윤동주는 연희전문 1학년부터 영문법, 영독(英讀), 영작, 영회(英會) 등 네 과목이나 배웠다. 영어로 읽기, 쓰기, 짓기, 말하기를 배웠던 것이다. 영문과라고 해야 맞을 정도로 영어 관련 과목이 많은데, 연희전문의 영어 교육을 바탕으로 윤동주는 일본 릿쿄대학 영문과로 유학을 떠났으며, 도시샤대학 편입도 영문과로 했다.

윤동주에게 영어와 함께 '서(西)'의 한 축을 이룬 과목은 문과 4년 동안 계속 배웠던 성서(聖書)이다. 그가 소장하고 있던[21] 研究社版 영어성경 『The Bible』이 영문학총서 1권으로 출판된 것도 그에게 있어서 기독교와 문학의 관계를 보여준다. 문과 1학년 첫 학기에 '성서' 강의를 들으면서 「마태복음」 14장 25절부터 33절까지 실린 이적을 소재로 하여 처음으로 「異蹟」이라는 제목의 기독교적인 시를 썼다. 그러나 "戀情, 自惚, 猜忌, 이것들이/ 자꾸 金메달처럼 만져지는구려."라는 구절에서 보이듯이, 기독교가 소재로만 쓰였을 뿐이지 한 편의 시로 형상화되지는 못했다. 그랬기에 『하늘과 바람과 별과 詩』를 편집할 때에 이 시를 싣지 않았으며, 독자들의 눈을 끌지 못했다.

문과 졸업을 앞두고 지은 시 「별 헤는 밤」에 "비둘기, 강아지, 토끼, 노새, 노루, 프랑시스 쟘, 라이너 마리아 릴케, 이런 詩人의 이름을 불러봅니다."라는 구절이 자연스럽게 나오는 것은 중학생 시절에 『백석시집』을

---

21) 윤일주는 형 윤동주가 소장했던 책이 800권이나 된다고 했는데, 현재 연세대학교 학술정보원 국학자료실에 윤동주의 장서 42권이 소장되어 있다.

필사하면서 「흰 바람벽이 있어」라는 시에서 '프랑시쓰 쨈'과 '라이넬 마리아 릴케'를 알았기 때문이다. 그가 소장했던 『朴龍喆全集』에 문과 선배 박용철이 번역한 라이너 마리아 릴케의 시가 8편 실려 있지만, 1939년 5월에 출판된 이 전집을 1942년 2월에 구입했으니 「별 헤는 밤」을 짓기 전에는 보지 못했을 것이다. 시오야 다로가 번역한 『기수 크리스토프 릴케의 사랑과 죽음의 노래』(昭森社, 1941년 4월 30일)를 발행 직후인 5월 4일에 구입했으니, 릴케의 시는 일본어 번역으로 읽은 듯하다.

3) 동양 고전과 기독교의 만남 「서시」

윤동주가 연희전문 졸업기념으로 출판하려 했던 시집의 처음 제목은 「病院」이니, 전문학교 시절에 지은 시 가운데 19편을 뽑고, 그 가운데 그 작품이 그 시기의 자신과 조선 사회를 가장 잘 나타낸다고 생각해서 그 제목을 붙인 듯하다.

조선을 병든 사회라고 본 배경에는 식민지라는 현실도 있었지만, 신앙에의 회의도 있다. 송우혜는 "1940년 12월에 쓰여진 윤동주의 시 「팔복」은 한민족이란 거대한 민족공동체가 겪고 있는 처참한 고난의 현장에서, 그런 고난에 대해 침묵하고 있는 신에게 저항한 시"[22]라고 해석하였다. '슬퍼하는 자는 복이 있나니'라는 구절만 여덟 번을 똑같이 되풀이한데다, '저희가 永遠히 슬플 것'이라고 예언했기 때문이다. 그러나 "이러한 고뇌와 도전과 탐색을 거쳐서 1941년에 윤동주는 그의 갈 길을 찾았다. 신앙도 회복했다."[23]

회의를 거치고 1년 뒤에 쓴 「序詩」[24]는 병원에서 벗어나 있다. 기독교

---

22) 송우혜, 앞의 책, 280쪽.
23) 송우혜, 위의 책, 283쪽.
24) 널리 알려진 「序詩」를 편의상 제목처럼 표기했지만, 윤동주 자신은 이런 제목을 붙인 적이 없다. 十行井字 標準規格A4 원고지 첫 장에 『하늘과바람과별과詩』라는 제목과 '鄭炳昱兄 앞에'라는 헌사를 쓰고, 다음 장에 제목이 없는 이 시를 쓴 뒤에

신앙을 다시 찾은 이 시는 '序詩'라는 제목 자체가 상징적이다.

한문 문체 가운데 하나인 서(序)에는 세 가지 종류가 있다. 시문집 머리말만 서(序)라고 한 것이 아니라, "親友를 餞送할 때에 서로 詩歌를 지어서 惜別의 뜻을 말한 것이 卷帙이 이룩되면 어떤 이가 序를 써서 그 緣起를 敍述"[25]한 증서(贈序)도 역시 서(序)의 한 형태이다. 증서 가운데 시로 쓴 서가 바로 서시이니, "모헌(毛憲)이 장사(長沙)의 수령으로 나가면서 한나라 평원군(平原君)에게 사례하여 이르기를, '호남 땅 2000리 여정에 서시(序詩)는 다행히 창려(昌黎)에게 부탁합니다만, 평원의 식객 19인 중에서 모수(毛遂)와 같이 뛰어난 사람이 있기를 바랍니다.'라고 하였다"[26]는 서시(序詩)는 먼 길 떠나는 나그네에게 지어주던 증서(贈序)를 시(詩) 형태로 지어준 예이다.

윤동주가 남의 시축 앞에 서문 삼아 지어주던 한문학의 관습을 알고 서시(序詩) 성격의 시를 지었는지는 알 수 없지만, 마지막 시 「별 헤는 밤」을 1941년 11월 5일에 짓고 「序詩」를 11월 20일에 지은 것을 보면, 「病院」처럼 대표작을 뽑아 그 제목으로 시집의 제목을 삼은 것이 아니라, 시집 전체를 상징하는 새로운 시를 서문(序文) 삼아 지었음을 알 수 있다. 서문

「自畵像」이라는 시부터 제목이 함께 실려 있다. 따라서 윤동주의 자필 시를 새긴 연세대학교 윤동주시비나 일본 도시샤대학 윤동주시비에도 당연히 「序詩」라는 제목이 없다. 정음사에서 윤동주 3주기에 맞춰 『하늘과 바람과 별과 詩』 출판을 서두르다가 제작이 늦어지자 제목도 없이 첫 페이지에 실린 이 시의 성격을 확실하게 규정하지 못하고 "序詩"라고 어정쩡하게 제목을 붙였을 가능성도 있다. 이 시집을 처음 출판한 정음사 최영해 사장의 장남 최동식은 "시집의 본문을 다 만들어 발간일을 1월30일로 잡았는데 표지 때문에 발간을 못하고 있다가 동대문 시장에서 구한 갈포벽지로 추정되는 섬유질로 된 벽지를 마분지에 입혀 표지를 만든 뒤 시집 10권을 급하게 제본해 3주기 추도식에 가져갔다"고 전했다. 최영해 탄생 백주년을 기념해 최동식이 공개한 『하늘과 바람과 별과 詩』 초판본은 그 동안 알려졌던 초판본과 표지가 다르다. 『서울신문』 2014년 10월 27일 기사 "'하늘과 바람과' 최초본 윤동주 3주기 추도식에 헌정" 참조할 것.
그러나 윤일주는 원고본에서 「序詩」라는 제목을 보았다고 했으니, 윤동주가 지녔던 원고본에는 정병욱에게 준 원고본과 달리 「序詩」라는 제목을 썼을 가능성도 있다.

25) 李家源, 『韓文學硏究』, 探究堂, 1969, 630쪽.
26) 李裕元, 『林下筆記』 卷一 「評文」.

삼아 시를 지은 발상 자체가 신선한 작품이다.[27]

　　죽는 날까지 하늘을 우르러
　　한 점 부끄럼이 없기를,
　　잎새에 이는 바람에도
　　나는 괴로워했다.
　　별을 노래하는 마음으로
　　모든 죽어가는것을 사랑해야지
　　그리고 나안테 주어진 길을
　　거러가야겠다.

　　오늘밤에도 별이 바람에 스치운다.

　이 시는 윤동주가 즐겨 읽었던 『맹자』의 한 구절로 시작된다. 『맹자』
「진심(盡心)」장 '군자삼락' 가운데 "하늘을 우르러 부끄럽지 않고(仰不愧於天)
사람을 굽어보아 부끄럽지 않은 것이(俯不怍於人) 두 번째 즐거움이다(二樂
也)" 하였으니, 이 구절을 그대로 따온 것이다. 삼경(三經)인 『시전(詩傳)』을
배우기 전에 사서(四書)인 『맹자』를 읽는 것이 상식이고, 연희전문에서
4년 동안 한문을 배웠으니 이 시를 지을 즈음에는 당연히 『맹자』를 몇
번은 읽었을 것이다.[28]
　실제로 윤동주가 보던 책 『예술학(藝術學)』 표지 오른쪽 하단에 『맹자』의
구절이 친필로 쓰여 있다.

　　孟子曰. 愛人不親. 反其仁. 治人不治. 反其智. 禮人不答. 反其敬. 行有不得者. 皆反求諸

---

27) 허경진, 앞의 글, 170쪽.
28) 허경진, 위의 글, 170~171쪽.

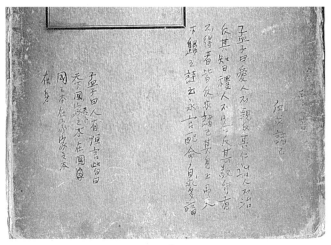

〈그림 3〉 윤동주 소장 『예술학(藝術學)』 표지

己.其身正而天下歸之.詩云.永言配命.自求多福.

맹자가 말했다. "남을 사랑했건만 가까워지지 않으면, 자기의 어진 마음씨가 모자라지나 않았는가 반성하라. 남을 다스렸건만 잘 다스려지지 않았으면, 자기의 지혜가 모자라지나 않았는가 반성하라. 남에게 예의를 지켰는데도 그가 예로써 답하지 않으면, 자기가 공경스레 대하지 않았는가 반성하라. 행하고도 기대했던 결과를 얻지 못하게 되면, 그 까닭을 모두 자기 자신에게서 찾으라. 자기의 몸가짐이 올바르면 천하의 사람들이 그에게 모여든다. 『시경』에서도

　길이 길이 천명을 받들어

　스스로 많은 복을 구하라.

라고 하였다." (필자 역)

이 글의 앞에는 '反求諸己'라는 제목을 썼는데, 『맹자』에는 이 구절이 두 차례 나온다. 「공손추(公孫丑)」장에서는 활을 쏘아서 맞지 않으면 실수한 까닭을 자신에게서 찾으라는 뜻으로 썼는데, 윤동주가 베껴놓은 「이루(離婁)」

장에서는 남을 사랑해도 가까워지지 않으면 그 이유를 자신에게서 찾으라는 뜻으로 썼다. 애(愛)와 인(仁)을 함께 쓴 것만 보아도 알 수 있는 것처럼, 기독교의 박애정신과 통하는 구절을 유교 경전에서 찾아 쓴 것인데, "잎새에 이는 바람에도/ 나는 괴로워했다."는 구절과 절묘하게 이어진다.[29]

『예술학(藝術學)』 표지 왼쪽 하단에도 『맹자』의 구절이 쓰여 있다.

> 孟子曰. 人有恒言. 皆曰天下國家. 天下之本在國. 國之本在家. 家之本在身.
>
> 맹자가 말했다. "사람들이 늘 하는 말이 있는데, 모두들 '천하 국가'라고 한다. 천하의 근본은 제후의 나라에 있고, 나라의 근본은 대부의 집안에 있으며, 집안의 근본은 자기 자신에 있다."

이 구절도 「이루(離婁)」장에서 베낀 것인데, 모든 근본이 나라나 집안에 있는 것이 아니라 자기 자신에게 있다는 뜻이니 결국 '反求諸己'와 같은 의미이다.

윤동주가 잎새에 이는 바람에도 괴로워 한 이유는 하늘을 우러러 한 점 부끄럼이 없기 위해 끊임없이 애썼기 때문이다. 예수는 제자들에게 "하늘에 계신 너희 아버지의 온전하심과 같이 너희도 온전하라"(마5 : 48)고 가르쳤으며, 사도 바울은 히브리인들에게 "완전한데 나아갈지니라"(히6 : 2)라고 권면하였다. '완전'이란 "고정적"인 표준이기도 하지만, 기독교인의 이상은 이미 되어 있는 것이 아니라 끝없이 추구하는 어떤 것이다. 한동안 기독교에 회의를 느꼈던 윤동주는 이제 "모든 죽어가는 것을 사랑"할 수 있게 된 것이다.[30] 맹자는 즐겁다고 했는데 윤동주는 괴롭다고 했으니, 이는 남에게 부끄러움이 없기를 추구한 유학과 자신에게 부끄러움이 없기를 추구한 기독교의 거리이기도 하다.

---

29) 허경진, 위의 글, 171쪽.
30) 허경진, 위의 글, 172쪽.

5. 독자에게 떠오르는 윤동주의 이미지, 별·부끄러움·성찰

윤동주의 시가 후배 정병욱의 노력으로 중고등학교 국어 교과서에 실리면서 대부분의 국민들이 그의 시를 읽게 되었다. 평론가들의 설문조사에서는 그의 시가 그리 높게 평가되지 않지만, 일반 독자들에게는 언제나 인기 상위권이었다.

2008년 11월 14일에 KBS 1TV가 한국현대시 탄생 100주년기념 특집프로그램 「시인만세」를 방송하기 위해 인터넷과 우편엽서, 면접을 통해 '국민 애송시' 설문조사를 했는데, 18,298명이 참여한 설문의 결과는 1위가 김소월의 「진달래꽃」 1557표, 2위가 윤동주의 「서시」 1377표였다. 4위 윤동주의 「별 헤는 밤」 409표와 10위 김소월의 「초혼」 194표를 합하면 김소월의 1,751명보다는 윤동주의 1,786명이 더 많다. 오랫동안 김소월이 부동의 1위였던 점을 생각해보면 최근 들어와 젊은 독자들일수록 김소월보다 윤동주를 더 좋아하게 된 것을 알 수 있다.

김응교가 2017년 3월에 인터넷 사용자들을 대상으로 윤동주의 시에 대해 설문조사를 했는데, 10개 항목의 설문 가운데 시 자체에 대한 설문은 아래의 네 항목이었다.[31]

    ⑥ 윤동주 시 중에 외우는 시가 있으면 제목만 써주세요.

    ⑦ 윤동주 시 중에 좋아하는 시를 써주세요.

    ⑧ 기억에 남는 시 구절을 써주세요.

    ⑨ '윤동주' 하면 떠오르는 단어나 이미지를 적어주세요.

---

31) 이 설문과 결과는 2017년 4월 27일 대산문화재단 주최 『2017 탄생 백주년 문학인 기념문학제 : 시대의 폭력과 문학인의 길』에서 발표한 논문 「윤동주를 어떻게 기억하고 있는가-2017년 3월 인터넷 사용자의 윤동주 인식」에 공개되었는데, 발표자의 허락을 받아 소개한다.

1,086명이 응답한 결과는 다음과 같다.

⑥ 윤동주 시 중에 외우는 시가 있으면 제목만 써주세요.

　1위 : 「서시」 723명

　2위 : 「별 헤는 밤」 155명

　3위 : 「참회록」 104명

　4위 : 「십자가」 73명

　5위 : 「팔복」 69명

⑨ '윤동주' 하면 떠오르는 단어나 이미지를 적어주세요.

　1위 : 별 312명

　2위 : 부끄러움 249명

　3위 : 성찰 78명

⑨의 3위 이하는 응답자가 현저하게 줄어들어서 2위와 비교되지 않으므로 소개하지 않는다. 3위 '성찰'의 경우는 13위 자아성찰 28명, 19위 자기성찰 21명도 같은 의미이므로 합산할 수 있으니 127명이 되는 셈이다. ⑤까지의 설문이 선택형인 것에 비해 ⑥부터는 주관식 응답이므로 '성찰', '자아성찰', '자기성찰' 식으로 표기가 나뉘어졌을 뿐이다. 8위 참회 37명, 22위 반성 18명도 2위 부끄러움이나 3위 성찰과 관련이 있다.

　⑥, ⑦, ⑧, ⑨의 응답은 서로 맞물린다. ⑨의 응답이 ⑥, ⑦, ⑧의 응답에서 나오기 때문이다. ⑥의 응답 가운데 4위 「십자가」와 5위 「팔복」은 서양(기독교)이며, 3위 「참회록」도 부끄러움과 성찰의 기독교적 표현이다.

　'부끄러움'과 '성찰'은 윤동주가 즐겨 읽었던 『맹자』나 『논어』에 자주 보이는 어휘이다. 『맹자』 「진심(盡心)」장 군자삼락(君子三樂) 중 "하늘을 우러러 부끄럽지 않고(仰不愧於天) 사람을 굽어보아 부끄럽지 않은 것이(俯不怍於人) 두 번째 즐거움이다(二樂也)"라는 구절을 「서시」 첫 줄에 풀어쓴 것부터 『예술학(藝術學)』 표지에 썼던 『맹자』의 구절 '反求諸己', '家之本在身' 등이 모두 '부끄러움'과 '성찰'을 가르쳤다. 독자들은 윤동주를 부끄러움을 알고 자신을 성찰하는 기독교 시인으로 받아들인 것이다.

6. 맺음말

『맹자』(東, 古)와 기독교(西, 近)의 화충에 바탕하여 윤동주의 「서시」가 지어졌는데, 이 시가 남녀노소의 계층에 골고루 사랑받는 이유 가운데 하나는 한글로 쉽게 쓰여졌기 때문이다. 윤동주의 당숙 윤영춘(1912~1978) 은 동주가 방학 때 고향 용정에 올 때마다 연희전문 자랑을 많이 했다고 기억하며, "아마도 한글에 매력을 가지고 한글로 시를 본격적으로 짓기 시작한 동기는 최현배 선생의 영향이 컸던 것으로 안다."고 회상하였다.[32]

윤동주는 소학교를 다닐 때에 중국어로 공부했고, 중학교를 다닐 때에는 일본어로 공부했는데, 연희전문에 입학하면서 조선어로 강의를 들었다. 그러나 연희전문의 조선어 교육은 저절로 얻어진 것이 아니라, 1938년 4월 총독부에서 '조선어 교과과정을 개설하지 못하게' 한 '조선교육령'에 정면 도전한 결과이다. 윤동주가 졸업하던 1942년까지 조선문학은 여전히 개설되었다. 「자화상」이나 「서시」가 국민 애송시가 된 이유도 윤동주의 문학 배경이 '동서 고근의 화충'에 그치지 않고 연희전문만의 한글 교육까지 받은 덕분이다.

후배 정병욱은 학병에 징집되어 가면서도 『하늘과 바람과 별과 시』 원고를 어머니에게 맡겨 고향집 마루 밑에 감춰두게 하였고, 동기 강처중은 윤동주의 시 「쉽게 씌어진 시」를 정지용의 소개문, 연희전문 졸업사진과 함께 1947년 2월 13일자 『경향신문』 지면에 실어 국민들에게 알렸다. 이후 「또다

---

32) 윤영춘, 「명동촌에서 후쿠오카까지」, 『나라사랑』 23집, 1976, 109~110쪽.

른 고향」이 3월 13일에, 「소년」이 7월 27일에 잇달아 게재되었으니, 학생 투고란이 아니라 정식으로 문단에 등단시킨 셈이다.

동기 김삼불은 2주기 추도회에서 윤동주 시의 우수성에 대해 발표하였으며, 3주기가 되던 1948년에는 정병욱이 보관하던 자선시 19편과 강처중이 보관하던 유고 12편을 합하여 유고시집『하늘과 바람과 별과 詩』를 최현배의 아들 최영해가 경영하던 정음사에서 1948년 1월 30일 간행하였다.33) 강처중은 이 시집에 발문까지 써 주었다.34) 우리 국민들이 애송하는 윤동주의 시는 연희전문의 학풍 속에서 지어지고, 교수와 선후배들의 사랑 속에 살아남은 것이다.

〈그림 4〉 1948년 1월30일 발간된
『하늘과 바람과 별과 詩』표지

이 가운데 정병욱은 서울대 국문과 교수로 활동하면서 윤동주의 시를

---

33) 판권에 적힌 날짜와 실제 간행된 날짜가 다른 경우가 많다. 최영해 탄생 100주년을 맞아 아들 최동식이 초판본『하늘과 바람과 별과 시』를 공개하며 밝힌 사연에 의하면, 표지 때문에 제 날짜에 인쇄하지 못하다가 3주기 추도식(2월 16일)에 맞춰 10권만 급히 인쇄하여 추도식에 헌정하였다고 한다. 파란색 표지를 씌운 초판본 1,000부는 한 달 뒤에 정식으로 출판되었다고 한다.(연합뉴스 2014년 10월 27일) 최영해는 최현배의 아들이자, 윤동주의 문과 선배이다.

34) 강처중이 해방공간에서 좌익으로 활동하다가 처형되었기 때문에, 1955년에 간행된 서거 10주년기념 증보판『하늘과 바람과 별과 시』는 강처중의 발문이 삭제되어 간행되었다.

중고등학교 국어 교과서에 소개하여 온 국민이 윤동주의 시를 알게 했는데, 고전시가 연구자로 확고한 위치를 인정받았기에 후학들에게도 널리 알려졌다. 그러나 김삼불과 강처중은 해방공간에서 다른 선택을 하였기에, 윤동주의 시를 우리에게 전해준 공이 제대로 알려지지 않았다. 연세 학풍 속에서 윤동주의 시와 그 위상을 연구하려면, 잊혀진 동문 김삼불과 강처중에 대해서도 연구해볼 필요가 있다.

참고문헌

김응교, 「윤동주를 어떻게 기억하고 있는가－2017년 3월 인터넷 사용자의 윤동주 인식」,
　　　『2017년 탄생 100주년 문학인 기념문학제 : 시대의 폭력과 문학인의 길』, 대산문
　　　화재단·한국문학작가회의, 2017년 4월 27일.
손진태, 「반드시 古型을 固執함은 退步」, 『新民』, 1927년 3월호.
송우혜, 『윤동주평전』, 푸른역사, 2004.
연세대학교 박물관 편, 『연희전문학교 운영보고서(下)』, 선인, 2013.
오오무라 마스오, 『윤동주와 한국문학』, 소명출판, 2001.
유　영, 「연희전문 시절의 윤동주」, 『나라사랑』 23집, 1976.
윤영춘, 「명동촌에서 후쿠오카까지」, 『나라사랑』 23집, 1976,
윤일주, 「윤동주의 생애」, 『나라사랑』 23집, 1976.
李家源, 『韓文學硏究』, 探究堂, 1969.
장덕순, 「윤동주와 나」, 『나라사랑』 23집, 1976.
정선이, 「연희전문 문과의 교육」, 『근대학문의 형성과 연희전문』, 연세대학교출판부,
　　　2005.
정인보, 「延禧臨時號 발간에 대하야」, 『延禧』 2호, 1923.
정인보, 「序言」, 『延禧』 5호, 1925.
정인섭, 『비소리 바람소리』, 정음사, 1968.
허경진, 「연희전문의 문학 교육에서 보여진 동서고근 화충의 실제」, 『일제하 연세학풍과
　　　민족교육』, 혜안, 2015.

미즈노 나오키(水野直樹) | 정한나 역

일본 유학시절의 윤동주와 송몽규[*]

1. 머리말

1942년 봄, 일본으로 유학을 떠난 윤동주와 송몽규는 다음 해 7월에
조선독립운동 혐의로 검거되었다. 1년여의 일본 유학 기간 동안 두 사람이
어떠한 행동을 하고 무슨 생각을 했는가, 또한 '독립운동'의 구체적인 내용이
무엇인가에 대해서는 윤동주에 관한 다수의 연구에서 지금까지도 논의되고
있다.[1] 그러나 두 사람이 일본에서 학생으로서 어떠한 생활을 했는지에
대해서는 여전히 불분명한 부분이 많이 남아있다. 일본에서 창작된 윤동주
의 시 다섯 편이 남아있으며, 두 사람에 관해 증언하는 사람이 없는 것은
아니지만, 이들의 일본 유학시절의 행동과 사고를 밝히는 데에 필요한
자료는 제한적이다.

이 글에서는 몇몇 자료를 통해 윤동주와 송몽규의 일본 유학시기의
행적을 밝히고자 한다. 특히 윤동주의 시작(詩作)과 행동에 큰 영향을 주었던

---

[*] 연세대학교 박물관에 보관되어 있는 연희전문학교의 학적부의 조사에 관해서는
연세대학교 국학연구원 김도형 원장의 배려가 있었다. 교토대학 대학문서관의 문서
열람에 관하여는 동 문서관 원나미 조교의 도움을 받았다. 정한나(연세대 국문과
박사과정) 선생이 원고를 한국어로 번역해 주었다. 세 분에게 감사의 뜻을 전한다.

[1] 주요 연구로, 伊吹鄕, 「時代の朝を待つ―尹東柱の留學から獄死まで」, 伊吹鄕譯, 『空と風と
星と詩 尹東柱全詩集』, 記錄社(影書房發賣), 1984 및 송우혜, 『윤동주 평전』(제3차 개정
판), 서정시학, 2017 등이 있다.

송몽규에 관한 연구가 불충분하다는 점을 고려하여 송몽규의 일본 유학시기에 대해 몇 가지 사실을 밝히는 동시에, 두 사람의 검거 사건이 어떠한 것이었는가를 생각해보기로 한다. 아울러 이 글의 목적은 윤동주의 시에 대한 문학(사)적 검토가 아니라, 윤동주와 송몽규의 전기적 사실을 밝히는 데에 있음을 미리 언급해 둔다.

2. 일본 유학 준비와 입학시험

1) 윤동주와 송몽규의 '창씨신고서'

윤동주와 송몽규는 1941년 12월 27일 연희전문학교를 졸업한 후, 일본 유학을 희망했다. 그들이 일본 유학을 준비하는 데에는 연희전문학교에 '창씨'신고서(創氏屆)를 제출할 필요가 있었다. 먼저 이 문제를 살펴보고자 한다.[2]

윤동주에 관한 선행연구는 그가 일본 유학을 위해(혹은 일본으로의 도항 증명서를 발급받기 위해) 창씨개명을 했다고 보고 있다. 그러나 이러한 인식은 창씨개명 정책의 법제도에 대한 올바른 이해에 근거하고 있다고 보기 어렵다. 창씨개명은 '창씨'와 '개명'으로 나누어 이해할 필요가 있다. 창씨는 개인이 행하는 것이 아니라 호적상의 가족의 명칭인 '씨(氏)'를 호주가 정하여 관청에 신고하는 것이다. 신고는 1940년 2월 11일부터 8월 10일까지 이루어졌다. 신고가 없을 경우에는 법령에 따라 호주의 '성(姓)'이 씨가

---

2) 이 문제에 관한 자세한 검토는 이미 발표된 다음의 글들을 참조하기 바란다. 미즈노 나오키, 「윤동주는 '창씨개명'을 했는가」, 『다시올文學』 2013년 겨울호(후에 류양선 엮음, 『윤동주 시인을 기억하며』, 다시올, 2015 수록). 또한, 창씨개명의 법제도와 실태에 관해서는 미즈노 나오키 저, 정선태 역, 『창씨개명-일본의 조선지배와 이름의 정치학』, 산처럼, 2008 참조.

되었다. 1940년 8월 10일까지 조선 전체 호수(戶數)의 약 80%가 새롭게 정해진 '씨' 신고서를 제출했다. 윤동주 일가의 경우에도 아마 호주인 윤동주의 조부 윤하현(尹夏鉉)이 이 기간에 '히라누마(平沼)'라는 씨를 정해 신고한 것으로 보인다. 따라서 히라누마라는 씨가 된 것은 윤동주의 의지에 따른 것이 아니었다. 송몽규 일가의 경우도 '宋村'으로 창씨했지만, 이 또한 송몽규의 의지와는 무관한 것이었다. 한편, 개명은 가족단위가 아니라 개인단위로 행해졌다. 절차가 복잡했을 뿐만 아니라 수수료가 든다는 점 등도 있어서 1941년 말까지 개명을 한 사람들은 조선인구 중 약 10%에 불과했다. 많은 조선인과 마찬가지로 윤동주와 송몽규는 개명하지 않았다.[3]

윤동주와 송몽규 일가가 창씨를 했음에도 불구하고, 두 사람은 연희전문학교 재학 중에 학교 당국에 '창씨신고서'를 제출하지 않고 윤동주, 송몽규라는 이름으로 졸업했다. 그러나 두 사람이 일본 유학을 하는 데 있어서는 도항과 유학에 필요한 서류에 서로 다른 이름이 적히게 된다는 점이 문제가 되었다. 일본으로 가기 위해서는 '도항증명서'가 필요하고, 일본의 대학에 입학하기 위해서는 연희전문학교의 졸업증명서와 성적증명서를 제출해야한다. 도항증명서는 본인의 호적등본 혹은 초본에 관할경찰서장의 이름으로 '내지도항을 소개(紹介)함' 등이라고 쓴 후에, 경찰서장의 도장을 찍은 것이다. 이것이 없으면 부관연락선에 오를 수 없다. 호적등본에 기재된 것은 창씨한 이름인 '平沼東柱', '宋村夢奎'이다. 반면, 연희전문학교의 졸업증명서 등은 창씨 이전의 이름인 윤동주, 송몽규로 될 것이다. 서류에 따라 기입된 이름이 다르다면 일본으로의 도항과 대학입학에 지장을 초래할 수밖에 없다.

두 사람은 이러한 이유로 연희전문 졸업 후 일본으로 가기 직전인 1942년

---

3) 송우혜는 일본어식 읽기로 '윤동주'가 '히라누마 도추', 송몽규가 '소무라 무케이'로 발음될 수밖에 없었으므로, 두 사람은 창씨개명한 것으로 보아야 한다고 주장하고 있다.(송우혜, 앞의 책, 307쪽) 그러나 이는 잘못된 이해라 할 수밖에 없다.

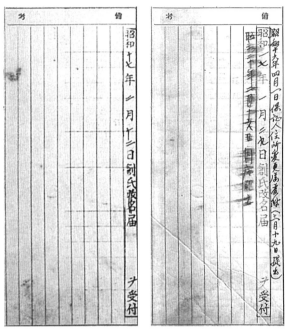

〈그림 1〉 송몽규의 연희전문학교 학적부 비고란(좌)과 윤동주의
연희전문학교 학적부 비고란(우)

1월 29일에 윤동주가, 2월 12일에는 송몽규가 연희전문학교에 '창씨신고서'
를 제출했다. 그러나 현재 연세대학교에 보관되어 있는 두 사람의 학적부에
는 기묘한 점이 발견된다. 윤동주의 학적부에는 '창씨개명신고서'라는 도장
이 찍혀있는데 반해, 송몽규의 학적부에는 '창씨개명신고서'라고 되어 있다
는 사실이다. 즉, 송몽규는 창씨신고서만 제출했음을 알 수 있다. 그렇다면,
윤동주의 경우도 '창씨개명신고서'와 같이 '개명'이라는 단어가 삭제되었어
야 했는데 사무상의 착오로 '창씨개명신고서'라는 도장이 찍힌 것으로 보인
다. 윤동주의 학적부만을 보고 그가 '창씨개명신고서'를 제출했다고 판단하
는 것은 잘못이라고 할 수밖에 없다.

　물론, 이렇게 말한다고 해서, 윤동주와 송몽규가 어떠한 고뇌나 갈등도
없이 '창씨신고서'를 제출했다고 볼 수는 없다. 윤동주의 시 「별 헤는 밤」이나

「참회록」 등에 그의 고뇌와 후회, 참회의 심경이 표현되어 있다는 것은 지금까지의 연구에서 지적된 바이다. 그들이 연희전문학교를 졸업할 때까지 창씨신고서를 제출하지 않았던 것은 역시 그들 나름의 저항이었던 것으로 보인다.

연희전문학교의 창씨(개명)신고서 제출 상황을 알아보기 위해서 그들과 같이 1938년 4월에 연전 문과에 입학하여 1941년 12월에 졸업한 20명의 학생의 학적부를 조사한바,[4] 1940년 말까지 창씨신고서를 제출한 사람은 한 명도 없었고, 1941년 전반에 4명(이 중 1명은 창씨개명신고서), 같은 해 후반에는 6명(이 중 1명은 창씨개명신고서), 졸업 후인 1942년 전반은 2명(윤동주와 송몽규)으로 모두 12명이었다. 나머지 8명은 끝까지 창씨(개명)신고서를 제출하지 않았지만, 이들의 가족이 모두 창씨하지 않았다고 보기는 어려우므로 연전에 신고서를 제출하지 않았을 뿐이라고 판단해도 좋을 것이다. 윤동주, 송몽규가 일본 유학을 희망하지 않았다면 창씨신고서를 내지 않았던 8명과 마찬가지로 연희전문과 관련된 범위 한에서는 졸업 후에도 조선 이름으로 지낼 수 있었을 것이다. 그러나 앞에서 말한 것처럼 일본에 유학하기 위해서는 연희전문에 창씨신고서를 제출하여 호적에 기재된 것과 같은 이름으로 졸업증명서 등을 작성해야만 했다. 이리하여 윤동주와 송몽규는 '平沼東柱', '宋村夢奎'라는 이름으로 일본에서 유학생활을 시작하게 되었다.

2) 송몽규의 교토제국대학 '입학원서'

송몽규는 1942년 3월 실시된 교토제국대학 문학부 선과입학시험에 응시했

---

4) 1938년 4월에 연전 문과의 입학생은 46명이었지만, 퇴학, 휴학 기타 이유로 윤동주와 같이 1941년 12월에 졸업한 학생은 21명으로 감소했다. 21명 중 20명의 학적부를 조사할 수 있었다.

다. 고등학교를 졸업히지 않았음으로, 본과 학생이 아니라 '선과생(選科生)' 자격으로 입학할 수밖에 없었기 때문이다. 교토제국대학 통칙(1928년 3월 개정, 1941년 4월 최종 개정)은 선과생에 대해 다음과 같이 규정하고 있다.[5]

> 제30조 학부 소정의 과목을 선택하여 그를 수학하려는 자가 있을 시에는 선과생으로 입학을 허가함.
>
> 제31조 앞 조항의 지원자는 입학원서에 검정요금 십 엔을 첨부하여 2월 15일까지 제출해야 함. 단, 학부의 사정에 따라 3월 말일까지 그를 수리(受理)함.
>
> 제32조 선과생의 입학에 관한 규정은 학부에서 정함.

통칙 제32조에 의거하여, 문학부 규정(1906년 8월 제정, 1941년 3월 최종개정)에서는 선과생의 입학자격을 다음과 같이 규정하였다.[6]

> 제15조 선과생은 아래의 자격을 가진 자 및 교수회에서 그와 동등 이상의 학력이 있다고 인정받은 자에 한하여 시문(試問)을 행하고 교수회의 논의를 거쳐 그 입학을 허가함.
>
> 1. 사범학교, 중학교 졸업생
>
> 2. 해당학과에 관한 사범학교, 중학교, 고등여학교 교원 면허장을 소지한 자
>
> 제16조 선과생에 대해서는 시문을 행하지 않을 수 있음.

연희전문학교를 졸업한 송몽규는 제15조의 제1호에 규정된 "중학교 졸업생"과 동등 이상의 학력을 지닌 자로 간주된 것으로 보인다. 제16조에 "선과생에 대해서는 시문을 행할 수 있음"이라고 되어 있는데, 문학부에서는

---

5) 『京都帝國大學一覽』, 쇼와 17년판, 90쪽.
6) 위의 책, 158쪽.

보통 매해 시문(시험)을 실시하였다.

교토대학 대학문서관에 문학부 교무과『입학원서 쇼와 17년 4월』(식별번호 02B09589)라는 제목의 문서철이 보존되어 있다. 이것은 1942년 봄 문학부 입학시험에 관련된 각종 서류를 편철해 놓은 것으로 '선과입학원서' 등이 포함되어 있다. 이 문서철에 편철되어 있는 송몽규의 '선과입학원서'는 〈그림 2〉와 같다.

이 '선과입학원서'에 따르면, '宋村'의 독음은 지금까지의 연구에서 언급되어 온 '소무라'[7]가 아니라 '구니무라'로 되어 있다. 원서는 본인이 자필로 쓴

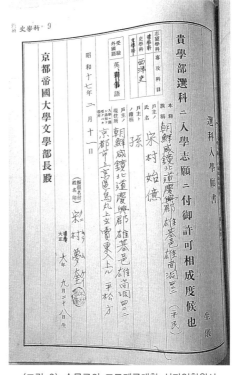

〈그림 2〉 송몽규의 교토제국대학 선과입학원서

것으로 보이기 때문에 송몽규 자신은 '宋村'을 '구니무라'로 읽는 것으로 이해하고 있었다고 할 수 있다. 교토대학 대학문서관에 보존되어 있는 또 다른 서류철『쇼와 17년 1월 입학관계철』(식별번호02B08472)에는 2월 20일자로 작성된 선과입학시험 수험표 교부에 관한 서류와 입학지원자 명부가 정리되어 있는데, 이들 서류에는 '宋村夢奎'에 '구니무라 무케이'라는 후리가나(독음)가 적혀 있다. 또한, 4월 1일에 작성된 것으로 보이는 '입학자 명부'에는 '宋村夢奎'의 '宋'이라는 글자에만 '구니'라는 후리가나가 붙어 있다.

---

7) 송우혜, 앞의 책, 307쪽.

다른 지원자의 이름에는 독음이 붙어있지 않은데, 이를 보면 대학사무원이 '宋村=구니무라'를 읽기 어려운 특수한 독음이라고 생각했던 것으로 짐작된다. '宋'을 '구니'로 읽는 경우가 일본의 인명에 전혀 없는 것은 아니지만,[8] 그 이름을 쓰는 당사자가 아니라면 알 수 없는 읽기 방식이다. 이러한 독음을 송몽규가 생각한 것인지, 혹은 그의 일가(혹은 일족)가 '宋村'으로 창씨할 때에 생각한 것인지는 알 수 없다. 그러나 일본인에게도 쉽지 않은 독음을 선택한 것은 '창씨' 정책에 대한 일종의 저항으로 볼 수 있을지도 모른다.(부기 참조)

또한, 송몽규의 선과입학원서에는 양식에 따라 첨부된 이력서 외에 연희전문학교의 '졸업증명서'(교장 伊東致昊 명, 1942년 2월 12일자)와 함께, 마찬가지로 교장 伊東致昊(윤치호)의 이름으로 된 추천서 '입학지원자 추천의 건'(교토제국대학 문학부장 앞, 1942년 2월 13일자)이 첨부되어 있다. 추천서의 내용은 다음과 같다.

삼가 아룁니다. 일억일심 결전체제 하의 교육 보국(報國)에 더욱 정려(精勵)하시니 지극히 경하할 일이라 사료됩니다. 아뢰옵기는 폐교(弊校) 졸업생의 귀 학부 입학에 관해서는 매번 후의를 담아 감사드리는 바입니다. 금번에 작년 12월 27일자로 폐교의 문과 본과를 졸업한 宋村夢奎 군이 귀 학부 사학과 선과 1학년에 입학지망 하여 추천의뢰를 함에 적격자로 인정하여 이에 추천서를 올리니 모쪼록 잘 조처하여 주시기를 바랍니다.

추천서의 글은 송몽규와 연희전문학교 문과 동기생인 白川承龍(본명 白承

---

8) 모로하시 데쓰지(諸橋轍次), 『大漢和辭典』, 大修館書店(1956년 초판. 1986년 개정 제2판)의 '宋'이라는 항목에는 '(이름으로 쓸 때) 구니(クニ), 오키(キキ)'라고 되어 있다(제3권, 932쪽). '이름으로 쓸 때'란 인명의 읽기에 한해서만 사용되는 독음이다. 도도 아키야스(藤堂明保)·가노 요시미쓰(加納喜光) 편, 『學硏 新漢和大辭典』, 學習硏究社, 2005, 466쪽에도 마찬가지로 이름의 독음으로 '오키, 구니'가 제시되어 있다.

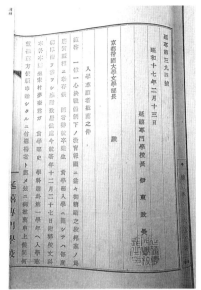

〈그림 3〉 송몽규에 대한 추천장(좌)과 송몽규의 연희전문학교 졸업증명서(우)

龍)의 추천서(앞에서 제시된 『입학원서 쇼와 17년 4월』 수록)와 같은 것이다. 송몽규의 입학원서와 여기에 첨부된 서류의 작성 일자가 정확하다면, 송몽규는 2월 12일 연희전문학교에 '창씨신고서'를 제출한 후 같은 날 '宋村夢奎'의 이름으로 된 졸업증명서를 교부받고, 이와 동시에 교장의 추천서를 신청하여 이를 다음 날 받은 것이다. 그리고 11일에 교토제국대학 앞으로 작성되어 있었던 입학원서와 함께 이러한 서류를 가지고 바로 교토로 향했던 것은 아닐까. 교토대학 문학부 사무실이 2월 15일자로 작성한 지원자 명부에 송몽규의 이름이 포함되어 있다는 사실은 적어도 그날에는 송몽규가 교토에 도착해 있었음을 보여주는 것이라 할 수 있다.[9] 송몽규가 유학에 필요한

---

9) 1942년 당시의 열차시각표에 따르면, 13일 23시 01분 경성역에서 출발하는 급행열차를 타면 14일 7시 35분에 부산잔교역 도착, 9시 30분 출발 부관연락선으로 18시 15분 시모노세키항 도착, 20시 30분 시모노세키역에서 출발하는 도쿄행 특별급행으로 15일 7시 32분에 교토역에 닿을 수 있었다. 『만주지나기차시간표』, 동아여행사 만주지나부, 1942년 7월, 73·89쪽.

서류를 무척이나 서둘러서 준비한 모습을 엿볼 수 있다.

앞서 인용한 송몽규의 입학원서에는 '입학에 관한 통지를 받을 장소'로 '京都市上京區烏丸上立賣東入上ル 平松方'이 기입되어 있는데, 이것은 무엇을 의미하는 것일까. 실은, 이 주소에는 허희병(許熙柄)이라는 조선인 유학생이 살고 있었다. 교토제국대학 문학부 교무과『입학원서 쇼와 17년 4월』에 편철되어 있는 허희병의 입학원서에 따르면, 그는 1919년 12월 17일생으로 본적은 함경북도 명천군, 호주는 조부 허일(許鎰)이고, 원서를 낸 시점에 허일은 만주국 동안성 밀산현(滿洲國東安省密山縣) 거주로 되어 있다. 허희병은 1932년 4월 용정의 광명학원 중등부에 입학하여 윤동주와 마찬가지로 1938년 2월 17일에 졸업한 후, 1941년 4월 교토제국대학 문학부 철학과에 선과생으로 입학했다. 송몽규보다 1년 먼저 교토제대에 입학한 셈인데, 1942년 봄에는 본과생이 되기를 희망하여 다시 한번 본과 입학원서(1941년 12월 20일자)를 제출했기 때문에 같은 해의 입학원서철에 서류가 남아있게 되었다. 허희병의 입학원서에 '입학에 관한 통지를 받을 장소 京都市上京區烏丸上立賣東入上ル 平松方'으로 기록되어 있는 것으로 보아 그가 1941년 4월 입학한 이후 이곳에서 하숙을 했던 것으로 보인다. 송몽규가 허희병과 아는 사이였는지 그렇지 않았는지는 불분명하지만, 교토에 가기 전에 윤동주와 광명학원 동기생인 허희병의 하숙집 주소를 미리 알고 그곳을 연락처로 기입한 것으로 추측된다.

선과입학시험은 본과입학시험이나 외국인특별입학시험과 마찬가지로 3월 2일과 3일, 양일간 실시되었다. 사학과의 시험과목은 2일 오전에 한문, 오후에 작문, 3일 오전에 외국어, 오후에 전공과목(구두)이었다. 시험결과는 수일내 발표되었던 것으로 보인다. 선과입학시험을 치른 28명 중 합격하여 실제로 선과생으로 입학한 학생은 철학과 7명(조선인 없음), 사학과 3명(송몽규 포함), 문학과 2명(백승룡 포함)으로 모두 12명이었다.

3) 윤동주가 릿쿄대학에 입학한 이유

그런데 교토대학 대학문서관에 보관되어 있는 서류를 통해 윤동주에 관한 중요한 사실을 알 수 있다. 대학문서관의 문학부 교무과『쇼와 17년 1월 입학관계철』이나『입학원서 쇼와 17년 4월』에 선과입학지원자로 송몽규의 이름은 포함되어 있지만, 윤동주의 이름은 찾아볼 수 없는 것이다. 『쇼와 17년 1월 입학관계철』에 묶인 1942년 2월 15일자「쇼와 17년도 입학지원자」의 선과지원자 명부에는 철학과 18명(그 중 조선인은 金光昌範, 淸原明洙, 金海哲, 三島泰雄, 德本誠一로 5명), 사학과 5명(조선인은 宋村夢奎 뿐), 문학과 5명(조선인은 백승룡 뿐)의 이름이 기록되어 있는데, 그중에 윤동주(平沼東柱)의 이름은 없다. 지금까지의 연구에서는 윤동주의 친족의 증언에 근거하여 그가 송몽규와 함께 교토제국대학 문학부에 선과생으로 입학하기를 희망했지만 입학시험에 불합격한 것으로 알려져 왔다.10) 그러나 교토대학 측의 기록에 의하면 윤동주는 애초에 입학시험을 치르지 않았던 것이다.

윤동주가 교토제국대학 문학부 입학시험에 응시하지 않았던 이유는 불분명하다. 다만 처음부터 교토제대를 지망하지 않았을 가능성과, 수험에 필요한 서류를 제때 준비하지 못했을 가능성을 고려해볼 수 있을 것이다. 그런데 후자를 이유로 보기는 다소 어려운 구석이 있다. 윤동주는 송몽규보다 일찍 1월 19일에 연희전문학교에 '창씨신고서'를 제출했으므로 서류를 준비할 시간은 충분했을 것이기 때문이다. 그렇다면 그는 원래 교토제대 입학을 생각하지 않았다고 추측할 수 있지 않을까? 지금까지는 윤동주의 경력에 관해 교토제국대학에 합격하지 못했기 때문에 '어쩔 수 없이' 도쿄의 릿쿄대학에 입학했다고 이해되어 왔지만, 처음부터 릿쿄대학에 입학하고자

---

10) 송우혜, 앞의 책, 319쪽.

했을 가능성도 배제할 수는 없는 것이다. 뒤에서 살펴보겠지만, 연희전문 시절의 친구 백인준이 릿쿄대학에서 공부하고 있었다는 사정이 있었기 때문인지도 모른다. 이것은 윤동주와 백인준의 교우관계가 꽤 깊었다는 사실과도 관련이 있는 것으로 보인다.

3. 송몽규의 유학생활

1) 교토제국대학에서 학생생활

송몽규는 1942년 4월 교토제국대학 문학부 사학과에 입학했다. 송몽규가 사학과를 선택한 이유에 대해 경찰자료는 "조선독립을 위해서는 … 조선의 역사적 지위를 명확히 함과 동시에, 보다 고도의 조선문학을 연구하고 민족의 특성 유지에 노력할 필요가 있으므로 대학에서 공부하여 문학 및 역사를 연구할 필요가 있다고 하여, 쇼와 17년 4월 교토제국대학 사학과에 입학한 이래 조선독립의 궁극적 목적으로써 세계 역사 및 문학을 연구함과 동시에 민족문화의 유지에 힘쓰고 있다"고 말하고 있다.[11] 경찰 당국이 독립운동 혐의를 강조하기 위해 작성한 것이라고는 해도, 송몽규가 일본의 제국대학에서 역사를 공부하려고 한 이유를 생각하는 데에는 중요한 자료이 다.

교토제대 문학부에 입학한 송몽규의 학생생활은 어떠했으며, 교토제대에 친구가 있었을까. 이부키 고에 따르면, 송몽규에 대해 교토대학 문학부에는 다음과 같은 자료가 남아 있다.[12]

---

11) 「在京都朝鮮人學生民族主義グループ事件策動概要」, 『特高月報』 1943년 12월분.
12) 이부키 고, 앞의 글, 278쪽. 이 문서 중 「방학」이란 말은 강제퇴학이라는 뜻이다.

宋村夢奎

다이쇼 6년 9월 28일 생.

본적 : 朝鮮 咸鏡北道 慶興郡 雄基邑 雄尙洞422

쇼와17년 4월 1일 사학과 서양사학 전공(선과) 입학,

　　19년 3월 23일 무기정학에 처함,

　　19년 5월 18일 방학(放學)에 처함.

　　송몽규가 교토제대에 입학한 1942년경, 같은 대학에 재적 중이던 조선인
유학생의 상황은 어떠했을까. 교토제대에는 1930년대 전반부터 교토제국대
학 조선유학생 동창회가 존재했다. 친목과 상호부조를 주된 목적으로 하는
조직이었지만, 1936년부터 매년 기관지『교토제국대학 조선유학생 동창회
회보』를 간행하고, 재학생·졸업생 등의 근황을 전하는 동시에, 학술적인
논문도 게재하여 회원의 면학과 연구를 장려했다. 그러나 1939년에 경찰의
명령으로 '유학생' 명칭을 삭제하여「교토제국대학조선학생동창회」로 바꾸
고, 나아가 1941년 12월 30일 발행의『회보』제6호는 조선어가 아니라
일본어로 발행되는 등, 당국의 압력이 가해졌다.『회보』제6호는 권두에
대(對) 미영 선전(宣戰)의 조서(詔書)를 게재했으며, 또한 "권두의 말"로는
대동아공영권을 찬양하는 島津龍吉(崔龍吉)의「동양의 이상」이 실렸다.

　　교토제국대학 조선학생동창회가 작성한 '명단'(1944년 1월 현재)에는
문학부의 통상회원(재학생)으로 '(이름) 宋夢奎 (창씨명) 宋村夢奎 (학년)
3 (출신학교) 延專 (전공과) 西史 (귀성지(歸省地)) 慶北金泉邑黃金町81 宋昌根方'
이라고 기록되어 있다.[13] 이 기록에서 눈길을 끄는 몇몇 대목이 있다.

　　첫째,『명부』의 표지에는 "쇼와 19년 1월 현재"라고 쓰여 있지만,「후기」에

---

13) 京都帝國大學朝鮮學生同窓會,『昭和19年壹月現在 名簿』, 1944, 25쪽.

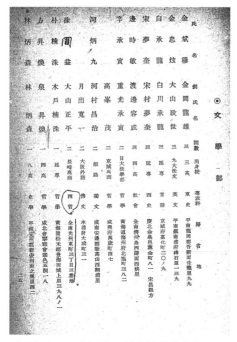

〈그림 4〉 교토제국대학 조선학생동창회 『명부』중
문학부 학생 부분

는 "출진 학생들의 요망도 있어 금년은 일치감치 명부작성에 착수하여, 선배 앞으로 300여 통의 봉서를 보낸다"고 기재되어 있다. 아마 원래는 1944년 4월경에 발행할 예정이었으나 (송몽규가 '3학년'이라고 되어 있는 것은 1944년 4월 이후를 상정했기 때문일 것이다), 학도병 문제가 발생하여 입영날짜 (1944년 1월 20일) 이전에 발행하기로 한 것으로 생각된다. 그렇다면 명부작성에 필요한 자료는 1943년 11월부터 12월에 걸쳐 수집되었다고 보아도 무방할 것이다. "특별회원(졸업생)"의 졸업연도에 "쇼와 18년 9월" 또는 "쇼와 18년 12월"이라고 적혀있는 것도 이를 뒷받침한다.

둘째, 자료가 수집된 시점에 송몽규는 이미 경찰에 검거된 상태였다. 그렇다면 명부의 자료는 누가 언제 동창회에 제공했던 것일까. 두 가지 가능성을 상정해 볼 수 있다. 송몽규 자신이 제공했을 가능성과 대학 당국이 제공했을 가능성 등 두 가지다. 그러나 명부에 본명 '송몽규'로 기재되고 있는 것은 본인이 정보를 제공했다는 것을 시사한다. 대학 당국의 서류에는 '송몽규'로 기재된 것은 존재하지 않기 때문이다. 그러면 송몽규는 언제쯤 자기 정보를 동창회에 제공했을까. 당시 문학부 사학과에서는 1학년은 전공을 정하지 않고, 2학년이 될 때 전공을 선택하게 되어 있었다.[14] 명부에 송몽규의 전공이 "西史(서양사)"라고 쓰여 있는 것은 송몽규가 2학년이

될 때 선택한 전공이라는 의미이다. 그렇다면 이 명부의 자료는 송몽규가 2학년이 되는 1943년 봄부터 검거되었던 같은 해 7월 사이에 송몽규 자신이 동창회 위원에게 제공한 것으로 생각된다. 송몽규는 검거되기 3, 4개월 전까지 다른 조선인 학생과 접점이 있었다는 것을 알 수 있다.

셋째, '귀성지(歸省地)'로 기록된 '慶北金泉邑黃金町81 宋昌根方'은 누구의 주소인가. 송창근(宋昌根)은 송몽규 아버지의 사촌으로 미국에서 신학박사 학위를 취득한 최초의 조선인이며, 해방 후 한국에서 조선신학교 교장이 된 인물이다. 송창근은 1932년 미국 유학을 마치고 조선으로 돌아와 평양 등지에서 교회 목사로 일했지만, 1937년 수양동우회 사건으로 체포된 후 '전향'하여 일본에 협력하는 활동을 했다. 1942년 무렵에는 조선예수교장로회 경북노회장이자, 경상북도 김천에 위치한 황금정(黃金町)교회의 목사였으며, 국민총력조선연맹의 임원이기도 했다.[15] 송창근은 송몽규의 졸업을 축하하기 위해 1941년 12월 27일 연희전문학교 졸업식에 온 적이 있으므로[16] 송몽규의 친족 중에서는 간도와 함경북도가 아닌 서울 주변에서 활동하는 인물로서 "후견인"과 같은 존재였는지도 모른다. 송몽규로서는 친일 활동을 하고 있는 송창근의 주소(교회)를 "귀성지"로 정해 두는 것이 안전하다고 생각했을 가능성이 있다.

송몽규가 교토제국대학에서 다른 조선인 학생들과 교우관계가 있었는지 여부는 이 명단으로 알 수 없다. 명단에 게재할 자료를 송몽규 자신이 동창회에 제공했다면 다른 학생들과 어떤 접점이 있었다고 볼 수 있지만, 이를 확인할 방법은 없다. 당시 교토제국대학 문학부에서는 연전 출신의

---

14) 京都大學文書館編, 『京都大學における「學徒出陣」調査研究報告書』제2권, 2006, 137쪽 (1941년 4월 입학 梅溪昇 인터뷰 조사)·206쪽(1941년 4월 입학 直木孝次郎 인터뷰 조사).

15) 친일인명사전편찬위원회 편, 『친일인명사전』제2권, 민족문제연구소, 2009, 353~ 354쪽.

16) 송우혜, 앞의 책, 302쪽.

정진석(鄭鎭石)이 대학원에서 지나(중국)철학 전공으로 공부하고 있었지만 (1943년 9월 수료),[17] 연전 재학시기가 겹치지 않으므로 송몽규와의 교우관계를 나타내는 자료로 삼을 수는 없다. 교토제국대학 조선학생 동창회 『명부』는 정진석 외에 연전 출신으로 박철재(朴哲在, 이학부 연구생), 유석복·여병윤(柳錫福·呂秉允, 모두 공학부 1943년 졸업), 백승용(白承龍, 문학부 언어학 3학년), 홍윤명(洪允命, 공학부 3학년), 이현오·김창수(李賢五·金昌壽, 모두 공학부 2학년) 등이 있었지만(1943년 10월에 입학한 1학년은 생략), 송몽규가 그들과 접점을 가진 흔적은 없다. 또한 연전시절에 송몽규, 윤동주와 같은 교회에 다녔던 강성갑(姜成甲)이 1941년 4월부터 도시샤대학 문학부 신학과에서 유학을 시작했다. 송몽규, 윤동주와 강성갑이 교토에서 만났다고 추측할 수도 있겠으나, 이를 확증할 만한 자료는 눈에 띄지 않는다.[18]

조선인 유학생과의 교류를 확인할 수 없다고 한다면, 송몽규는 어떠한 학생 생활을 보내고 있었던 것일까. 교토제대에서는 다른 교육기관과 마찬가지로 선전조서(宣戰詔書) 봉대일(奉戴日, 매월 8일) 등의 의식이 대학의 주최로 열리고 있었는데, 학생측은 그에 참가하는 "의무의식을 갖고 있지 않았다"고 한다.[19] 일본인 학생의 의식이 그러했다면, 송몽규의 자세가 어떠했을지는 충분히 상상할 수 있을 것이다. 또한, 당시 교토제대에서는 보국대(報國隊)라는 조직이 만들어지고 있었다. 1941년 10월, 총장을 보국대 총장으로 하고 학부별로 교원·사무직원·학생 등을 대원으로 하는 부대가 편성되었으며, 또 학생 거주지별로 반이 설치되었다. 보국대는 방공연습 등에 관한 상부의 명령을 학생에게 전달하는 연락망으로서 기능했다.[20]

---

17) 정진석에 대해서는 김도형, 「정진석의 학술운동과 '조선철학사'」, 『남북분단속의 연세학문』, 혜안, 2017 참조.
18) 강성갑에 대해서는, 홍성표, 『해방공간 강성갑의 기독교 사회운동』, 연세대학교 대학원 신학과 박사학위논문, 2016.
19) 교토대학문서관 편, 앞의 책 제2권, 144쪽(梅溪昇 인터뷰 조사).
20) 교토대학문서관 편, 앞의 책 제2권, 142~144쪽(梅溪昇 인터뷰 조사).

송몽규도 보국대에 가입하지 않을 수 없었으리라 여겨지는데, 교토제대에서는 보국대의 활동이 그다지 활발하지는 않았으므로 송몽규가 방공연습에 내몰리는 일은 없었던 듯하다. 다만, 주 1회 2시간의 군사교련이 실시되었으므로 송몽규도 거기에는 참가할 수밖에 없었을 것으로 보인다.

2) 서양사 전공에서의 공부

1943년 봄, 송몽규는 2학년이 되어 서양사 전공을 선택했다. 전년도의 『교토제국대학일람』(쇼와 17년판, 261~262쪽)에 따르면, 문학부 사학과 서양사 전공에는 교수, 조교수가 없고, 강사로 井上智勇(서양고대사), 前川貞次郎(프랑스사), 大類伸(도호쿠제국대학 교수, 서양중세사), 中山治一(역사이론, 서양근현대사), 岡嶋誠太郎(고대 이집트사) 다섯 명의 이름이 거론되고 있다. 송몽규가 서양사 전공으로 들어온 1943년에는 이노우에(井上智勇)가 조교수가 되어 학생 지도를 담당하게 되었다. 그로 인해 송몽규는 이노우에 교수의 세미나에 참가하게 되었다. 송몽규와 같이 1942년 4월에 문학부 사학과에 입학하여 다음해에 서양사 전공을 택한 가토 이치로(加藤一朗)는 다음과 같이 말하고 있다.[21]

서양사에 조선인 학생이 있었는데, 얌전했기 때문에 이야기를 나눈 적은 없었다. 노블한(귀족적인) 느낌의 인물이었다. 안경을 쓰고 있었다. 선과생이었던 것은 알지 못했다. 이름도 기억나지 않는다. 그 학생은 井上智勇 교수의 세미나에 출석했다. 독일어 원서 강독이었는데, 학생이 발표하는 일은 없었다. 나를 포함하여 일본인 학생 5명과 그 조선인 학생이 세미나에 나갔다. 이노우에 선생님은 일본인 학생에게는 번역을 시켰지만, 그 사람에게는 시키지 않았던

---

21) 2006년 8월 24일, 전화 인터뷰 조사. 당시 가토 씨는 교토부 乙訓郡大山崎町 거주.

것 같다. 이유는 모르겠다. 선과생이었기 때문인지도 모른다. 일본어는 유창했지만 조선인이라는 사실은 알고 있었다. 학생이 하는 연구발표는 밤에 교토제대 회관에서 했는데 거기에는 나오지 않았다. 세미나 이외의 수업에서 얼굴을 본 기억이 없다. 치안유지법 위반사건에 관한 일은 몰랐다. 소문도 들은 일이 없다. 왜 약 1년 만에 사라졌는지 모르겠다. 교수는 알고 있었을까.

가토 외에 당시 서양사 전공에서 공부하고 있던 두 사람의 일본인에게도 인터뷰했지만, 송몽규에 대해서는 기억이 없다고 답했다.[22] 같은 시기에 사학과 동양사·일본사 전공에서 공부하던 일본인에게도 인터뷰를 했지만, 송몽규를 기억하고 있는 사람은 없었고, 치안유지법으로 검거되었다는 이야기를 들은 사람도 없었다. 대부분의 일본인 학생들은 송몽규가 검거되고 4개월 후에 징병유예 취소로 '학도출진' 했기 때문에 송몽규와 윤동주의 사건을 알 수 없었을 것이다. 가토의 증언을 통해 송몽규가 서양사 세미나에 출석했다는 것, 세미나는 독일어 원서를 강독하는 형식으로 이루어졌다는 것, 송몽규와 일본인 학생들 사이에는 교우관계가 형성되지 않았다는 것을 알 수 있다. 원래 활발한 성격으로 조선인 친구들 가운데서는 말이 많은 송몽규였지만 교토제대에서는 얌전하고 말이 적은 학생이었다.

송몽규가 교토제대 사학과에서 역사를 공부하는 것에 어떠한 의식을 보였는지는 미루어 짐작할 따름이지만, 독일어도 연전시절에 이미 공부했던 터라 세미나 출석은 큰 부담이 아니라 역사에 대한 새로운 견해를 부여해 주는 계기가 되었는지도 모른다. 학문에 대한 송몽규의 생각은 알 수는 없지만, 그것을 추측·상상케 하는 자료로 1942년 9월에 교토제대 문학부 사학과에 입학하여 서양사 연구에 뜻을 품고 있었던 하야시 다다오

---

22) 衣笠茂(문학부 사학과 쇼와 17년 4월 입학, 尼崎市 거주), 2006년 8월 24일 전화 인터뷰 조사, 廣實源太郎(문학부 사학과 쇼와 17년 10월 입학, 고베시 東灘구 거주), 2006년 8월 24일 전화 인터뷰 조사.

(林尹夫)의 일기를 인용해 둔다.[23]

　　"이미 과거의 공허이자 게으름이자 낭비였던 생활을, 이러니저러니 말하지
않겠다. 또한 쓸데없이 장래에 대한 꿈을 생각하지 않겠다. 다가오는 위험한
시간, 그 가운데서 일 분 일 초의 시간을 아껴 공부하자."(1943년 5월 29일)
　　"시험, 이런 것은 지나버리면 그만인 것이다. 그보다도 스스로 하는 공부가
더욱 중요하다. 시험은 술술 정리하고 자신의 학문에 전력을 쏟아, 나아가
정진하자."(1943년 6월 6일)

　　일본인 학생과 조선인 학생의 입장에 큰 차이가 있다는 것은 말할 필요도
없지만, 같은 교토제대에서 서양사 연구에 뜻을 둔 송몽규와 하야시 다다오
의 생각에 공통되는 점이 있었을지도 모른다.

4. 윤동주와 송몽규의 도쿄행

1) 안병욱의 증언

　　일본 유학시절의 윤동주와 송몽규에 대해 중요한 증언을 남기고 있는
이는 와세다대학 철학과에서 공부하던 안병욱이다. 안병욱(1920~2013)은
평양고등보통학교를 졸업하고, 와세다대학 제2고등학원(대학 예과) 문과
를 거쳐 1940년에 같은 대학 문학부 철학과에 입학했다. 1943년 와세다대학

---

23) 林尹夫, 『わがいのち月明に燃ゆ』, 筑摩書房, 1980(초판은 1967년), 97~98쪽. 하야시 다다
　　오는 1943년 12월 '학병출진'으로 해군 항공대에 입대하여 일본 패전 직전인 1945년
　　7월 27일 야간 색적 초계 비행 중 미군 전투기에 격추되어 전사했다. 하야시의
　　일기·유고 등을 수록한 『내 생명 달빛에 타네』는 일본인 학도병의 기록으로 1960~80
　　년대에 널리 읽혔다.

을 졸업한 후, 해방 후 한국에서 잡지 『사상계』 주간, 숭전대학교(훗날 숭실대학교) 철학과 교수, 수필가로 활약했다. 안병욱에 따르면, 윤동주와 송몽규가 함께 도쿄에 왔을 때 그들의 연희전문학교 시절의 친구인 백인준 (白仁俊)과 넷이서 다 같이 이야기를 나누었다고 한다. 백인준은 윤동주 등의 인물과 마찬가지로 1938년에 연희전문학교 문과에 입학했지만, 1940 년에 연전을 떠나 도쿄로 가서 릿쿄대학 문학부에서 공부했다. 안병욱은 백인준을 "내 평생의 가장 가까운 친구를 한 사람 든다면 나는 白仁俊 군을 든다. 그는 나와 平壤高普 시절의 文學친구요, 동경에서의 학교는 다르지만 철학전공의 벗"이었으며, 그와 함께 윤동주, 송몽규와 이야기를 나누었던 사실을 다음과 같이 회상하고 있다.[24]

시인 尹東柱는 백인준군과 延專시대의 莫逆한 친구이었다. 동주는 연전을 마치고 일본 京都의 同志社大學 영문과로 왔다. 1941년 겨울 방학이라고 기억한 다. 동주가 그의 四寸인 宋夢奎군과 같이 백인준군을 찾아와서 며칠간 동경에 묵었다. 우리는 백군의 하숙방에서 처음으로 만났다. 초면이지만 以心傳心, 魂과 魂이 통했고 인격과 인격이 서로 포용했다. 동주는 그때에 이미 新進詩人으 로서 詩壇에 이름을 날리고 있었다. 우리는 만나자 마자 10年의 知己처럼 서로 친해졌다. 밤늦게까지 문학을 이야기하고 철학을 논하고, 인생을 말하고, 민족을 걱정하고, 젊음과 꿈을 나누었다. 맥주를 마시면서 젊은 유학생들은 談笑에 시간가는 줄을 몰랐다. 宋夢奎는 多感하고 激情的이었다. 윤동주는 조용 하고 내성적이고 차분했다. 그는 우리들의 열띤 이야기를 빙그레 웃으면서 조용히 듣고 있었다. 나는 그에게서 순수한 魂과 성실한 詩人을 발견했다. 우리는 며칠동안 한데 어울려 敦篤한 友情과 깊은 親交를 서로 나누었다. 동주는 경도로 돌아갔다. 얼마후에 그는 讀書事件으로 日本경찰에 붙들려

---

24) 안병욱, 「나의 유학시절 9」, 『매일경제신문』, 1985년 11월 4일.

福岡刑務所로 갔다는 슬픈 소식이 들려왔다. 그는 나보다 三년 年上이었다.

안병욱은 같은 이야기를 몇 번인가 쓰고 있는데,[25] 지금까지의 윤동주 연구에서는 안병욱의 증언이 언급된 적이 없다. 안병욱의 증언은 완전히 신뢰하기 어렵다고 여겨졌기 때문일까. 그러나 윤동주, 송몽규의 일본유학 시기를 알아보는 데 있어 안병욱의 증언은 신뢰할 만한 중요한 자료로 보인다. 이 점을 검토해 보고자 한다.

우선, 윤동주와 송몽규가 함께 도쿄에 왔다는 것에 관해서는, 윤동주의 당숙(아버지의 사촌) 윤영춘(尹永春)의 증언이 있다. 당시 도쿄에서 교원으로 일하고 있었던 윤영춘은 "동주는 도오시샤(同志社) 대학 영문과에, 몽규는 교토 제대(帝大) 철학과에 각기 입학하고 얼마 안 되어 둘은 도쿄에 있는 나를 찾아 놀러왔다"고 쓰고 있다.[26] 이와 관련하여, 송우혜의 『윤동주 평전』은 두 사람의 도쿄방문에 대해 증언을 남긴 윤영춘과 김정우(金禎宇, 간도시절부터의 친구)의 글을 인용하며 이것이 모두 1942년 봄의 일에 대한 증언이라고 쓰고 있다. 김정우는 "동주는 도쿄에 있는 릿교오(立敎)대학에 편입할 예정이었고, 몽규는 교토(京都)로 갈 예정이었다"[27]라고 적고 있으므로, 이는 1942년 봄의 일로 보인다. 그런데 송우혜는 윤영춘의 증언을 인용하면서 "도오시샤(同志社)대학"의 부분에 "(입교대학의 착오)", "교토 제대(帝大) 철학과"의 부분에 "(사학과의 착오)"라고 주를 단 후에, 두 사람이

25) 안병욱, 「나의 청춘시절」, 『매일경제신문』, 1989년 9월 1일 ; 김형석·안병욱 대담 (KBS한국방송공사 편, 『일요放談』, 한국방송사업단, 1986) ; 안병욱, 「하숙방 친구, 윤동주」, 동인기획편집부 편, 『MBC 잊을 수 없는 사람들』, 동인기획, 1991 ; 안병욱, 「시인 윤동주」, 안병욱, 『사람답게 사는 길』, 자유문학사, 1996.
단, 방송국 인터뷰 〈하숙방 친구, 윤동주〉, 72쪽에서는 1942년 봄, 도쿄의 윤동주 하숙집에서 네 명이 만나 이야기를 했다고 되어 있다. 시기와 장소가 「나의 유학시절」의 기록과 상이하지만, 이것은 방송국측이 인터뷰에 기초하여 원고를 작성하는 과정에서 발생한 실수로 보인다.
26) 윤영춘, 「명동촌에서 후쿠오카까지」, 『나라사랑』 제23집, 1976, 110쪽.
27) 김정우, 「윤동주의 소년 시절」, 『나라사랑』 제23집, 121쪽.

1942년 봄에 도쿄에 왔다는 점에서 김정우와 윤영춘의 증언은 일치한다고 서술한다.[28] 송몽규는 교토제대 철학과가 아니라 사학과에 입학했으므로 그것을 바로잡아 두는 것은 당연하지만, 윤동주가 입학한 대학에 대하여 도시샤대학을 릿쿄대학의 실수로 보는 것은 올바른 것일까. 윤동주가 릿쿄대학에 입학한 1942년 봄에 도쿄에 왔다고 한다면, 두 사람이 "각기 입학하고 얼마 안 되어 둘은 도쿄에 있는 나를 찾아 놀러왔다"라는 윤영춘의 서술은 부자연스럽다. 윤영춘의 이야기는 윤동주가 릿쿄대학에서 도시샤대학으로 전학한 후의 일을 서술한 것으로 보는 편이 자연스러울 것이다.

윤영춘은 두 사람의 도쿄 방문에 대해 쓰고 난 바로 뒤에, "그해(1942년) 겨울 섣달 그믐날, 귀가 도중 나는 교토에 들렀다"라고 하며, 교토에서 윤동주를 만났다고 쓰고 있다. "그해(1942년) 겨울 섣달 그믐날"이란 음력 1942년 12월 31일을 가리키는 것이므로 양력으로 환산하면 1943년 2월 5일의 일이 된다. 그 무렵, 송몽규는 고향 간도에 귀성해 있었다.[29] 그 때문에 윤영춘은 윤동주와 만났다고 쓰고 있을 뿐, 송몽규에 대해서는 언급하지 않는다. 이러한 사실로부터 윤영춘이 말한 두 사람의 도쿄행은 윤동주가 도시샤대학으로 학교를 옮기고 잠시 후인 1942년 겨울의 일이었다고 보는 것이 타당할 것이다. 즉, 안병욱의 증언과 일치하는 것이다.[30]

---

28) 송우혜, 앞의 책, 325쪽.

29) 송몽규는 12월 경에 "병 요양"을 위해 고향 간도로 귀향했다.

30) 안병욱이 윤동주, 송몽규의 도쿄행이 「1941년 겨울 방학이라고 기억한다」고 쓴 것은 1942년의 잘못이다. 최근에 일본에서 간행된 多胡吉郎의 『生命の詩人·尹東柱』(影書房, 2017)은 안병욱의 증언(인터뷰 조사)에 대해 언급하고 있는데, 필자의 추론과는 다소 다른 점을 보여준다. 안병욱은 윤동주와 송몽규가 교토에서 도쿄로 왔을 때, 백인준의 요청으로 백인준의 하숙집에서 네 명이 만나 나흘간이나 "조선의 현재 상황과 장래에 대해 서로 이야기했다" "문학 이야기도 했고, 베토벤 등 고전음악 레코드도 들었다"라고 말했다고 한다. 안병욱은 이것을 1943년 1월이나 2월의 일이라 진술하고 있지만, 多胡는 간도로 일시 귀향했던 송몽규가 일본으로 돌아온 후라고 판단하며 같은 해 3월 말이나 4월의 일로 보아야 한다고 주장한다(146~148쪽). 그러나 두 사람이 도쿄로 온 후 자신이 교토에서 윤동주를 만났다고 하는 윤영춘의 증언을 감안하면 두 사람의 도쿄행은 1942년 11~12월에 이루어졌을

2) 연전시절의 친구 백인준

다음으로 도쿄에서 두 사람이 만났던 백인준(1920~1999)에 대해서 살펴보고자 한다. 안병욱이 말하는 것처럼 윤동주와 백인준은 "막역한 친구"라고 할 수 있는 관계였을까. 백인준이 윤동주, 송몽규와 함께 1938년 연희전문학교 문과에 입학했다는 것은 당시 신문에 게재된 합격자 명부로 확인할 수 있다. 같은 해 봄, 연전 문과 본과에 윤동주, 백인준을 포함하여 37명, 문과 별과에 송몽규 등 9명, 합계 46명이 합격했다.[31] 소수의 입학생이 매일 같은 강의를 수강했으므로 교우관계도 긴밀해졌으리라 여겨진다. 또한, 문학에 뜻을 두고 있었다는 점에서 윤동주와 백인준은 가까운 관계가 되었다고 보아도 큰 무리는 없을 것이다. 윤동주와 백인준이 "막역한 친구"였다고 말할 정도로 친밀했다는 안병욱의 증언은 조금 과장이 있다고 해도 충분히 신뢰할 수 있는 것이다.

윤동주와 송몽규를 검거한 교토 경찰이 작성한 자료에도 송몽규가 "쇼와 14(1939)년 2월경 연희전문학교에서 동급생 平沼東柱·白山仁俊·姜處重 등 몇 사람과 함께 조선문학 동인지를 출판하려고 기도하여 같은 해 8월 무렵까지 학교 기숙사, 혹은 찻집 등에서 수차례에 걸쳐 민족적 작품의 합평회를 개최하고, 서로 민족의식의 앙양과 조선문화의 유지에 힘씀"이라고 기재되어 있다.[32] 즉, 연전시절에 송몽규, 윤동주, 백인준, 강처중이 동인지 간행을 목적으로 회합을 거듭했음을 알 수 있다. 경찰은 이 사실을 윤동주, 혹은 송몽규의 공통된 진술을 바탕으로 기술했을 것이다.

백인준의 약력은 릿교대학에 남은 학적부로 파악할 수 있다.[33] 백인준이 졸업한 "평양제2중학"은 1938년 봄까지 조선인 학교인 평양고등보통학교

것이라고 추측된다.

31)『동아일보』, 1938년 4월 3일 ;『매일신보』, 1938년 4월 3일.
32)「재교토 조선인유학생 민족주의그룹사건 책동 개요」,『특고월보』, 1943년 12월분.
33) 이부키 고, 앞의 논문, 271~272쪽.

白山仁俊

다이쇼 9년 10월 27일 생.

본적 : 朝鮮平安北道雲山郡委延面牛上洞54

주소 : 東京淀橋區諏訪2-1-2石神方

아버지는 백남훈(白南勳)(광업)(주소는 본적과 동일),

호주 : 樂斗孫

쇼와 13년 평양제2중학 졸업, 15년 4월 8일 릿쿄대학 예과 입학, 17년
9월 예과 수료, 동년 10월 1일 문학부 철학과 입학, 19년 1월
20일 입영한 것으로 판명

였는데, 릿쿄대학의 학적부에는 변경 후의 학교명이 기재되어 있다. 이
학적부를 통해 몇 가지 사실을 알 수 있다. 첫째, 아버지가 백남훈이라는
인물이었다는 것은, 백인준의 가정환경을 살펴보는 데에 중요한 사실이다.
백남훈은 1930년에는 잡지 삼천리사의 평안북도 북진(北鎭)지사(북진은
운산군 내의 마을로, 이곳에는 큰 금광이 있었다) 경영[34] 외에, 1938년
3월까지는 동아일보 북진지국의 기자로 일했으며, 1940년 5월에는 동아일
보 운산 고장(古場) 지국장(고장은 운산군 내의 지명)이 된다.[35] 또, 해방
직후인 1945년 11월 20~22일 서울에서 열린 전국인민위원회대표자대회
에 평안북도 대표로 출석했다.[36] 이러한 활동으로 미루어 생각해보면,
백남훈은 광산업을 경영했을 뿐 아니라, 민족문제, 사회문제에도 관심을

---

34) 『삼천리』, 1930년 9월호, 사고(社告).

35) 『동아일보』, 1938년 3월 23일 근고; 『동아일보』, 1940년 5월 22일.

36) 「전국인민위원회 대표자회의사록」(김남식 편, 『『남로당』 연구자료집』 제2집, 고려
대학교 아시아문제연구소, 1974)에는 백남훈의 이름이 보이지 않지만, 각 도 대표를
모은 좌담회에는 "백남훈(평북)"이 출석하여 발언을 했다(「해방 후 13도 실상보고」,
『중앙신문』, 1945년 11월 22~28일).

가지고 실천적인 활동도 했던 지식인이었다고 말할 수 있을 것이다. 백인준도 이러한 아버지의 영향을 받았던 것으로 보인다. 단, "호주 : 樂斗孫"이라고 기재되어 있는 것은 모종의 착오일 것이다.

둘째, 백인준이 1940년 4월에 릿쿄대학 예과에 입학한 것은 연희전문학교를 중도에 자퇴했기 때문에 윤동주와 같이 "선과생" 자격으로도 본과에 입학할 수 없었기 때문이다.

셋째, 백인준이 릿쿄대학 문학부 철학과에 입학한 것은 1942년 10월이었으므로, 윤동주가 같은 대학 문학부 영문과에 입학했을 때 아직 예과에서 공부하고 있었던 셈이다.

윤동주와 백인준이 매우 친한 사이였다고 한다면, 윤동주가 교토제대 문학부가 아니라 릿쿄대학에 입학한 것은 그곳에 연전시절의 친구인 백인준이 있었기 때문이라고 생각할 수 있지는 않을까. 성적부에 따르면 윤동주가 릿쿄대학에서 수강한 강의는 영문과의 영문학연습과 "동양철사(東洋哲史)" 두 가지 뿐이었다.[37] "동양철사"는 강사 宇野哲人이 담당하는 동양철학사였다.[38] 영문학연습 이외의 영문과 필수과목을 듣지 않고 선택과목인 동양철학사라는 강의에 출석한 것은 철학과를 지망했던 백인준의 영향에 의한 것이었는지도 모른다. 백인준의 존재가 중요한 이유는 연전시대의 교우관계가 윤동주와 송몽규의 일본유학시기에도 이어졌다는 사실이 안병욱의 증언을 통해 확인될 뿐 아니라, 두 사람에 대한 판결문에 "조선독립운동"에 대해 이야기를 나눈 인물로서 백인준의 이름이 기재되어 있기 때문이다. 즉, 일본에 유학했던 윤동주와 송몽규는 연전시절에 그랬던 것과 같이 조선민족의 현재 상황과 장래를 깊이 염려하며 일본에서도 연전시절의

---

37) 이부키 고, 앞의 논문, 258쪽. 성적부 사진은 김응교, 「릿쿄대학 시절, 윤동주의 유작시 다섯 편」, 『한민족문화연구』 제41집, 2012, 14쪽 참고.

38) 『立敎大學一覽』쇼와 15년도, 47쪽. 宇野 교수는 윤동주의 시 「쉽게 씌어진 시」에 등장하는 「늙은 교수」의 모델로 추측되고 있다. 송우혜, 앞의 책, 346~347쪽.

친구에게 민족문화의 유지·향상에 힘을 디해야 한다고 이야기했다. 바로 이것이 일본 당국의 눈에는 '독립운동'으로 비춰졌던 것이다.

5. 송몽규·윤동주의 '독립운동'

1) 사건의 경과

윤동주 등이 조선독립운동 혐의로 검거된 것은 1943년 7월의 일이다. 특고경찰은 "재교토조선인학생 민족주의그룹사건"이라고 명명하여 송몽규, 윤동주 등을 조사했다. 특고가 작성한 보고서는 내무성 경보국 보안과 『특고월보』, 1943년 12월분에 수록되어 있다. 그밖에 사건기록으로 남아있는 것은 윤동주에 대한 교토지방재판소의 판결, 송몽규에 대한 교토지방재판소의 판결, 그리고 송몽규에 대한 판결문을 수록한 『사상월보』(1944년 4~6월분)에 첨부된 사건 개요에 대한 설명뿐이다. 이에 기초하여 사건의 경과를 정리하여 보면 다음과 같다.

① 검거 : 송몽규가 검거된 것은 1943년 7월 10일이다. 윤동주가 검거된 것은 나흘 뒤인 7월 14일인데, 같은 날에는 송몽규와 같은 하숙집에 사는 高島熙旭(高熙旭)도 체포되었다.[39] 3명은 시모가모(下鴨)경찰서에서 조사를 받았다. 특고의 기록 및 판결문에는 3명 이외에 송몽규, 윤동주가 독립의식을 고취한 대상으로 白山仁俊(白仁俊), 松山龍漢(조선이름 불명), 松原輝忠(金周鉉),[40] 白野聖彦(張聖彦)의 이름이 적혀 있어, 이들도 경찰 조사를 받은

---

39) 단, 경찰기록에는 3명 모두 7월 14일에 검거된 것으로 되어 있다.

40) 윤동주가 몇 번이나 민족의식의 앙양을 도모했다고 하는 松原輝忠에 대해서는 지금까지의 연구에서는 본명, 신원 등이 밝혀지지 않았지만, 『교토제국대학일람』,

것으로 보인다.

② **송치(송검)** : 송몽규, 윤동주, 고희욱 세 명은 12월 6일에 시모가모(下鴨) 경찰서에서 교토지방재판소 검사국으로 송치되었다. 거의 5개월에 걸쳐 경찰조사를 받은 셈이다.

③ **기소** : 검사국에서 조사를 받은 뒤 1944년 2월 22일에 송몽규와 윤동주는 치안유지법위반으로 "구공판(求公判)"(기소) 처분되었다. 고희욱은 1월 19일에 기소유예처분으로 석방되었다.

④ **예심** : 전전(戰前) 일본의 형사소송법(다이쇼 11년 법률 제75호)은 피고 사건을 공판에 부쳐야 할지 여부를 결정하기 위해 필요한 사항을 조사하는 것을 목적으로 하는 예심제도를 마련하고 있었지만, 두 사람의 예심이 언제 이루어졌는지 등은 분명하지 않다.

⑤ **공판** : 두 사람에 대한 공판은 교토지방재판소에서 열렸다. 판결문을 통해 송몽규는 교토지방재판소 제1형사부(재판장 小西宜治), 윤동주는 교토 지방재판소 제2형사부(재판장 石井平雄)의 공판에 회부되었음을 알 수 있다. 여기서 의문점은 두 사람의 공판이 왜 분리 진행되었는가 하는 것이다. 같은 사건에 관련된 것으로 간주되어 검사국 송치와 구공판(기소) 조치도 같은 날에 이루어졌음에도 불구하고, 공판만큼은 따로따로 받게 되었는데, 그 이유를 기재한 자료는 없다. 공판 담당검사는 에지마 타카시(江島孝) 검사가 두 사람 모두 담당했으므로 분리 재판의 이유는 없는 것으로 보이는 데, 무슨 이유인지 교토지방재판소의 다른 재판부가 공판을 담당하게 되었 다. 또한 공판이 언제 시작되어 몇 번 열렸는지도 불분명하다. 두 사람에게

1942년판 기록으로부터 1942년 10월에 교토제국대학 법학부 정치학과에 입학한 조선인 학생임을 알 수 있다(부록 7쪽). 교토제국대학 조선인 동창회 『쇼와19년1월 현재 명부』에는 법학부 재학생으로 「金周鉉 松原輝忠 (회생)二 (출신교)弘前 (귀성 지)함북 경성군 경성면 승암리184」로 기재되어 있다. 이 기록을 통해 松原輝忠의 본명이 김주현이라는 것, 히로사키(弘前)고등학교를 졸업했다는 것, 고향이 함경북 도 경성이었다는 것을 알 수 있다. 또 다른 자료에 의하면 1920년생으로 교토제대 재학중에 「학도병」(특별지원병)으로 자원하지 않고 노동자로 징용되었다.

번호인이 있있는지도 알 수 없다. 1941년에 제정된 새로운 치안유지법 제29조에 의하면, 치안유지법과 관련된 사건에 대해서는 사법대신 지정의 변호사를 선임하게 되어 있으며, 변호사를 자유롭게 선택할 수는 없었다. 당시 형사소송법 제334조는 사형·무기 또는 단기 1년 이상의 징역·금고에 해당하는 사건에 관하여는 변호인 없이 개정할 수 없다고 규정하고 있었다. 그러므로 두 사람의 재판에는 변호인이 출석했으리라 추측되지만, 그 이름은 기록되어 있지 않다. 형식적인 관선변호인이었던 것으로 보인다.

⑥ 구형과 판결 : 재판에서 심리 후, 검사는 두 사람을 상대로 징역 3년을 구형했다. 윤동주에 대한 판결은 3월 31일에 내려졌는데, 치안유지법 제5조에 따라 징역 2년(미결 구금일수 120일 산입)이 선고되었다. 송몽규에 대해서는 4월 13일에 마찬가지로 치안유지법 제5조에 따라 징역2년을 선고했지만 미결 구금일수는 산입되지 않았다.

⑦ 형 확정 : 윤동주는 판결 다음날 4월 1일에 상소권(上訴權)을 포기하여 형이 확정되었다. 송몽규도 판결로부터 4일 후인 4월 17일에 상소권을 포기함으로써 형이 확정되었다. 그렇다면 그들은 왜 상소권을 포기한 것일까. 치안유지법 제33조는 1심 판결에 대해 항소할 권리를 인정하지 않고, 상고(당시의 대심원(大審院)에 상소)만을 인정하고 있었다. 상고는 주로 원판결이 법령에 위반된다는 이유에 한해 인정되는 것이었기(형사소송법 제409조) 때문에, 두 사람은 대심원에서 싸워도 의미가 없다고 생각했기 때문일 것이다. 이후 두 사람은 후쿠오카 형무소로 이송되었다.(부기 참조)

이상과 같은 과정을 거쳐 두 사람의 "조선독립운동사건"은 일본의 경찰·사법 당국에 의해 처리되었다. 분명하지 않은 점이 많지만 가장 큰 수수께끼는 앞서 언급한 바와 같이 두 사람의 공판이 왜 분리되었는가 하는 것이다. 이에 대해서는 뒤에서 논하기로 한다.

2) 판결문에 기재된 '독립운동'

윤동주에 대한 판결문과 송몽규에 대한 판결문을 비교해서 읽어보면 몇 가지 점에서 양자에 큰 차이가 있음을 확인할 수 있다. 판결문은 검사의 기소장을 거의 그대로 베끼다시피 한 것에 불과한 경우가 많고, 검사의 기소장도 사실이 기록되어 있다기보다는 검사의 작문에 지나지 않는다고 말할 수 있지만, 그래도 일정한 사실을 반영하고 있었다는 것은 부인할 수 없다. 현재로는 윤동주와 송몽규에 대한 판결문에 적혀있는 '범죄행위'를 일일이 검증할 수 없으므로 일단 판결문에 쓰여 있는 것을 사실로 간주한 다음, 양자를 비교하고자 한다. 먼저 송몽규에 대한 판결문의 전문(前文)에 중국에서 독립운동에 참여한 경력이 적혀 있지만, 다른 부분에서 양자의 판결문은 독립을 위해 문화의 앙양, 민족의식의 배양을 도모했다는 점에서 거의 공통된다. 차이가 드러나는 대목은 범죄행위로 판단된 부분의 기재내용이다. 이를 검토하기 위해 판결문에 기록된 두 사람의 '독립운동'의 내용을 정리해 보면 다음과 같다. 판결문의 기재 내용을 그대로 인용하지 않고, 단순화하여 적는 것으로 갈음한다.

시기		송몽규	윤동주
1942년	11월 하순 경		白野聖彦(장성언)에게 조선어학회 검거에 대해 비판하며 조선문화의 앙양에 힘써야 함을 지시
	12월 초순 경		白野에게 조선민족은 개인적 이해를 떠나서 민족 전체의 번영을 초래하도록 마음을 써야 함을 강조
	12월 초순 경	고희욱에게 독립운동을 학구적, 이론적으로 전개해야 함을 역설, 독립의지를 앙양	
1943년	2월 초순 경		松原輝忠(김주현)에게 조선어 과목의 폐지에 대해 비판하며, 조선문화의 유지를 위해 독립이 필수적임을 역설

2월 중순 경		松原에게 조선인에 대한 차별 압박을 비난하고, 조선민족의 행복을 위해 독립이 급무임을 역설
4월 중순 경	송몽규가 윤동주에게 조선·만주에서의 차별과 압박의 상황을 말하고, 징병제도는 독립실현의 일대 위력이 된다고 주장	
4월 하순 경	(백인준과 세 명이) 징병제도에 의해 조선인은 군사지식을 얻는 것, 일본패전의 때는 우수한 지도자 아래 민족적 무력봉기에 의해 독립을 실현해야 할 것, 그를 위해 각자 실력을 양성해야 할 것을 서로 강조하고, 독립의식의 강화를 꾀함	
5월 초순 경		白野에게 조선의 현 상황을 타파하고 고유문화를 발양하기 위해서는 독립이 필요하다고 역설
5월 하순 경		松原에게 조선의 독립을 위해서는 일본이 패전해야만 한다고 주장
6월 하순 경		白野에게 민족의식 강화를 위해 '조선사개설'을 빌림
6월 하순 경	고희욱에게 전쟁종결 후 강화회의 시 조선독립의 여론을 환기시켜 세계 각국의 동정을 얻어 독립을 달성해야 함을 역설	
6월 하순 경	일본이 전력피폐하고 호기가 도래하면 인도의 찬드라 보스와 같은 위대한 지도자가 출현하므로 호기를 잡아 독립달성을 위해 궐기해야 한다고 서로 격려	
7월 중순 경		松原에게 문학은 민족의 행복추구의 견지에 입각해야 함을 강조

송몽규의 행위(윤동주, 백인준과 대화한 내용, 고희욱과 이야기한 내용)는 대부분 '독립운동'에 관한 것, 또는 그와 관련된 것이었다. 반면, 윤동주가 白野나 松原에게 말한 대부분은 조선문화의 유지·향상에 관한 사항이었다. 白野, 松原의 이름은 윤동주에 대한 판결문에 나왔는데 특고경찰의 기록에는 거명되지 않았다. 그들이 경찰 취조를 받았지만 송검되지 않았다는 것을 보면 윤동주가 그들에게 이야기한 내용을 특고경찰도 그리 중대한 것으로 여기지 않았던 것으로 보인다. 한편 송몽규가 '독립운동'을 해야 한다고 이야기한 고희욱은 검거, 송검되고 송몽규의 판결문에도 이름이 기재되었다. 송몽규의 언동이 윤동주의 그것보다 중대한 내용이라고 특고경찰은 판단한 것이다. 그러나 판결은 윤동주의 행위를 "국체를 변혁하려는 목적으

로 그 목적의 수행을 위해 행위를 한 것"으로 인정하여 치안유지법 제5조를
적용하였다.

판결문에 따르면, 윤동주와 송몽규가 이야기한(거의 송몽규가 윤동주에
게 말했다) 내용은 치안유지법 제5조[41] 중 독립운동의 "실행에 관하여
협의 혹은 선동을 함"에 해당되는 반면, 윤동주가 김주현이나 장성언에게
말한 내용은 제5조에서 말하는 독립운동을 "선전하고 그 목적의 수행을
위해 행위를 한 것"에 해당되는 것이라고 할 수 있다. "선전"이나 "목적수행을
위해 한 행위"가 "실행"의 협의·선동에 비해 죄질이 가볍게 여겨질 것은
말할 것도 없다. 즉, 판결문에 기재된 내용에 한해서도, 송몽규의 행위는
윤동주의 그것에 비해 무겁게 처벌되어야 한다고 판단되었던 것이다. 따라
서 같은 징역 2년 형이면서도 윤동주에게는 미결 구금일수 120일이 산입된
반면 송몽규에게는 산입되지 않았다.

윤동주와 송몽규의 판결문을 독해함으로써 파악할 수 있는 것은 독립을
위한 구체적인 행동을 주장한 것은(그렇다고 해도, 그것을 실행에 옮긴
것은 아니다) 주로 송몽규이고, 윤동주는 그에 동조한 정도이며, 윤동주가
중시했던 것은 조선문화의 유지·앙양을 위해 노력하는 것이었다는 점이다.
『특고월보』에 게재된 경찰의 기록이 송몽규를 사건의 "중심인물"로 묘사하
는 것도 경찰 당국이 그렇게 보고 있었을 뿐만 아니라 송몽규와 윤동주의
관계가 실제로 그러했기 때문이었을 것이다. 그렇다고 해서 윤동주를 단순
한 "피해자"로 보아야 한다는 것은 아니다. 송몽규의 주장에 윤동주도
동조했고, 그 사실을 경찰과 검찰의 조사에서도 부인하지 않았던 것은

41) 치안유지법 제5조의 조문은 다음과 같다. "제1조 내지 제3조의 목적을 가지고
그 목적이 되는 사항의 실행에 관해 협의 혹은 선동을 하거나, 또는 그 목적이
되는 사항을 선전하여 그 목적수행을 위한 행위를 한 자는 1년 이상 10년 이하의
징역에 처한다." 제1조는 "국체를 변혁하려는 목적으로 결사를 조직"한 자나 그에
참여한 자, 제2조는 그 결사를 "지원하는 것을 목적으로 결사를 조직한 자" 등,
제3조는 "결사의 조직을 준비하려는 목적으로 결사를 조직한 자"를 처벌 대상으로
하고 있다.

아닐까. 윤동주는 송몽규가 치안유지법으로 처벌된다면 자신도 똑같이 처벌을 받는 것이 당연하다고 생각했던 것으로 보인다.

3) 두 사람은 왜 분리재판을 받았는가

여기에서 사법절차에 관한 수수께끼로 거론된 문제, 즉 두 사람이 왜 분리재판을 받았는지에 대해 생각해 보고자 한다.

치안유지법은 기본적으로 '결사'를 처벌·탄압의 대상으로 하는 법률이었다. 결사를 조직하는 행위, 그것에 가입하는 행위 등이 주로 심판을 받았다. 결사가 존재하지 않아도 그 조직을 준비하거나 이를 위해 협의하는 행위까지도 단속의 대상으로 확대되었지만, 그 경우에도 어디까지나 결사라는 존재가 상정되어 있다. 따라서 치안유지법 위반의 재판은 복수의 피고를 재판하는 것이 일반적이었다. 송몽규와 윤동주 사건의 경우도 두 명 혹은 백인준 등과 이야기를 나눈 것을 '협의'에 해당된다고 보았다면, 두 사람을 동일한 재판에 회부하는 것이 자연스럽다. 그럼에도 불구하고 두 사람은 왜 분리재판을 받았는가.

경찰, 검찰은 윤동주와 송몽규를 다른 조선인 학생과 함께 조사하고, 중심인물은 송몽규라고 생각했지만 윤동주 또한 조선독립에 대한 생각을 송몽규와 같이 하고 있는 것으로 보아 기소했다. 그러나 두 사람의 언동은 '죄질'의 측면에서 명백히 달라, 이 두 사람의 '범죄행위'를 동일한 기소장에 서술할 경우 송몽규를 중심인물, 즉 '주범'으로, 윤동주를 '종범'으로 묘사하게 됨으로써 처벌에 관해서도 두 사람 사이에 차이가 발생할 가능성이 있었다. 그러나 독립을 지향한다는 점에서 윤동주도 송몽규 못지않게 강한 신념을 가지고 있는 것으로 본 검찰은 윤동주에게도 그에 상응하는 처벌을 부과해야한다고 생각했다. 그래서 둘을 분리하여 공판에 회부하는 것이 좋다고 판단한 것이 아닐까.

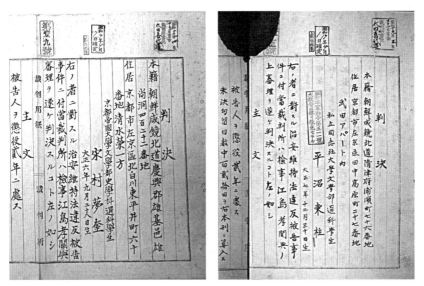

〈그림 5〉 왼쪽은 송몽규에 대한 판결문(교토지방재판소 제1형사부, 1944년 4월 13일), 오른쪽은 윤동주에 대한 판결문(교토지방재판소 제2형사부, 1944년 3월 31일)

송몽규에게는 중국에서 독립운동에 참여하고 검거된 전력이 있어 실형이 예상되었지만, '중심인물'이 아닌 윤동주에 대해서는 집행유예 판결이 나올 가능성이 있었다(형법규정은 징역2년 이하의 판결의 경우 집행유예로 할 수 있었다). 이를 피하기 위해 굳이 분리 공판을 하여 윤동주를 사건의 '주역'으로 만드는 전술을 사용한 것이 아닐까. 윤동주도 '주범'임을 강조하기 위해 판결문(그 기초가 된 기소장)은 윤동주의 '범죄행위'를 길게 나열하고 있다. 송몽규의 '범죄행위'가 다섯 항목이었던 반면 윤동주의 그것은 11개에 이른다. 그러나 그 중 8개는 송검되지 않았던 白野, 松原에 대하여 민족문화를 유지, 향상해야 한다고 강조한 '범죄행위'였다.

윤동주를 사건의 '주역'으로 만들기 위해 사법당국이 '분리공판'이라는 전술을 사용했으리라는 것은 필자의 추측에 지나지 않지만, 양자의 판결을 읽고 비교하여 보면 그 가능성을 부정할 수 없다. 이러한 추정이 가능하다면 조선민족의 독립을 바라고 민족문화를 지키고자 한 조선인 청년에 대해

일본의 사법당국이 취한 조치는 바로 잔혹함 그 자체였다고 하지 않을
수 없다.

6. 맺음말

이 글은 윤동주와 송몽규의 일본 유학 시기를 자료에 근거하여 규명하려
하였다. 특히 송몽규가 일본에서 유학생활을 어떻게 보냈는지를 밝히려
노력했다. 불충분한 점이 많이 남아있지만, 종래의 연구에서 언급되지
않았던 몇 가지 사실을 밝힐 수 있었다.

첫째, 윤동주와 송몽규는 연희전문학교를 졸업할 때까지 제출하지 않았
던 '창씨신고서'를 일본 유학에 필요한 서류를 준비하기 위해서 제출했다.
특히 송몽규의 '창씨신고서'는 졸업증명서, 추천서 등을 받아서 교토에
향하기 직전에 제출된 것이었다. 송몽규의 창씨명 '宋村'은 일본어 독음으로
'구니무라'라는 특수한 읽기 방법이었다.

둘째, 송몽규는 교토제국대학 문학부 사학과의 선과입학시험을 치러서
합격했지만, 윤동주는 교토제국대학의 입학시험을 치르지 않았다. 그는
처음부터 릿쿄대학에 입학하고자 했을 가능성이 있다.

셋째, 교토제국대학에 입학한 송몽규는 서양사 전공을 택하고 독일어
원서를 읽는 세미나에 출석했다는 사실을 확인했다. 그러나 역사연구에
주력하면서도 일본인 학생들과는 거리를 두고 있었던 것으로 보인다. 또한
당시 교토에서 공부하고 있었던 조선인 학생들과는 좁은 범위에서 교유하고
있었으나 적극적으로 교유의 범위를 넓히려고 하지는 않았던 듯하다.

넷째, 송몽규와 윤동주는 연희전문학교 시절의 친우이자 도쿄에서 유학
생활을 보내고 있었던 백인준과는 적어도 두 번에 걸쳐 만남을 가지고
조선민족이 직면한 문제 등에 대해 이야기했다. 연전 시절에 뜻을 같이하고,

함께 동인지 간행을 도모했던 친우와의 관계가 일본 유학 시기에도 이어졌던 것이다.

다섯째, 이러한 유학생활을 보내던 두 사람을 특고경찰은 '조선독립'의 의지를 강하게 품고 있다고 보고 검거했다. 특고경찰과 검사는 송몽규가 그 '중심인물'이라 판단하면서도, 윤동주도 송몽규에 못지않게 민족의식이 강하고 독립의 희망을 가진 인물로 보았고, 윤동주를 처벌하기 위해 송몽규와는 분리하여 재판에 부쳤을 가능성이 있다. 그것은 미약하게라도 식민지 지배에 저항의식을 가진 자가 있다면 폭력적으로 억압하는 국가권력의 실상을 드러내는 것이었다.

윤동주와 송몽규의 일본 유학 시기에 대해서는 우선 이상과 같이 정리할 수 있지만, 앞으로도 자료 등을 계속 발굴해서 확인할 필요가 있다는 것은 말할 필요도 없다.

끝으로 윤동주, 송몽규 검거 후 백인준의 상황에 대해 언급해 두겠다. 송몽규와 윤동주가 경찰에 체포된 후, 1943년 가을에는 문과계 학생의 군대 징집면제가 폐지되고 '학도출진'이 이루어졌다. 징병대상이 아니었던 조선인·대만인 학생에게는 특별지원병 임시채용의 형태로 '학도병' 징집이 실시되었다. 송몽규가 공부하고 있던 교토제국대학의 문과계 학부(문, 법, 경제, 농 각학부)에는 1944년 1월의 시점에 조선인 학생 43명이 재적 중이었지만, 같은 달 20일에 학도병으로 26명이 입대하고 이후 3명이 더 입대하여 합치면 3분의 2의 학생이 징집되었다. "특별지원병에 지원하지 않기 때문에 휴학"을 한 학생 7명 등을 빼면 남은 학생은 고작 6명이었다. 이 중 한 명은 검거된 송몽규였다.[42] 그 후 교토제대 문학부는 송몽규를 1944년 3월 23일에 무기정학, 같은 해 5월 18일에 '퇴학'(제적) 처분했다.[43]

---

42) 교토대학문서관 편, 앞의 책 제1권, 20쪽·29쪽.
43) 이부키 고, 앞의 논문, 278~279쪽. 한편, 윤동주는 서류상 1948년 12월까지 도시샤대학에 재적 중이었다. 같은 달 24일 '장기결석 학비미납'으로 제적되었다.

백인준은 송몽규 등의 "조선독립운동사건"에 관련되어 경찰조사를 받았던 것으로 보이지만, 송검·기소되지 않고 석방되었다. 백인준이 릿쿄대학으로 다시 돌아갔던 무렵에는 조선인 학도병 지원을 강제로 독촉하는 움직임이 일어나고 있었다. 백인준도 학도병 '지원'의 대상이었다. '지원' 접수는 윤동주·송몽규가 경찰에서 조사를 받던 1943년 10월 25일부터 시작되었지만, '지원'자가 적었기 때문에 조선총독부, 육군성, 문부성, 조선장학회, 학교 당국 등이 대상 학생과 가족에게 압력을 가하여 '지원'자를 모았다. 이듬해 1월 20일에 입대한 재일(在日) 학생은 774명(적합자의 55퍼센트)에 달했다.[44] 릿쿄대학의 기록에 의하면, 백인준은 릿쿄대학 문학부 철학과 재학 중(2학년)에 '학도병'(육군특별지원병)으로 일본군에 징집되었다. 릿쿄대학 경제학부·문학부 교무과 『쇼와18년기입영학생부』에는 1944년 1월 20일 입영한 것으로 기록되어 있다. 백인준의 '지원'은 여러 압력을 받은 결과겠지만, "조선독립운동사건"에 관여했던 사실이 '지원'과 어떤 관련이 있었는지도 모른다. 송몽규와 윤동주 두 사람이 기소되었을 때, 백인준은 이미 학도병으로 입영한 상태였다. 중국 전선으로 보내졌던 백인준은 조선 해방 후 고향인 북한으로 돌아가 문학활동을 시작하여 1946년에는 원산문학가동맹이 발행한 시집 『응향(凝香)』을 퇴폐주의적이라고 비판하는 논문을 썼다. 이 '응향'사건은 북한에서 문학활동을 통제하는 계기가 되었다고 평가되고 있다. 1950년대에 시 이외에도 가극대본·연극·영화 시나리오 등 많은 작품을 발표하고 1959년부터 조선중앙통신사 부사장을 역임했다. 1972년 백두산 창작단 부단장, 1983년 문학예술총동맹 위원장, 1990년 최고인민회의 부의장 등 요직을 맡으며 문예계에서 유일사상체계를 확립하는 데 중요한 역할을 한 백인준은 1974년에 김일성 훈장을 받았다. 한편, 1980~1990년대에는 남북 문화교류시 북측 대표로 등장해 1985년에는 평양

---

44) 姜德相, 『朝鮮人學徒出陣』, 岩波書店, 1997, 297쪽. 한국어판은 姜德相 지음, 정다운 옮김, 『일제 강점기 말 조선 학도병의 자화상』, 선인, 2016.

예술단 단장으로 서울을 방문했고, 1995년에 북한을 방문한 문익환 목사를 맞이하는 책임을 맡기도 했다. 1999년 1월 20일 사망, 애국열사릉에 안장되었다.[45] 백인준은 연전 시대와 일본 유학시절의 친구였던 윤동주, 송몽규와의 관계에 대해 이야기하지 않고 78세의 생을 마감했다.

| 부 기 |

和歌山縣 「鮮(臺)特別要視察人略式名簿」에 송몽규와 윤동주에 대한 기술을 볼 수 있다. 이 명부에는 1945년 전반까지 일본 거주 요시찰조선인들의 주소 이동 등에 관한 기술이 있다. 송몽규, 윤동주 두 사람이 1944년 2월 10일에 교토부 경찰부의 요시찰인(乙號)로 편입된 것으로 되어 있으며, 송몽규의 창씨명 '宋村夢奎'에 '구니무라 무케이'라는 독음이 붙여져 있다. 윤동주에 관한 부분에는 '교토구치소에서 후쿠오카 형무소로 이감(移監)(昭和 19년 5월 11일)'이라고 기재되어 있으나 송몽규의 후쿠오카 형무소 이감 날짜에 대한 기재는 없다.

이 자료는 일본의 '아시아 역사 자료 센터' 사이트에서 확인할 수 있다 (JACAR(アジア歷史資料センター) https://www.jacar.go.jp/Ref.A06030132000). 또 이 명부의 윤동주, 송몽규에 관한 부분은 국가보훈처,『海外의 韓國獨立運動史料 39 : 일본편 13, 조선·대만 특별요시찰인 약식명부』, 국가보훈처, 2016에도 수록되어 있다. 이 자료의 존재를 알려 준 연세학풍연구소 홍성표 박사에게 감사의 뜻을 표한다.

---

45) 백인준의 약력은 주로 대한매일신보사『북한인명사전』, 2003, 465쪽 및 이명재 편,『북한문학사전』, 국학자료원, 1995, 518~521쪽에 의함.

참고문헌

『京都帝國大學一覽』, 昭和 17年.

京都帝國大學朝鮮學生同窓會, 『昭和19年 壹月 現在名簿』, 1944.

京都帝國大學 文學部 敎務課, 「入學願書 昭和17年4月」, 「昭和17年1月 入學關係綴」(京都大學 大學文書館 소장)

京都大學 大學文書館 編, 『京都大學における「學徒出陣」調査硏究報告書』第1卷, 第2券, 2006.

『特高月報』, 1943년 12월, 「在京都朝鮮人學生民族主義グループ事件策動槪要」.

송몽규, 윤동주에 대한 判決文(京都地方檢察廳 소장)

『東亞日報』

『每日新報』

『三千里』

『中央新聞』

강덕상 저, 정다운 역, 『일제 강점기 말 조선 학도병의 자화상』, 선인, 2016.

김응교, 「릿쿄대학 시절, 윤동주의 유작시 다섯 편」, 『한민족문화연구』 제41집, 2012.

김정우, 「윤동주의 소년 시절」, 『나라사랑』 제23집, 1976.

미즈노 나오키 저, 정선태 역, 『창씨개명-일본의 조선지배와 이름의 정치학』, 산처럼, 2008.

미즈노 나오키, 「윤동주는 '창씨개명'을 했는가」, 『다시올文學』 2013년 겨울, 2013.

송우혜, 『윤동주 평전』(제3차 개정판), 서정시학, 2017.

안병욱, 「나의 유학시절 9」, 『매일경제신문』, 1985년 11월 4일.

연세학풍연구소 편, 『남북분단 속의 연세학문』, 혜안, 2017.

윤영춘, 「명동촌에서 후쿠오카까지」, 『나라사랑』 제23집, 1976.

친일인명사전편찬위원회 편, 『친일인명사전』 제2권, 민족문제연구소, 2009.

홍성표, 『해방공간 강성갑의 기독교사회운동』, 연세대학교 대학원 신학과 박사학위논문, 2016.

多胡吉郎, 『生命の詩人 尹東柱』, 影書房, 2017.

林尹夫, 『わがいのち月明に燃ゆ』, 筑摩書房, 1980.

송몽규의 민족의식 형성과 기독교[*]

1. 머리말

대표적인 민족 시인으로 널리 알려진 윤동주에게는 같은 해, 같은 집에서 3개월 먼저 태어난 사촌형제 송몽규가 있었다. 이 두 사람은 거의 대부분의 시간을 함께 보내다가, 일본에서 독립운동 혐의로 체포되어 같은 감옥에서 거의 같은 시기에 옥사했다. 송우혜는 『윤동주 평전』에서 송몽규와 윤동주 "두 사람은 참으로 평생을 두고 생과 사를 함께 나누었다. 그래서 윤동주 연구에서 송몽규란 인물은 도저히 빠뜨릴 수 없는 존재"이며,[1] 송몽규의 행적이 밝혀져야만 윤동주의 삶 역시 제대로 해명되는 부분이 있는 등, "윤동주 연구에서 송몽규는 반드시 함께 연구되어야 할 존재"라고 강조하였다.[2] 이렇듯 송몽규에 대한 연구자들의 관심은 윤동주와의 관계에서 비롯되지만 관련 자료가 부족하다는 이유로 송몽규에 대한 연구는 찾아보기 어려울 뿐만 아니라 윤동주만 기억되었고 송몽규는 잊혀졌다.[3] 윤동주의 경우에

---

[*] 이 글은 학술회의에서 발표된 이후 내용을 일부 수정하여 같은 제목으로 『동방학지』 180, 2017에 수록된바 있다.

1) 송우혜, 『윤동주 평전』, 서정시학, 2014, 31쪽.

2) 송우혜, 위의 책, 119쪽.

3) 윤일주는 「윤동주의 생애」라는 글을 쓰면서 아쉽고도 안타까운 일들 중에서 첫째로 "송몽규(宋夢奎)형에 대하여 별반 추모의 표시가 갖추어진 바 없었다는 사실이다.

도 작품이 다수 남아 있다는 것을 제외하고는 윤동주의 삶 그 자체에 대한 객관적인 연구 자료는 충분하지 않다. 윤동주의 삶에 대한 윤일주, 정병욱, 문익환 등의 증언이 풍부하게 남아 있어서 그나마 윤동주의 생애를 복원하고 작품의 의미를 찾는 연구가 활발하게 이루어지고 있는 것이다.[4] 결국 송몽규에 대한 연구는 윤동주 연구에 의지하고 도움을 받을 수밖에 없으나, 또 한편으로는 윤동주 연구에 의해 제약을 받고 있다. 그것은 송몽규에 대한 객관적 자료가 거의 없을 뿐만 아니라 송몽규에 관한 증언들 또한 대부분 윤동주와의 관계에서 윤동주를 설명 또는 이해하기 위한 목적 으로 이루어졌다는 것을 의미한다.

　송몽규와 윤동주, 두 사람에게는 기독교가 삶의 바탕이었다. 이들은 간도지역의 '기독교 민족주의'를 대표하는 명동촌의 명동교회에서 기독교 신앙을 함께 받아들였으며, 명동교회가 운영했던 명동학교에 진학하여 기독교 민족교육을 같이 받았다. 명동교회와 명동학교 시절은 윤동주에게 있어서 생애의 절반이상을 살았다는 것 이외에도 그의 인격 및 시적 감수성 의 골격이 형성된 곳이었으며,[5] 문익환은 윤동주를 명동의 기독교가 만든 가장 원숙한 작품이라고 말하였다.[6] 다수의 연구자들이 주목해 왔던 윤동주

그도 재사(才士)였으나 남긴 글이 하나도 전해지지 않고, 그의 친가족이 이남 땅에 살고 있지 않은 까닭도 있지만 동주 형의 명성에 비할 때 늘 죄송한 마음이 따른다."고 하였다. 윤일주, 「윤동주의 생애」, 『나라사랑』 23, 1976, 149쪽.

4) 권오만에 의하면 "시인 윤동주의 삶의 자취는 시인 자신이 남겨놓은 글들로써 주로 전해지기 보다도 그와 가까운 거리에서 그를 살펴보았던 이들-윤일주, 윤혜원, 윤영춘, 문익환, 김정우, 장덕순, 강처중, 정병욱, 유영 같은 이들의 증언을 통해서 짐작할 수밖에 없도록 되어 있다. 시인의 생전의 자취를 전해준 여러 증언들 중에서도 시인보다 꼬박 10년 뒤늦게 태어난 아우 일주의 증언은 현저하게 주목을 받아왔다. 그의 증언은 폭넓고 정밀하며 연구자들의 필요를 적절하게 헤아린 점에서 시인의 생애와 작품들을 이해하는 데에 가장 긴요하게 활용되었다고 말할 수 있는 것이다."라고 설명하고 있다. 권오만, 『윤동주 시 깊이 읽기』, 소명출판, 2009, 395쪽.

5) 송우혜, 앞의 책, 67쪽.

6) 문익환은 명동교회와 윤동주의 관계를 "조국광복을 위해선 신교육이 절대 필요했고

의 작품 배경이 되는 기독교 신앙은, 독립운동에 앞장섰던 송몽규의 민족의식 형성에도 커다란 영향을 미쳤다. 그러나 송몽규와 윤동주에게 커다란 영향을 미쳤던 명동교회의 기독교 민족주의는 1920년 경신참변 이후 급격한 변화를 겪기 시작했다. 1919년 3·13운동 이후 경신참변으로 이어진 일제의 탄압 속에서 만주의 캐나다 선교부는 일제의 만행을 폭로하고 진실을 말하고자 하는 인도주의적인 입장과 일제와 갈등을 일으키지 않고 선교활동을 계속해나가겠다는 어중간한 이중적 입장을 보였고, 기독교 민족운동의 한계를 느낀 많은 청년·학생들은 사회주의·공산주의에 경도되어 교회를 떠났다.[7] 만주 지역의 기독교 민족주의와 관련한 연구들은 대체로 1920년대 중반 이전까지 전개된 기독교 민족운동에 관심을 갖고 있으며,[8] 윤동주와 관련한 연구에서도 명동교회와 명동학교의 변화는 중요하게 다루어지지 않았다.

신교육을 위해서라면 못할 일이 없는 심정들이었다. 그야말로 절대 절명이었다. 그러나, 그 어른들이 기독교에 개종했을 때 그들은 종교를 조국광복이라는 목적을 위한 수단으로 삼아버리지 않았다. 그들은 기독교에 진지한 자세로 다가선다. 그들에게는 어떤 새로운 가르침이라도 진지하게 알아보려는 구도정신이 있었다. 신교육의 모체인 기독교를 소화시키다 보니 기독교와 유교를 민족애라는 용광로 속에서 완전히 녹여서 새로운 세계관, 인간상을 찍어내게 되었던 것이다. 그렇게 찍어낸 작품 가운데 가장 원숙한 작품이 동주였던 것이다."라고 설명하였다. 문익환, 「하늘·바람·별의 詩人 尹東柱 3」, 『월간중앙』, 1976년 4월, 308쪽.

7) 이명화, 「북간도 한인사회의 기독교 수용과 명동교회」, 『간도와 한인종교』, 한국학중앙연구원 문화와종교연구소, 2010, 140~142쪽.

8) 고병철은 "간도출병(1920년)과 간도참변 이후 재만 한인의 민족운동은 일본의 군사력 앞에서 점차 약화된다. 민족운동에 참여한 종교인들도 검거 대상이 되면서 종교와 민족주의의 연관성도 점차 약화된다. 그렇지만 종교단체들은 정교분리에 입각하여 교세 확장을 지향한 종교운동에 관심을 집중한다. 나아가 정교분리 담론 속에서 종교단체는 일본과 만주국의 정치를 비판하기보다 '종교보국'의 명분으로 기존에 비해 반공 시책 등에 적극 부응하며 친일 양상을 보인다. 이 때문에 연구자들은 주로 1920년대 중반 이전까지 전개된 한인의 민족운동에 관심을 보인다."고 설명하였다(고병철, 「일제강점기 간도지역의 한인 종교와 민족주의-종교민족주의 개념을 중심으로」, 『간도와 한인종교』, 38쪽). 서굉일의 『일제하 북간도 기독교 민족운동사』 또한 1920년 경신참변까지만 다루고 있다(서굉일, 『일제하 북간도 기독교 민족운동사』, 한신대학교 출판부, 2008).

송몽규는 명동교회의 기독교 민족주의가 일제의 탄압 속에서 한계를 느끼고 대안을 모색해야 할 때 기독교 신앙을 접하게 되었다. 이 글은 명동교회로부터 기독교 신앙을 받아들였던 송몽규가 시대상황에 따라 '기독교'와 '민족'의 관계를 어떻게 설정하고 민족의식을 형성해 왔는지를 살펴봄으로써 윤동주에 비해 기억되지 못했던 송몽규의 삶을 재조명하고 더 나아가 윤동주의 작품을 더욱 깊이 이해하는 데에 참고가 되고자 한다.

2. 북간도 명동촌의 기독교

송몽규는 1917년 9월 28일, 용정의 윤동주의 집에서 아버지 송창희(宋昌羲, 1891~1971)와 어머니 윤신영(尹信永, 1897~1966) 사이에서 장남으로 태어났다. 송몽규의 아명(兒名)은 한범(韓範)으로 은진중학교 시절까지 사용했으며, 형제들로 여동생 한복(1923년생), 우규(1931년생)가 있다.

송창희는 함경북도 경흥군 웅기읍 웅상동에 근거를 둔 송시억(宋始億)의 6남 1녀 중 다섯째 아들로 웅상에서 나서 자랐다. 서울에 유학하여 신교육을 받았고 명동에 가서 윤동주의 큰 고모인 윤신영과 결혼하고 명동학교 선생으로 조선어와 양잠을 가르쳤다. 송창희는 명동학교 교사를 거쳐 후에 7도구(七道溝)소학교 교장을 지냈으며, 송몽규가 연희전문에 다닐 무렵에는 화룡현청 소재지인 대랍자촌(大拉子村)의 촌장을 지냈으나 끝내 일본어를 배우지 않았다고 한다. 송몽규의 연희전문 학적부에 호주로 기입되어 있는 조부 송시억은 일찍이 기독교를 받아들였으며 교회에서의 신급(信級)은 영수(領袖)에까지 올랐다.[9]

송몽규는 1925년 명동학교 소학부에 입학하여 1931년 3월 20일 졸업하였

---

9) 송우혜, 앞의 책, 123~128쪽.

다. 송몽규는 윤동주, 문익환 등과 함께 명동학교 소학부에 다녔으며, 이들에게 명동학교 시기는 매우 중요한 의미를 갖는다.[10] 이들의 명동학교 소학부 시절은 문익환의 증언이 중요한 자료로 사용된다.

> 동주와 내가 졸업하던 1931년까지는 명동학교는(그때는 소학교뿐이었음) 행사 때마다 태극기를 걸고 애국가를 불렀다. 학과목 가운데서 가장 중요한 과목이 한국사였다는 것은 더 말할 나위도 없다. 작문시간에는 어떤 제목이 나오든 「조선독립」으로 결론을 끌고 가지 않으면 제대로 점수를 못 받았을 정도였다. 망국의 울분을 짓씹으면서도 우리는 조국의 품안에 안겨있는 느낌이었다.[11]

1908년 개교한 명동학교는 많은 역경 속에서도 기독교를 바탕으로 항일 민족교육을 일관되게 실시하여 수많은 애국인재를 배출한 간도지역의 대표적인 기독교 민족학교였다. 그러나 1920년 경신참변 이후 명동학교의 성격과 위상에는 많은 변화가 있었다. 일제는 명동학교를 항일의 소굴로 여겨 1920년 10월 20일 학교를 불태웠다. 김약연이 수감된 후 교장을 맡았던 김정규는 교직원과 학생 및 주민들과 학교재건에 박차를 가하였다. 이들은 복구과정에서 온갖 어려움을 이겨내고 헌신적인 노력과 희생으로 1921년 2월 명동학교를 재건했으나 학생을 가르치고 학교를 재건하고자하는 목표를 이루기 위해서 일제와 타협할 수밖에 없었다.[12] 재건된 명동학교는

---

10) 송우혜는 윤동주의 생애에서 명동마을과 명동소학교의 시절은 27년 남짓한 생애에서 절반 이상인 14년을 명동에서 살았다는 것 이외에도 그의 인격 및 시적 감수성의 골격이 형성된 곳이라고 설명한다. 송우혜, 위의 책, 67쪽.

11) 문익환, 앞의 글, 306쪽.

12) 『동아일보』, 1921년 2월 27일, 「昨春兵火에 燒失된 間島 明東校의 復興 이전 독립운동자의 양성소 최근에 다시 부활되얏다고」. 기사의 말미에 "작년에 불에 탈째의 현재 교댱으로 잇던 김뎡규(金定奎)씨가 각 방면으로 주선하야 요사이에 다시 그 학교를 복흥케 되얏다는대 일본령사관 편에도 원만한 량해를 어덧다더라."고 보도하였다.

조신총독부가 편찬한 교과서를 사용하고 일본어 교사를 받아들였으며, 종교와 교육을 구별하여 종교에 관계없이 학생을 입학시키는 등 조선총독부의 교육령을 준수하였다.[13]

일제와의 타협으로 명동학교는 재개되었으나 일제의 탄압을 직접 경험한 학생들은 그 이전에 이루어졌던 기독교 민족교육이나 신교육의 필요성을 절실하게 느끼지 않았으며, 급속하게 영향력을 확대한 사회주의와 공산주의 사상에 큰 영향을 받기 시작했다. 사회주의 사상이 급격히 확산되는 가운데 1923년 봄 감옥에서 풀려나 명동학교 교장으로 복귀한 김약연은 이전처럼 기독교 이념에 기초한 교육을 실시하는 등 기독교적 통제를 강화하고 학생들의 사회주의 운동 참여를 막고자 하였다. 학생들은 이에 반발하여 종교와 교육의 분리를 주장하고 교장의 퇴진을 요구하는 동맹휴학에 돌입하였다. 명동학교는 일제의 통제와 압박이 가중되고 1924년 대흉년으로 경제사정이 악화되자 1925년 중학부를 폐쇄하였고 소학부는 크게 위축되었다.[14]

이러한 시기에 송몽규는 명동학교 소학부에 입학하였으며 그의 재학 중에 명동학교 소학부는 명동교회가 운영하는 미션스쿨에서 일반 사립학교로 또 공립학교로 학교의 성격이 바뀌었다.[15] 명동교회와 명동학교의 분리는 학생들에게 큰 충격을 주었다. 문익환은 이 문제를 자신의 일생에서

송우혜는 이러한 명동학교의 사정을 "현실적인 대응책을 찾은 타협의 결과"라고 설명하고 있다. 송우혜, 앞의 책, 74~77쪽.

13) 한철호, 「明東學校의 변천과 그 성격」, 『한국근현대사연구』 51, 2009, 268쪽.

14) 한철호, 위의 글, 269~272쪽.

15) 송우혜는 명동학교의 성격이 바뀌는 과정을 "명동소학교는 명동교회가 운영하는 일종의 '교회학교'로서 아침마다 채플이 있었던 전형적인 교회가 경영하는 학교형태인데 이를 사회주의자들이 학교를 교회에서 분리해내어 '인민학교'로 만들려는 공작을 시작했다. 1928년부터 그런 움직임이 점점 거세어지더니 1929년에는 결국 빼앗겼다. 그러나 인민학교 시절은 짧았다. 중국 당국이 북간도의 사립학교들을 모두 현립학교로 접수할 준비를 하고 있었고 1929년 9월 현립학교로 강제 편입되었다."고 설명하였다. 송우혜, 앞의 책, 79~80쪽.

민족주의가 사회주의에 밀리는 첫 번째 비통한 경험으로 후일 평양을 다녀온 후 재판의 상고이유서에서 언급하였다.[16] 이러한 교회와 학교의 분리 과정에서 송몽규가 적극적인 역할을 한 것으로 알려져 있다. 당시 송몽규가 사람들 앞에서 앞장서서 교회와 학교가 분리되어야 한다고 연설을 했다는 것이다.

경신년 토벌 뒤에 일본의 탄압이 더 심해지자 젊은이들은 교회나 교육운동만으로는 한계를 느끼고 공산당에 합류한 것이다. (중략) 똑똑한 젊은이들이 다 공산주의자가 되어서 야단을 했다. 어린 학생들도 나섰는데 한범이(송창희의 아들인 송몽규)가 어른들 앞에서 연설을 하기도 했다. (중략) 그 일로 학교 이사회가 여러 차례 모이게 되었다. 전영헌 갑장(이장), 윤갑제 갑장, 송창희, 박기주 등이 주동이 되어 학교를 교회에서 분리해 인민학교로 만들어야 한다고 우겼다. (중략) 국내에서도 교회와 학교의 재단을 분리해야 문제가 없다는 얘기가 들려 왔다. 그래서 결국 교회 땅을 뺀 학교 땅은 모두 공산주의자들에게 넘겨주게 되었다. 이렇게 해서 1908년에 시작된 명동학교는 1929년에 사실상 문을 닫고 말았다. 우리는 모두 큰 충격을 받았고, 김약연 선생은 하도 애가 타서 똥을 누지 못해 똥을 파내야 할 정도였다. 나중에 김약연 목사는, 문재린만 있어도 싸워 보겠는데 싸워봐야 맡길 젊은이가 없다고 한탄하셨다 한다.[17]

---

16) 문익환은 상고이유서에서 "민족주의에 접목된 기독교 신앙으로 잔뼈가 굵어졌습니다. 동시에 연해주에서 불어 들어오는 사회주의의 바람도 맞아야 했습니다. 민족주의와 사회주의가 맞부딪쳐 소용돌이치는 곳이 바로 제가 자라난 북간도라는 고장일 것입니다. 저의 생애에 세 번 민족주의가 사회주의에 밀리는 것 경험했습니다. 그 첫 번째는 제가 소학교 6학년 때의 일입니다. 기독교 신앙과 민족애가 혼연일체가 되어서 세워진 학교 졸업반 때, 그 학교는 마침내 사회주의자들의 공격 앞에 무너집니다. 그것은 정말 비통한 경험이었습니다."라고 고백하였다. 문익환, 『가슴으로 만난 평양 : 문익환, 유원호 변호인단 상고이유서』, 삼민사, 1990, 14쪽.

17) 문재린·김신묵, 『기린갑이와 고만녜의 꿈 : 문재린 김신묵 회고록』, 삼인, 2006, 467~470쪽.

송몽규가 사람들 앞에서 교회와 학교의 분리를 주장한 것은, 경신참변 이후 명동교회가 민족운동의 대안을 제시하지 못하고 기독교적 이념에 따른 통제를 강화하는 것에 대한 문제 제기였다. 문재린은 경신참변 이후 뜻있는 청년들이 모두 독립운동에 나가 교회가 텅 비게 되자, "교회운동이 곧 민족운동이기 때문이다. '옳다. 내 몸을 교회에 바치는 수밖에 없다'고 다짐"하고 교회를 지켰으나,[18] 당시 청년들은 교회운동이 곧 민족운동이라는 명동교회의 주장을 더 이상 받아들이지 않았던 것이다. 이어서 벌어진 명동학교의 현립학교 문제는 일제의 토벌로 간도지역에 대한 일제의 영향력이 더욱 커져가고 있는 상황에서 조선인을 보호한다는 명목으로 간도지역 조선인 교육에 적극적으로 개입한 일제의 정책에 대한 중국의 대응이기도 하였다.[19]

송몽규가 명동학교 소학부를 다니던 시기에 학교에는 이렇듯 극심한 변화가 많았으나 명동학교는 명동교회와의 관계가 단절된 이후에 우여곡절을 겪으면서도 꾸준하게 민족교육을 실시하였다. 1929년 11월 3일 일어난 광주학생운동의 영향으로 북간도지역에서 학생들의 시위가 있었을 때 명동학교 학생들도 1930년 1월 시위를 벌이다가 경찰에 체포당하였다.[20] 명동학교가 현립학교로 전환된 이후에도 계속하여 민족운동에 앞장서자 일제의 압력을 받은 중국당국은 북간도지역의 상징적 학교였던 명동학교를 폐쇄시키고자 하였다. 화룡현 교육국은 1930년 4월 30일 명동학교를 봉쇄하였으나

---

18) 문재린·김신묵, 위의 책, 89쪽. 김신묵은 당시의 사정을 "1920년 토벌 후에 많은 젊은이들이 독립운동을 위해 공산당에 들어가면서 교회에는 청년이 없어졌다. 남편은 교회에 남아서 민족을 위해 일을 하겠다고 결심한 것이다."라고 소개하였다 (문재린·김신묵, 위의 책, 463쪽).

19) 박금해, 『중국 조선족 교육의 역사와 현실』, 경인문화사, 2012, 194~196쪽. 1928년 만주경내에서 조선총독부가 설립하였거나 보조를 제공하는 조선인 사립학교는 54개교로 교원 151명, 학생 3,971명이었다. 그중 간도지역의 조선총독부 보조학교는 31개교, 학생은 3,070명에 달하였다(박금해, 위의 책, 217쪽).

20) 한철호, 앞의 글, 273~274쪽.

학생들 및 지역 대표의 항의를 받고 결국 5개월이 지난 9월 7일 다시 교문을 열게 되었다.[21] 송몽규와 윤동주가 명동학교를 졸업하고 대랍자의 중국인 소학교에 1년을 더 다니게 된 것은 이러한 명동학교의 혼란한 사정과 관련이 있었던 것으로 보인다.

1931년 3월 송몽규가 졸업한 이후에도 명동학교 소학부는 계속 존속하여 학생들의 교육을 멈추지 않았다.[22] 이렇듯 명동교회와 분리된 명동학교는 민족교육의 실시라는 당시 우리 민족의 과제에 여전히 충실하고자 노력하였으나, 명동교회는 일제의 토벌이후 이전의 '기독교민족주의'에서 '기독교'로 그 중심이 옮겨지면서 청년들이 교회를 떠났기에 더 이상 민족운동을 주도할 수 없었다. 김약연 등 명동교회의 지도자들은 명동을 떠나 용정으로 갔으며 명동교회의 기독교 민족주의는 막을 내리게 되었다.[23]

3. 민족의식의 형성

1) 은진중학교 시절

송몽규는 명동소학교를 졸업하고 중국인소학교를 1년 더 다닌 후 1932년 은진중학교에 입학하였다. 은진중학교는 캐나다 선교부에서 설립한 대표적인 기독교 민족학교였으나 당시에는 사회주의가 상당한 영향력을 행사하고

---

21) 한철호, 위의 글, 274~275쪽.
22) 한철호, 위의 글, 275~276쪽.
23) 김신묵은 "명동에 공산당 바람이 너무 거세지는 바람에 동네가 험악했다. 언제 무슨 일이 일어날지 몰라 불안했다. 그래도 용정은 일본 영사관도 있고 대도시라 치안이 안전한 편이었다. … 우리 집뿐 아니라 명동에 재산을 가진 집이나 김약연, 윤하현 장로네, 우리 친정집 모두 용정으로 옮겨 갔다. 우리가 꿈으로 일궈 온 명동 공동체는 역사 속으로 사라지고 말았다."고 회고하였다. 문재린·김신묵, 앞의 책, 470~471쪽.

〈그림 1〉 송몽규(대성중학교 졸업앨범)

있었다. 캐나다 유학을 마치고 돌아와 은진중학교에서 성경을 가르쳤던 문재린은 회고록에서 "청년치고 공산당에 관여하지 않고는 출세를 못할 정도였다. 기독교 학교인 은진중학교 학생들도 공산주의 서적을 학교 교과서보다 열심히 읽는 판이었다."고 은진중학교 상황을 소개하였다.[24)]

은진중학교에서 송몽규에게 영향을 준 교사는 명희조와 최문식이었다. 명희조는 은진중학교의 전설적인 민족주의 교사로 알려져 있으나, 명희조와 함께 군관학교 학생모집에 관여한 혐의로 고초를 겪었던 성경과목을 가르친 최문식은 거의 알려져 있지 않다. 강원룡의 회고에 의하면 명희조와 최문식은 수업 중에 일제 경찰에 연행되었다.

1학년 때 우리를 가르쳤던 성경 선생님은 평양신학교를 나온 최문식이라는 사람으로 반일 독립정신이 강한 사회주의자였다. 후일 대구 10월 폭동 때 경북 인민위원회 부위원장을 지내기도 한 그는 2학년 1학기 때 강의실에서 일경에게 연행된 후 학교를 그만두게 되었는데, 내 신앙에는 아무런 변화를 주지 못했다. 최문식 선생님과 함께 기억나는 사람으로 명희조 교감이 있다. 이분 역시 나중에 공산주의자가 되었지만 당시엔 철저한 민족주의자였다. 그는 일본 천황이 태어난 천장절(天長節)이나 명치절(明治節)같은 휴일이 되면

---

24) 문재린·김신묵, 위의 책, 164쪽.

이렇게 말하곤 했다. "내일은 왜놈 명절이니까 학교는 오지 못하더라도 집에서 공부해야 한다." 그 역시 수업 중에 일경에게 붙잡혀가고 말았다.[25]

일제의 보고서에 의하면, 명희조는 조선의 독립을 위해 "학교 생도들에게 불온강의 또는 강연을 하여 그 실행을 선동한 자"였으며,[26] 최문식은 기회 있을 때마다 생도들에게 "조선인은 조선인으로서의 정신을 확실히 가지고 있으면 언젠가는 좋은 때가 올 것이다." 운운하며 독립사상의 고취와 그 실행을 선동하였다.[27] 문익환은 명희조를 "우리에게 국사를 동양사, 더 나아가서 세계사와의 관련 속에서 볼 수 있도록 눈을 열어 주었고 조국 광복을 먼 안목으로 내다볼 수 있도록 깨우쳐 주었다."고 회고하였으나 최문식에 대한 언급은 없다.[28] 해방 후 1946년 대구 10월 사건을 주도했던 최문식이 은진중학교 성경교사를 한 사실은 거의 알려져 있지 않다.

최문식은 대구 계성학교 시절에 가와카미 하지메의 『가난이야기(貧乏物語)』를 지니고 있었으며, YMCA활동에 적극 참여하였다.[29] 최문식은 숭실학교를 마치고 1932년 일본 도시샤대학 신학부에 입학하였으나 1933년 중퇴하고 1934년 평양신학교에 입학하였다. 평양신학교 휴학 중인 1934년 9월, 은진 중학교 성경·영어·공민 담당교사로 부임했던 최문식은 '하나님의 나라'를 자신의 일생을 두고 연구할 과제로 삼았던 기독교사회주의자였다.[30]

---

25) 강원룡, 『역사의 언덕에서 : 젊은이에게 들려주는 나의 현대사체험 1 : 엑소더스』, 한길사, 2003, 84~85쪽.

26) 국사편찬위원회, 『대한민국임시정부자료집 9 : 군무부』, 국사편찬위원회, 2006, 231쪽. 일제가 은진중학교에서 명희조를 체포할 때 압수한 책으로 『韓國獨立運動血史』, 『最新東國歷史』, 『唱歌集付樂曲』, 『韓國臨時憲法』 등이 있었다(국사편찬위원회, 위의 책, 217쪽).

27) 국사편찬위원회, 위의 책, 232쪽.

28) 문익환, 앞의 글, 310~311쪽.

29) 주태익, 『이 목숨 다 바쳐서-한국의 그룬트비어 허심 유재기 전』, 선경출판사, 1977, 76쪽(정태식, 「기독교사회주의의 한국적 수용에 대한 일고찰-최문식 목사의 사상과 실천을 중심으로」, 『퇴계학과 유교문화』 39, 2006, 418쪽에서 재인용).

예수의 복음이라는 것은 결국 「하느님의 나라」의 복음이라고 할 수 있으며 예수는 「하느님의 나라」의 선전자이며 「하느님의 나라」 운동자이며 또는 「하느님의 나라」를 위한 희생자이라고 할 수 있을 것이다.[31]

은진중학교 재학 중에 송몽규는 1935년 동아일보 신춘문예에 「술가락」이라는 제목으로 콩트를 투고하여 당선되었다. 동아일보 신춘문예현상모집 공고에 의하면 응모기한은 1934년 12월 15일까지였고, 응모 분야는 단편소설, 희곡, 실화, 시가, 아동물, 만화, 콩트 등이었다. 당선작 약간 편을 선발하기로 했던 콩트 부분의 상금은 5원이었다.[32] 송몽규의 「술가락」은 아내의 '숟가락'을 소재로 생활고에 시달리며 어렵게 살고 있는 부부의 에피소드를 다룬 작품으로 일제하에 억압받던 조선민족의 가난한 삶에 대한 송몽규의 관심과 '하나님의 나라'를 강조했던 성경교사 최문식의 영향을 엿볼 수 있다.

은진중학교내의 기독교 신앙을 가진 학생과 사회주의 사상을 가진 학생들의 대립은 극심했다. 문익환은 자신의 은진중학교 시절을 명동학교 분리에 이어서 사회주의에 좌절한 두 번째 경험으로 기억하였다.

두 번째는 용정에 세워진 기독교 학교인 은진중학교 3학년 때 학생들 사이에 팽팽한 대결이 생겼습니다. 기독교 신앙을 지닌 학생들과 사회주의 사상을 지닌 학생들의 대결이었습니다. 4학년이 되면서 평양 숭실중학교에 전학을 나왔으니, 제가 그 대결에서 물러난 셈입니다.[33]

---

30) 최문식의 기독교 사회주의 사상에 대하여는 정태식, 「기독교사회주의의 한국적 수용에 대한 일고찰-최문식 목사의 사상과 실천을 중심으로」, 『퇴계학과 유교문화』 39, 2006 참고.
31) 최문식, 「'하느님의 나라' 思想에 對한 論考」, 『신학지남』 105, 1939년 5월, 13쪽.
32) 『동아일보』, 1934년 11월 14일, 「新春文藝懸賞募集」.
33) 문익환, 앞의 책, 14쪽.

문익환이 언급하는 은진중학교 학생들 사이의 팽팽한 대결의 구체적인 내용은 알 수 없다.『문익환 평전』에는 문익환이 당시 4년제였던 은진중학교를 마치고는 상급학교 진학에 어려움이 있어서 숭실중학교 전학을 선택한 것으로 설명한다.[34] 자세한 내용은 알 수 없으나 기독교 신앙을 가진 학생과 사회주의 사상을 가진 학생들의 대립은 송몽규의 중국행에도 영향을 미쳤을 것이다. 송몽규는 용정의 은진중학교에 진학하여 사회주의·공산주의의 거센 흐름 속에서 명희조의 '민족주의'와 최문식의 '기독교 사회주의'에 영향을 받고, 기독교신앙과 민족현실의 관계를 고민하던 끝에 '민족운동'을 선택하였다. 송몽규는 민족운동의 실천을 위해 1935년 3월 은진중학교 3학년을 수료한 뒤 중국으로 갔다.

2) 군관학교 입학 시도와 좌절

송우혜는 송몽규의 중국행을 중국중앙육군군관학교 낙양분교에 설치·운영되었던 조선인교육반의 제2기생으로 입학하기 위하여 중국으로 갔으나 중국 측의 재정지원 중단 등의 이유로 조선인교육반이 해산되었다고 설명한다.[35] 조선인교육반, 즉 한인특별반은 김구가 1934년 2월, 92명의 학생을 모집하여 교육기간 1년 과정으로 중국 하남성 낙양 소재 중국중앙육군군관학교 낙양분교 내에 한인특별반을 설치·운영한 것이었다. 한인특별반의 운영경비는 중국 측에서 지원하였으며, 군사·정치교육은 한인 교관이 담당하였다. 한인특별반의 운영과 자금은 김구가 맡았으나, 교육훈련은 이청천이 담당하는 등 운영과 교육이 분리되어 있어서 각기 입교생내의 지지기반 확대를 시도하는 등 갈등이 심화되었다. 김구는 1934년 8월 입교생 중에서 자파 인물 25명을 남경으로 철수시켰으며, 이어서 이청천, 이범석, 오광선

---

34) 김형수,『문익환평전』, 실천문학사, 2004, 167쪽 ; 송우혜, 앞의 책, 155~156쪽.
35) 송우혜, 위의 책, 132~146쪽.

등 교관들도 사직하는 등 한인특별반은 정상적으로 운영되지 못하였다. 1935년 4월 남아있던 62명이 졸업한 이후 일제의 협박으로 국제적 분쟁을 우려한 국민당 정부가 이를 폐쇄하였다.[36] 그러나 김구는 한인특별반 운영과 중국 국민당 정부의 재정지원을 통해 항일투쟁의 인적·물적 기반을 확보하였고 이를 토대로 한인애국단, 한국특무대독립군, 학생훈련소로 체계화된 특무조직을 운영하게 되었다.[37]

송몽규는 김구가 1935년 2월 한국특무대독립군과는 별도조직으로 설치한 학생훈련소에 입소하였다. 학생훈련소는 김구의 핵심참모인 안공근의 건의로 설립되었으며 남경성 안 동관두(東關頭) 32호 소재 중국식 단층건물 2동에 위치하였다. 학생훈련소는 '특무대 예비훈련소' 또는 '몽장훈련소(蒙藏訓練所)'로도 불리었는데, 중국중앙육군군관학교에 입교시킬 김구 계열 청년들의 수용·대기시설 성격을 띠고 있었다.[38] 송몽규는 조선인교육반의 제2기생으로 입학하기 위해 학생훈련소에 입소한 것은 아니었다. 조선인교육반 설립 당시의 계획은 1934년 2월, 1년 과정의 제1기생을 입소시켜 교육을 시작한 후, 1934년 8월 제2기생을 새로 입학시켜 명년 8월에 졸업시키는 것으로 반기마다 졸업생을 배출하고자 하였다.[39] 그러나 내부의 분열로 제1기생의 교육은 정상적으로 이루어지지 못하였고 사실상 해체된 상태였으므로, 송몽규는 김구가 자파세력의 부식을 위해 별도로 추진했던 군관학교에 입학하고자 중국에 간 것이었다.[40]

---

36) 한상도, 『한국독립운동과 중국군관학교』, 문학과 지성사, 1994, 311~316쪽.

37) 한상도, 위의 책, 328쪽.

38) 한상도, 위의 책, 341~344쪽.

39) 국사편찬위원회, 앞의 책, 124쪽.

40) 일제의 자료에 의하면 군관학교 입학생은 자격요건에 따라 보통반, 특별반 두 종류가 있었다. "남경의 중앙군관학교의 입학자격은 중국 측 각 공립 혹은 사립고급 중학 정도의 졸업시험에 합격함을 요하고 또한 그 수업연한은 3년이며 중국인 학생에 한한다는 통칙이 있으므로 조선인 입학을 위한 편법을 강구하여 조선인 청년을 보통·특별의 2개 반으로 나누고 보통반을 예비반으로 해서 그 학력정도를

송몽규는 1935년 4월 4일 용정을 출발하였다. 일제의 비밀보고서는 송몽규의 중국 남경행을 은진중학교 선배인 현철진[41])에 의해 이루어진 것으로 기록하고 있다.

소화 10년(1935) 2월경 날짜미상, 군관학생 모집의 목적으로 "조선인 학생이면서 성적우수자는 남경으로 오길. 관비입학의 길이 있음"이라는 기사를 투고하여 이를 경성에서 발행한 조선일보에 게재케 하고,[42]) 앞에 쓴 조선일보의 보도에 마음을 움직여 소화 10년(1935) 4월 4일 간도 용정촌을 출발하여 같은 달 8일 남경에 도착. 중앙대학으로 피의자 현철진을 방문하여 관비입학의 알선을 의뢰한 은진중학생 본적 함북 경흥군 웅기읍 웅상동 422, 현재 간도성 화룡현 지신사 명동촌 거주의 송몽규 대정 61년(1917) 및 전용섭 2명을 남경

묻지 않고 신체검사에 합격한 자를 입학시키고 그 수업연한을 1년으로 하고 또 특별반은 중국인 학생과 동일하게 수업시키며 그 수업연한은 3년으로 하기로 한 것"으로 대부분의 청년은 1년 과정의 보통반에 편입되었으며 이들이 조선인교육반의 제1기생이었다(국사편찬위원회, 위의 책, 204~205쪽). 이러한 입학생의 구분과 중앙군관학교 예과에 3년 과정으로 50명의 특별반을 조직하겠다는『조선일보』, 1935년 2월 1일 기사, 예비훈련소에서 학생들에게 중국어·기하·대수 등의 예비교육을 실시했다는 기록 등에 의하면 송몽규는 3년 과정의 특별반에 입학하고자 한 것으로 보인다.

41) 현철진은 은진중학교, 평양 숭실전문학교에서 공부하였다. 그는 상해의 안식교 경영의 삼육대학 신학원에서 신학공부를 하기 위해 상해로 건너갔으나 입학에 실패하고, 남경의 금릉대학 신학원에서 고학을 위해 남경으로 갔으며, 1934년 3월 15일 낙양분교 한인특별반에 입교하였다. 8월 퇴소하고 김구 특무대에 가담하였으며, 김구의 원조로 남경 중앙대학에 통학하는 한편 라사행·이인룡·송몽규·정빈·김상희·이춘성·김상목·문시황 등 수 명의 청년을 김구의 특무대 예비훈련소에 가입시키는 등 특무대의 확대 강화에 노력하였다(국사편찬위원회, 위의 책, 273~279쪽).

42)『조선일보』, 1935년 2월 1일,「中國側軍部와 合流 前衛分子들을 養成 軍官校에 百四十餘名을 入學 朝鮮人直接派의 近況」. 기사에는 "그들이 최근 계획한 것은 조선청년 구십이명을 일년간의 수업기간으로 보통반을 편성하야 이것을 중앙군관학교 락량분교에 수용하야 군사훈련을 식히는 동시에 중앙군관학교 예과에는 삼개년의 수업년한으로 오십명의 특별반을 조직하야 양성케 하엿다는 것이라 한다."고 보도하였다.

성내 고안리 1호의 특무대로 동행 가입시키고 …43)

1935년 4월 8일 남경에 도착하여 특무대 예비훈련소에 입소한 송몽규의
행적은 일제의 보고서를 통해 확인된다. 보고서의 '몽장훈련소 생도 성명표
(5월말 현재)'에 의하면 학생은 모두 15명이었으며 송몽규는 '왕위지(王違志)'
란 이름으로 명단에 올라있다. 특별한 수업은 없었으며 이들을 다른 파벌들
에게 빼앗기지 않기 위해 간부들이 학생들의 동정을 시찰·감독하였다.44)
군관학교에 입학시키기 위한 교섭이 제대로 진척되지 못하여 학생들은
중국어·기하·대수 등의 예비교육 외에 혁명적 정신에 관하여 훈화수업을
받고 있었다.

입소인원이 늘어 30여명 정도가 되자, 기존의 장소가 좁기도 하였고
일제에게 탐지되었을 위험성이 있어서, 1935년 6월 22일 강소성(江蘇省)
선흥현(宜興縣) 장주(張州) 장저진(張渚鎭) 용지산(龍池山) 산록(山麓)의 징광
사(澄光寺)로 위치를 옮겼다.45) 징광사로 옮기면서 김구는 학생들에게 9월
초순까지 군관학교에 입학시킬 것이라고 약속하였으며,46) 1935년 7월에는
징광사의 훈련소를 찾아 자신이 절에서 삭발하던 때를 회고하며 학생들을
격려하였다.47) 학생들은 엄항섭 등으로부터 혁명운동에 필요한 훈련을
받았으나 군관학교 입학을 약속했던 9월 초순이 지나 입학이 불가능하다는
사실이 분명해짐에 따라 반발하기 시작했다. "크게 동요하고 자포자기에
빠진 자들은 간부에게 반항하고 이 절의 주지에 대해서도 폭언을 퍼붓고

---

43) 국사편찬위원회, 앞의 책, 276쪽.
44) 국사편찬위원회, 위의 책, 173~174쪽.
45) 국사편찬위원회, 위의 책, 180쪽.
46) 국사편찬위원회, 위의 책, 214~215쪽.
47) 김구의 훈화내용은 다음과 같다. "제군들은 부모 곁을 떠나서 타향의 땅, 더구나
    이와 같은 절에서 생활하는 일은 필시 쓸쓸함을 느끼겠지. 또 한편으로 혹은
    무의미하게 생각할지도 모르겠으나 이것은 모두가 조국광복을 위한 준비교육인
    것이니 착실하게 공부해 주기 바란다." 국사편찬위원회, 위의 책, 185쪽.

또는 무리를 지어 싸움을 하는 등 포악함을 표출하자, 주지가 분노하여 퇴거"를 명하였으며 결국 징광사에서 철수하게 되었다.[48] 이들은 대부분 남경으로 옮겼으며 일부는 특무대 본부로[49] 또 일부는 신설 훈련소로 옮긴다며 예비훈련소를 떠났고 일부는 일제에 체포되었다.

징광사를 떠난 학생들은 남경성내 팔보후가(八宝後街) 23호 김구 모친 집에서 지내다가, 일부 학생들이 상해영사관에 검거되어 주소 발각의 위험이 있기 때문에 성내 남기가(藍旗街) 8호로 이전하였다. 김구는 10월 3일경, 23일경 두 차례 그 곳을 방문하여 군관학교 입학이 불가능하게 되었다는 뜻을 알리고 유감의 뜻을 표명하였으며, 학생들은 안공근·김동우 등으로부터 퇴소여비로서 15원 내지 20원씩의 지급을 받고 남경을 떠났다. 일제의 비밀문서는 예비훈련소가 해산될 당시 송몽규의 인적사항을 다음과 같이 기록하였다.[50]

퇴산(退散) 추정월일	별명	성명	추정 연령	인상특징	본적	적요
10월 23일	왕위지	송한 범	20	키 5척 6치 정도, 몸 마르고 가늘다, 얼굴 길고 안경착용, 코 높고 두발 5부로 깎다.	함경 북도	간도 용정으로 간다고 말하고 출발함

남경을 떠난 송몽규는 제남의 이웅에게로 갔다. 독립운동 진영 내부의 파벌문제로 김구로부터 축출되었던 이웅,[51] 현철진, 황국주[52] 등은 김구

---

48) 국사편찬위원회, 위의 책, 214~215쪽.
49) 다른 비밀보고서에 의하면 공산주의자로 주목을 받고 있던 4명을 별도로 격리한 것이었다(국사편찬위원회, 위의 책, 215쪽).
50) 국사편찬위원회, 위의 책, 191~193쪽.
51) 이웅(본명은 임병웅)은 은진중학을 졸업하여 격렬한 민족주의자가 되었다. 이후 불령운동에 관여하여 중국, 만주 각지를 전전했고, 1930년 제남에 잠입하여 산동성 당부 및 교제진포량철로공회(膠濟津浦兩鐵路公會)에 가입하여 이 기관의 후원 아래 (당시 산동성 주석인 한복거로부터 월액으로 2,000원의 보조를 받고 있었다고

파 및 김원봉 파에 속해 있던 약 40명의 간도 출신 청년을 망라하여 북중국에서 산동성 주석 한복거의 비호 아래 남경민족혁명단체에 대항할 단체의 결성을 의논하였다. 황국주는 간도출신 청년을 빼내기 위해 남경으로 가서 송몽규 등 4명을 데리고 10월 25일경 제남으로 돌아왔다. 송몽규 등은 제남 오대마로(五大馬路) 위일로(緯一路) 흥운리(興雲里) 116호의 한 집에 수용되어 1936년 1월말까지 특별한 활동없이 지냈던 것으로 보인다. 이웅은 제남에서 장개석 등 남경정부 요인암살 및 항주 비행장 폭파계획을 추진하였으나, 1936년 1월 31일 함께 일을 도모하였던 김학무, 장진 등에 의해 일제의 주구라는 이유로 살해되었다.[53] 송몽규는 이러한 혼란속에서 "사찰당국의 압박으로 목적을 이루지 못하고 1936년 3월 출생지의 부모 곁으로" 돌아왔으며,[54] 4월 10일 웅기경찰서에 체포되었다.[55]

함) 동지 5명과 함께 사상 선전에 분주하던 중에 동지 2명이 청도에서 체포된 결과, 신변의 위험을 느껴 몰래 그 주거를 천진으로 옮겨 여전히 남경, 상해 방면에서 민족주의 선전에 노력하고 있었다(국사편찬위원회, 위의 책, 265~266쪽).

52) 황국주는 황해도 출신으로 간도 용정중앙교회에서 신앙생활을 시작하였는데 영체교환(靈體交換)등을 주장하다가 1933년 이단으로 정죄되었다. 황국주는 이단으로 정죄된 이후 1935년 5월경 현철진과 공모하여 라사행, 이인룡을 간도에서 남경으로 동행하여 예비훈련소에 가입시켰다. 그는 남경에서 김구를 만나 조선에서 군관학교 학생모집 임무를 부여받고 조선으로 돌아왔으나 소기의 성과를 달성하지 못하고 중국으로 다시 돌아가 이웅 등과 함께 활동했다(국사편찬위원회, 위의 책, 254~264쪽).

53) 국사편찬위원회, 위의 책, 261~266쪽.

54) 정병욱 역·윤일주 주, 앞의 글, 303쪽.

55) 송몽규의 체포에 관한 기록은 다소 차이가 있다. 『특고월보』에는 1936년 3월 용정으로 돌아와 아버지와 큰 아버지의 권유로 간도총영사관경찰 대랍자분주소에 자수하여 본적지 웅기경찰서에서 심문을 받은 것으로 기록되어 있으며(정병욱 역·윤일주 주, 위의 글, 303쪽), 보고서의 김구특무대 예비훈련생 명부에는 "소화 11년(1936) 4월 10일 본적지에서 검거"로 기록되어 있다(국사편찬위원회, 앞의 책, 234쪽). 그리고 '소위 선인군관학교 사건관계자 검거 일람표'에는 제남에서 제남영사관경찰부에 의해 소화11(1936)년 4월 10일 검거된 것으로 기록되어 있다[金正明 編, 『朝鮮獨立運動Ⅱ-民族主義運動篇』, 東京：原書房, 昭和42(1967), 589쪽]. 일제의 예비훈련소 관련자 취조에 관한 문서 등을 검토해 볼 때, 『특고월보』의 기록에 따라 1936년 3월 용정으로 돌아와 분주소에 자진하여 출두하였거나(관련 문서에는 자수

예비훈련소 관련자에 대한 취조는 평남 경찰부에서 담당하였다. 일제는 1935년 11월 22일 평남 개천경찰서에서 검거한 라사행 등 사건 관련자들을 모두 평남 경찰부로 압송하여 취조하였으나, 송몽규는 이들과는 달리 본적지인 웅기경찰서에서 별도로 조사를 받았다.[56) 관련자들에 대한 취조 결과, 송몽규는 예비훈련소에 입소한 사실이외에 특별한 활동이 없었고 제남의 이응 암살사건에도 관련된 사실이 없었기에 따로 조사를 받았던 것으로 보인다. 평남 경찰부의 예비훈련소 관련자들에 대한 조사는 1936년 8월에 가서야 마무리되었다.[57) 송몽규의 신병처리방침은 이를 참고로 하여 결정된 것으로 보인다. 1936년 9월 웅기경찰서에서 풀려난 송몽규는 2년간 중단되었던 학업을 다시 계속하기 위해 은진중학교로 돌아가고자 했으나 돌아가지 못하고 1937년 4월 대성중학교에 편입하였다.[58)

한 경우도 검거로 표시하였다), 관련자에 대한 취조결과 1936년 3월 19일 간도총영사관에서 군관학교 생도모집의 혐의로 명희조, 최문식 등 2명을 검거할 때 송몽규의 정확한 신원이 파악되어 용정에 돌아와 있다가 웅기경찰서에 검거된 것으로 보인다.

56) 국사편찬위원회, 위의 책, 210~211쪽. 평남경찰부로 압송된 사건관련자들은 1935년 11월 검거된 라사행, 이에 앞서 1935년 10월 상해총영사관에서 검거한 이경우 등 3명, 1935년 11월 상해총영사관에 자수한 정빈 등 3명, 1936년 3월 간도총영사관에서 군관학교 생도모집의 혐의로 검거한 명희조, 최문식 등 2명, 예비훈련소 및 이응 살해사건 관련으로 1936년 4월 천진총영사관에 체포되어 제남총영사관에서 취조를 받고 있던 현철진, 1936년 5월 봉천총영사관에 체포된 황국주 등이었다.

57) 평남경찰부는 예비훈련소 관련자들에 대한 신병처리 의견을 라사행 등 3명은 치안유지법위반혐의로 구속 기소, 정빈 등 4명과 명희조, 최문식은 불구속 기소유예로 결정하여 평양지방법원 검사국으로 송국하였다(『동아일보』, 1936년 8월 26일, 「押來取調八個月에 軍官生 昨日送局, 平南警察部서 取調하던 事件」 ; 국사편찬위원회, 위의 책, 246~247쪽). 구속 기소 의견으로 송국된 라사행의 중요 혐의는 남경을 떠날 때 안경근으로부터 군관학교 입학희망자를 모집하고 동지를 포섭하여 독립운동을 배양하라는 지령을 받고 귀향했다는 것이었으며(국사편찬위원회, 위의 책, 219~220쪽), 라사행은 검사의 조사를 받고 기소유예로 11월 하순에 석방되었다(안재정 편, 『원로목사체험수기(I)』, 복지문화사, 1993, 141~142쪽).

58) 송우혜, 앞의 책, 150쪽. 송몽규가 은진중학교 편입을 신청했을 때 교장은 부례수(George F. Bruce)였으며 성경교사로 김재준이 있었고, 명희조는 지리와 역사를 가르치고 있었다. 송몽규는 명희조가 군관학교 관련혐의로 고초를 겪은 사실을 알고 편입을 포기했으리라 생각된다.

송몽규의 중국행은 아무런 성과 없이 실패로 끝났다. 중국행의 목적이었던 군관학교 입학은 일제의 압력으로 불가능하였지만 김구와 이청천 등의 분열 또한 군관학교의 진로에 영향을 미쳤음은 분명하다. 일제 정보기관의 치밀한 감시라는 어려운 환경 속에서 불가피하였으리라 생각되지만 독립운동 진영 내부의 혼란도 좌절의 중요한 원인이 되었다. 이러한 경험을 통해 송몽규는 우리 민족의 결점을 "지방적 편견과 당파심이 강함으로 단결심이 약할뿐더러 문화수준이 낮은데 있다"고 판단하고, 조선의 독립을 위하여 "민족적 결점을 시정하고 문화수준의 향상을 도모하며 민족의 고유문화를 유지 향상시켜 민족의식을 함양함으로서 조선 독립의 기운을 조성시키는 일이 선결 문제"라고 확신하게 되었다.[59] 송몽규에게 중국행은 쓰라린 경험이었으나 그는 좌절지 않고 민족 계몽운동의 새로운 가능성을 모색하기 위해 연희전문에 진학하게 되었다.

4. 연희전문의 기독교 민족교육

송몽규는 입학시험을 거쳐 1938년 4월 연희전문 문과 별과에 입학하였다. 당시 연희전문 문과 입학생은 본과 37명, 별과 9명 등 모두 46명이었다.[60] 송몽규의 연희전문 문과 진학은 아버지 송창희의 전적인 동의를 받았다.[61] 이러한 송창희의 태도는 중국에 다녀온 송몽규가 연희전문 문과에 진학하고자 하는 이유를 알고 있었을 뿐만 아니라 이를 적극적으로 지지했던 것으로 생각된다. 『특고월보』의 취조기록에 의하면 송몽규는 윤동주와 협의하여 민족 계몽운동에 앞장서고자 함께 연희전문 문과로 진학한 것이었다.

---

59) 정병욱 역·윤일주 주, 앞의 글, 303쪽.
60) 『동아일보』, 1938년 4월 3일, 「入學試驗 합격」.
61) 송우혜, 앞의 책, 212쪽.

1937년 5월경, 간도성 용정가에 있는 윤동주의 집을 비롯하여 다른 곳에서 은진중학교 재학 당시로부터 사상적으로 서로 공명했을 뿐 아니라 꼭 같이 민족의식이 두드러졌던 윤동주와 회합을 했고, 조선의 독립을 위해서는 조선문화의 유지 향상에 힘쓰고 민족적 결점을 시정하는데 있다고 믿고 스스로 문학자가 되어 지도적 지위에 서서 민족적 계몽운동에 몸바칠 것을 협의했고, 조선문학을 연구하여 조선문학자가 되려면은 서울

〈그림 2〉 송몽규(연희전문 졸업앨범)

에 있는 연희전문학교가 가장 적합하다고 믿어, 1938년 4월에 윤동주와 함께 연희전문학교에 입학 …62)

『특고월보』의 취조기록은 장덕순의 증언으로도 확인된다. 장덕순은 방학 때 용정에 돌아온 윤동주로부터 연희전문에 진학한 이유와 연희전문의 분위기에 대해 직접 들었다.

문학은 민족 사상의 기초 위에 서야 하는데, 연희전문학교는 그 전통과 교수, 그리고 학교의 분위기가 민족적인 정서를 살리기에 가장 알맞은 배움터라는 것이다. 당시 만주 땅에서는 볼 수 없는 무궁화가 캠퍼스에 만발했고, 도처에 우리 국기의 상징인 태극 마아크가 새겨져 있고, 일본말을 쓰지 않고, 강의도 우리 말로 하는 '조선문학'도 있다는 등등 … 나의 구미를 돋구는

---

62) 정병욱 역·윤일주 주, 앞의 글, 303~304쪽.

유혹적인 내용의 이야기를 차분히, 그러나 힘주어 들려주었다.[63]

당시 한국 근대학문 형성의 산실이었던 연희전문의 문제의식은 "한국 사회의 과제를 변혁하는 방향에서 서양학문을 수용하되 이를 한국의 전통 문화·학문과 창의적으로 통합"하는 것이었으며,[64] 특히 어문학과 역사를 가르친 문과의 학문과 교육은 "식민지 학문에 저항하면서 형성된 한국의 근대학문"이었다.[65] 송몽규는 민족 계몽운동의 실천을 준비하겠다는 뚜렷한 목적을 가지고 연희전문 문과에 입학한 것이었다.

윤동주의 신앙에 대해서는 관련된 증언 및 용정교회에서의 찬양대 사진 등으로 확인되지만, 송몽규의 신앙에 대해서는 알려진 바가 거의 없다.[66] 송몽규는 연희전문 입학 당시에 자신의 신앙을 분명하게 밝혔다. 송몽규의 연희전문 학적부의 '신앙상황'란에는 '종교-기독교, 교파-장로교파, 신급 -유아세례'라고 기록되어 있다. 당시 학적부의 '신앙상황'란은 본인이 입학 서류 등을 제출할 때 기입한 내용을 입력했던 것으로 보인다.[67] 윤동주의 신앙에 대하여는 그가 연희전문 3학년 때인 1940년 신앙의 회의기가 있었다는 증언이 있다. 송우혜는 그 이유를 당시 그가 처해있던 시대 상황, 즉

63) 장덕순, 「윤동주와 나」, 『나라사랑』 23, 1976, 143~144쪽.
64) 김도형, 「연희전문의 학풍과 민족문화운동」, 『일제하 연세학풍과 민족교육』, 혜안, 2015, 117쪽.
65) 김도형, 위의 글, 140쪽.
66) 송우혜, 앞의 책, 259쪽 ; 고병철 편, 『간도와 한인종교』, 한국학중앙연구원 문화와종교연구소, 2010, 151~153쪽.
67) 송몽규와 같이 졸업한 21명의 학적부 종교상황란을 살펴본 결과 기독교 10명, 공란이 6명, '無'로 기록되어 있는 경우가 4명, 유교가 1명이었다. 기독교인 10명 중에 장로교 유아세례가 2명(송몽규, 윤동주), 유아수세 2명, 신입교인, 수세입교인, 세례교인 각 1명이었고, 감리회 원입인, 신입교인, 감리회만 기록된 경우가 각 1명이었다. 1940년 3월 문과 졸업생 29명의 경우에는 7명의 종교상황이 기록되어 있으며, 父의 종교가 기독교로 기입되어 있으나 본인의 종교상황이 공란인 경우가 9명이었으며, 1941년 3월 문과 졸업생 20명의 신앙상황은 모두 공란이었다.

말과 글을 **빼앗고** 겨우 남은 껍데기였던 성과 이름마저 **빼앗은** 일제의 억압으로 설명하고 있지만,[68] 당시 억압받던 조선 민족의 상황과는 관계없이 만주의 용정교회는 부흥·발전하고 있었다. 김신묵은 1932년 문재린이 캐나다에서 돌아와 얼마 뒤 용정중앙교회 목사로 부임한 시절을 '내 일생의 전성시대'로 기억하고 있으며, 용정교회가 잘된 이유 중 하나를 교회가 "상업지대에 있었기 때문에 장사를 하는 이들이 많아서 돈도 많았기 때문"이었다고 회고하였다.[69]

> 돌이켜 보면 용정 중앙교회에서 보낸 시간이 내 일생에 가장 전성시대였다. 나는 목사 부인으로 있으면서 장년 주일학교에서 가르쳤고, 도 여전도회장을 맡았다. 또 1931년부터 전 간도의 평생여전도회 회장을 맡고서 여기서도 여섯 전도사를 각지로 파견했다. 남편 역시 1935년에 희년전도회를 만들어서 전도사를 파견했다. 그때는 피난 나온 한국인들이 중국 땅을 많이 사들이던 때였다. 희년전도회에서도 땅을 사놓고, 부부를 파송해서 농사를 지어 먹으며 전도하게 했다. 우리의 포부는 그렇게 해서 만주 전체에 교회를 세우고 전 만주를 전도하는 것이었다. 교회도 왕성하고 전도도 잘 되어 만사가 일사천리로 이루어졌다. 그런데 그것도 하느님의 뜻이 아니었는지, 8·15를 맞으면서 공산세력에 쫓겨 교회는 다 없어지고 우리의 계획은 다 무너지고 말았다.[70]

또 문재린은 1942년 만주의 "조선기독교가 연합해 한 교단을 만든 일을

---

68) 송우혜, 앞의 책, 259~262쪽.

69) 문재린·김신묵, 앞의 책, 486쪽. 문재린 또한, 1932년 8월 용정중앙교회 목사로 부임하여 1946년까지 목회를 하게 되었는데 그는 '이 시절이야말로 내 인생의 황금시대'라고 하였다. 부임 1년 반이 지난 뒤 1934년 중앙교회는 옛 교회당을 헐고 벽돌로 된 150평 예배당을 2층으로 지었고, 1936년에는 예배당 뒤에 인접한 대지 250평을 구입했으며, 1938년에는 그 땅에 80평 교육관을 지었다(문재린·김신묵, 위의 책, 154~156쪽).

70) 문재린·김신묵, 위의 책, 490쪽.

뿌듯해했다."[71]

　　만주 조선기독교회 창립 축하식은 신경 협화회에서 열고, 협화회 총무가 축사를 했다. 이후 1945년 해방될 때까지 만주 조선기독교회 일을 보았는데 뜻밖에 예상보다 재미있게 지냈다. 나중에 남한에 나와서 교파가 갈라진 것을 볼 때마다 늘 만주 생각이 나곤 한다.[72]

　　그러나 당시 만주국의 종교정책은 근대 독립국가라는 명목상 기본적으로 '신교의 자유'라는 간판을 내걸고 종교인들의 순응과 복종을 요구하면서, 모든 종교를 관치질서에 편입시켜 어용도구로 이용하는 것이었다.[73] 이러한 상황에서 만주의 교회는 일제하에서 민족독립이라는 시대적 과제를 망각하고 정교분리에 입각하여 교세확장에 앞장선 것이다. 이러한 용정교회와 신사참배 반대를 이유로 학교를 폐쇄하고 조선을 떠났던 대부분의 선교사들과는 달리, 일제의 신사참배 강요에 일정부분 타협을 통해 연희전문을 유지하며 조선을 위한 인재를 계속 양성하고자 했던 원한경의 신앙과 연희전문의 분위기는 송몽규에게 깊은 영향을 미쳤다.

　　송몽규는 연전에 입학한 해인 1938년 윤동주와 함께 협성교회를 다녔다. 그들이 협성교회를 함께 다녔다는 사실은 송몽규의 문과 1년 선배인 강성갑의 유족이 제공한 'The member of our Bible Class(Nov. 27, 1938)' 사진으로 확인된다.[74]

---

71) 문재린·김신묵, 위의 책, 173쪽.
72) 문재린·김신묵, 위의 책, 174쪽.
73) 최봉룡, 『만주국의 종교정책과 재만 조선인 신종교의 대응』, 한국학중앙연구원 한국학대학원 박사학위논문, 2006, 115~117쪽.
74) 정병욱은 협성교회에 대하여 "연희전문학교와 이화여자전문학교 학생들로 이루어진 협성교회로서 이화여전 음악관에 있는 소강당을 교회로 쓰고 있었다. 거기서 예배가 끝나면 곧이어 케이블 목사 부인이 지도하는 영어 성서반에도 참석하곤 했었다."고 증언하였다. 정병욱, 「잊지못할 윤동주의 일들」, 『나라사랑』 23, 1976,

〈그림 3〉 The member of our Bible Class (Nov. 27, 1938)
좌측에서 네 번째가 송몽규, 우측 끝이 강성갑, 바로 그 옆이 윤동주.

협성교회를 같이 다녔던 강성갑은 송몽규의 문과 1년 선배로 5살의 나이차가 있었으나 비슷한 성향을 가진 선후배 사이로 학교와 교회에서 가깝게 지냈을 것으로 생각된다. 이들은 원한경이 1935년 연희전문 교장 취임사에서 언급한 "3만 5천여 권의 장서가 있는 본교 도서관에 동서 문학을 종람하는 청년 제군"이었다. 송몽규와 윤동주는 문과연구실에서 "이조 및 고대 서적과 싸우는" 학생이었으며, 강성갑은 또 다른 한쪽에서 "조선 농촌문제를 연구"하는 학생으로 조선 민족운동의 실천방안을 모색하고자 연희전문에 입학했다는 공통점을 갖고 있었다.75) 특히 강성갑은 마산상업학교

135쪽.

75) 「元漢慶校長의 就任辭, "大學을 目標로"」, 『延禧同門會報』 3, 1935(김도형, 「연희전문의 학풍과 민족문화운동」, 『일제하 연세학풍과 민족교육』, 혜안, 2015, 130쪽에서 재인용).

재학 중에 평신도 중심의 민중 지향적인 교회로 설립된 독립마산예수교회를 자발적으로 선택하여 기독교인이 되었던 주체적·민중적 신앙을 갖고 있었으며, 최현배의 애제자로 해방 후 부산대학교 한글맞춤법 담당 전임교수로 임용될 만큼 한글 사랑과 실력이 남달랐다.[76] 이들은 학교와 교회에서 '조선의 기독교인'으로 살아간다는 것의 의미에 대해서 함께 고민했던 것으로 보인다. 조선민족의 삶의 현실을 외면하고 정교분리 담론 속에서 내세의 구원을 강조하며 권력에 굴종하는 교회를 목격하면서, 기독교인으로 특히 '조선의 기독교인'으로 어떻게 살아야 할 것인지 함께 고민하였다. 이들의 인연은 일본에서 계속 이어졌다. 교토에서 다시 만난 이들은 일본 유학생활 중에도 친밀한 관계를 맺으며 서로 영향을 주고받았을 것으로 보인다.[77]

　연희전문 문과에 입학한 송몽규는 기숙사에서 윤동주, 강처중과 함께 같은 방을 썼다.[78] 이들은 한글과 조선문학 및 민족문화에 대한 각별한 관심을 갖고 있었다. 송몽규와 윤동주는 최현배의『우리말본』강의를 듣고 감격했으며, 1학년 1학기에만 배웠던 조선어 성적은 두 사람 모두 100점이었다. 강처중은 송도고보 재학중에 동아일보가 주최한 '브나로드 운동'에 적극적으로 참여하였으며 문학에 깊은 관심을 갖고 있었다.[79]

---

76) 강성갑에 대하여는 홍성표,「해방공간 강성갑의 기독교 사회운동」, 연세대학교 대학원 박사학위논문, 2016 참고.

77) 강성갑은 송몽규보다 한해 먼저 교토 도시샤대학 문학부 신학과로 유학을 떠났으며, 그의 동생 강무갑은 송몽규와 같이 1942년 4월 교토제대 공학부 채광학과에 입학하였다(정종현·水野直樹,「일본제국대학의 조선유학생 연구(Ⅰ)」,『대동문화연구』80, 2012. 509쪽). 윤동주 또한 릿쿄대학을 거쳐 1942년 10월 도시샤대학 문학부 문화학과 영어영문학과 전공으로 편입하였다. 강성갑과 윤동주는 같은 도시샤대학 문학부 소속으로 학교 안에서도 근로봉사 등 여러 활동을 함께 했으리라 생각된다.

78) 송우혜, 앞의 책, 226쪽.

79) 송도고보 3학년이던 1932년에는 함경선(咸鏡線) 고평역(高坪驛) 지역의 책임대원으로(『동아일보』, 1932년 9월 1일,「二千啓蒙隊活動開始, 三千里村村에 글소리 琅琅」), 1933년에는 함남 덕원군의 책임대원으로 참가하여 한글을 가르쳤다(『동아일보』, 1933년 8월 12일,「千五百啓蒙隊員活動」;『동아일보』, 1933년 8월 17일,「德源郡, 衛生까지도 二週日에 끝내」). 강처중은 연희전문 재학 중이던 1940년에는 동아일보

이들은 1941년 6월 5일 발행된 『문우』 발간에 앞장섰다.[80] 강처중은 문우회장으로 편집 겸 발행인을 맡았고, 송몽규는 문예부장으로 편집실무를 담당하여 편집후기를 썼으며, '꿈별'이라는 필명으로 「하늘과 더부러」라는 제목의 시를 발표하였고, 윤동주는 「새로운 길」과, 「우물속의 자상화(自像畵)」등 2편의 시를 발표하였다. 창간호에 비해 1941년 발간된 『문우』는 일제의 조선어 사용금지 및 일본어 상용 정책에 따라 대부분의 원고는 일본어로 되어있으며, 표지하단에는 '總力で

〈그림 4〉 강처중(연희전문 졸업앨범)

築け明るい新東亞'라는 구호가, 속표지에는 '황국신민서사'가 수록되어 있다. 그러나 송몽규와 윤동주의 시, 릴케의 시를 번역한 2편의 시 등 모두 13편의 시는 한글로 수록되어있으며, 일제의 압력으로 학교를 지키기 위해 1941년 2월 25일 교장직을 윤치호에게 물려주고 명예교장으로 있던 원한경의 축하와 격려의 글을 「THE PRESIDENT EMERITUS' MESSAGE」이라는 제목으로 권두언 다음에 영문으로 수록하였다. 송몽규는 일본어로 쓴 편집후기에서 『문우』 발행의 어려움을 토로하는 등 『문우』 발간은 자신이 주도적으로

신춘문예에 단편소설을 투고하였으나, 소설이 너무 허구적이어서 실감이 없었으며, 설명이 너무 많았다는 평을 받기도 했다(『동아일보』, 1940년 1월 10일, 「春文藝選後感－短篇小說의 部(上)」;『동아일보』, 1940년 1월 11일, 「春文藝選後感－短篇小說의 部(下)」).

80) 문우회는 문과생 상호간의 친목과 학술연구를 목적으로 문과의 학생과 교수로서 조직되었고, 1932년 『문우』를 창간하여 부정기적으로 발행하였으나 현재 1932년 발간된 창간호와, 1941년 발간된 두 권만이 남아있다.

진행하였음을 분명히 하였다.[81] 이들의 『문우』 발간은 후일 송몽규가 일본에서 취조를 받을 때 중요하게 언급되었다. 『특고월보』에는 송몽규, 윤동주, 강처중 등이 민족의 고유문화를 말살시켜 조선민족을 멸망시키고자 하는 일제의 동화정책에 맞서 민족문화를 유지·향상하기 위해 동인지 출판을 추진하다가 무산되자, 대안으로 『문우』 발간을 추진하여 조선문화의 유지와 민족문화 앙양에 힘썼다고 기록되어 있다.[82]

송몽규는 연희전문에서 받은 기독교 민족교육의 바탕위에서 조선독립을 목적으로 민족문화를 좀 더 깊이 연구하고자 연희전문을 졸업하고 일본으로 유학을 떠났다.

조선독립을 위해서 자신이 민족 문화를 연구하려면 다만 전문학교 정도의 문학연구로서는 부족하다고 보아 다시 조선의 역사적 지위를 명확하게 하고 보다 더 깊이 조선문학을 연구함으로써 민족의 특성을 유지하는 데에는 대학에서 공부를 계속할 필요가 있다고 믿어 문학과 역사를 연구하기 위하여 1942년 4월에 경도제국대학 문학부 사학과에 입학하여 줄곧 조선의 독립을 궁극의 목표로 삼아 세계사와 문학을 연구함과 아울러 민족문화의 유지에 힘써 왔었다.[83]

1942년 4월 교토제국대학 사학과에 입학한 송몽규는 1943년 7월 '재경도 조선인학생민족주의그룹 사건'의 주동인물로 체포되어 2년형을 선고받고 후쿠오카 형무소에 수감되었다가 1945년 3월 7일 옥사하였다. 송몽규는 민족 계몽운동의 실천을 준비하던 중에 희생당하였기에 아무것도 남기지 못했다. 송몽규가 하고자 했던 민족 계몽운동은 연희전문과 교토에서 서로

---

81) 『文友』, 1941년 6월, 「編輯後記」.
82) 정병욱 역·윤일주 주, 앞의 글, 304쪽.
83) 정병욱 역·윤일주 주, 위의 글, 304쪽.

영향을 주고받았던 강성갑의 활동을 통해 짐작할 수 있다. 강성갑은 해방 후 우리 민족의 의식개혁을 목표로 기독교 정신에 근거한 교육운동에 앞장 서다 공산주의자로 몰려 억울하게 희생당했다. 최근 송몽규와 윤동주의 「조선·대만 특별요시찰인 약식명부」가 새로 발굴되었다.[84] 이러한 자료뿐 만 아니라, 새로운 자료를 계속 발굴하여 송몽규의 일본에서의 유학생활과 죽음의 원인이 되는 그의 실천에 대한 보다 깊은 연구가 앞으로 계속 이어져야 할 것이다.

5. 맺음말 : 송몽규와 윤동주

그동안 송몽규는 윤동주와 관련하여 기억되었고 이해되어 왔다. 그러나 윤동주는 일제에 의해 억울하게 희생된 민족 시인으로 그의 작품은 높은 평가를 받아왔지만 윤동주의 작품에 비할 때 윤동주의 실천은 크게 주목받 지 못했다. 윤동주를 가장 잘 알고 있는 사람 중의 한 사람이라고 할 수 있는 문익환 또한 윤동주의 실천을 제대로 이해하지 못하였다.[85] 윤동주가 독립운동을 했다는 사실은 『특고월보』의 내용이 공개되면서 비로소 알려지

---

84) 특별요시찰인 약식명부에는 종별, 이름과 이명(異名), 본적지, 생년월일, 관계한 단체, 인상특징, 요시찰명부에 편입된 관할 경찰서와 편입된 날짜, 소재 불명된 날짜와 다시 발견된 날짜, 비고 등이 기록되어 있어 요시찰 대상자의 구체적인 활동은 알 수 없으나 다른 자료에서는 확인할 수 없는 기본정보를 제공하고 있다(국 가보훈처, 『海外의 韓國獨立運動史料 39 : 일본편 13, 조선·대만 특별요시찰인 약식명 부』, 국가보훈처, 2016, 18쪽). 특별요시찰인 약식명부에 의하면 송몽규의 요시찰인 편입청은 '京都府 1944. 2. 10'이며, 윤동주 또한 '京都府 1944. 2. 10'으로 같으나 福岡縣으로 이동했으며 비고란에 교토구치소에서 후쿠오카형무소로 이감(1944. 5. 11)된 사실이 기록되어 있다(국가보훈처, 위의 책, 10쪽).

85) 문익환은 윤동주 죽음의 원인을 "이제 우리는 동주의 죽음이라는 수수께끼에 조심스 레 접근해 볼까? 그때에는 한국학생들 가운데 여기저기 비밀결사 같은 것이 있었다. 동주도 그런데 관련을 가지고 있었을까? 行動派 夢奎가 옆에 있었으니까 그럴 가능성도 전연 배제할 수 없다."고 설명하였다. 문익환, 앞의 글, 320쪽.

게 되었다. 『특고월보』의 '재경도 조선인학생민족주의그룹 사건' 책동개요
는 "중심인물인 송몽규"로 시작된다. 정병욱은 새롭게 발견된 『특고월보』의
자료를 평가하면서 주범으로 기록된 송몽규와 윤동주의 관계를 '이성의
견제'로 설명하였고,[86] 또 윤일주는 『특고월보』 번역문의 주(註)에서 "송몽
규가 과격하고 행동적이라면 윤동주는 온순하고 침착한 성격을 갖고 있었
다."고 기록하였다.[87] 이러한 인식들이 송몽규와 윤동주를 이해하는 전제가
되었다. 송우혜는 윤동주 죽음의 근본원인을 요시찰인 송몽규에서 찾는
다.[88] 그러나 이러한 주장은 송몽규와 윤동주의 실천을 축소하여 인식하는
것이다. 요시찰인이어서 감시를 받는 중에 빌미가 잡혀 죽게 된 것이 아니라,
요시찰인이면서도 그 엄혹한 상황에서 변절하지 않고 민족의 독립을 위해
적극적인 삶을 살았다는 것이 더욱 중요하다.

　더욱이 분단과정에서의 이념문제 때문에 불가피했으리라 생각되지만
강처중의 역할을 제대로 평가하지 못했다. 연희전문 재학중에 『문우』를
함께 발간했던 이들의 인연은 계속 이어져 왔다. 윤동주는 일본에서 친지들
에게 편지로 시를 보냈다. 이때 위험을 무릅쓰고 윤동주의 시를 보관한
사람은 강처중 한 사람밖에 없었다. 강처중만이 윤동주 시의 가치를 이해하
고 있었던 것으로 생각된다. 강처중은 해방공간의 바쁜 와중에도 윤동주

---

86) 정병욱은 송몽규를 행동적인 혁명가로 평가하였으며, "그러한 몽규형의 행동적인
　　혁명의식의 뒤에는 언제나 동주의 정신적인 혁명이념이 도사리고 있었다. 뿐만
　　아니라 행동적이고 다혈질인 몽규형은 언제나 동주의 냉철한 이성의 견제를 받고
　　있었던 것으로 알고 있다. 동주와 몽규형의 이러한 성격적인 차이를 이해하고
　　이 기록을 읽고, 다시 동주의 시를 읽으면 그의 시를 이해하는 데에 크게 도움이
　　될 것"이라고 설명하였다. 정병욱, 「동주의 독립운동의 구체적 증거」, 『문학사상』,
　　1977년 12월, 313쪽.
87) 정병욱 역·윤일주 주, 앞의 글, 307~308쪽.
88) 송우혜는 이들의 죽음을 "송몽규가 감행했던 중국행이 뒷날 송몽규와 윤동주를
　　일본 감옥에서 옥사하게끔 몰아간 근본 원인이 되었다. 이때부터 일경이 송몽규를
　　'요시찰인'으로 감시하다가 그들을 체포해서 재판하고 투옥한 감옥에서 그들은
　　나란히 옥사했다"고 설명한다. 송우혜, 앞의 책, 151쪽.

시집을 간행하고 알리는데 앞장섰다. 이러한 행사에서는 언제나 송몽규 또한 함께 기억되었다. 강처중 등 친구들이 윤동주의 시를 알리는데 앞장섰던 이유, 그리고 송몽규를 함께 언급하는 이유는 윤동주의 시가 윤동주 개인의 감정이나 경험에 그치는 것이 아니라, 우리 민족의 미래를 위해 같이 공부하고 노력했던 연희전문 친구들의 시대인식과 책임이 함께 표현된 것이었기 때문이다. 이를 강처중은 "이제 그 친구들의 손을 빌어 동주의 시는 한 책이 되어 길이 세상에 전하여지려 한다."고 기록한 것이다.[89] 결국 민족문화를 유지·향상해야 한다는 송몽규의 뜻은, 강처중 등 친구들의 노력으로 널리 알려져, 오늘날 우리 민족이 애송하는 윤동주의 시를 통해 이루어진 것으로 보아야 할 것이다.

일제치하에서 민족문화운동을 주도하던 연희전문의 학풍은 1930년대 전반에 학문적, 교육적으로 절정에 달하였으나 1930년대 후반, 일제의 대륙침략으로 점차 억압되기 시작했다.[90] 송몽규와 윤동주, 강처중, 강성갑 등은 일제로부터 억압받기 시작하던 1930년대 후반 민족문화운동을 지키고자 애쓰던 연희전문 학풍의 실상을 보여주는 인물들이었다.

---

89) 윤동주, 『원본대조 윤동주 전집 하늘과 바람과 별과 時』, 연세대학교 출판부, 2004, 306쪽.
90) 김도형, 앞의 글, 140~141쪽.

참고문헌

강원룡, 『역사의 언덕에서 : 젊은이에게 들려주는 나의 현대사체험 1 : 엑소더스』, 한길사, 2003.

고병철 편, 『간도와 한인종교』, 한국학중앙연구원 문화와종교연구소, 2010.

국가보훈처, 『해외의 한국독립운동사료 39 : 일본편 13, 조선·대만 특별요시찰인 약식명부』, 국가보훈처, 2016.

국사편찬위원회, 『대한민국임시정부자료집 9 : 군무부』, 국사편찬위원회, 2006.

권오만, 『윤동주 시 깊이 읽기』, 소명출판, 2009.

김도형 외, 『일제하 연세학풍과 민족교육』, 혜안, 2015.

김형수, 『문익환 평전』, 실천문학사, 2004.

문익환, 『가슴으로 만난 평양 : 문익환, 유원호 변호인단 상고이유서』, 삼민사, 1990.

문재린·김신묵, 『기린갑이와 고만녜의 꿈 : 문재린 김신묵 회고록』, 삼인, 2006.

박금해, 『중국 조선족 교육의 역사와 현실』, 경인문화사, 2012.

서대숙, 『(간도 민족독립운동의 지도자) 김약연』, 역사공간, 2008.

송우혜, 『윤동주 평전』, 서정시학, 2014.

안재정 편, 『원로목사체험수기 (I)』, 복지문화사, 1993.

윤동주, 『원본대조 윤동주 전집 하늘과 바람과 별과 時』, 연세대학교 출판부, 2004.

정종현·水野直樹, 「일본제국대학의 조선유학생 연구 (I)」, 『대동문화연구』 80, 2012.

최봉룡, 「1920~30년대 만주지역 한인사회주의 운동과 종교-종교에 대한 인식변화를 중심으로」, 『한국민족운동사연구』 62, 2010.

최봉룡, 『만주국의 종교정책과 재만 조선인 신종교의 대응』, 한국학중앙연구원 한국학대학원 박사학위논문, 2006.

한상도, 『한국독립운동과 중국군관학교』, 문학과 지성사, 1994.

한철호, 「명동학교의 변천과 그 성격」, 『한국근현대사연구』 51, 2009.

홍성표, 『해방공간 강성갑의 기독교 사회운동』, 연세대학교 대학원 박사학위논문, 2016.

제3부

윤동주의 문학—
동주 문학의 새로운 이해

윤동주 시의 내재적 자질로서의 상호텍스트성[*]

1. 출발점

최근 필자는 윤동주의 내성적인 시에 대해 새로운 해석을 내놓은 바 있다. 윤동주의 '내성'은 고독한 내면의 자기 응시라기보다는 상호주관성의 성질을 내장한 내성, 즉 바깥(현실과 타인들)과의 대화를 꿈꾸는 내성이라는 것이었다.[1]

오늘의 글은 같은 논지에 씌어진다. 앞의 글이 텍스트의 장르적 성격에 초점을 맞추었다면 이번 글은 시를 직접 들여다본다. 주제는 자연스럽게 짐작될 수 있을 것이다. 윤동주의 내성적 시쓰기가 상호주관성이라는 성질을 가졌다면, 윤동주 시의 서정성이 대화성을, 즉 상호텍스트성을 포함하고 있다는 것을 암시하기 때문이다.

서정시가 '개인의 심정의 표출'이라는 건 보편화된 공리에 속한다. 그리고 서정시가 대부분의 시를 포괄한다는 점을 유념할 때 시는 그 자체로서 완미한 독립적 의미체계로 이해되기 십상이다. 윤동주의 시 역시 그런

---

* 이 글은 『비교한국학』 제25권 2호, 국제비교한국학회, 2017에 수록된 바 있다.
1) 「윤동주의 내면의 시─상호주관성으로서의 내성」, 『2017년 탄생 100주년 문학인 기념문학제 : 시대의 폭력과 문학인의 길』, 대산문화재단·한국문학작가회의, 2017년 4월 27일.

시각에서 주로 이해되어 왔다. 그의 시를 대화의 시각에서 읽는다면 아주 다른 해석들이 나올 수가 있다. 마침 필자의 발표가 포함된 심포지엄에서 유성호 교수가 「윤동주 시의 상호텍스트성」이라는 제목의 논문을 발표했다. 지금까지 한국문학장과 무관한 자리에서 개별적으로 연구되어 왔던 윤동주를 한국시사의 맥락 속에 포함시키려는 시도의 일환이었다. 특히 정지용의 영향력은 윤동주 시의 여러 곳에 흔적을 남기고 있다.

2. 상호텍스트성의 의미와 위치

다른 방향에서부터 와서 필자의 제안과 만난 지점이 바로 상호텍스트성이다. 필자는 이 상호텍스트성이 한국시사의 맥락에서 조명될 수 있을 뿐만 아니라 윤동주 시의 내재적 특성일 수도 있음을 증명하려고 한다. 앞서의 필자의 주장처럼 윤동주의 내성이 '상호주관성'의 성질을 가지고 있다면 그런 추정은 자연스럽게 나올 수 있다.

우선 눈에 띄는 것들은 다음과 같다.

윤동주 시의 상당수는 '대화' 혹은 '편지'의 형식으로 씌어졌다고 추정할 수 있는 다양한 '경어체'가 그렇다. 「자화상」, 「돌아와 보는 밤」, 「십자가」, 「별 헤는 밤」, 「새벽이 올 때까지」, 「무서운 시간」 등. 이 경어체들은 타인의 '말'에서 유발되거나 혹은 타인의 말을 끌어내는 기능을 포함한다. 그러나 경어체로 씌어진 시들 중에는 '말'을 넘어서 다른 텍스트들과의 대화를 보여주는 것들도 있다. 「십자가」가 대표적인 예이다.

괴로웠던 사나이

행복한 예수·그리스도에게

처럼

십자가가 허락된다면

모가지를 드리우고
꽃처럼 피어나는 피를
어두워 가는 하늘밑에
조용히 흘리겠습니다.[2]

이 시에서 화자는 예수 그리스도의 행적과 자신의 상태를 대비하면서 자신의 '행동가능성'에 대한 소망을 내비치고 있다. 그런데 화자가 참조하고 있는 그리스도의 행적은 당연히 『성경』에 기록된 것이다.

'말'은 미정형의 텍스트다. 그것은 그 말을 포함하는 다른 텍스트, 즉 시인의 시 안에서 용해될 수 있다. 반면 텍스트는 엄격하게 별개의 텍스트이다. 즉 시 바깥에서 시와 '대비'된다. 그렇다는 것은 텍스트가 '말'과 달리 하나의 '세계관(vision du monde)[3]'을 드러낸다는 것을 가리킨다. 즉 텍스트 간의 대화는 두 개의 세계관이 만나는 사건을 출현시킨다. 말의 바른 의미에서의 상호텍스트성이란 바로 그런 의미에서이다. 그 점에서 『성경』의 그리스도의 행적과 윤동주의 「십자가」는 분명한 상호텍스트적 관계를 갖는다. 더 나아가 이 시는 다른 텍스트와도 대화하고 있다. "모가지를 드리우고/ 꽃처럼 피어나는 피"는 '이차돈의 희생'에 관한 다양한 텍스트들을 가리킨다.

---

2) 윤동주 시의 인용은 윤동주, 심원섭 외 편, 『원본대조 윤동주 전집 : 하늘과 바람과 별과 시』, 연세대학교 출판부, 2004에서 한다.

3) 골드만(Lucien Goldmann)이 정의한 대로 "세계에 대한 감정, 인식, 동경의 총체"로 서의. cf. Lucien Goldmann, *Le Dieu Caché* (coll. : Tel), Paris : Gallimard, 1959, p.26.

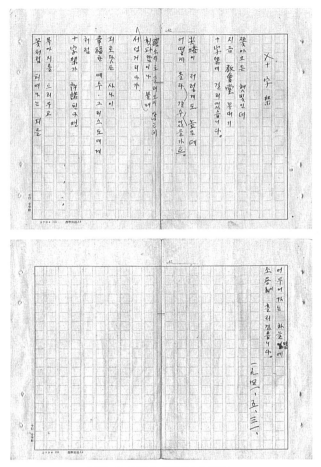

〈그림 1〉 윤동주 육필원고 「십자가」

　윤동주 시의 상호텍스트성을 가리키는 좀 더 두드러진 특징은 그에게 영향을 준 선배시인들의 흔적이 알게 모르게 배어 있다는 것이다. 아는 분은 아시겠지만 그의 가장 유명한 시 「서시」의 첫 두 행,

　　죽는 날까지 하늘을 우러러
　　한 점 부끄럼이 없기를,

은 "『맹자·진심 상(孟子·盡心上)』편의 '앙불괴우천(仰不愧于天)'을 변용해 한글로 풀어쓴 것"이다.4) 또한 시 「비로봉」이 정지용의 같은 제목의 두 편의 시에서 영향을 받아 씌어졌다는 것은 이미 여러 연구자들에 의해 지적된 바이다. 그리고 그것을 찾아낸 연구자들은 이 영향이 '모작' 수준에 가깝고 이는 윤동주의 "초기 습작에 거의 몰려 있"으며, 원래 윤동주 자신은 발표를 고려하지 않았던 것으로 본다. 때문에 "윤동주의 시의 가치가 절하되어서는 안 된다"는 게 그들의 말이다.5) 유성호는 같은 날의 발표에서 윤동주의 시, 「흰 그림자」에서의 '흰 그림자'의 이미지는 이용악의 시, "「등을 동구리고」를 접하고 나서, 그 이미지를 변형 수용한 것으로 보아야 한다"는 발견 및 주장을 추가하였다.6)

이런 발견들은 바로 윤동주 시가 상호텍스트적 맥락 속에 위치한다는 것을 바로 보여주는 것인데, 그러나 그것이 곧바로 상호텍스트성을 윤동주 시의 내재적 자질로 판정하는 근거가 될 수는 없다. 그러기 위해서는 이런 바깥 텍스트 관련성이 시의 독창성, 좀 더 정확하게 말해 독창적인 미적 세계의 창조에 기여했다는 것을 증명할 수 있어야만 한다. 윤동주 시에 배어 있는 선배 시인들의 흔적이 그저 '모작' 수준에 불과하다면 그건 말 그대로 모방과 흉내에 지나지 않는다.

4) 대시원, 「유교 윤리론의 시각으로 바라 본 윤동주의 '슬픈 천명'」, 연세대학교 대학원 국어국문학과 석사학위논문, 2016.07, 22쪽. 대시원은 필자에게서 지도를 받은 중국 유학생으로서, 그의 석사학위논문은 윤동주와 유교사상의 연관성을 본격적으로 추적한 논문이다.

5) 유성호, 「윤동주 시의 상호 텍스트성」, 『시대의 폭력과 문학인의 길-탄생 100주년 문학인 기념문학제 논문집 2017』, 민음사, 2017, 182~183쪽.

6) 유성호, 위의 글, 187~188쪽.

3. 상호텍스트성의 일차적 현상 :
   상호텍스트를 통한 상호텍스트성의 실패

사실 윤동주 시를 새롭게 보는 실마리는 여기에서부터 시작한다. 우리는 앞에서 대화형의 시를 살펴보았다. 그리고 대화형의 시에서 상호텍스트성의 자질을 찾는 것을 그 대화의 위상이 '텍스트' 수준이라는 점에 기준을 두었다. 텍스트 수준에서 대화가 이루어질 때 상이한 세계관들의 만남이 가능해지기 때문이다. 그런데 이 텍스트 수준에서의 대화가 세계관들의 만남이라면, 그 만남에는 단순한 영향 관계만이 아니라 갈등과 겨룸과 극복에 대한 시도가 있기 마련이다. 「십자가」는 그 점에서 다시 들여다볼 필요가 있다.

그 시는 『성경』에 기록된 예수 그리스도의 행적에 비추어 자신의 삶을 반성하고 있는 시다. 그 내용은 예수 그리스도의 순교에 대한 '선망'이다. 시의 화자는 속으로 말한다. 나도 그처럼 순교의 길을 가고 싶다. 그러나 나에게는 그것이 허락되지 않고 있다. 허락이 되었더라면 이차돈처럼 모가지를 드리우고 피를 흘려, 그 피가 "꽃처럼 피어나는" 일을 행할 수 있을 텐데.

언뜻 읽으면 순수한 선망만이 보이지만 이차돈의 순교를 끌어들인 것은 기묘한 긴장을 감추고 있다. 왜냐하면 나의 행동을 그리스도의 그것과 다르게 설정하는 지점이기 때문이다. 자세히 풀이하면 다음과 같다 : '나'는 인류를 위해 대속한 예수가 "행복했던 사나이"라고 생각한다. 그에게 십자가가 허락된 반면, 내게는 십자가가 허락되지 않고 있다. 그런데 그것은 내 행동의 방식조차도 내가 알 수 없다는 것을 가리킨다. 내가 그저 예수의 행동 방식을 따라가는 것만으론 부족하다. 그것은 '행복한 사람'의 지위에 어울리지 않는 것이다. 순교에도 순교자 각자에게 맞는 저마다의 행동방식이 있다. 그것은 그의 주관적 환경과의 연관 속에서 설정되어야 하기 때문이다. 그리고 이 주관적 환경과의 연관 속에서 자신의 행동방식을 설정하는 자만이 '주체적인 순교', 즉 말의 바른 의미에서 자신만의 인식과 정념과 의지를 통째로 부은 순교를 할 수가 있는 것이다.

이차돈의 순교가 암시적으로 등장한 까닭이 여기에 있다 할 것이다. 「십자가」의 화자는 자기만의 순교를 찾기 위해 슬그머니 종족의 전설을 뒤적이게 된 것이다. 그렇다면 저 "모가지를 드리우고/ 꽃처럼 피어나는 피"의 '모가지를 드리우는' 동작 역시 하나의 참조물로서만 기능하는 것이라고 봐야 하지 않을까? 그렇게 읽는 것이 타당한 것은 이 시 앞에서 독자는 두 가지 상이한 태도를 동시에 마주하기 때문이다. 예수가 십자가에 못박히시는 사건과 이차돈이 목을 드리우고 피를 흘리는 모습은, 똑같은 순교이지만 아주 다른 형상을 가지고 있다. 이 이질성들은 곧바로 독자의 두뇌피질 속에서 하나의 순교를 여러 순교의 사건들에 대한 연상으로 나아가게 하고 더 나아가 '아직 이루어지지 않은' 화자의 순교를 빈 공백으로 떠올리게 할 것이다.[7]

우리는 이것을 '참조 텍스트들을 복수화'시킴으로써 참조 텍스트들을 순간적으로 의미 결락의 상태로 만들면서, 그로부터 '의미가 비어 있는 새 텍스트'를 배태(胚胎)하는 절차로 이해할 수 있을 것이다. 그것을 짧게 줄여 '텍스트의 구성적 무의미화'라고 명명해보자. 이 명명을 받아들이는 순간, 그의 또 다른 대화체의 시들에서 유사한 양상들이 출현했음을 알아차리게 된다. 가령 그의 가장 야릇한 시 중의 하나로 거론되곤 하는 「팔복」을 보기로 하자.

---

7) 이 논문에서는 본격적으로 분석되지 않지만, 윤동주의 가장 난해한 시로서 논란이 많은 「간」도 같은 구조로 이루어졌음을 지적해두기로 하자. 즉 시인은 「간」에서 그리스 신화의 '프로메테우스'와 한국 전래 민담으로서 판소리라는 고급한 형식으로까지 구현된 '별주부 이야기'를 뒤섞음으로써, '간'에 둘러싼 시적 사건의 의미를 '모호화'하고 있다.

슬퍼하는 자는 복이 있나니

슬퍼하는 자는 복이 있나니

슬퍼하는 자는 복이 있나니

슬퍼하는 자는 복이 있나니

슬퍼하는 자는 복이 있나니

슬퍼하는 자는 복이 있나니

슬퍼하는 자는 복이 있나니

슬퍼하는 자는 복이 있나니

저희가 영원히 슬플 것이오.

이 시는 많은 사람들이 잘 알고 있는 『성경』 속 예수의 말씀에서 따온 것이다. 그런데 원래 성경의 말씀에서는 '복받을 사람'에 대한 정의가 아주 다양하다. "마음이 가난한 사람", "슬퍼하는 사람", "온유한 사람", "의에 주리고 목마른 사람", "긍휼히 여기는 사람", "마음이 깨끗한 사람", "평화를 이루는 사람들", "의로움 때문에 박해를 받는 사람들"이다.8) 그런데 시인은 이 여덟 종류의 정의를 단 하나, "슬퍼하는자"로 단일화하고, 여덟 차례 반복하였다. 그러면서도 이 시의 부제를 '마태복음 5장 3-12'라고 적어놓았다. 이것은 성경의 다른 버전으로 이 시를 썼다는 것을 암시한다. 그 다른 버전은 당연히 시인이 위치하고 있는 시공간의 상황에 부응한다. 즉 시인이 살고 있는 이 땅에서는 오직 '슬퍼하는 사람'들만이 있는 것이다. 그리고 시인의 버전에서는 '보상'의 약속이 결락되어 있다. 원『성경』에서는 여덟 종류의 사람들에게 저마다 보상을 약속하고 있다. "하늘 나라가 그들 것이다", "위로를 받을 것이다", "땅을 차지할 것이다" 등등. 그런데 시인이

---

8) 이 정의는 한국천주교주교회의 편, 『성경』, 2005.에 근거하였다.

쓴 다른 버전에서 "슬퍼하는 자"는 오직 "영원히 슬플 것"만이 예정되어 있다.

여기까지 오면 이 대화체 시의 상호텍스트성의 의미가 분명해진다. 「십자가」에서는 예수·그리스도의 행적과 달리, 화자 '나'에게는 십자가도 행동 방식도 주어지지 않았다. 그리스도에게 행동이 충족되었다면 나에게는 결여되었다. 다른 한편 「팔복」에서는 원 『성경』의 사람들이 상황과 보상이 충만한 데 비해, '나'가 사는 곳의 사람들의 상황과 보상은 협소하고 결락되었다. 두 경우 모두 비교가 된 다른 텍스트는 삶의 충만을 보여주는 데 비해 시의 중앙을 차지하는 화자와 화자 주변의 삶은 '무'를 드러내는 것이다. 따라서 이 상호텍스트성에 우리는 '무의 인식'이라는 이름을 부여할 수 있을 것이다.

결국 윤동주 시의 내성, 즉 필자가 규정한 바에 따라, 상호주관성으로서의 내성은 타자의 세계에 비추어 '나'의 세계를 인지하기 위한 방법적 기제였다고 할 수 있다. 그 기제를 통해 드러난 현상은 타자는 충만인데 '나'는 무라는 것이다. 그것을 '텍스트'의 차원으로 올려놓으면 타자의 텍스트는 확고한 세계관을 현현하고 있는 데 비해 '나'의 텍스트는 세계관의 부재로서, 단지 헐벗음으로써의 세계만이 있는 것이다.

이것은 상호텍스트성을 통한 상호텍스트성의 실패의 확인을 가리킨다. 말장난 같지만 여기에 윤동주 시의 내재적 특성으로서 상호텍스트성을 보고자 하는 생각의 핵심이 자리한다. 이미 말했듯 상호텍스트성은 세계관들의 만남의 사건을 수행하는 텍스트의 성질이다. 윤동주의 시를 '상호텍스트성을 통한 상호텍스트성의 실패'라고 규정하는 것은 단순히 윤동주의 시에서 상호텍스트성의 존재 혹은 부재를 확인하는 것과는 다르다. 그것은 다음과 같이 두 가지 명제의 중첩으로 이루어져 있다.

(1) 윤동주 시는 상호텍스트성을 지향한다.

(2) 윤동주 시는 상호텍스트의 실패를 확인한다.

이것은 우선 윤동주의 시의 출발점에 상호텍스트 지향이 있다는 것을 가리키고 있다. 즉 윤동주 시의 출발점은 내성이 아니라 상호주관성이라는 것이다. 그렇다면 윤동주의 시의 표면적 특성인 '내성'은 그의 시의 근원적 자질이라기보다 오히려 상호텍스트의 실패를 확인한 의식의 '여파(餘波)'로서 작동했다고 해야 할 것이다.

이 여파가 왜 일어났는가? 바로 출발점에 놓인 명제를 포기할 수 없어서, 라고 밖에는 다른 말이 있을 수 없다. 포기할 수밖에 없었던 탓에, 의식의 '사후작용'을 통해 윤동주 시의 주체는 그 명제를 '살려 놓고' 싶은 것이다. 따라서 이 여파를 통해 새로운 명제가 제출된다.

(3) 윤동주 시는 상호텍스트성이 내재되어 있음을 확인하고 증명하고 싶어 한다.

내성은 바로 이 확인과 증명절차로서 작동된 의식의 작용이다. 그것을 필자는 앞의 글에서 상호주관성을 "의도적 기획 및 구성의 지평 위에 올려 놓는 과정"이라고 규정하였었다. 그리고 이 수행 과정을 위해 윤동주의 내성은 "격정에 사로잡혀 있었"으며, 그 격정은 "자신의 내면이 바깥으로 표출되기 위해 [행한] 몸부림"을 수반한다고 하였다. 이어서 그 몸부림의 과정은 곧 "사상이 능금처럼 익어가옵니다"(「돌아와 보는 밤」)라는 시구에 표현된 그대로 '능금처럼 익어가는 사상'을 배태한다고 하였다.

4. 윤동주 상호텍스트성의 이차적 현상 : 계시의 형상화

이러한 과정은 결국 기독교인으로서의 윤동주의 사유 구조를 상기시킨다. 즉 '원죄−전락' → '속죄−고행' → '구원−결실'이라는 세 단계와 일치하는 것이다. 그러나 이 사실의 확인보다 더 중요한 것이 있다. 그것은 그가 상호텍스트성을 '부재'로서가 아니라 '실패'로서 이해하고 있다는 것, 즉 상호텍스트성을 차후의 노력의 결실로 획득할 사안으로서라기보다는 원래 내장되어 있었던 것의 복원으로 상정하고 있다는 것이다. 그렇기 때문에 그의 '격정'은 자칫 바깥을 향한 폭발적인 자기파괴의 격렬한 양태를 갖는 대신에 오히려 본래의 씨앗이 익어가는 농밀한 숙성의 양태를 갖게 된 것이다.

이 '복원'이라는 시각은 두 가지 점에서 윤동주 시에 영향을 미친다. 하나는 '자기정화'의 행위로서 시가 존재한다는 것이다. 왜냐하면 원래 있었던 것을 회복하려면 현재의 때를 씻어내야 하기 때문이다.

> 밤이면 밤마다 나의 거울을
> 손바닥으로 발바닥으로 닦아보자.

라는 「참회록」의 표현은 실제 윤동주 시 전편의 상징적 동작이라 할 만하다. 윤동주 시 전체가 자기 반성의 운동으로 진동하고 있었다는 것이다. 이 점은 비교적 쉽게 확인할 수 있는 사실이지만 그러나 이 자기 반성의 운동이 결국은 상호주관성, 즉 바깥과의 통로를 이뤄내기 위한 중간 단계의 운동이라는 사실은 거의 의식되지 못했다. 그것이 바로 '복원'이라는 시각에서 파악한 윤동주 시의 새로운 면모이다. 지금까지의 논지에 따라 이 자기 정화가 궁극적으로 상호주관성의 회복을 향해 가는 과정이라면 어떻게 그게 가능한가? 우선 자기 정화는 '상호주관성' 혹은 '상호텍스트성'의 실패에서 비롯되었다. 그것은 그런 것의 '없음'에 대한 인식에 의해서 나타난 것이다. 그런데 어떻게 회복이 가능한가?

가능한 대답은 바로 이 '없음'이 혹은 '실패'가 바로 회복의 단서를 내장하고 있는 것으로 보아야 한다는 것이다. 상호텍스트성의 실패는 '텍스트'가 화자 '나'에게는 주어지지 않았다는 것, 즉 '인식·감정·동경의 총체'로서의 세계관이 형성되지 않았다는 것을 가리킨다. 거기에서 어떻게 텍스트의 단서, 세계관의 단서를 발견할 수 있단 말인가? 실로 윤동주 시의 가장 비장하고도 감동적인 움직임은 이로부터 나온다.

그것은 바로 없음, 무의미, 실패를 하나의 '계시'로 읽는다는 것이다. 「또, 태초의 아침」을 읽어보자.

하얗게 눈이 덮이었고
전신주가 잉잉 울어
하나님 말씀이 들려온다.

무슨 계시일까

빨리
봄이 오면
죄를 짓고
눈이
밝아

이브가 해산하는 수고를 다하면
무화과 잎사귀로 부끄런 데를 가리고
나는 이마에 땀을 흘려야겠다.

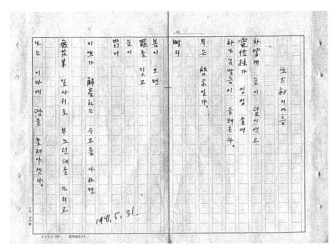

〈그림 2〉 윤동주 육필원고 「또, 태초의 아침」

이 시는 지금까지 거의 해독되지 않은 상태로 있다. 왜냐하면 그 내용이 '원죄'에 대해 독려를 하는 납득하기 어려운 전언을 담고 있기 때문이다. 게다가 "빨리/ 봄이 오면"이라는 시구를 통해, 죄지음과 신생을 연결시키고 있기 때문에 의혹은 가중된다. 그러나 지금까지의 논지를 참작하며 앞 두 연을 가만히 들여다보면 저 다짐의 까닭을 알 수 있다. 첫 연의 "하얗게 눈이 덮이었고/ 전신주가 잉잉 우"는 현상은 그냥 현상일 뿐이다. 그것들은 어떤 의미도 담고 있지 않다. 그것은 윤동주 시가 전반적으로 처해 있는 상황, 즉 '텍스트의 부재'에 상응한다. 그런데 이 현상은 어쨌든 하나의 현상이다. 그것은 의미를 담고 있지 않은 것처럼 보일 수 있으나, 보는 사람이 못 읽고 있는 의미를 숨기고 있는 것일 수도 있다. 바로 이 틈새에서 시의 화자는 그것을 "하나님 말씀"으로 상정하고 그것을 '계시'로 받아들이는 반전을 시도한다.

바로 여기가 윤동주 시가 상호텍스트의 실패라는 절벽에서 벗어나 텍스트 복원의 첫 단추를 꿰는 지점이다. 의미가 부재하는 현상을 '계시의 텍스트'로 읽는 것이다. 그러나 "하나님 말씀"은 또 하나의 시사를 담고 있다. 「십자가」

에서 우리는 윤동주 시의 '화자'가 처한 상황을 분석한 바 있다. 그에게는 십자가가 허락되지 않았을 뿐 아니라 동시에 '행동강령'도 모르는 상태에 있다. 그것은 그가 하나님 말씀을 이해하지 못하는 하등의 피조물에 지나지 않는다는 것을 가리킨다. 예수가 "귀 있는 자 들어라"고 외칠 때의 그 '귀'를 갖지 못한 것이다.[9] 따라서 "하나님 말씀"은 한편으론 '계시'이지만 다른 한편으론 내가 아직 전혀 해독하지 못하는 말씀이라는 것을 뜻한다.

바로 이 때문에 하나님 말씀을 해독하기 위한 능력을 키워야 한다는 당위가 제기된다. 그 능력은 '하나님의 뜻'을 알아차릴 수 있는 능력이다. 그 능력을 가지려면?

아마 여기에서 시인은 잠시 망설였을 것이다. 왜냐하면 그것은 시에 표현된 대로 "눈이 밝아"지는 단계를 통과하는 것이기 때문이다. 그런데 눈이 밝아지는 것은 뱀의 유혹이기도 했다. 눈이 밝아지는 것은 원죄의 한 계기이다. 눈이 밝아지면 하나님을 모르게 된다. 왜냐하면 눈이 밝아지는 것은 "신과 같이 되리라"는 사탄의 유혹이 미끼로 던진 최고의 보상에 이르는 길이 되기 때문이다. 신과 같이 되리라는 유혹에 빠지면 신을 무시하게 된다. 그것이 신을 모르는 죄, 즉 원죄이다. 계시의 뜻을 알려면 눈이 밝아져야 하는데, 그것은 원죄를 범하는 일이 된다.

윤동주가 이 지점에서 망설였다는 걸 보여주는 흔적이 그가 '태초의 아침'을 두 번 연속해서 썼다는 것이다. 앞에서 인용한 시는 「또 태초의 아침」이다. 그 앞에 그는 「태초의 아침」을 썼다. 흥미롭게도 시 「태초의 아침」 끝에 시인은 쓴 날을 부기하지 않았다. 「또 태초의 아침」 끝에는 '1941.5.31.'이라고 쓴 날이 표기되어 있다. 이 두 작품은 모두 시인의 19편

9) "귀 있는 자 들어라"에서 '귀를 가진 자'의 의의에 대해서는, Jean-Luc Nancy, *Noli me tangere - Essai sur la levée du corps*, Paris : Bayard, 2003, p.13 ; 장뤽 낭시, 이만형·정과리 옮김, 『나를 만지지 마라·몸의 들림에 관한 에세이』, 문학과지성사, 2015, 14~15쪽을 참조.

자선 시집, 『하늘과 바람과 별과 시』에 포함되어 있다. 이 사실들을 모두 고려하면 시인은 이 두 작품을 연속해서 썼으며, 거의 하나의 단위로 고려하였다는 것을 짐작할 수 있다. 그리고 그 짐작은 시인에게 '태초의 아침'이 두 번 되풀이 되었다는 판단으로 이어지게 된다. 첫 번째 「태초의 아침」을 읽어 보면 그 사정을 좀 더 확실히 확인하게 된다.

봄날 아침도 아니고
여름, 가을, 겨울,
그런 날 아침도 아닌 아침에
빨 —간 꽃이 피어났네
햇빛이 푸른데
그 전날 밤에
그 전날 밤에
모든 것이 마련되었네
사랑은 뱀과 함께
독은 어린 꽃과 함께

이 시는 원죄의 사건 자체를 말하고 있다. 그런데 두 시에서 원죄에 대한 성격 규정이 다르다. 첫 번째 시, 「태초의 아침」에서 원죄는 새로울 것이 하나도 없는 우연한 날짜("아침도 아닌 아침에")에 인물들의 어떤 의지나 계획도 없이, 오로지 사탄의 유혹에 의해서만("사랑은 뱀과 함께") 발생하였다. 그때 인물들은 "어린 꽃"에 지나지 않았다. 반면 두 번째 시, 「또 태초의 아침」에서 '원죄'는 화자의 착안과 기획과 의지로 설정된다. 그 기획과 의지는 알아들을 수 없는 하나님의 말씀을 '계시'라고 상정한 데에서 솟아났다. 이때 화자는 깨인 인간, 적어도 '깨달음을 얻고자 하는' 인간이다.

이 두 번 되풀이 된 원죄가 암시하는 것은 다음과 같은 사정이다. 인간은, 무로서, 즉 아무 것도 모르는 자로서 태어났다. 그 때문에 뱀이 그에게 접근하였다. 뱀은 사랑을 알려주고 또한 독에 감염되도록 하였다. 이 독은 인간의 원죄를 가리킨다고 보아도 무방하리라. 그러나 이 원죄는 돌이킬 수 없는 것이 되었다. 그것을 갚으려면 스스로 자신의 죄를 깨닫는 계기, 그것을 직시하고 자신이 갚아야 할 숙제로서 받아들이는 결단, 그리고 그것을 결단을 이행하는 용기와 그 결단의 수행을 통해서 스스로 하나님의 뜻을 최대한 정확하게 파악하는 정신의 단련이 연속적으로 이어져야 한다. 그러니 그런 속죄의 고행을 해나가려면 '아무 것도 모르는 자'로서 그냥 남아서는 안된다. 원죄의 징벌로 "땀을 흘리는 수고"를 감수해야겠지만, 동시에 원죄의 대가로 "눈이 밝아"진 능력을 그 수고에 투여해야 한다. 그래야만 그 수고가 제 값을 얻게 된다.

우리는 20세 초반의 젊은 시인이 어떻게 이다지도 정교한 논리적 곡예를 펼칠 수 있었는지 놀라울 뿐이다. 그러나 한 가지 짚이는 데가 있다. 문익환은 그가 키에르케고르를 아주 많이 읽었다고 증언한 바가 있다.

> 한번 나는 그와 키에르케고르에 관한 이야기를 하다가 그의 키에르케고르
> 에 관한 이해가 신학생인 나보다 훨씬 깊은 데 놀라지 않을 수 없었다.[10]

우리의 물음에서 이 대목은 아주 중요해 보인다. 왜냐하면 키에르케고르 는 원죄에서 '무지가 깨지는 순간'을 본 철학자이기 때문이다.

> 순수는 무지이다. 그것은 결코 순수한 직접성의 상태가 아니라 무지이다.
> … [뱀의 유혹의 순간 인간은 순수 속에 있었는데, 그러나 그것은 바로 한마디로

---

10) 문익환, 「동주형의 추억」, 윤동주, 심원섭 외 편, 앞의 책, 316쪽.

무지가 농축되어 있었다는 것에 다름 아니다. [뱀의 말은] 순진한 자에게는 당연히 이해할 수 없는 말이다. 그러나 그 순간은 불안이 저의 첫 먹이를 포획하는 순간이다. 무(néant)를 제치고 불안은 하나의 수수께끼 같은 말을 엄습시킨다.[11]

원죄의 순간은 순수, 즉 무지가 깨지고 불안이 들어선다. 그 불안은 인간의 자기에 대한 자각이자 자기의 죄에 대한 깨달음이며 자신의 운명에 대한 의심이다. 속죄를 향해 가고자 하는 자의 의식에 동반되는 불안이다. 그리하여 불안은 원죄의 '진전progression' 속에서 고려된다.

　　일단 구원이 제기되면, 이때 불안의 극복이 전적인 가능성으로 떠오른다. 그렇다고 해서 결코 사라지지는 않는다. 다른 역할을 하게 된다는 뜻이다.[12]

윤동주의 두 편의 '태초의 아침'은 이 키에르케고르적인 인식에 비추어 볼 때 비로소 이해된다. 윤동주가 철학자의 개념들을 얼마만큼 정확히 이해하고 있었는지는 알 수 없으나 철학자의 '불안'을 '자기의식'으로 바꿔 읽으면 윤동주적 태초의 아침을 명료하게 파악할 수 있다. 죄를 짓기 전은 그저 '무' 그 자체일 뿐이다. 무 그 자체라는 말은 윤동주적 맥락에서는 소명이 주어지지 않은 상태, 소명을 위한 행동 방식조차도 모르는 비참한 존재, 그저 다가온 사태를 받아들이기만 하는 수동적 존재의 상태를 가리킨다. 시인은 거기에 충분히 절망했고 그것을 넘어설 길을 찾았다. 그런데 거기를 넘어서려면 자신과 세상의 '가능성'이 측량되어야 한다. 그 가능성을 찾는 순간, 자신의 수동성이 '견딜 수 없는 것'이 되고, 그 상태를 '죄'로서

11) Soeren Kierkegaard, *Le concept de l'angoisse*[1844], traduit par Knud Ferlov et Jean J. Gateau, Paris : Gallimard, 1935, p.28, 34.
12) *ibid.*, p.42.

바라보는 도약이 일어난다. 그 도약과 더불어 수동성의 운명은 '죄'로서 규정되고 당연히 '극복되어야 할 것'으로 바뀐다. 그런데 그것을 죄로 보는 주체적 방향전환이 없으면 '극복'의 가능성은 주어지지 않는다.

따라서 "빨리/ 봄이 오면/ 죄를 짓고"는 자신의 상태가 죄의 상태라는 자각에 주체의 능동성을 보태어서 성립된 구문으로 이해해야 할 것이다. 즉 이 구문은 다음과 같은 세 구문의 중첩으로 이루어졌다고 보아야 할 것이다.

(1) "나의 죄의 상태를 깨닫고"(=기저 구문)
(2) "내가 의도적으로 죄의 자각이라는 사건을 만들어"(="죄를 짓고")
(3) "이 사건이 죄로부터 벗어나는 신생의 삶을 촉발하게끔 하여"(="봄이 오면")

이때 무=죄의 등식은 구원의 지평 위에서 무='구원을 위한 전제'가 된다. 무를 '구원을 위한 전제'로 전환시킬 때 그것은 이제 '계시'가 된다.

계시는 무언가 의미를 내장하고 있다고 가정되지만 아직 해독되지 않은 것으로부터 감지하는 어떤 암시이다. 결국 바깥의 물상을 미지의 세계관을 내장한 것으로 가정하는 것이다. 미지의 세계관이지만 그것이 계시인 한은 이해의 욕망을 보채기를 멈추지 않는, 따라서 주체의 정신을 끊임없이 요동케 하는 것이다. 그러한 미지의 세계관이 시 안으로 들어온 것, 그것이 '낯선 텍스트'이며, 이 낯선 테스트와 대화를 시도하는 시의 움직임, 그것이 바로 상호 텍스트성이다.

이렇게 정리할 수 있겠다.

윤동주의 내성이 상호주관성이라는 것은 그의 자신에 대한 무한한 자기 성찰이 스스로를 청결한 도덕적 인간으로 만들기 위해서가 아니라, 올바른 사회적 존재로서 자신을 정립하기 위한, 즉 유효한 사회적 행동을 할 수 있는 자가 되기 위한 단련의 과정이라는 것을 가리킨다(이에 대해서 필자는 앞의 글에서 충분히 증명했다고 생각한다.) 이 단련의 과정은 그런데 혼자 체조를 하는 것으로는 시작조차 할 수 없다. 요가를 익히려면 요가 선생이나 요가 교범을 옆에 두어야 한다. 당연히 윤동주의 사회적 자아를 향해 가는 내면적 자아의 훈련 역시 타자에 비추어서 할 수밖에 없다. 그런데 윤동주에게는 타자가 코치로서 파견되지 않았다. 그에게는 그 타자가 자신이 해독해서 깨달아야 할 미지의 계시로서 주어졌던 것이다. 또한 주체가 해독하려고 애쓰지 않으면 그냥 무의 덩어리일 뿐으로 남을 것이다. 이때 상호주관성은 상호텍스트성으로 넘어간다. 어떤 알 수 없는 소리가 현재로서는 이해가 불가능하지만 의미를 내장한 것으로 가정되어 주체의 정신을 어지럽혀 주체의 정신적 장소 안에 끊임없이 출몰하는 텍스트로서 시에 삽입되는 것이다. 그것이 자연 묘사로 드러나든, 종소리로 들려오든 혹은 선배 시인들의 시구로 등장하든, 그것들은 모두 시의 주체, 즉 '화자'가 해독해서 자신의 정신적 재료로 써야 할 미지의 텍스트로 기능하게 되는 것이다. 상호텍스트성이 윤동주 시의 내재적 자질이라는 말이 가리키는 바가 바로 이와 같다.

그렇다면 이 상호텍스트성이 시에서 어떻게 '표현'될 것인가? 그것이 '계시'인 한, 그것은 결코 의미의 비유로서 제출되지 못할 것이다. 오히려 언뜻 보아서는 아무런 의미도 담고 있지 않은 그저 '존재하기만 할 뿐인' 풍경이나 형상으로 다가올 것이다. 훗날 김춘수가 '무의미 시'의 기본 표현으로 세운 '서술적 이미지'에 해당하는 것이다.[13] 즉 어떤 의미의 '비유'로서가 아니라 해독되지 않았기 때문에 당장은 순수한 존재 형상으로만 제시되는 것, 그런 이미지이다. 이 이미지는 그러나 미지의 의미를 내장한 것으로, 즉 하나의 계시로서, 시인 윤동주에게 던져진다. 그렇다면 그 미지의 의미에 대한 파악을 주체로 하여금 안달케 하기 위해서는 그 형상은 그냥 형상이기만 하면 되는 게 아니다. 그 형상은 의미의 농밀한 온축으로 기름지고,

---

13) 김춘수, 「시의 위상」, 『김춘수 시론 전집 II』, 현대문학, 2004, 229쪽, 235쪽, 354쪽과 김춘수, 「김춘수 사색판화집」, 위의 책, 488쪽을 참조하라.

그 의미의 실아있음을 환기하기 위해 생동해야 할 것이다. 시는 자기 안의 낯선 텍스트를 최대한도로 찰지게 진동시키기 위해 가장 '아름다운' 형상을 향해 갈 것이다. 결국 이 움직임은 시인 윤동주에게 윤리적 주체로부터 심미적 주체로 나아가는 행로를 제시한다. 우리는 이 행로를 다음의 문장으로 요약할 수 있다.

삶을 정화(淨化)하는 일은 삶의 정화(精華)를 빚는 일이다.

5. 잠정적인 마무리

이 '형상의 정화(精華)=삶(의미)의 정화(淨化)'라는 등식을 윤동주적 상호텍스트성의 3차적 현상, 더 나아가 최종적 현상이라고 말할 수 있을 것이다. 그것은 그의 삶과 시작(詩作), 양편에 충실히 투영되었다. 그는 삶에 있어서 "죽는 날까지 한 점 부끄럼이 없기를/ 잎새에 이는 바람에도/ … 괴로워했"(「서시」)고, 그 괴로움을 넘어서기 위해 "밤이면 밤마다 나의 거울을/ 손바닥으로 발바닥으로 닦아보자"(「참회록」)고 다짐했다. 또한 이러한 정신적 단련은 그대로 시작에도 적용되어, 그는 갈고 닦기를 게을리 하지 않아 투명하고도 웅숭깊은 형상들의 제작에 충실했다. 그 투명하고도 웅숭깊은 형상들이 결국은 윤동주 시의 심미적 측면을 이룬다고 말할 수 있을 것이다. 따라서, 윤동주 시의 심미적 형상으로 드러나는 상호텍스트성을 규명하는 일이 다음 과제로 제기된다. 다음의 사실들을 적기하는 것으로 마무리짓기로 한다.

윤동주 시의 최종적 행방이 '윤리적 주체로부터 심미적 주체로' 나아가는 것이라면, 이는 1930년대 조선 문단에 광범위하게 일어난 심미성의 지평의 발견의 연장선상에 놓인다는 것을 알려준다.[14] 그가 누구보다도 정지용의 영향을 받았다는 것은 그 점을 적절히 환기한다. 그런데 윤동주의 시는 그 심미적 지평의 발견에 이어진 다음 단계를 여는 계기가 된다는 것이 필자의 짐작이다. 순수한 심미적 텍스트로서의 황순원의 『골동품』(1936)의 시편들과 비교해 보면 그 점을 확인할 수 있다. 순수한 심미성에 이어지면서 그것 너머에 있는 것, 그것은 무엇인가? 윤동주 시의 미적 성격을 규정하는 일은 거기에 집중되어야 할 것이다. 그런데 그 규정은 윤동주 시의 내재적 자질로서 우리가 규명한 상호텍스트성에 근거해서 이루어져야 할 것이다. 1930년의 시들과 비교하여 상호텍스트적 관계를 가진다는 그런 의미에서가 아니라, 그 내재적 자질로서의 상호텍스트성이 심미적 형상을 지향케 할 때, 그 미적 추구가 다른 무엇에 의지한다면, 그때 그 다른 무엇은 상호텍스트 를 여전히 짜고 있는가, 아니면 다른 지평을 구축하는가를 질문하는 차원에 서, 탐구가 행해져야 할 것이다.

---

14) 심미성에 대한 깨달음은 문학의 문장은 "언문일치의 문장이 아니다"라는 이태준의 『문장강화』(1940)의 발언 속에 압축되어 있다. 이에 대해서는 졸고, 「1930년대, 미의식의 탄생」, 『현대시』 제320호, 한국문연, 2016.08, 222~227쪽을 참조하라.

참고문헌

김춘수, 『김춘수 시론전집 II』, 현대문학, 2004.

대시원, 『유교 윤리론의 시각으로 바라 본 윤동주의 '슬픈 천명'』, 연세대학교 대학원 국어국문학과 석사학위논문, 2016.

윤동주, 심원섭 외 편, 『원본대조 윤동주 전집 : 하늘과 바람과 별과 시』, 연세대학교 출판부, 2004.

윤동주, 홍장학 편, 『정본 윤동주 전집』, 문학과지성사, 2004.

장-뤽 낭시, 이만형·정과리 옮김, 『나를 만지지 마라—몸의 들림에 관한 에세이』, 문학과지성사, 2015.

정과리, 「1930년대, 미의식의 탄생」, 『현대시』 제320호, 한국문연, 2016.08.

홍장학, 『정본 윤동주 전집 원전연구』, 문학과지성사, 2004.

황현산 외, 『시대의 폭력과 문학인의 길 : 탄생 100주년 문학인 기념문학제 논문집』, 민음사, 2017.

Jean-Luc Nancy, *Noli me tangere - Essai sur la levée du corps*, Paris : Bayard, 2003.

Lucien Goldmann, *Le Dieu Caché* (coll. : Tel), Paris : Gallimard, 1959.

Soeren Kierkegaard, *Le concept de l'angoisse*[1844], traduit par Knud Ferlov et Jean J. Gateau, Paris : Gallimard, 1935.

윤동주론 : 순결한 영혼의 고뇌와 저항

1. 머리말

중일전쟁을 고비로 점점 강화되어가던 일제의 식민통치체제는 1930년대 말에 이르러 본격적인 조선민족말살정책으로 탈바꿈하였다. 1937년에 들어서자 일제는 '황국신민의 서사(誓詞)'를 제정하고 이를 조선인들에게 암송할 것을 강요했으며, 1938년에는 조선어교육을 폐지하고 일본어상용(常用)을 강요했다. 1940년대에 들어서자 마침내 창씨개명을 강요하고 조선어교육폐지에 이어 『매일신보』를 제외한 모든 일간지에서 조선어사용을 금지하는 등 일제의 폭정은 극에 달했다.

문화 역시 이와 같은 시대적 상황으로부터 자유로울 수 없었다. 일제는 문학 자체가 지닌 대중적 영향을 고려하여 좀 더 조직적인 방식으로 문학가와 그들의 문학을 자신들의 식민통치체제를 강화하는 데 이용했다. 그리하여 조선문예회(1937), 조선문인협회(1939), 조선문인보국회(1943)와 같은 어용단체가 잇달아 조직되고 대다수의 문인들은 문필보국의 미명아래 일제의 침략전쟁과 대동아공영권을 선전하는 역할을 강요당하게 되었다. 일부 평론가들은 여러 가지 논리를 내세워 친일과 파시즘체제에의 영합을 정당화했고, 일부 소설가들은 시국과 체제에 협력하는 작품을 발표했으며, 시인들 역시 예외가 아니었다.

이처럼 친일문학이 극성을 부리는 상황에서 민족문학은 온전하게 유지될 수 없었다. 따라서 이 시기를 암흑기라고 규정한다고 해도 별 무리는 없을 것이다. 그러나 암흑기라고 해서 민족문학의 전통이 완전하게 단절된 것은 결코 아니었다. 비록 소수이기는 하지만 우리 말과 글을 다듬어 민족문학의 명맥을 이어가려고 하거나 절필로서 일제의 강압에 항거한 문학인들도 분명히 있었다. 그 가운데서도 주목해야 할 사람은 한용운, 이육사, 윤동주와 같은 시인들이다. 이들은 암흑한 현실 속에서 결코 일제의 강압과 폭정에 굴하지 않고 절조를 지켰을 뿐만 아니라, 그 시적 성취에 있어서도 여느 시대의 시에 뒤지지 않는 탁월성을 보여주었다. 특히 윤동주는 칠흑같이 어두웠던 일제치하의 밤하늘에 빛났던 아름다운 별이다. 그는 스물아홉이라는 짧은 삶을 살았지만 인간적인 성실성과 불같은 동포애를 가슴에 품고 주옥같은 시편들을 남겼으며 밝아올 민족의 아침을 위해 자기의 피를 조용히 뿌렸다.

윤동주는 일제치하에 시집 한권 낼 수 없었던 무명의 시인이었다. 스물아홉 살 젊은 나이에 일제의 철창에 갇혔다가 옥사해야 했던 윤동주, 그래서 하마터면 영영 잊힐 뻔하였다. 하지만 1948년 그의 유고가 『하늘과 바람과 별과 시』라는 시집으로 간행되고 1985년 오오무라 마스오에 의해 윤동주의 묘소와 생가 등 그의 삶의 궤적이 밝혀진 후 한국, 중국과 일본 등 여러 나라에서 윤동주의 붐이 일고 많은 연구회가 조직되어 활발한 기념활동을 하였다. 최근에는 동아시아 3국에 윤동주의 문학비가 서고 윤동주의 이야기가 영화로 각색되고 소설로 탈바꿈되고 있다. 지난 2017년 2월 26일, 용정윤동주연구회 주최로 윤동주 탄생 100주년 계열기념행사의 일환으로 '100명의 시민 100년의 시인을 노래하다'라는 주제로 윤동주 묘소를 찾아 참배하였다. 참가자들 중에는 학발노인(鶴髮老人)도, 삼척동자도 있었다.

하지만 대중적인 소비시대라 윤동주도 쉽게 상품화될 수 있다. 염불에는 마음이 없고 잿밥에만 마음이 있는 일부 기업인들이 윤동주 관련 기념사업에 끼어들어 좌지우지하고 있는가 하면, 정치인들도 하루아침에 윤동주 전문가로 둔갑해 얼토당토않은 필적을 남기고 유적지에 자기의 설익은 역고(譯稿)를 대서특필하고 있다. 한국에서도 윤동주 탄신 100주년을 맞아 "연고가 없는 지자체들도 너도나도 윤동주라는 이름을 남용하고 있고 전혀 윤동주의 흔적이나 향기가 없는 곳에서 윤동주를 소비"하고 있다.[1]

어디 이뿐인가? 윤동주의 문학사적 귀속문제를 가지고 한국과 조선족 간에 서로 흘겨보며 언성을 높이고 있다. 일례로 2013년 8월 14일자 한국의 『조선일보』에는 '한국의 위대한 시인을 이상야릇하게도 중국의 시인으로 둔갑시켰다'는 기사가 실렸는데, 윤동주를 어찌 조선족시인으로 볼 수 있느냐고 힐난했다.

이러한 상황을 염두에 둘 때 윤동주의 삶과 그의 시정신이 갖는 의미를 다시 되새겨볼 필요가 있다. 이 글에서는 윤동주의 시들을 통해 고향을 사랑했던 한 청순한 소년이 "꽃처럼 피어나는 피를/ 어두워 가는 하늘 밑에 조용히 흘"린 불멸의 민족시인, 저항시인으로 성장하게 된 과정을 살펴보고 그의 '부끄러움의 미학'과 그 의미를 구명해보고자 한다.

2. 순진무구한 동심에서 소년기의 갈등으로

윤동주가 「고향집」(1936.1)이라는 동시에서 "헌 짚신짝을 끄을고/ 나여기 왜 왔노/ 두만강 건너서/ 쓸쓸한 이 땅에…"라고 노래했듯이 윤동주네 집안 역시 두만강을 건너 중국에 들어온 이주민 가정이다. 1917년 12월

---

1) SBS 뉴스 2017년 2월 26일, 「시인 정신 기리는 건 좋지만…근거 없는 '윤동주 마케팅'」 http://news.sbs.co.kr/news/endPage.do?news_id=N1004064418&plink=COPYPASTE &cooper=SBSNEWSENDhttp://news.sbs.co.kr/news/endPage.do?news_id=N1004064 418

30일, 윤동주는 우뚝 솟은 선바위를 뒤에 두고 옆으로 육도하(六道河)를 낀 아름다운 명동촌에서 태어났다. 윤동주의 아명(兒名)은 해완(海煥)인데 이는 '바다처럼 빛나라'는 뜻을 담고 있다.

명동촌은 함경북도 회령지역의 선비들이 가솔을 이끌고 집단적으로 이주하여 만든 조선인 마을이다. 1900년 간도로 이주한 윤동주네 집안은 1917년 12월 시인이 태어났을 무렵에는 이미 명동촌에 정착하여 안정된 기반을 다진 독실한 기독교 가정이었다. 윤동주는 1932년 용정의 은진중학교에 입학하는 열여섯 살 때까지 고향에서 생활하며 평화와 순수의 세계를 지향하는 본질적인 자아를 형성한다.

윤동주는 명동촌을 떠나 용정 은진중학교, 평양 숭실중학교, 용정 광명학원 중학부, 서울 연희전문학교를 다니면서 삶의 어두운 그림자를 체험하고 숭실중학교 신사참배 거부사건, 친구 송몽규의 웅기경찰서 구금, 최현배와 이양하 선생과의 만남 등을 통해 민족의식에 눈뜰 수 있는 여러 가지 정치적 사건들을 겪게 된다. 그는 여름방학에 용정에 돌아오면 동생들에게 태극기, 애국가, 기미독립선언만세, 광주학생사건 등의 이야기를 들려주었다.[2] 그러나 주변 사람들의 회고에 의하면 그는 대체로 온화하고 다정다감한 소년의 모습을 보여주었다고 한다. 이 무렵 그는 어둠에 물들지 않고 자신의 순수한 세계만을 지키면 된다고 생각했던 것 같다.

스무 살 무렵인 1936년에서 1937년 사이에 쓴 그의 많은 동시들은 순수하고 아름다운 세계를 소박하게 보여준다. 사물과 동물과 식물들은 인간의 세계와 행복하고 충만하게 어우러져 있다. 밤에 소복소복 내린 눈은 "지붕이랑/ 길이랑 밭이랑/ 추워한다고/ 덮어 주는 이불"처럼 따뜻한 존재이다.(「눈」) "… 데굴데굴 굴리며 놀다/ 짝 잃은 조개껍데기/ 한 짝을 그리워하네 …" 하고 물소리 바다소리를 그리워하는 조개껍데기에 기대서 어린 화자의

---

2) 「윤동주 연보」, 『하늘과 바람과 별과 詩』, 정음사, 1988, 249쪽.

외로운 마음을 달래기도 한다.(「조개껍질」) 심지어는 이 따뜻한 세계를 파괴하는 근대의 문물인 비행기에 대해서조차 "… 비행기는-/ 새처럼 나래를 펄럭거리지 못한다// 그리고 늘- 소리를 지른다/ 숨결이 찬가봐" 하고 안타까운 마음을 보낸다.(「비행기」)

> 가을지난 마당은 하이얀 종이
> 참새들이 글씨를 공부하지요.
>
> 째액째액 입으로 받아읽으며
> 두발로는 글쓰기를 연습하지요.
>
> 하로종일 글씨를 공부하여도
> 쨋자 한자밖에는 더 못쓰는걸.

「참새」라는 동시인데 눈이 하얗게 덮인 마당에서 참새들이 글씨공부를 한다고 하였다. 시인의 맑고 천진난만한 동심을 읽을 수 있다. 이외에도 어미닭과 병아리의 친화관계를 노래한 「병아리」를 비롯하여 「빗자루」, 「무얼 먹고 사나」, 「굴뚝」, 「봄」, 「버선본」, 「기왓장 내외」, 「오줌싸개지도」, 「거짓부리」와 같은 동시들은 거의 다 순수한 서정과 천진무구한 어린이의 세계를 보여주고 있다.

동시창작에서 멀어진 후에도 윤동주는 유년기의 따뜻한 세계에 대한 동경을 버리지 않았다. 그의 산문시 「소년」(1939)이 이를 말해준다.

여기저기서 단풍잎 같은 슬픈 가을이 뚝뚝 떨어진다. 단풍잎 떨어져 나온 자리마다 봄을 마련해놓고 나뭇가지 위에 하늘이 펼쳐져있다. 가만히 하늘을 들여다보려면 눈썹에 파란 물감이 든다. 두 손으로 따뜻한 볼을 쏫어보면 손바닥에도 파란 물감이 묻어난다. 다시 손바닥을 드려다본다. 손금에는 맑은 강물이 흐르고, 맑은 강물이 흐르고, 강물 속에는 사랑처럼 슬픈 얼굴-順伊 의 얼굴이 어린다. 소년은 황홀히 눈을 감아본다. 그래도 맑은 강물은 흘러 사랑처럼 슬픈 얼굴-아름다운 順伊 얼굴은 어린다.

시인이 마주한 것은 티 없이 맑고 푸른 가을하늘이다. 하늘을 쳐다보면 파란 물감이 눈썹에도, 손에도 뚝뚝 떨어진다. 하지만 그는 어쩐지 서글퍼진다. 눈앞으로 흘러가는 맑은 강물에는 "사랑처럼 슬픈 얼굴-아름다운 順伊 얼굴"이 어리어있기 때문이란다. 윤동주는 "순희"라는 심상을 통해 우리민족의 모든 여성 또는 마음속에 그리고 있는 이상적인 "님", 모든 이웃과 동포를 상징하려 했던 것 같다고 마광수는 폭넓게 해석하기도 한다. 하지만 "순희" 하면 어쩐지 새까만 눈동자를 가진 순진한 소녀상을 떠올리게 된다. 고향의 이웃집 여동생의 이름 같기도 하다.3) 따라서 이 시는 다만 사춘기 소년의 짝사랑을 그렸을 뿐이다. 여기에 일제치하의 암울한 그림자 는 보이지 않는다.

하지만 1938년 6월 19일에 씌어진 「사랑의 殿堂」은 윤동주 자신이 직접 묶은 원고에서 제외되었으며, 또 1948년에 간행된 유고시집에도 수록되지 않았다. 그러나 이 시는 동시의 세계와 작별하고 현실의 세계로 나아가야 한다는 시인의 결심을 보여주는 첫 작품이다.

順아 너는 내 殿에 언제 들어왔던 것이냐?
내사 언제 네 殿에 들어갔던 것이냐?

우리의 殿堂은

---

3) 김혁, 『윤동주 코드』, 연변인민출판사, 2015, 195쪽.

古風한 風習이 어린 사랑의 殿堂

順아 암사슴처럼 水晶눈 내려감아라.
난 사자처럼 엉클린 머리를 고루련다.

우리들의 사랑은 한낱 벙어리였다.

성스러운 촛대에 熱한 불이 꺼지기 前
順아 너는 앞문으로 내달려라.

어둠과 바람이 우리 窓에 부닥치기 前
나는 永遠한 사랑을 안은채
뒷문으로 멀리 사라지련다.
이제 너에게는 森林속의 아늑한 호수가 있고
내게는 險峻한 山脈이 있다.

여기서 시적 화자는 "古風한 風習이 어린 사랑의 殿堂"과 그곳에 있는
"순이"에게서 멀어져야 하겠다고 말한다. "어둠과 바람이 우리 窓에 부닥치
기 전/ 나는 영원한 사랑을 안은 채/ 뒷문으로 멀리 사라"져 "險峻한 山脈"을
마주해야 한다. 아늑하고 평화로운 사랑의 전당에 계속해서 머물기만 한다
면, "어둠과 바람"이 몰려와 사랑의 전당을 뒤흔들 것이라는 뼈아픈 인식이
엿보인다. "난 사자처럼 엉클린 머리를 고루련다"는 표현은 무거운 짐을
지고 묵묵히 걸어가는 낙타를 거쳐 대성질호하는 사자로 변신해야 한다는
니체의 유명한 비유를 연상케 한다. 여기서 문익환의 이야기를 들어보자.

그는 대단한 독서가였다. 방학 때마다 사가지고 돌아와서 벽장 속에 쌓아

둔 ㄱ의 장서를 나는 못내 부러워했다. ㄱ의 장서 중에는 문학에 관한 책도 있었지만 많은 철학서적이 있었다고 기억된다. 한 번 나는 그와 키에르 케고르에 관한 이야기를 하다가 그의 키에르 케고르에 관한 이해가 신학생인 나보다 훨씬 깊은 데 놀라지 않을 수 없었다. 그렇게도 쉬지 않고 공부하고 넓게 읽은 그의 시가 어쩌면 그렇게 쉬웠느냐는 것을 그때 나는 미처 몰랐었다.[4]

윤동주가 키에르케고르를 읽었으니 쇼펜하우어나 프리드리히 니체에 대해서도 읽지 않았을까 조심스럽게 추측해본다. 아무튼 이 무렵부터 윤동주는 우리 민족이 처해 있는 참혹한 현실과 인간의 실존에 대해 진지하게 성찰하기 시작했다. 그러나 그가 문학적 대상으로 삼은 것은 식민지 현실 그 자체가 아니라, 아름다운 화해의 세계를 지향하는 그의 본성과 가혹한 시대를 정직하게 대면하고자 하는 양심의 갈등이었다. 1939년 9월에 씌어진 「자화상」은 이러한 양심의 갈등을 극명하게 보여주고 있다.

　　산모퉁이를 돌아 논가 외딴 우물을 홀로
　　찾아가선 가만히 들여다봅니다.

　　우물 속에는 달이 밝고 구름이 흐르고
　　하늘이 펼치고 파아란 바람이 불고 가을이 있습니다.

　　그리고 한 사나이가 있습니다.
　　어쩐지 그 사나이가 미워져 돌아갑니다.

　　돌아가다 생각하니 그 사나이가 가엾어집니다.

---

4) 문익환, 「동주형의 추억」, 『하늘과 바람과 별과 詩』, 정음사, 1988, 215쪽.

도로 가 들여다보니 그 사나이는 그대로 있습니다.

다시 그 사나이가 미워져 돌아갑니다.
돌아가다 생각하니 그 사나이가 그리워집니다.

우물 속에는 달이 밝고 구름이 흐르고 하늘이 펼치고 파아란 바람이 불고
가을이 있고 추억처럼 사나이가 있습니다.

우물 속의 얼굴은 달과 구름과 하늘과 바람 사이에 순수하고 평화롭게
머무는 시인 자신의 모습이다. 시인은 자신의 얼굴이 미워지기도 하고
그리워지기도 하고 가엾어지기도 한다. 이 시는 유년의 풍경 속에 "추억처럼"
순수하고 평화롭게 머물고 싶은 갈망과 그러한 갈망을 떨쳐내고 현실에
굳게 발 딛어야 한다는 결심 사이에서 망설이고 갈등하는 시인 자신의
고뇌를 보여준다. 이 망설임과 갈등은 "부끄러움"이라는 자기 인식으로
집약된다. 말하자면 유년기의 순수한 낙원과 비교해 볼 때 현재의 자신은
현실의 모순과 균열 속에서 살고 있으므로 부끄러웠던 것이다. 그는 그
아름다운 세계에 속할 수 없기에 자신의 "부끄러운 이름을 슬퍼"한 것이다.(「별
헤는 밤」) 또한 도래해야 할 미래의 비전을 생각할 때 현재의 자신은 확신에
찬 신념을 결여하고 있기 때문에 부끄러웠던 것이다. "내일이나 모레나
그 어느 즐거운 날에" 참회록을 쓰며 "부끄런 고백"을 해야 하는 것은
그 때문이다.(「참회록」).

3. 기독교의 영향과 청년기의 고뇌와 참회

1910年代, 北間島 明東－그곳은 새로 이룬 흙냄새가 무럭무럭 나던 곳이요,

祖國을 잃고 怒氣에 찬 志士들이 모이던 곳이요, 學校와 敎會가 새로 이루어지고 어른과 아이들이 한결같이 熱과 意慾에 넘친 모든 氣象을 용솟음치게 하던 곳이었습니다. 1917年 12月 30日, 東柱兄은 이곳에서 敎員의 맏아들로 태어났습니다. 그의 生家는 할아버지가 손수 伐材하여 지으신 기와집이었습니다. 할아버지의 고향은 咸北 會寧이요, 어려서 間島에 건너가시어 손수 荒蕪地를 開拓하시고 基督敎가 渡來하자 그 信者가 되시어 맏 손주를 볼 즈음에는 長老로 계시었습니다.5)

윤동주의 아우인 윤일주의 추억이다. 윤동주는 어릴 때부터 기독교적인 분위기 속에서 자랐다. 윤동주네 집 앞에 명동교회가 있었고 그의 할아버지인 윤하현(尹夏鉉)은 이 교회의 장로였다. 윤동주는 유아세례를 받고 기독교적인 정신에 물젖으면서 자랐다. 또한 윤동주의 외삼촌 김약연(金躍淵, 1868~1942)은 명동교회의 목사이고 간민회(墾民會) 회장이며 명동학교 교장이었다. 윤동주는 외삼촌의 영향을 받아 어릴 적부터 기독교정신과 함께 민족의식에 눈을 뜰 수 있었다. 이처럼 윤동주는 아름다운 자연과 기독교 신앙 그리고 민족주의가 삼위일체를 이룬 기름진 토양에서 자랐다.

명동을 떠난 후에도 윤동주는 기독교의 분위기가 아주 짙은 명동학교, 용정의 은진중학교, 평양의 숭실중학교, 서울의 연희전문, 일본의 릿쿄대학과 도시샤대학을 다녔다. 뿐만 아니라 윤동주의 송아지 동무인 송몽규와 문익환, 연희전문시절의 후배이자 친구인 장덕순과 정병욱도 기독교 신자들이었다. 정병욱의 경우에는 오히려 윤동주에게 이끌리어 교회에 다녔다. 정병욱은 다음과 같이 추억한다.

내 고장이 남쪽하고도 지리산 기슭의 산골이었기 때문에 어려서 교회당

---

5) 윤일주, 「先伯의 生涯」, 『하늘과 바람과 별과 詩』, 정음사, 1988, 228쪽.

문턱이라고는 넘어서 본 일이 없었다. 그러나 나는 동주의 꽁무니를 따라 주일날이면 영문 모르고 교회당엘 나들었다. 그러는 가운데 나는 지난날 몰랐던 전혀 새로운 세계를 발견할 수 있었고, 새로운 영혼의 우주를 찾아 언덕 저쪽을 바라다볼 수 있는 기회를 얻기도 했다. 우리가 다니던 교회는 연희전문학교와 이화여자전문학교 학생들로 이루어진 협성교회로서 거기서 예배가 끝나면 곧 이어서 케이블 목사 부인이 지도하는 영어 성서반에도 참석하곤 했었다.6)

1943년 7월 14일, 윤동주는 민족독립운동을 했다는 혐의를 받고 후쿠오카 감옥에 갇힌다. 이때 윤동주는 『영화대조신약(英和對照新約)』을 보내달라고 집에 편지를 하였다. 그는 옥중에서도 성경을 읽었으니 스물아홉 짧은 생애에 시종 기독교 정신과 깊은 인연을 맺고 있었던 것이다. 그러므로 기독교정신과 윤동주의 시는 자연 깊은 관련을 가진다고 말할 수 있다. 그렇다면 아래에 윤동주가 왜 부끄러워했고 왜 젊은 자신을 두고 그토록 깊이 참회를 했는가, 그 과정을 살펴보기로 하자.

먼저 윤동주의 대표작의 하나인 「별 헤는 밤」(1941.11.5)을 보기로 하자.

　…

어머님, 나는 별 하나에 아름다운 말 한 마디씩 불러 봅니다. 소학교 때 책상을 같이 했던 아이들의 이름과, 패(佩), 경(鏡), 옥(玉) 이런 이국 소녀들의 이름과, 벌써 아기 어머니 된 계집애들의 이름과, 가난한 이웃 사람들의 이름과, 비둘기, 강아지, 토끼, 노새, 노루, 프랑시스 잠, 라이너 마리아 릴케, 이런 시인의 이름을 불러 봅니다.

---

6) 정병욱, 「잊지 못할 윤동주의 일들」, 김학동 편, 『한국문학의 현대적 해석 13, 윤동주』, 서강대학교 출판부, 1997, 201쪽.

이네들은 너무나 멀리 있습니다.
별이 아스라이 멀듯이,

어머님,
그리고 당신은 멀리 북간도에 계십니다.

나는 무엇인지 그리워
이 많은 별빛이 내린 언덕 위에
내 이름자를 써 보고,
흙으로 덮어 버리었습니다. (「별 헤는 밤」 중에서)

　이 시는 연희전문시절에 쓴 시다. 북간도 명동을 멀리 떠나 있는 시인은 맑고 그윽한 가을의 밤하늘을 보면서 별을 헤고 있다. 별 하나하나에 고향의 아름다운 사람들의 이름을 불러보며 어머니에 대한 사무치는 그리움에 젖어있다. 대관절 시인에게 북간도란 어떤 곳인가? 윤동주는 북간도에 이주한 집안의 3세로 북간도의 명동촌에서 태어났다. 그에게 북간도는 태를 묻은 고장이다. 그러므로 윤동주의 시심(詩心)은 북간도의 터전에서 움이 튼 것이다. 그러하기에 시인은 북간도에서 지낸 어린 시절을, 그리운 모든 것을 별에 부쳐서 노래하고 있다. 아니, 잃어버린 아름다운 모든 것들이 하늘의 별빛으로 승화되고 있다. 그리고 그 아름다운 성좌의 복판에는 어머님이 계셨던 것이다. 말하자면 "아슬히" 멀리 있는 북간도와 어머니를 비롯한 그리운 것들과 시인과의 수평적 관계는 별세계와의 대응, 즉 수직적 관계로 변함으로써 시인의 추억은 그처럼 아름답게 승화되고 형상화되는 것이다.
　그런데 시인은 아름다운 별세계와 같은 고향에 가지 못함을 한스러워하고 무서운 상실감에 젖게 된다. 그에게는 김북원의 경우처럼 "낙동강물에워 젖처럼 마시며"(「봄을 기다린다」) 잔뼈 굵어진 고향도 없고 송철리의 경우처럼 "하염없이 쓰러보는 파란—꽃송이에/ 무지개마냥 아롱지는 흘러간 옛 마을"(「도라지」)에 대한 추억도 없다. 말하자면 북간도에서 살았던 많은 시인들의 경우에는 두만강 건너 남쪽의 어느 특정된 고장이 향수의 대상, 그리움의 대상으로 되지만 윤동주에게는 마냥 북간도와 함께 어머니가 성좌처럼 안겨온다. 윤동주에게는 북간도가 고향이요, 북간도가 시적상상의 원점이 된다.

하지만 정작 북간도를 찾아온 시인은 병들고 찌든 고향에 환멸을 느낀다. 어머니와 동년의 꿈을 찾을 수 없는 시인은 별빛이 내린 언덕에 자기 이름자를 쓰고 그것을 덮어놓으면서 슬픔에 젖기도 하고 잃어버린 자기, 소외된 자기를 두고 "생각해 보면 어릴 때 동무들/ 하나, 둘, 죄다 잃어버리고 // 나는 무얼 바라/ 나는 다만, 홀로 沈澱하는 것일까?"(「쉽게 씌어진 시」) 하고 비탄에 잠기기도 한다. 「무서운 時間」(1941.2.7)이라는 작품은 더욱 그러하다.

거 나를 부르는 것이 누구요.

가랑잎 이파리 푸르러 나오는 그늘인데,
나 아직 여기 呼吸이 남아 있소.
한 번도 손들어보지 못한 나를
손들어 표할 하늘도 없는 나를

어디에 내 한 몸 둘 하늘이 있어
나를 부르는 것이오.

일을 마치고 내 죽는 날 아침에는

서럽지도 않은 가랑잎이 떨어질 텐데 …

나를 부르지 마오.

이처럼 시인은 무서운 소외감과 고독감에 빠져 "손들어 표할 하늘"도 없는 자신을 괴로워한다. 하지만 역시 고향에 대한 집착을 버릴 수 없다. 그렇기에 시 「길」(1941.9.31)에서는 잃어버린 것을 찾기 위해 정처 없이 방황한다. 이 길은 담을 끼고 뻗어있는 길이며 담 위에 푸른 하늘이 넓은 공간을 암시하여주지만 길을 막은 담으로 하여 잃은 물건을 찾을 수 없다고 말한다. 그러나 그것을 찾기 전에 시인은 완전한 사람이 될 수 없다. 이 시의 마지막 부분에서 시인은 이렇게 노래한다.

돌담을 더듬어 눈물짓다
쳐다보면 하늘은 부끄럽게 푸릅니다.

풀 한 포기 없는 이 길을 걷는 것은
담 저쪽에 내가 남아 있는 까닭이고,

내가 사는 것은, 다만,
잃은 것을 찾는 까닭입니다.

시인은 끝내 꿈결에나마 북간도를 찾는다. 하지만 북간도 역시 그가 뿌리내릴 땅이 아니며, 그를 외면한다. 하여 실향의 아픔, 자기 상실의 그늘은 점점 짙어간다. 윤일주의 기록에 보면 시인은 1942년까지 매년 겨울과 여름 방학에 고향에 갔었다.[7] 하지만 고향은 그의 추억 속에 남아있는 아름다운 고장이 아니다. 고향에 돌아온 시인은 역시 고향상실의 비애와

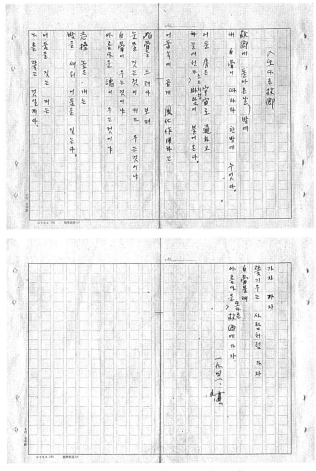

〈그림 1〉 윤동주 육필원고 「또 다른 고향」

불안을 느끼고 있다.

　　故鄕에 돌아온 날 밤에
　　내 白骨이 따라와 한 방에 누웠다.

---

7) 윤일주, 앞의 글, 231쪽.

어둔 房은 宇宙로 通하고
하늘에선가 소리처럼 바람이 불어온다.

어둠 속에서 곱게 風化作用하는
白骨을 드려다 보며
눈물짓는 것이 내가 우는 것이냐
白骨이 우는 것이냐
아름다운 魂이 우는 것이냐

志操 높은 개는
밤을 새워 어둠을 짓는다.

어둠을 짖는 개는
나를 쫓는 것일 게다.

가자 가자
쫓기우는 사람처럼 가자
白骨 몰래
아름다운 또 다른 故鄕에 가자.

  역시 윤동주의 대표작의 하나로 꼽히는 「또 다른 고향」(1941.9)이란
작품이다. 이 시에서는 그의 뿌리 깊은 고향상실의 비애, 불안심리, 강박관념
과 함께 새로운 고향, 즉 열린 세계에 대한 동경과 갈망이 잘 나타나있다.
시인은 그처럼 그리던 고향으로 돌아왔다. 그러나 그 고향은 이미 영혼과
육신이 편안히 안주할 수 있는 장소는 아니다. 이미 유년의 평화와 아름다운
동심은 사라지고 어둠으로 가득 찬 불안의 장소로 퇴색한 고향일 뿐이다.

말하자면 죽은 자신의 시신(屍身)과 만나는 음산한 곳이고 "어둔 방"으로 집약하여 표상할 수 있는 곳이다. 이제 고향은 아름다운 추억과 그리움이 어두운 현실과 갈등을 이루는 장소이다. 따라서 "백골", "나", "아름다운 혼"이라는 이 시의 상관관계들이 밝혀진다. "백골"은 본질적인 자아, 즉 고향을, 그리고 고향에 안주하려는 자아를 말한다면 "나"는 현실적인 자아, 즉 고향의 어둠에 질식을 느끼고 쫓겨 가는 자아를 말하고 "아름다운 혼"은 이상적인 자아를 말한다. 그러므로 이 시의 중심 연으로 되는 "어둠 속에서 곱게 風化作用하는/ 白骨을 드려다 보며/ 눈물짓는 것이 내가 우는 것이냐/ 백골이 우는 것이냐/ 아름다운 혼이 우는 것이냐"라는 시구들은 어둠속에서 점점 상실되어 가는 삶의 터전에 대한 본질적인 자아, 현실적인 자아, 미래적인 자아의 탄식을 형상화한 것이다. 또 이 세 가지 자아는 서로 모순과 갈등을 빚어내고 있으니 현실적인 자아는 본질적인 자아를 포기하고 미래적인 자아를 동경하는 것이다. 그렇기에 시인은 밤을 짖는 지조 높은 개에게 쫓기듯 "아름다운 고향"을 찾아 또다시 정처 없이 떠나는 것이다. 이 점에서 고향상실과 그 비애 및 새로운 세계에 대한 신념과 동경은 윤동주 시세계의 정서적인 원형을 이룬다고 볼 수 있다. 사실 시인은 북간도 명동촌에서 대랍자로, 평양으로, 용정으로, 서울로, 도쿄로, 교토로, 후쿠오카로, 마지막에 유골이 되어 북간도에 돌아와 묻힐 때까지 스물아홉 짧은 생애를 줄곧 표박(漂泊)의 혼으로 떠돌아다녔다. 어두운 일제치하에 그가 뿌리내릴 고향은 어디에도 없었던 것이다.

그토록 아름다운 추억을 남겨준 고향 북간도가 "어둔 방"으로 되고 자기의 시신과 함께 자리를 해야 할 음산한 "병실"로 되었을 때, 윤동주는 부끄러움을 느끼고 참회한다. 이 무렵 윤동주는 자기의 이상을 실현하고 자기가 하고 싶었던 대학공부를 계속하려면 창씨개명을 하지 않을 수 없었다. 이런 부끄러움은 1942년 1월 24일 일본으로 가기 전에 쓴 「참회록」에서 여실히 드러난다.

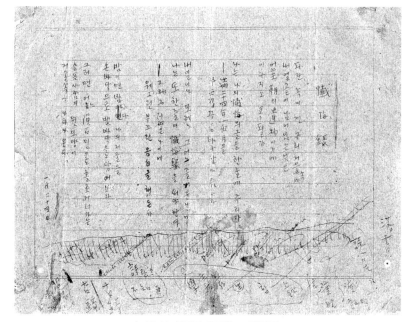

〈그림 2〉 윤동주 육필원고 「참회록」

파란 녹이 낀 구리 거울 속에
내 얼굴이 남아 있는 것은
어느 王朝의 遺物이기에
이다지도 욕될까.

나는 나의 懺悔의 글을 한 줄에 줄이자.
— 滿 二十四年 一個月을
　무슨 기쁨을 바라 살아 왔던가.

내일이나 모레나 그 어느 즐거운 날에
나는 또 한 줄의 懺悔錄을 써야 한다.
— 그때 그 젊은 나이에

왜 그런 부끄런 告白을 했던가.

밤이면 밤마다 나의 거울을
손바닥으로 발바닥으로 닦아보자.

그러면 어느 隕石밑으로 홀로 걸어가는
슬픈 사람의 뒷모양이
거울 속에 나타나온다.

이 시를 읽으면 자아성찰의 슬픈 시선이 느껴진다. 작품은 치욕스러운
역사와 암울한 시대에 적극적으로 대항하지 못하고 무기력하게 살아온
자신의 삶을 성찰하면서 고뇌와 부끄러움에 잠긴다. 성찰의 매개체는 거울
이다. 특히 "녹슨 구리 거울"이라 했으니 역사적 맥락 속에서 성찰이 이루어
짐을 의미한다. 녹이 낀 구리 거울 속에 비쳐진 자신의 얼굴을 들여다보던
화자는 망국노로 살아온 자신에 대해 욕됨을 느끼고, 그러한 현실 속에
무기력하게 살고 있는 자신에 대해 참회한다.

윤동주가 이 「참회록」을 쓰게 된 데는 그럴 만한 원인이 있었다. 1941년,
태평양전쟁이 일어나면서 더욱 암담해진 시국에 12월 27일 연희전문 졸업식
이 앞당겨 치러졌다. 연희전문을 졸업하자 윤동주는 그만 길을 잃었다.
"길은 아침에서 저녁으로/ 저녁에서 아침으로 통했"지만 윤동주가 가야
할 길은 없었다. 시국에 대한 불안으로 "돌과 돌이 끝없이 연달아" 돌담을
끼고 "더듬어"가던(「길」) 윤동주는 일본유학을 하기로 마음을 먹는다. 대학
에 진학하기 위해서는 어쩔 수 없는 선택이었다. 서울이나 고향에 취직자리
가 있을 리도 없었다. 하지만 창씨개명을 해야 일본에 갈 수 있었다. 1942년
1월 19일 윤동주는 일본에 유학하기 위해 울며 겨자 먹기로 연희전문학교에
창씨계(創氏屆)를 제출한다.[8] 윤동주가 하루아침에 히라누마 도오쥬(平沼東

柱)로 창씨가 된 것이다. 윤동주가 창씨를 한 데 대해 김재용은 다음과
같이 해석한다.

  유치진처럼 창씨개명을 하지 않은 문학가중에 친일을 한 사람도 있고
  창씨개명을 하더라도 친일이 아닌 경우도 있다. 그 대표적인 경우가 윤동주이
  다. 일제군국주의의 폭압 속에서 불령선인으로 몰려 감옥에서 젊은 나이에
  죽어야 했던 윤동주는 실제 창씨개명을 하였다. 그가 연희전문을 마치고
  일본의 대학으로 진학하려고 했을 때 도항증이 필요하였고 이를 얻기 위해서
  는 관의 허가를 받아야 하는데 그러자면 창씨개명을 해야 했다. 고민 끝에
  히라누마(平沼)로 창씨개명을 했고 그 고뇌를 「참회록」이라는 시를 통해 드러
  낸바 있다. 일본의 대학으로 가기 위해서는 창씨개명을 할 수밖에 없었지만
  하고난 다음에 가슴에서 일어나는 심한 괴로움에 번뇌하면서 「참회록」을
  썼던 것이다. 이러한 사정 역시 일제하 중일전쟁 이후라는 역사적 조건에서
  일제의 강제가 얼마나 심각했는가를 한층 잘 보여주는 것이다.[9]

  윤동주는 그야말로 일제의 탄압과 유학 도일(渡日)수속을 위해 민족적
수모에 몸부림치면서 창씨개명을 한 것이다. "개명후 윤동주는 몹시 괴로와
했다. 창씨계명계를 내기 닷새 전에 그는 고통과 참담한 비애를 토혈(吐血)
하듯한 시발로 저 유명한 시 「참회록」을 써냈다."[10]
  물론 이러한 욕됨, 부끄러움의 심상은 윤동주 시의 곳곳에서 발견된다.
「자화상」, 「또 태초의 아침」, 「길」, 「별 헤는 밤」, 「사랑스런 추억」, 「쉽게
씌어진 시」 등 많은 시에서 윤동주는 겸손한 기독교신앙인으로서 부끄러움
을 드러내기도 했고, 나라를 빼앗긴 나약한 지식인으로서의 부끄러움을

---

  8) 「윤동주연보」, 『하늘과 바람과 별과 시』, 정음사, 1988, 253쪽.
  9) 김재용, 『협력과 저항』, 소명출판사, 2005, 56쪽.
  10) 김혁, 앞의 책, 216쪽.

보여주기도 했으며, 이상과 현실의 괴리에서 오는 시인으로서의 부끄러움을 표현하기도 했다.

4. '탈식민 저항의 3대 유형'과 순교자적 저항

하정일은 그의 『탈식민의 미학』에서 대안적 저항, 내적 저항, 혼종적 저항을 탈식민적 저항의 세 가지 유형으로 잡았다.[11] 대안적 저항은 식민주의를 정면으로 거부하면서 대안적 이념이나 세계상을 제시하는 유형이라 하겠고, 내적 저항은 그 이념적 주체가 식민주의의 경계, 즉 내부와 외부의 경계에 위치하면서 대항헤게모니를 추구하는 것이 아니라 일반적으로 자기성찰을 통해 자신의 정체성을 확인하거나 식민주의의 비자족적인 측면을 공격하는 방식으로 식민주의에 맞서며, 혼종적 저항은 그 이념적 주체가 식민주의의 내부에 위치하면서 양가성을 지닌다고 하겠다.

그렇다면 윤동주는 어디에 속하는가? 윤동주는 기독교의 영향을 받았지만 내세나 천당을 대안으로 내세우지 않았다. 일제의 총칼에 쓰러지는 동포의 죽음 앞에서 자기의 무기력함을 두고 깊은 성찰과 참회를 하였지만, 「十字架」에서는 "幸福한 예수 그리스도에게/ 처럼/ 十字架가 許諾된다면/ 모가지를 드리우고/ 꽃처럼 피어나는 피를/ 어두워가는 하늘 밑에/ 조용히 흘리겠"다고 하였다. 또 「서시」에서는 별을 노래하는 마음으로 모든 죽어가는 것을 사랑하면서 "나한테 주어진 길을/ 걸어가야겠다"고 하였으며 「肝」에서는 "불을 도적한 죄로 목에 맷돌을 달고 끝없이 침전하는 프로메테우스"를 위해 장송곡을 불렀다. 그렇다면 윤동주는 대안적 저항을 했느냐, 내적 저항을 했느냐, 혼종적 저항을 했느냐, 아니면 윤동주만의 독특한 저항을

---

11) 하정일, 『탈식민의 미학』, 소명출판, 2008.

했느냐가 문제이다. 작품을 따져볼 수밖에 없다.

앞에서 본바와 같이 윤동주의 시 창작은 1936년 중반으로부터 시작된다. 그는 초기에 동시를 많이 썼고 또 이렇게 시작된 1930년대의 시들에는 시인의 사회의식이나 역사의식이 거의 나타나지 않는다. 그것은 우리 민족의 역사적인 수난 속에서 발견한 자아가 아니라 그 같은 대사회적(對社會的) 사명감으로부터 고통을 의식하기 이전의 순수하고 행복한 자아였다. 하지만 실향의 아픔을 경험하고, 북간도는 물론 뿌리내릴 고향이란 전혀 없음을 깨달은 시인은 부끄러움을 느끼기도 했고 비장한 죽음을 선언하기도 한다. 물론 이와 같은 변화는 아무런 예고 없이 다가왔다고 말할 수는 없다. 시인은 여러 시에서 어두운 현실에서 오는 울분, 아픔, 진통, 반발을 조용히 읊조리고 있다.

나도 모를 아픔을 오래 참다 처음으로 이곳에 찾아왔다. 그러나 나의 늙은 의사는 젊은이의 病을 모른다. 나한테는 病이 없다고 한다. 이 지나친 試鍊, 이 지나친 疲勞, 나는 성내서는 안 된다. (「병원」)

세상으로부터 돌아오듯이 이제 내 좁은 방에 돌아와 불을 끄옵니다. 불을 켜두는 것은 너 무나 괴롭은 일이옵니다. 그것은 낮의 연장이옵기에—

… 하루의 울분을 씻을 바 없어 가만히 눈을 감으면 마음속으로 흐르는 소리, 이제, 사상이 능금처럼 저절로 익어 가옵니다.(「돌아와 보는 밤」)

시인이 암시하는 바는 분명하다. 시인은 현실을 부정적인 것으로 받아들이며 어두운 현실의 중압에 지쳐 있고 피로를 느낀다. 따라서 이러한 현실과의 결별을 다짐하며 비극적인 감정에 젖는다. 윤동주의 대표시의 하나인 「十字架」(1941.5.31)를 보자.

쫓아오던 햇빛인데,
지금 교회당 꼭대기
十字架에 걸리었습니다.

尖塔이 저렇게도 높은데
어떻게 올라갈 수 있을가요.

鐘소리도 들려오지 않는데
휘파람이나 불며 서성거리다가

괴로웠던 사나이,
幸福한 예수 그리스도에게
처럼
十字架가 許諾된다면

모가지를 드리우고
꽃처럼 피어나는 피를
어두워 가는 하늘 밑에
조용히 흘리겠습니다.

　　윤동주가 기독교 가정에서 자란 독실한 신앙인이었다는 점을 감안한다
면, 그의 시에 기독교적 소재와 구조가 자주 나타나는 것은 아주 자연스러운
현상이라 하겠다. "어두워 가는 하늘 밑"이란 종교적 차원에서 보자면
원죄를 짊어진 채 아등바등 살아가는 백성들의 삶을 가리키는 것일 테고
정치, 사회적 관점에서 보자면 식민의 탄압이 거세지는 가혹한 현실을
비유하는 것이라 할 수 있다. 여기서 그는 "어둠"을 피해 "햇빛"을 쫓아가는

대신, 어둠 속에 머물며 조용히 자신을 희생하는 길을 선택한다. 어둠을 진정으로 밝히는 일은 역설적으로 그 어둠을 함께 함으로써만 가능하다는 뼈아픈 인식이 이 시의 근저에 흐르고 있다. 이 시가 종교적인 것은 다만 "십자가", "예수 그리스도" 같은 단어가 나오고 자기희생의 문제가 다루어지기 때문만은 아니다. 화자는 현재 교회당 밑에서 휘파람이나 불며 서성거리는 사람이다. 어두워 가는 하늘 밑에서 조용히 피를 흘리는 일조차도 "허락"될 때에만 가능한 것이다. 이러한 표현 속에는 자기희생조차 개인의 의지에 따르는 것이 아니라 신의 섭리에 의해서만 이루어질 수 있다는 인식이 깔려 있다.

그러나 이 시의 감동은 그저 현실과 신의 섭리에 대한 깊은 인식으로부터 나오는 것은 아니다. 그러한 인식이 감동의 원천이라면 철학, 신학 서적들이 더더욱 깊은 감동을 주어야 할 것이다. 시인은 현실과 종교에 대한 속 깊은 인식으로부터 자기희생의 길을 받아들이면서도, 한편으로는 교회당 꼭대기에 걸린 환한 햇빛 세계에 대한 갈망을 버리지 못한다. 본성적 갈망과 실천적 의지 사이의 미묘한 갈등이 이 시의 감성적 울림을 크게 만든다. 이 시는 윤동주의 성장과정이 역력히 드러나는 시요, 그의 종교관과 역사관, 인생관이 잘 나타난 작품이다.

이 시를 좀 더 자세히 살펴보기로 하자.

제1연에서 나의 희망 또는 목표는 교회당 꼭대기 십자가에 걸려 있다고 진술하고 있다. "햇빛"은 이상이나 희망의 이미지이다. "십자가"는 시적 화자의 종교관이나 역사관 또는 인생관과 관련된 목표를 뜻한다. 제2연에는 삶의 목표와 시적 화자의 거리감, 단절감이 엿보인다. 약한 인간으로서의 고뇌와 갈등이 내포되어 있다. 제3연에서 화자는 첨탑에 올라갈 수 없기 때문에 혼자서 서성거리며 방황한다. 시인의 외롭고 고독한 모습을 볼 수 있으며, 신념과 행동의 괴리감(乖離感)에서 고민하는 모습도 보인다. 제4연은 예수 그리스도는 인류의 모든 짐을 지고 괴로워했으나 십자가에 못 박혀 희생되었기 때문에 역설적으로 행복하였다고 여긴다. 그래서 예수처럼 자기희생을 위한 십자가가 허락되기를 바란다. 제5연에는 순절정신(殉節精神)이 나타나 있다. 자신도 어두운 상황을 극복하기 위해 예수 그리스도처럼 순절(殉節)하겠다는 것이다. "어두워 가는 하늘 밑"은 암담해지는 당시의 상황을 상징한 것이고, "꽃처럼 피어나는 피"는 희생을 통한 구원을 암시한다고 볼 수 있다. 따라서 이 시에는 수난의식(受難意識)과 속죄양의식(贖罪羊意識)이 깔려 있다. 물론 그것은 기독교적 세계관에 바탕을 둔 것이다. 그러나 더 직접적인 동기가 되는 것은 일제치하의 어두운 시대에 무기력하게 사는 자기 자신에 대한 자책과 현실적 괴로움에 근거한 것이다. 그 자책과 괴로움을 극복하는 방법으로 순절(殉節)을 생각한 것이다. 그것은 민족을 위해서 스스로 희생하겠다는 소명의식(召命意識)으로 파악해도 좋을 것이다.

> 죽는 날까지 하늘을 우러러
> 한 점 부끄럼이 없기를,
> 잎새에 이는 바람에도
> 나는 괴로워했다.
> 별을 노래하는 마음으로
> 모든 죽어 가는 것을 사랑해야지
> 그리고 나한테 주어진 길을
> 걸어가야겠다.
>
> 오늘밤에도 별이 바람에 스치운다.

보다시피 시인은 이미 딱딱한 껍질 속에 동체(胴體)와 촉각을 움츠리고 해와 달과 산과 들을 노래하지 않는다. 사회와 역사를 떠나서 저 혼자만의 서정적인 감각이 주는 쾌감과 그 피난처의 안식에는 그 이상 머무를 수 없었던 것이다. 사회와 역사를 보는 눈이 불현듯 밝아지고 나 개인속의 "나"가 아니라 "역사속의 나", "민족속의 나"를 하나의 사명감으로 인식했다. 이미 6, 7년간 시를 썼지만 이 시에「서시」라는 이름을 붙인 이유도 바로 그러한 자각이 있었기 때문이리라.

이 시의 배경은 별과 밤하늘이다. 별이 빛나는 그 밤하늘 아래 시적 화자인 "나"가 존재하고 있다. "밤"은 암울한 시대 상황이며 자아의 실존적 암흑 의식을 표상하고 있으며, "별"은 외로운 양심의 표상이자 구원(救援)의 지표로 희망과 이상세계를 상징하고 있다. 이런 배경 속에서 시적 화자는 "하늘을 우러러/ 한 점 부끄럼 없기를" 바라며, 도덕적 결백성과 순결성 때문에 "잎새에 이는 바람에도 괴로워하"고 있다. "별"과 대조가 되는 "바람"은 화자가 추구하는 참삶과, 지켜 오고 있는 양심을 흔들리게 하는 현실적 시련을 의미한다. 그러므로 이 시에서는 우주 섭리(攝理)에 따라 자신에게 주어진 인생을 충실하게 사는 한편, "별을 노래하는 마음", 즉 이상 세계를 지향하는 순수한 마음으로 죽어가는 모든 것과 조국과 민족의 고난을 포근히 감싸 안고자 했던 시인의 지극한 휴머니즘의 정신을 엿볼 수 있다. 특히 마지막의 "오늘 밤에도 별이 바람에 스치운다."라는 시행은 그가 처한 암담한 현실 상황을 대변하는 동시에 바람에 부대낄수록 더욱 밝은 빛을 발하는 별과 같이 자신의 이상도 빛날 것임을 암시하고 있다.

"죽는 날까지 한 점/ 부끄럼이 없기를"— 이 얼마나 고고하고 지순(至純)한 세계인가? 윤동주는 스물아홉의 젊은 나이에 일본에서 옥사했다. 시정신과 행동이 일치된 좋은 본보기이다. 박두진의 말을 빌린다면 "作品과 生活과 志操가 완전히 具合―體化된"[12] 극히 드문 사례라 하겠다. 세상에 일어나는 슬픔을 슬퍼할 자유도 없어서 자연과 원시와 신앙의 세계로, 또는 의미를

---

12) 박두진,「윤동주의 시」,『하늘과 바람과 별과 시』, 정음사, 1983, 244쪽.

완전히 배제해버린 백치(白痴)의 세계(순수시의 경우)로 도피해 버리거나 일본식으로 창씨개명하고 일제의 총칼 앞에 아부하고 굴종했던 시대, 일반인에게는 그것이 숙명처럼 받아들여지던 시대에 윤동주는 자기 참회와 성찰을 통해 자유와 평화를 위한 제단에 자기의 몸을 던졌던 것이다. 따라서 윤동주는 기나긴 내적 저항을 거쳐 마침내 순교자적 저항의 형태를 취한 저항시인이며 그의 삶 자체가 한부의 성장소설을 연상케 한다고 해야 하겠다.

5. 맺음말

명동학교, 은진중학교, 숭실중학교 시절 윤동주의 친구였던 문익환 목사는 윤동주 시인을 두고 "그를 회상하는 것만으로도 언제나 나의 넋이 맑아짐을 경험한다"고 했다. 『사진판 윤동주 자필 시고』를 내는데 기여한 홍장학은 윤동주의 "시를 읽고 있으면 어느새 그의 따뜻한 손이 내 어깨에 다정하게 얹혀져 있다는 느낌을 받는다"[13]고 했다. 우리 모두 공감하는 바다.

윤동주는 신의 계시나 신기한 태몽으로 하루아침에 태어난 영웅도 아니요, 일반인들이 도무지 쳐다볼 수 없는 경천동지(驚天動地)의 거사(巨事)를 일구어낸 위인도 아니다. 북간도에서 나서 자란 순결하고도 감수성이 강한 소년이다. 그는 어두운 식민지 현실에 자신의 무기력함을 절감하고 자신을 깊이 참회하면서 끝없이 나를 넘어 새로운 나와 만나면서 조국과 민족, 자유와 평화를 위한 제단에 자기의 온 몸을 조용히 바쳤다. 윤동주의 삶과 시가 우리에게 깊은 감동을 주는 것은 그의 시편들에 투철한 참회정신을 바탕으로 한 "부끄러움의 미학"이 깃들어 있고 그가 무엇보다 먼저 욕되고

---

13) 윤동주, 홍장학 엮음, 『정본 윤동주전집』, 문학과지성사, 2004, 5쪽.

부끄러운 자아에 대해 통절하게 반성함으로써 인간적인 진실에 가까워지려고, "보다 높은 윤리적 자기실현"14)을 이루고자 부단히 노력했기 때문이다. 아마도 이러한 의미에서 오오무라 마스오는 윤동주의 "시 속에 담긴 저항의 소극성은 어딘지 가냘픈 감상에 흐른 면도 있다고 하지만, 나는 오히려 나약한 저항적 요소가 더욱 강하게 느껴지는 요소라고 생각된다"15)고 말했으리라.

우리는 윤동주의 아름다운 삶과 시를 통해 그의 순수한 동심, 향토에 대한 절절한 사랑, 평화주의와 인도주의를 되찾을 수 있고 자기반성을 통해 바람직한 인간으로 거듭날 수 있다. 더욱이 우리는 윤동주를 통해서 이 세상을 위하여 무엇인가를 하도록 사명을 받았다는 놀라운 자각을 하게 된다. 그것은 민족을 위한 사명이며, 세계의 평화를 위한 사명이며, 조화롭고 아름다운 사회를 만들기 위한 사명이다. 우리는 이를 자각하고 실천하는 대열에 나섬으로써 진정한 삶의 목표와 가치를 찾고 긍지를 갖게 된다.

특히 우리 조선족 사회가 풍전등화같이 흔들리고 있는 마당에 윤동주를 기념해야 하는 이유는 더욱 분명해진다. 현재 조선족 인구가 격감하고 수십만이 해외에 나가 돈벌이하고 있다. 조선족 농촌이 황폐화되고 민족교육이 위축되고 있다. 하지만 우리는 위기감을 느끼지 못하고 부끄러움을 모르고 있다. 심지어는 윤동주의 고결한 넋을 기리기는 고사하고 윤동주를 상품화해서 사복을 챙기려는 족속들이 판치고 있다. 그러므로 윤동주의 "부끄러움의 미학"과 참회의식은 우리의 찌들고 병든 영혼을 치유하는 영약으로, 우리의 추레한 마음을 비추어보는 밝은 거울로, 우리의 인생길을 비추어주는 등불로 될 것이다.16)

---

14) 김우창, 「손들어 표할 하늘도 없는 곳에서」, 『윤동주연구』, 문학사상사, 1995, 160쪽.
15) 오오무라 마스오, 「나는 왜 윤동주의 고향을 찾았는가」, 권영민 엮음, 『윤동주연구』, 문학사상사, 1995, 511쪽.
16) 김관웅, 「윤동주 시에 나타난 참회정신과 기독교의 관련 양상」, 『세계문학의 거울에 비춰본 중국조선족문학』(1), 연변인민출판사, 2014, 268쪽.

본고의 모두(冒頭)에서 윤동주의 귀속 문제를 두고 한국의 학자들과 조선족 학자들 사이에 쟁론이 일고 있다고 하였는데 필자가 보건대, 첫째로 윤동주는 용정의 명동촌에서 출생하였고 1945년 일본 후쿠오카 감옥에서 옥사하였다. 그의 유해는 다시 부모형제가 있는 용정에 와서 묻혔다. 속지주의(屬地主義) 원칙으로 보아도 그는 조선족 선인(先人)의 한 사람이다. 둘째로 그의 짧은 스물아홉의 생애를 보면 열여덟 살까지는 북간도에서 살고 열아홉 살부터는 평양, 서울, 도쿄와 교토에서 지냈으니 그는 전형적인 디아스포라 시인이다. 셋째로 그의 시세계는 북간도만이 아니라 동아시아 3국을 두루 포괄한다. 하지만 그의 시의 출발점과 귀착점, 즉 시심의 뿌리는 북간도에 있다. 그러므로 윤동주를 조선족 시인으로 보고 연구해도 무방하리라 생각한다. 넷째로, 우수한 시인, 작가의 작품은 국경, 민족의 한계를 넘어 보편적인 가치와 영구한 매력을 갖게 된다. 그러므로 디아스포라에 속하는 시인이나 작가의 귀속문제를 가지고 국제적인 분쟁을 일으키는 우(愚)를 범하지 말았으면 한다. 요컨대 윤동주는 무엇보다 먼저 해방 전 재중조선인 문학의 우수한 대표인 동시에 조선의 암흑기(1940~1945) 현대문학에 속하는 코리안 디아스포라 시인이다. 이런 의미에서 중·한 두 나라 공동의 유산이라고 말해도 무방하리라 생각한다.

참고문헌

권영민 엮음, 『윤동주연구』, 문학사상사, 1995.

김관웅, 「윤동주 시에 나타난 참회정신과 기독교 관련 양상」, 『세계문학의 거울에 비춰본 중국조선족문학』, 연변인민출판사, 2014.

김학동 편, 『윤동주』, 서강대학교출판부, 1997.

김 혁, 『윤동주 코드』, 연변인민출판사, 2015.

김호웅, 김관웅, 조성일, 『중국조선족문학통사』 상, 연변인민출판사, 2011.

송우혜, 『윤동주 평전』, 열음사, 1988.

오오무라 마스오, 『윤동주와 한국문학』, 소명출판, 2001.

윤동주, 『하늘과 바람과 별과 시』, 정음사, 1988.

조성일, 『윤동주문학론』, 연변인민출판사, 2013.

최문식·김동훈 편, 자형 역, 『윤동주유고집』, 연변대학출판사, 1996.

윤동주 시의 기독교적 근원

1. 머리말

이준익 감독의 영화 〈동주〉(2015)는 윤동주의 삶과 문학적 근원을 탐구하는 데 도움이 될 만한 비판적 실마리들을 제공해준다. 특히 기독교인 윤동주에 대한 관습적 이해를 새삼 상기시킨다는 점에서 영화의 첫 대목은 주목할만하다. 카메라는 1943년 후쿠오카 형무소에서 송몽규의 독립운동 행적과 관련된 심문을 받는 윤동주를 클로즈업 하다가 돌연 1935년의 북간도 용정으로 플래시백을 감행한다. 이때 윤동주와 송몽규의 관계를 통해 전개되는 영화의 시퀀스는 세계를 향한 다른 태도를 지닌 두 인물의 생을 설명하는 축도로 기능한다. 윤동주와 송몽규 사이에 형성되어 있는 세계관의 대비는 다음과 같은 대화를 통해서 직접적으로 예고된다.

송몽규 동주야. 신앙이 뭐이리 중요하니. 아니, 온 세계 인민들이 계급도 차별도 없이 사는 게 중요하지.

윤동주 야. 니 공산주의 같다야.

송몽규 아버지나 내나 저 신앙에 의지가 안 되나 보지.

윤동주 그래도 신앙 교육을 받으면서 우리 마을이 여기까지 버틴 거 아니겠니.

송몽규 그래. 그러면 계속 견뎌라 니는.

시간적 흐름으로 볼 때 사실상 영화의 첫 신을 이루고 있는 위 대화 장면은 1920년대 말 만주 지방에서 점차 세력이 확산되고 있는 공산주의 및 '간도 공산당 사건'을 배경으로 삼고 있다. 다시 말해 위 대화는 명동소학교를 비롯해 북간도의 미션 스쿨이 사회주의자들에 의해 인민학교로 전환되는 과정에서 발생한 마을 내 갈등을 허구적으로 각색한 장면이다. 여기서 영화는 송몽규를 공산주의 혁명의 가능성을 적극적으로 지지하는 인물로 그리는 반면, 윤동주는 그런 송몽규의 거침없고 과격한 언사와 행동주의를 불안한 시선으로 지켜보는 내성적 인물로 묘사한다. 이러한 이분법적 캐릭터 설정이 의도하는 바는 비교적 분명하다. 섬세하지만 유약한 내면적 시인 윤동주와 거칠지만 능동적인 혁명가 송몽규라는 대립 구도. 햄릿형 인물과 동키호테적 인물 사이의 대조라는 구도의 전형성에도 불구하고(물론 이러한 전형성은 영화가 끝날 때까지 극복되지 않는다) 영화의 첫 장면이 암시하는 둘 사이의 갈등은 좀 더 주의 깊게 살펴볼 필요가 있다. 특히, 그것이 기독교라는 신념 체계(신앙 교육)와 문학(시)을 둘러싼 상반된 관점으로 드러날 수 있다는 영화적 상상은 윤동주 신화를 둘러싼 논쟁적 전선이 어디에 위치해 있는지를 새삼 확인시켜주는 대목이다.

이러한 해석학적 관행은 윤동주 문학에 관한 문학사의 관례적 평가, 다시 말해 '저항' 대 '순수'라는 두 축으로 구성된 해석과 평가의 역사와도 직간접적으로 연결된다. 이를테면, 그의 시가 일본 제국주의를 향한 비판의식을 내장한 저항시인지, 아니면 시인의 순정한 내면을 피력한 순수한 예술적 의지의 소산인지에 대한 상반된 평가가 그것이다. 이때 윤동주 시에 나타난 기독교적 성격에 주목한 분석이 대체적으로 윤동주 시의 내적 성찰과 순수성을 강조하고 있다는 점은 주목할 만하다. 이른바 시인이 내면화하고 있는 기독교 신앙은 시와 삶에 관한 그의 순결하고도 고결한 신념이나 내성적 성찰의 내용으로 등치되는가 하면, 다른 한편으로는 정치적 실천의 가능성을 소극적인 범위로 한정하는 요소로 작용함으로써 윤동주의 시를 위에서 언급한 이분법적 구도로 재배치시키는 데 일조하는 것이다.

그러나 기독교적 세계관이 윤동주로 하여금 정치적 실천의 제약을 낳았다는 일반적 관점은 몇 가지 이유에서 좀 더 면밀하게 검토될 필요가 있다. 첫째, 윤동주가 "기독교적 신앙 운동과 민족운동을 동일한 것으로 인식"[1]한 북간도 기독교의 공동체적 분위기 속에서 성장한 배경을 감안할 때, 기독교적 세계관을 정치적 실천 의지와 대립하는 것으로 전제하는 연역적 사유는 재고되어야 한다.[2] 둘째, 내면성과 정치성을 서로 대립적인 속성으로 설정하는 이분법적 관점은 현대시의 정치성을 시인의 직접적 정치의식에 귀속시킴으로써, 텍스트 실천 의지의 정치적 자장을 축소시켜버릴 위험이 있다. 셋째, 윤동주의 시적 실천을 기독교적 세계관에 대응시키는 해석은 그의

---

1) 서굉일, 『일제하 북간도 기독교 민족운동사』, 한신대학교 출판부, 2008, 17쪽.
2) 윤동주가 태어난 북간도는 민족운동가들이 일본의 탄압을 피해 이주한 지역으로 조선의 기독교인 민족운동가들이 교회를 세워 전도하며 민족운동의 기지로 삼으려던 곳이었다. 만주 교회사를 보면 윤동주의 외조부인 김약연, 명동학교에 기독교 교육을 도입한 정재면, 윤동주의 절친이었던 문익환의 아버지인 문재린 등 시인 윤동주와 연관을 지닌 사람들이 장로교회의 주요 인물들로 거론됨을 확인할 수 있다. 채현석, 「만주지역의 한국인 교회사」, 『한국기독교와 역사』 3권, 한국기독교 역사연구소, 1994, 77~78쪽 참조. 잘 알려진 것처럼 북간도 기독교는 정치적 권력과 공모하는, 이른바 '해방 이후 서북 기독교'의 일부 타협적 노선과 궤를 달리하며, 향후 기독교장로회로 지칭되는 진보적 기독교 세력 기원으로 자리 잡는다. 하지만 일본이 1920년대 문화통치 시기를 거쳐 1930년대 후반 강경책을 펼치기 시작할 무렵, 식민지 조선에서의 서북 기독교는 일본제국의 탄압과 감시로 인해 사회 변혁의 역동성이 위축되어 갔다. 또한 근본주의 보수 성향을 지닌 미국 장로교회(미국 동부 출신의 중산 지식층 선교사들 그룹)가 강요한 내세지향적, 탈정치적 신앙의 영향으로 인해 점차 복음의 역동적 생명력과 포용성을 상실하게 된다. 이에 대해 민경배는 계층이론에 근거하여 서북기독교의 보수적 성향이 선교초기부터 형성될 수밖에 없었던 현상이라고 설명한다. 그는 서북기독교가 서북지방의 중산층 기독교 신자들과 미국 동부 출신의 중산 지식층 선교사들 중심으로 합작 진행되었다는 점에 주목한다. "서북지방은 유난히 자작농이나 자영(自營)상인 그리고 활달한 기동력을 가진 장돌뱅이들이 많아서 초기 기독자들도 이런 계층에서 모여들었는데, 사회적으로 비교적 안정된 위치를 가진 이들의 신앙은 당연히 보수적일 수밖에 없었다"고 그는 설명한다. 이에 대해서는 민경배, 『교회와 민족』, 대한기독교출판사, 1981 참조.

현실 인식과 시적 세계관이 심화되는 과정에서 나타난 변화의 양태를 포착하지 못한다. 윤동주의 시적 생애에서 기독교적 세계관이 하나의 일관된 사유 체계로 작용했다는 전제는 그가 기독교적 초월성과 관련하여 벌였던 비판적 성찰 의식을 평면화시킬 우려가 있는 것이다.3)

이 글이 윤동주 문학의 기독교적 근원을 다른 각도에서, 특히 그가 겪었다고 일컬어지는 '신앙의 회의기'를 경유하며 표출된 내적 갈등의 양상에 주목하는 이유가 여기에 있다. 신앙의 회의기 전후에 씌어진 시들의 간극에 주목했을 때 우리는 비로소 기독교적 원리가 윤동주의 사유 체계에 큰 갈등 없이 순조롭게 안착되지 않았다는 것을 적지 않을 대목에서 확인할 수 있다. 특히, 종교적 색채가 분명한 시들이 시기적으로 변화의 양태를 보인다는 사실은 이에 대한 간접적 증거라고 할 수 있다. 이러한 문제의식에 입각하여 이 글은 윤동주의 문학을 해석하는 데 있어서 기독교가 지니고 있는 문제성을 조명하고, 그것이 초래한 내적 갈등이 함의하고 있는 실천적 성격을 분석하고자 한다.

---

3) 그러나 지금까지의 연구사 속에서 기독교시 내지 종교시로 지칭되는 윤동주의 텍스트들은 대체적으로 사상적 측면에 할애되어 조명된 면이 크다. 이러한 일련의 독해들은 윤동주가 신실한 기독교인이라는 전제 위에서 '십자가', '팔복', '이브' 등과 같은 성서적 기표들을 통해 죽음의식, 속죄양의식, 구원의식 등의 기독교적 원리와 이념을 추출해내고, 이를 토대로 기독교적 신념 체계를 도식적이고도 연역적인 방식으로 윤동주의 시 텍스트에 적용시키는 해석학적 순환의 혐의로부터 자유롭지 못하다. 이와 관련한 연구들은 다음과 같다. 이승하, 「일제하 기독교 시인의 죽음의식 - 정지용, 윤동주의 경우」, 『현대문학이론연구』 11집, 현대문학이론학회, 1999 ; 김종태, 「윤동주 시에 나타난 죽음의식 연구」, 『한국문예비평연구』 20집, 한국현대문예비평학회, 2006 ; 김인섭, 「한국현대시에 나타난 기독교의 구원의식」, 『문학과종교』 9집, 한국문학과종교학회, 2004 ; 신익호, 「현대시에 나타난 기독교적 메시아 사상 - 윤동주, 박두진의 시를 중심으로」, 국제어문학회, 2000.

2. 평면적 초월성

윤동주의 습작 기록이 최초로 확인되는 1934년 12월 24일에는 「초 한 대」, 「삶과 죽음」, 「내일은 없다」라는 제목의 세 편의 시가 창작된다. 그의 원고노트『나의 習作期의詩아닌詩』에 실려 있는 이 세 편의 시는 기독교 가정에서 태어나, 기독교 교육을 지향한 학교에서 유년시절을 보낸 윤동주의 사상적 배경과 시적 지향점이 일종의 맹아적 형태로 표출되어 있다는 점에서 주목할 만하다.

> 초 한 대
> 내 방에 품긴 향내를 맡는다.
>
> 광명의 제단이 무너지기 전
> 나는 깨끗한 제물을 보았다.
>
> 염소의 갈비뼈 같은 그의 몸
> 그의 생명인 심지까지
> 백옥 같은 눈물과 피를 흘려 불살라 버린다. (「초 한 대」 부분)
>
> 삶은 오늘도 죽음의 서곡을 노래하였다.
> 이 노래가 언제나 끝나랴.
>
> …
> 죽고 뼈만 남은
> 죽음의 승리자 위인들! (「삶과 죽음」 부분)

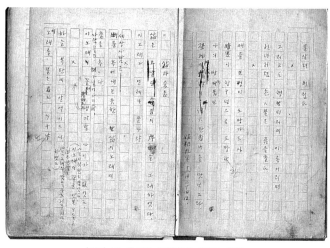
〈그림 1〉 윤동주 육필원고 「삶과 죽음」

10대의 윤동주에게 포착되고 있는 것은 죽음이라는 관념이다. 모든 인간이 최종 국면에서 맞이하게 될 죽음이라는 사건을 명료하게 의식하는 가운데, 시인은 죽음의 우선성과 불가피성을 강조하며 삶 역시 죽음에 종속될 수밖에 없다는 점을 비교적 분명하게 표현하고 있다. 물론 죽음의 필연성이 10대의 윤동주에게 패배의식을 불러일으키지는 않는 것으로 보인다. 왜냐하면 그에게 있어 죽음은 현세의 삶이 지니고 있는 의미를 사후적으로 보증해주는 초월적 심급으로 전제되어 있기 때문이다. 이러한 세계관은 인용한 시를 전형적인 의미에서의 종교시, 또는 기독교적 섭리와 가치를 피력하는 작품으로 평가할 수 있게 하는 요소에 다름 아니다.

습작기 시절의 작품이라는 점을 감안해야 하지만, 그의 초기시를 복잡성을 내장한 시라고 평가할 수는 없을 것이다. 위 시들에서는 삶과 죽음에 대한 이분법적 인식이 전경화 되어 있고, 삶을 온전히 초월적 사후 세계를 위해 희생시키려는 종교적 의지가 다소 평면적으로 강조되고 있기 때문이다. 이때 현실은 시인이 소망하는 절대적 세계로 진입하기 위해 지양되고 극복되어야 할, 일종의 초월의 제물로 바쳐진다. 그러므로 위 시에서 세속적 현실의 인력에 의해 발생할 수 있을 어떤 내적 갈등을 발견하기란 어렵다. 유년의 윤동주가 자신의 공간뿐만 아니라, 그가 속해 있는 현실 자체를 종교적 가치의 궁극적 승리를 위한 통과의례로 삼아버리고, 그 과정에서 종교적 이념이 지니고 있는 보편적 당위성이 현실의 유한성을 제압하고 있는 형국이다.

물론 기독교적 세계관과 구원에 대한 믿음을 바탕으로 현실을 초월성을 위한 제물로 파악하는 그의 태도가 그 이후에도 일관되게 지속되지는 않은 것으로 보인다. 그는 시적 공상을 매개로 자유롭게 자신의 인식을 확장시켜 나가는 과정에서 모종의 현실적 장애에 직면할 수밖에 없었음을 여러 곳에서 토로하고 있기 때문이다. 특히 1935~1936년의 시기, 그가 숭실중학교에 편입하여 평양에 체류하던 시절에 적었던 몇 편의 시들에서 이와 같은 부정적 자기 인식은 비교적 분명하게 표출되어 있다.

공상-
내 마음의 탑
나는 말없이 이 탑을 쌓고 있다 (「공상」 부분)

꿈은 깨어졌다.
탑은 무너졌다. (「꿈은 깨어지고」 부분)

「꿈은 깨어지고」가 처음 씌어졌던 시기와 개작 날짜(1936.7.27)가 병기되어 있다는 점을 감안할 때 위 두 시를 겹쳐 읽으면, 인용한 대목은 숭실중학교에 진학했을 당시 그가 가졌던 시적 의욕과 포부가 사실상 붕괴되었음을 고백하는 부분으로 이해될 수 있을 것이다. 주지하듯, 신사참배 문제로 숭실중학교가 정치적 내홍을 겪는 바람에 윤동주는 숭실중학교를 자퇴하고 1936년 4월 친일계 학교인 광명학원 중학부에 다시 편입하게 된다. 이러한

이력을 고려하면, 윤동주의 절망적인 자기 토로와 각성에 당대의 정치직
현실이 미쳤을 영향을 읽어내는 일은 어렵지 않다. 『나의 習作期의詩아닌詩
시』는 그런 점에서 유년기 윤동주가 확인한 자기 한계와 평면적 세계관을
재검토하는, 일종의 편력기(성장기)로 읽힐 수 있다. 용정으로 돌아온 시인
이 새삼 '모순'에 주목한 이유도 거기에 있다.

> 사이좋은 정문의 두 돌기둥 끝에서
> 오색기와 태양기가 춤을 추는 날
> 금을 그은 지역의 아이들이 즐거워하다.
>   ×
> 아이들에게 하루의 건조한 학과로
> 햇말간 권태가 깃들고
> 「모순」두 자를 이해치 못하도록
> 머리가 단순하였구나. (「이런 날」 부분)

  '오색기'와 '태양기'라는 이데올로기(오족협화)의 상징이 등장하는 위 시
에서 당시 윤동주가 파악한 현실의 요체를 읽어내기는 어렵지 않다. "모순"
이라는 단어는 그러한 부정적 현실 인식을 환기시키는 단어일 것이다.
그러나 해석의 대상을 윤동주 시 전체로 확장한다면, 그가 유년기 때 거론한
모순은 단지 현실의 정치적 부조리만을 단순하게 적시하지 않는다. 요컨대
모순은 윤동주에게 있어 일본 제국주의가 야기한 정치적 암흑을 환기하면
서, 동시에 폐허로서의 현실을 파악하기 위한 인식의 보편적 틀로 거듭나기
에 이른다. 이를 살펴보기 위해서는 그가 겪은 신앙의 회의기에 주목할
필요가 있다.

3. 구조적 계기로서의 모순

윤동주의 시에서 기독교적 가치가 보편타당한 가치로 군림하지 않고, 회의와 갈등의 매개가 되는 장면을 포착하기 위해서는 어떤 전환의 계기가, 더 정확히 말하면 위에서 살펴본 모순에 대한 면밀한 자기 성찰이 필요했던 것으로 보인다. 그런 맥락에서 문익환과 윤일주의 증언이 말해주듯,[4] 윤동주가 1940년 연희전문을 다니던 시기 신앙의 회의기를 거쳤다는 것, 그리고 그 시기와 1년 3개월 가량의 절필 시기가 겹쳐 있다는 사실은 여러모로 중요하다.[5] 물론 윤동주가 종교적 회의를 겪어야 했던 구체적인 이유에 대해서는 잘 알려져 있지는 않다. 다만, 그가 시적 침묵 속에서 통과해야 했던 회의의 시간이 윤동주의 개인적인 시 이력의 중요한 전기를 마련하는 데 결정적인 단초가 되었다는 점은 비교적 분명해 보인다. 연희전문의 졸업반 전반기인 1941년 2월에서 6월까지 씌어진 「무서운 시간」, 「눈오는 지도」, 「태초의 아침」, 「십자가」, 「바람이 불어」 등 기독교 신앙과 관련된 시편들이 졸업반 후반기에 씌어진 「또 다른 고향」, 「길」, 「별 헤는 밤」, 「서시」 등의 대표작을 쓸 수 있도록 한 창작의 기반이 되었던 것이다.[6]

---

4) 관련하여 문익환은 다음과 같이 과거를 회상한다. "그에게도 신앙의 회의기가 있었다. 연전 시대가 그런 시기였던 것 같다. 그런데 그의 존재를 깊이 뒤흔드는 신앙의 회의기에도 그의 마음은 겉으로는 여전히 잔잔한 호수 같았다."(문익환, 「동주 형의 추억」, 『하늘과 바람과 별과 시』, 정음사, 1983, 257쪽.) 그런가 하면 윤동주의 동생 윤일주 역시 비슷한 증언을 보이고 있다. "연희전문 1,2학년 때까지도 여름방학에 하기성경학교 등을 돕기도 하였으나, 3학년 때부터는 교회에 대한 관심이 덜해졌다는 느낌을 받았다. 그때가 그의 시야가 넓어지면서 신앙의 회의기에 들었던 때인지 모른다."(윤일주, 「윤동주의 생애」, 『나라사랑』 23집, 1976, 157쪽.)

5) 많은 기독교 시편들이 1941년에 집중적으로 창작된 사실이 윤동주의 시 세계에서 갖는 의미에 관한 검토는 임현순, 「청각적 매개와 윤동주 시의 종교인식」, 『우리어문연구』 제32집, 우리어문학회, 2008, 603~605쪽 ; 류양선, 「尹東柱의 詩에 나타난 宗敎的 實存-「돌아와 보는 밤」 分析」, 『어문연구』 제134호, 한국어문교육연구회, 2007 참조.

6) 이에 대해서는 류양선, 위의 글, 196~197쪽 참조.

윤동주가 스스로 뽑은『하늘과 바람과 별과 詩』에 수록된 19편의 작품들 중 1941년 한 해 동안에 씌어진 작품이 14편에 달한다는 사실 역시, 이 시기의 중요성을 증명한다.

윤동주가 짧은 절필 기간을 청산하고 쓴 첫 시, 그 중에서도「팔복」의 육필 원고는 침묵의 시기 동안 윤동주가 직면했을 것으로 짐작되는 기독교 적 회의의 흔적을 남기고 있다.「팔복」을 수정해 나가는 과정이 고스란히 남아 있는 육필 원고는 비록 윤동주가 기독교적 세계관의 전면적인 재검토 를 수행했다고 할 수는 없지만, 성서에서 예정된 구원과 기독교적 섭리의 세속적 정합성을 비판적으로 의식하고 있었다는 점을 증언해준다. 특히 「팔복」은 윤동주의 종교적 고뇌가 앞서 언급한 '모순'의 구조와 연동되어 있다는 점을 드러내주는 자료로 여겨지기에 부족함이 없다.

「팔복」은「병원」,「위로」와 함께 1940년 12월에 창작된 것으로 추정되고, 여러 연구자들로부터 시기를 구분하는 기점으로 거론되는 작품이다. 이 시는 상산수훈으로 불리는 예수의 복음 중 일부인 마태복음 5장 3절부터 12절까지를 변형한 반복 구조의 시이다. 슬픔과 복 사이의 관계를 성서 텍스트의 패러디를 통해 재사유하려는 윤동주의 시적 문제의식이 그의 짧은 절필 기간 이후 나타났다는 사실은 주목할 만하다. 무엇보다 그것은 '슬픔'이라는 세속적 현실과 '복'이라는 초월적 결과 사이의 연결 가능성에 대한 논리적/지적 고찰의 결과로, 이른바 기독교적 섭리의 정합성에 관한 고뇌 위에서 제기될 수 있는 것이다. 위 시는 요컨대 창세 이후의 악의 문제, 더 나아가 기독교적 초월성이 주재하고 있는 경험 세계에서 왜 하필 속세의 슬픔이 끝나지 않는가라는 문제의식이 담겨 있다는 점에서 '신정론' 적인 물음을 내포하고 있다고 해도 과언이 아니다.[7]

그런가 하면, 육필 원고상 엿보이는 퇴고 과정은 세속의 상황(슬픔)과

---

7) 「팔복」을 신정론적 물음과 관련하여 해석한 사례로는 손호현,「윤동주와 슬픔의 신학」,『신학논단』81집, 연세대학교 신과대학, 2015.

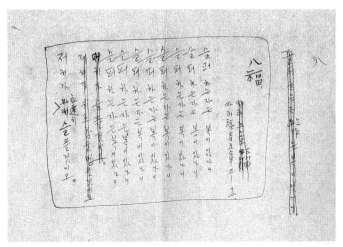

〈그림 2〉 윤동주 육필원고 「팔복」

초월(복)을 둘러싼 시인의 고뇌와 갈등, 더 나아가 그가 개시하고자 하는 반성적/실천적 전망의 요체를 짐작하게 한다.

    i) ~~저히가 슬플갓이오.~~

    ii) ~~저히가 위로함을 받을갓이오.~~

    iii) 저히가 ~~오래~~ 슬플것이오.

    iv) 저히가 <u>영원히</u> 슬플것이오.

  i) 우선 "저히가 슬플것이오"라는 구절은 슬픔의 주체가 처한 현재적 상황을 적시한다. "슬픔"이 세속 세계에서 겪어야 할 현실적 고통을 의미한다면 "복"은 현실 너머의 초월적 세계에서 누릴 것으로 약속된 기독교적 복음을 가리킨다는 말에 이견을 달기는 힘들다. 그런데 여기서 시인은 세속과 탈속의 경계에서 미묘하게 흔들린다. 슬픔은 한시적 상태가 아니라 마침내 그것을 통해 얻을 '복'에 대한 전망까지도 예비적으로 함축해야 할, 어떤 초월의 조건임을 드러내야 하기 때문이다. 그러므로 "저히가 슬플것

이오"라는 진술에 배어있는 패배의식을 걷어낼 필요가 있었을 것이다.

ii) 해서, 시인은 자신이 쓴 첫 구절을 지우고 그가 마침내 누려야 마땅할 종교적 초월에 대한 이상향을 직접적으로 기술한다. "저히가 위로함을 받을것이오". 그러나, 이 역시 시인을 만족시키지 못한다. 무엇보다 식민지 치하의 분명한 현실적 고난을 고려한다면 '위로'를 앞세우는 것은 윤리적으로나 정치적으로 비현실적이기 때문이다. 그래서 같은 시기에 쓴 「위로」에서 그는 "무수한 고생 끝에 때를 잃고 병을 얻은 이 사나이를 위로할 말이—거미줄을 헝클어 버리는 것밖에 위로의 말이 없었다"고 고백하며 위로의 불가능성을 토로한다. '슬퍼하는 자'가 받을 위로 자체가 초월적 신에 의해 보증될 수밖에 없다는 것, 그리하여 그것이 세속의 시인이 차마 예증할 수 없는 종교적 교리에 해당한다는 인식이 개입하고 있는 셈이다.

iii) 다시, 그는 슬픔이라는 세속의 지평으로 회귀하면서 세 번째 구절 "저히가 오래 슬플것이오"를 적는다. 이전 구절과 달리 연을 바꾸었다는 점을 감안할 때 현실의 슬픔을 강조하려고 하는 의도가 최종적으로 확정되었음을 알 수 있다. 그러나 그 역시 잠정적이다.

iv) 그런 맥락에서 "저히가 영원히 슬플것이오"라는 문장은 세속의 정치적 상황에 대한 윤동주의 냉정한 인식과 더불어, 죽음을 통한 삶의 극복이라는 앞서의 종교적 신념이 현실화 될 수 없다는 반성적 성찰까지 전제되어 있다고 할 수 있을 것이다. "오래" 대신 "영원히"라는 시간 부사를 덧붙일 때, 그가 명징하게 의식하고 있던 것 역시 그것이다. 이때의 영원성은 종교적 초월에 국한되지 않으며, 오히려 세속에서 벌어질 역사적 비극이 쉽게 해갈되지 않으리라는 것을 동시에 강조하는 역할을 한다. 그래서 그는 조속히 '위로함을 받을 것'이라는 소망을 스스로 삭제하고 종교적 초월이 현실에서 쉽게 허락되지 않을 것이라는 점을 외면하지 않는 가운데, 기독교적 구원에 대한 소망까지도 포기하지도 않는다. 그렇게 "오래"라는 표현을 지우고 그것을 "영원히"라는 말로 고친 끝에 시인은 마침내 유한성과

무한성을 연결하는 구조적 계기로서의 모순과 패러독스를 완성한다.[8]

그렇다면 여기서, 구조적 계기로서의 모순은 왜 중요할까. 그것이 윤동주의 현실 인식과 더불어 그것을 극복하고 초월할 수 있는 의지와 방법론을 응축하고 있기 때문이다. 신앙인으로서 윤동주는 구원을 향한 소망을 포기하지 않는다. 동시에 세속에 구속되어 있는 현실의 인간으로서 그가 마주하고 있는 가난과 슬픔 또한 외면할 수 없다. 그러므로 윤동주에게 모순은 그 자체로 타개되거나 변증법적으로 지양되어야 할 요소가 아니며, 주체가 처해 있는 현실의 부조리를 극복하기 위해 초점화 된 것도 아니다. 그에게 모순은 세계의 원리, 더 나아가 세속의 현실과 초월의 가치가 서로 관련을 맺는 구조적 양상을 포착하기 위한 지적 성찰에 다름 아니다. 신앙에 대한 회의를 거친 후 처음 쓴 그의 시는 기독교적 계시를 향한 신앙인으로서의 믿음 그 자체를 대상화하여 나타날 수 있었던 것이다. 이른바 윤동주는 희망과 절망이 함께 기거하고 있는 모순을 끝까지 밀고 감으로써 마침내 이를 초월적 섭리를 향한 갈망으로 능동적으로 전환시킨다.[9] 철저한 현실 인식과 투철한 소망의 역설적 병존은, 비로소 윤동주를 습작기의 평면성으

---

8) 문익환이 윤동주의 키에르케고르 이해의 깊이를, 윤일주는 키에르케고르의 책을 윤동주가 애독한 시기가 '연전 졸업할 즈음'(1941년)이라는 것을 알린 바 있다. "그는 대단한 독서가였다. 그의 장서 중에는 문학에 관한 책도 있었지만 많은 철학 서적이 있었다고 기억된다. 한번 나는 그와 키에르케고르에 관한 이야기를 하다가 그의 키에르케고르에 관한 이해가 신학생인 나보다 훨씬 깊은 데 놀라지 않을 수 없었다. 그렇게 쉬지 않고 공부하고 넓게 읽는 그의 시가 어쩌면 그렇게 쉬웠느냐는 것을 그때 나는 미처 몰랐다." 문익환, 앞의 글, 256쪽.

9) 그런 맥락에서 위 시는 기독교적 전망의 폐기를 뜻하지는 않는다. 송우혜는 위 시에서 "신에게 반항"하는 "엄청난 절망이자 불신앙의 표백"을 발견하고 따라서 위 시를 풍자시로 규정하지만, 위 시는 단순히 복음을 야유하고 풍자하는 데 그치지 않는다. 이에 대해 이상섭의 다음과 같은 해석은 주목할 가치가 있다. "강력한 아이러니는 이처럼 독한 역설이 된다. … 윤동주는 그가 평상시 그의 가족과 같이 믿은 기독교 자체를 비꼬는 것인가? 결론부터 말하자면, 아니다. 그는 실상 기독교의 한 특징인 깊은 내성적 모험에 뛰어들었다고 할 수 있다. 그 점에서 키에르케고르는 그의 위대한 선배였다." 이상섭, 「윤동주의 '무서운' 아이러니 : 〈팔복〉, 〈위로〉, 〈병원〉」, 『윤동주 자세히 읽기』, 한국문화사, 2007, 140쪽.

로부터 벗어나게 만든 주된 시적 근원에 다름 아니다. 그래서일까. 초월과 내재의 역설적 변증법을 포착한 이후 윤동주는 삶을 더 이상 죽음에 종속된 것으로, 즉 죽음 이후의 구원을 위해 삶을 제물로 바치지 않는다.

다들 죽어가는 사람들에게
검은 옷을 입히시오

다들 살아가는 사람들에게
흰옷을 입히시오

그리고 한 침대에
가즈런히 잠을 재우시오 (「새벽이 올 때까지」 부분)

"죽어가는 사람들"과 "살아가는 사람들"은 사실상 동일한 사람들이다. 앞서 살펴본 것처럼 초기 습작인 「삶과 죽음」에서 시인이 죽음이라는 최종 도착지를 위해 삶을 일종의 통과의례로 간주했던 것과 달리 회의기를 거친 이후의 윤동주는 죽음을 향한 존재로서의 인간을 삶을 영위하는 인간 옆에 나란히 배치시킨다. 여기서 제목의 '새벽'이 기독교적 구원 세계를 환기한다는 시간 지표라는 점은 의심할 여지가 없다. 그러나 새벽이라는 초월적 시간성 이전에 삶과 죽음이 "가즈런히" 놓여 있는 장면을 보여주는 가운데, 그는 오히려 지난한 삶의 영역에 방점을 찍는다. 새벽은 언젠가 올 것이다. 그러나 지금은 새벽이 아니다. 그리고 우리는 영원히 새벽을 알 수 없다. 그 시점을 정확히 특정할 수 없다는 점에서 속세의 시인은 영원히 어떤 한계에 갇혀 있는 것이다.

그래서일까. 그는 다음과 같이 질문을 던지기도 한다.

하얗게 눈이 덮이었고
전신주가 잉잉 울어
하나님 말씀이 들려온다.

무슨 계시일까 (「또, 태초의 아침」 부분)

계시의 확실성과 해독불가능성이 동시에 표출되고 있는 위 시에서 우리는 초월적 세계와 세속의 단절에 관한 시인의 특별한 자의식을 엿볼 수 있다. 전신주의 울음을 "하나님 말씀"으로 전환시키는 시인의 바람이 담긴 태도는 그 말씀을 알아들을 수 없다는 자기 토로로 이어진다. 이러한 물음을 당대 현실에 대한 윤동주의 인식에 적용해서 이해하는 것도 가능하다. 현실의 가난과 괴로움에서도 우리는 어떤 계시를, 다시 말해 초월적 섭리의 기미를 포착할 수 있다. 의미 없는 슬픔은 없을 것이기 때문이다. 그러나, 그 내용을 알아들을 귀가 없으므로 속세의 괴로움에 대한 분명한 이유를 특정할 수는 없다. 그것은 시인의 한계이다. 그렇다면 역설적이게도, 그 불가지성을 삶을 지속하기 위한 실천의 토대로 삼을 수는 없을까. 윤동주의 「바람이 불어」는 계시의 확실성과 불가지성이라는 모순적 상황을 오히려 삶을 지속하기 위한 토대로 삼겠다는 의지를, 일종의 모순 어법을 통해 형상화한다.

바람이 부는데
내 괴로움에는 이유가 없다

내 괴로움에는 이유가 없을까

단 한 여자를 사랑한 일도 없다
시대를 슬퍼한 일도 없다

바람이 자꾸 부는데
내 발이 반석 위에 섰다

강물이 자꾸 흐르는데
내 발이 언덕 위에 섰다 (「바람이 불어」 전문)

  시인은 바람과 괴로움을 연결하면서, 이 "괴로움에는 이유가 없다"고 단언한다. "단 한 여자를 사랑한 일도" 없고 "시대를 슬퍼한 일도" 없는데 그가 괴로움을 느끼는 이유는 무엇일까. 순수한 자연 현상에까지 자신의 괴로움을 투사시키는 가운데, 분명한 이유를 찾지 못한다고 고백하는 시인의 어법은 반어적으로 모든 괴로움에 어떤 이유가 있음을 강조하는 효과를 유발한다. 그러므로 "내 괴로움에는 이유가 없을까"라는 의문형은 엄밀한 의미의 질문이 아니다. 사적인 사랑이나 시대 의식으로도 포괄할 수 없는 괴로움의 이유는 역설적이게도 그 해독 불가능성으로 인해 세계의 모든 사태로 확장될 여지를 확보하기 때문이다. 그래서 시인은 자신을 괴로움으로 몰아가는 "바람"과 "강물"의 흔들림을 느낌으로써 오히려 "반석"과 "언덕"이라는 굳건한 지반 위에 선다.

  이른바 시인은 시대를 슬퍼하며 바람이 불 때마다 괴로워하지만, 그 괴로움 자체를 반석으로 삼는다. "반석"과 "언덕"이 성서에서 빌려온 소재라는 점을 감안할 때, 이처럼 기독교적 소망이 열어놓은 전망을 당대의 고통과 직접적으로 등치시키는 변증법적 자기 인식을 통해, 시인은 또다른 형태의 초월을 감행할 수 있음을 암시한다. 모순의 구조로 현실과 초월의 관계를 파악하고 그것의 확실성을 인지하는 것, 그것이야말로 세속의 괴로움과 초월적 토대 사이의 또 다른 역설적 병존을 가능하게 하는 형식인 것이다.

4. 시적 실천으로서의 부끄러움

신앙의 회의기를 전후로 윤동주의 시에서 본격적으로 전경화 되는 감정은 '부끄러움'이다. 이른바 '부끄러움의 미학'은 윤동주 시의 내향적 특징과 반성적 성격을 대변하는 것으로 잘 알려져 있지만 사실상 부끄러움에 대한 시인의 토로는 1940년 이후, 더 정확히 신앙에 대한 고뇌어린 탐구 이후에 집중적으로 나타난다. 이러한 사실은 그의 부끄러움이 기독교적 문제의식과 긴밀한 관련이 있다는 것을 보여주는 일종의 징후라고 할 수 있거니와, 다소 특이한 것은 그가 부끄러움을 느끼는 내적인 맥락이 시적 언술로 자세하게 피력되지는 않는다는 점이다. 시인은 잎새에 이는 바람에 부끄러워하고(「서시」), 하늘의 푸르름을 부끄러움으로 인식하고(「길」), 벌레의 울음을 부끄러움의 소산으로 표현하는(「별 헤는 밤」) 등 사태의 사소한 기미들을 부끄러움의 감정으로 채색하지만, 정작 그 부끄러움의 내용과 원인을 파악하기란 쉽지 않다.

> 내일이나 모레나 그 어느 즐거운 날에
> 나는 또 한 줄의 참회록을 써야한다.
> － 그때 그 젊은 나이에
> 왜 그런 부끄런 고백을 했던가. (「참회록」 부분)

청년 윤동주는 왜 그런 부끄러움을 반복적으로 고백해야만 했을까. 「참회록」을 비롯해 그의 반성적 시편들이 지니고 있는 특이성과 관련하여 한 가지 주목해야 할 것은 그의 부끄러움이 구체적인 잘못이나 도덕적 준칙에 어긋난 행동에서 비롯되지 않는다는 점이다. 시인은 자주 참회하지만, 그 참회의 내용은 좀처럼 공개되는 법이 없으며 그것이 특정한 실천과 행위와 결부되는 법이 없다. 그렇다면 시인에게 중요한 것은 부끄러움의

내용이 아니라 부끄러움 그 자체가 아니었을까? 그런 의미에서 윤동주의
부끄러움은 구체적 행위에서 산출되는, 어떤 죄의식의 산물이 아니라는
사실은 여러 모로 강조할 필요가 있다. 이를테면 윤동주가

> 죽는 날까지 하늘을 우러러
> 한 점 부끄럼이 없기를,
> 잎새에 이는 바람에도
> 나는 괴로워했다

고 쓸 때의 부끄러움은 『맹자』의 '앙불괴어천 부부작어인 이락야'(仰不愧於天
俯不作於人 二樂也), 즉 "하늘을 우러러 부끄러움이 없고 땅을 굽어보아도
부끄러울 것이 없는 것이야말로 두 번째 즐거움이다"고 할 때의 '부끄러움'과
그 위상이 다르다. 시인은 성경을 패러디하여 「팔복」을 쓴 것과 유사하게
『맹자』의 한 구절을 패러디하고 있으나, 규범과 준칙에 비추어 스스로를
되돌아보는 유학자의 태도가 위 시에 그대로 반영되어 있지는 않다. 요컨대
맹자에게 부끄러움이 군자가 마침내 극복해야 할 도덕적/윤리적 결여를
의미한다면, 그리하여 궁극적으로는 부끄러움 없는 즐거움의 상태에 도달
할 수 있다고 여겨진다면, 윤동주에게 부끄러움은 제거할 수 없는 숙명에
비견될 수 있는 어떤 절대적 조건에 가깝다. 그런 의미에서 윤동주에게
부끄러움은 윤리적, 도덕적 가치 체계에 근거하여 자기 자신의 결핍을
응시한 결과로 산출된 감정이라고 볼 수 없다. 오히려 그것은 시인이자
신앙인으로서 윤동주가 처해 있는 어떤 근본적이고 절대적인 한계를 암시한
다. 이른바 그것은 괴로움을 동반하는 자기 검토를 끊임없이 실천해야
하는 시인의 운명론적 자기 인식이자, 지상에 내던져진 상태로 계속해서
하늘로부터 "주어진 길"을 실천하는 신앙인의 징표를 의미한다. 절대적
명령으로서의 부끄러움. 그러므로 시인은 부끄러움으로부터 벗어날 수

없으며, 오히려 부끄러움을 적극적 행위로서 실천하기에 이른다.[10] 이와 관련하여 윤동주의 시에서 '죄의식'이 상대적으로 약화된 이유, 특히 '원죄'에 관한 그의 독특한 관점을 살펴볼 수 있다.

> 봄날 아침도 아니고
>
> 여름, 가을, 겨울,
>
> 그런 날 아침도 아닌 아침에
>
> 빨-간 꽃이 피어났네
>
> 햇빛이 푸른데
>
> 그 전날 밤에
>
> 그 전날 밤에
>
> 모든 것이 마련되었네
>
> 사랑은 뱀과 함께
>
> 독은 어린 꽃과 함께 (「태초의 아침」 부분)

> 빨리
>
> 봄이 오면
>
> 죄를 짓고
>
> 눈이
>
> 밝아

---

10) 윤동주의 부끄러움이 지니고 있는 독특성을 좀 더 구체적으로 사유하기 위해서는 부끄러움과 죄의식(guilt) 사이의 차이를 참조하는 것은 여러모로 유용해 보인다. 정신분석학적 고찰들이 서술하고 있듯 죄의식은 주체의 특정한 행위와 결부되어 있다면 부끄러움은 자아에 대한 의식과 더 긴밀한 관련이 있다. 이른바 죄의식이 잘못에 대한 큰 타자의 처벌에 대한 공포에서 비롯된 것이라면 부끄러움은 타자의 응시에서 비롯되는 실존적 정조에 가깝다는 것이다. 이에 대한 논의로는 Ruth Leys, *From Guilt to Shame*, Princeton University Press, 2007 참조.

이브가 해산하는 수고를 다하면

무화과 잎사귀로 부끄런 데를 가리고

나는 이마에 땀을 흘려야겠다 (「또, 태초의 아침」 부분)

성서에 적혀 있는 창세신화를 원용하고 있는 위 두 편의 시에서 단연 초점이 되는 사건은 뱀의 유혹에 빠진 인간의 타락, 즉 원죄의 탄생이다. 주지하듯, 뱀의 유혹에 빠진 태초의 인간 아담과 이브는 선악과를 먹은 후 서로의 나체를 알아볼 수 있는 눈을 갖게 된 죄로 에덴으로부터 추방당한다. 세속 세계의 인간이 오랫동안 겪는 가난과 고통을 원죄에서 찾는 전통적인 기독교 세계관을 내면화 하고 있는 시인은 그러나, 독특하게도 원죄 자체를 단순히 부정하지 않는다.

요컨대 "그 전날 밤에/ 모든 것이 마련되었네"라는 구절은 원죄의 절대성을 강조하는가 하면 "사랑은 뱀과 함께/ 독은 어린 꽃과 함께"라는 진술은 원죄가 야기한 결과를 '사랑'과 '독'이라는 일견 대립되는 가치로 전환시키는 효과를 발휘한다. 인간이 낙원으로부터 추방된 사태를 어떻게 사랑으로 표현할 수 있었을까? 의미심장하게도 「또 태초의 아침」에서는 오히려 원죄를 적극적으로 실천하겠다는 시인의 의지가 반영되어 있다. "봄이 오면/ 죄를 짓고/ 눈이/ 밝아"지도록 하겠다는 의지, 그리고 그를 통해 '이브의 해산'이라는 사랑의 결실로서의 새로운 삶을 예비하겠다는 능동적 태도는 어떻게 가능할까.

윤동주는 원죄라는 조건 자체를 오히려 적극적으로 끌어안는 지점에서, 다시 시작한다. 물론 그것이 현실에 대한 손쉬운 부정이나 기만적인 자기 긍정으로 나아가는 것 역시 아니다. 왜냐하면 그에게 "부끄런 데"가 남아 있기 때문이다. 여기서 윤동주의 부끄러움은 실질적인 죄악에서 비롯된 감정(죄의식)과 미묘하게 분리된다. 그에게 부끄러움은 세속에 처해 있는 자기 자신의 존재를 확인시켜주는 정조이면서, 세속으로 추방된 자신과 더불어 사랑 속에서 새로운 삶을 이어가는 인간을 위한 징표인 것이다. 이러한 기독교적 부끄러움은 무엇보다도 반복되는 자기 검토를 촉구하고, 절대적인 시선 앞에 자아의 민낯을 드러내는 부단한 자기 성찰의 계기가 된다는 점에서 특별하다.

부끄러움이 주체의 직접적 행위와 무관할 수 있다는 통찰은 그것이 내포하고 있는 세계 인식 능력과 더불어 윤리적 가능성에 관한 사유를 가능케 한다. 가령 레비나스는 인간의 근원적 감정으로서의 부끄러움이 지니고 있는 가능성을 다음과 같이 말한다.

> 만일 수치심이 나타난다면, 이는 우리가 감추고 싶은 것을 감추지 못한다는 사실을 의미한다. 자기 자신을 감추기 위한, 이 도주의 필연성(La nécessité de fuir)은 자기 자신에 대한 도주 불가능성으로 인해 실패로 끝나게 된다. 따라서 수치심에서 나타나는 것은, 바로 자아가 자기 자신에게 못 박혀 있는 존재라는 사실이요, 자기 자신을 숨기기 위한 자기로부터의 철저한 도주 불가능성이요, 자기 자신에 대한 자아의 벗어날 수 없는 현전이다. 벌거벗음은, 그것이 우리 존재가 지닌 궁극적인 내밀성에 관한 순전한 가시성으로 나타날 때 부끄러움이 된다.[11]

같은 맥락에서 윤동주가 고백하고 있는 부끄러움 역시 일종의 역설적인 성격을 띤다. 왜냐하면 그가 토로하는 부끄러움은 끝내 피하고 싶은 노역이자 형벌이지만, "시인이란 슬픈 천명인 줄 알면서도"(「쉽게 씌어진 시」)라는 구절처럼 그것이 숙명처럼 주어져 있다는 사실을 반복적으로 각인시키는

---

11) 엠마누엘 레비나스, 김동규 역, 『탈출에 관해서』, 지만지, 2009, 52~53쪽.

것이기 때문이다. 그의 대표적인 종교시 「십자가」도 같은 맥락에서 이해될 수 있다. 이 시의 순교자적인 이미지는 예수 그리스도의 대속을 따르고자 하는 윤동주의 적극적인 의지를 대변한다. 그러나, 그것은 어디까지나 조건부로서 작용한다. "십자가가 허락된다면"이라는 말은 자신의 삶이 곧 구원과 대속을 위한 삶과 일치할 수 있다는 확신을 제어한다. 교회당 꼭대기의 십자가와의 거리는 그러한 절대적 신의 의지에 가닿을 수 없는 지상의 서성이는 시인을 부각시킨다. "괴로웠던 사나이/행복한 예수·그리스도에게/처럼"(「십자가」)이라는 말이 환기하듯, 괴로움과 행복이 역설적인 등치 관계를 이룰 수 있는 근거와 계기 역시 종교적 이상과 현실적 조건 사이의 끝없는 분열을 분명하게 인식하고, 그것을 현실을 극복하는 계기로 간주하는 시적 자기의식에 속해 있다. 「팔복」의 "영원히"라는 표현이나 「간」의 "끝없이 침전하는 프로메테우스"라는 구절이 암시하는 것처럼, 윤동주가 택한 시적 전망을 향한 방법론은 이처럼 자신으로 하여금 종결 없는 갈등의 반복적 계기를 제공하는 것이기도 했다. 따라서 부끄러워하는 자아, 아니 부끄러움을 실천하는 자아는 세속 세계로 끊임없이 침전하는, 반복적으로 괴로워하는 자아이다.

> 바닷가 햇빛 바른 바위 우에
> 습한 간을 펴서 말리우자,
>
> 코카사스 산중에서 도망해 온 토끼처럼
> 둘러리를 빙빙 돌며 간을 지키자,
>
> 내가 오래 기르든 여윈 독수리야!
> 와서 뜯어 먹어라, 시름없이

너는 살지고
나는 여위어야지, 그러나,

거북이야!
다시는 용궁의 유혹에 안 떨어진다.

프로메테우스 불쌍한 프로메테우스
불 도적한 죄로 목에 맷돌을 달고
끝없이 침전하는 프로메테우스. (「간」 전문)

5. 맺음말

그렇다면 세계―내―존재로서의 자아를 각인하는 부끄러움은 어떻게 구원의 가능성을 내포한 실천 형식으로 거듭날 수 있을까. 부끄러움을 수행하는 주체는 어떻게 현실에 관여하는가. 「병원」은 그에 대한 윤동주의 해답을 담고 있는, 일종의 메타시로 읽히기에 충분하다.

살구나무 그늘로 얼굴을 가리고, 병원 뒤뜰에 누워, 젊은 여자가 흰 옷 아래로 하얀 다리를 드러내놓고 일광욕을 한다. 한나절이 기울도록 가슴을 앓는다는 이 여자를 찾아오는 이, 나비 한 마리도 없다. 슬프지도 않은 살구나무 가지에는 바람조차 없다.

나도 모를 아픔을 오래 참다 처음으로 이곳에 찾아왔다. 그러나 나의 늙은 의사는 젊은이의 병을 모른다. 나한테는 병이 없다고 한다. 이 지나친 시련, 이 지나친 피로, 나는 성내서는 안 된다.

여자는 자리에서 일어나 옷깃을 여미고 화단에서 금잔화 한 포기를 따 가슴에 꽂고 병실 안으로 사라진다. 나는 그 여자의 건강이— 아니 내 건강도 속히 회복되기를 바라며 그가 누웠던 자리에 누워본다. (「병원」 전문)

정병욱의 증언을 감안한다면, 시인이 포착하고 있는 풍경으로부터 당대 식민지 조선을 떠올리는 것은 어렵지 않다. 그래서 세계를 병원으로, 그리고 세계 속의 사람들을 병원의 환자로 묘사하는 시선은 그의 여타의 시들에 비해 더욱 직접적으로 정치적인 뉘앙스를 띠도록 만든다. 1연에서 병원을 찾은 화자의 시선에 가슴을 앓고 있는 한 여자가 포착된다. '젊은 여자'의 병과 나의 '오래 참은 아픔'이 서로 조응하면서 어떤 유대와 공감의 가능성이 제시된다. 반면 병원의 의사와 나의 관계는 대립적이다. "늙은 의사"는 "젊은이의 병"을 모른다. 오히려 나에게는 "병이 없다고", 다시 말해 시인이 겪고 있는 아픔의 원인을 진단할 수 없다고 주장한다. 어떻게 된 일일까.

앞서 살펴본 것처럼, 이유 없는 부끄러움과 괴로움은 「팔복」에서 설파한 "영원한 슬픔"의 위상과 간접적으로 공명하는 것처럼 보인다. 그러므로 윤동주에게 시인은 병(원인) 없이 앓는 사람, 그리하여 아픔의 원인을 영원히 진단할 수도 해결할 수도 없는 존재이다. 그러므로 의사로부터 이해받을 수 없는 처지로 '나'는 성내지 않을 것을 다짐하며 스스로를 고독 속에 가둘 수 있을 뿐이다.

그렇다면 문제는 다시, '젊은 여자'에 대한 시인의 태도일 것이다. 과연 시인은 '젊은 여자'를 이해하고 위로해줄 수 있을까. 이해받지 못할 아픔이 불러일으키는 고독을 모르지 않으면서도 시인은 끝내 '젊은 여자'에게 다가 가지 않는다. 시인이 '위로'를 건네야 했을 여자는 금잔화 한 포기를 꽂고 병실 안으로 사라져 버렸고 시인은 다만 그녀가 누웠던 자리로 가서 누울 수 있을 뿐이다. 이 소박한 행위는 그 둘이 끝내 만날 수 없음을, 다시 말해 아무 일도 일어날 수 없다는 시인의 패배주의와 허무주의를 의미할까.

그러나, 아무 일도 일어나지 않은 것은 아니다. 그녀가 누웠던 자리에 누우면서 시인은 "그의 건강이— 아니 나의 건강도 속히 회복되기를" 바랄 수 있기 때문이다. 여기서도 윤동주 특유의 섬세한 성찰적 자의식이 부각되고 있다. 화자가 바라는 것, 혹은 소망할 수 있는 것은 타인과 더불어 내가 치유되는 것이지만, 그것은 당장은 불가능하다. 언젠가 그녀와 나는 건강을 되찾을 것이고, 되찾아야만 하지만 그것이 언제 실현될 수 있을지는 알 수 없다. 그러므로 현재 가능한 것은 이 원인 모를 병을 희망의 형식 속에서, 즉 구원의 계기로 이해하는 일이다.

"그가 누웠던 자리"에 가 눕는 시인의 소박한 행위는 그러므로 현실의 고통을 치유하려는 희망을 피력하지만, 동시에 그것이 실현될 수 있는 가능성이 현재 발견될 수 없다는 사실을 냉정하게 인지한 주체가 택할 수 있는 마지막 선택일지도 모른다. 반복되는 괴로움과 부끄러움은 그런 의미에서 윤동주가 현세의 구원을 향해 취한 특별한 실천적 태도에 대응하는 것이며, 동시에 사후 그의 독자들이 그에게 감응하게 만드는 보편적 형식에 해당하는 것이다. 부끄러움은 윤동주가 그의 시대에 깊숙이 구속되어 있음을 반복적으로 재확인시키는 어떤 적극적 행위이자 감정이었던 셈이다. 그 적극성으로 인해, 부끄러움을 능동적으로(그러나 한편으로는 겸허하게) 실천하던 시인의 궤적, 다시 말해 그가 누웠던 자리의 흔적은 시인의 사후에도 지워지지 않은 채 우리에게 남을 수 있던 것이다. 윤동주의 시를 읽는 일, 그것은 그가 누웠던 자리의 흔적에 다시 눕는 일과 다르지 않은 것이다.

참고문헌

김인섭, 「한국현대시에 나타난 기독교의 구원의식」, 『문학과종교』 9집, 한국문학과종교
학회, 2004.

김종태, 「윤동주 시에 나타난 죽음의식 연구」, 『한국문예비평연구』 20집, 한국현대문예비
평학회, 2006.

류양선, 「尹東柱의 詩에 나타난 宗敎的 實存-「돌아와 보는 밤」 分析」, 『어문연구』 제134
호, 한국어문교육연구회, 2007.

문익환, 「동주 형의 추억」, 『하늘과 바람과 별과 시』, 정음사, 1983.

민경배, 『교회와 민족』, 대한기독교출판사, 1981.

서굉일, 『일제하 북간도 기독교 민족운동사』, 한신대학교 출판부, 2008.

손호현, 「윤동주와 슬픔의 신학」, 『신학논단』 81집, 연세대학교 신과대학, 2015.

신익호, 「현대시에 나타난 기독교적 메시아 사상-윤동주, 박두진의 시를 중심으로」,
국제어문학회, 2000.

윤동주, 왕신영, 심원섭, 오오무라 마스오, 윤인석 엮음, 『사진판 윤동주 자필 시고전집』,
민음사, 2002.

윤동주, 정현종 외 편, 『원본대조 윤동주 전집 하늘과 바람과 별과 詩』, 연세대학교 출판부,
2004.

윤일주, 「윤동주의 생애」, 『나라사랑』 23집, 1976.

이상섭, 「윤동주의 '무서운' 아이러니 : 「팔복」, 「위로」, 「병원」」, 『윤동주 자세히 읽기』,
한국문화사, 2007.

이승하, 「일제하 기독교 시인의 죽음의식-정지용, 윤동주의 경우」, 『현대문학이론연구』
11집, 현대문학이론학회, 1999.

임현순, 「청각적 매개와 윤동주 시의 종교인식」, 『우리어문연구』 제32집, 우리어문학회,
2008.

채현석, 「만주지역의 한국인 교회사」, 『한국기독교와 역사』 3권, 한국기독교역사연구소,
1994.

엠마누엘 레비나스, 김동규 역, 『탈출에 관해서』, 지만지, 2009.

Ruth Leys, *From Guilt to Shame*, Princeton University Press, 2007.

ㄱ

편찬위원회 및 필자 소개 가나다순

편찬위원회

김도형　연세대학교 사학과 / 동북아역사재단 이사장

최연식　연세대학교 정치외교학과

황금중　연세대학교 교육학과

필자

강동호　한신대학교 문예창작학과

김정영　연변대학 한국문학 박사과정

김호웅　연변대학 조선-한국학학원

문백란　연세대학교 연세학풍연구소

미즈노 나오키　교토대학 명예교수(한국근대사 전공)

박금해　연변대학 인문사회과학학원 사회학과

여인석　연세대학교 의사학과

이용식　연변대학 역사학부

정명교　연세대학교 국어국문학과

최민호　연변대학 인문사회과학학원 사회학과

허경진　연세대학교 국어국문학과

홍성표　연세대학교 연세학풍연구소

실무책임

홍성표　연세대학교 연세학풍연구소

연세학풍연구총서 6

윤동주와 그의 시대

연세대학교 국학연구원 연세학풍연구소 편

초판 1쇄 발행 2018년 2월 28일

펴낸이 오일주
펴낸곳 도서출판 혜안

등록번호 제22-471호
등록일자 1993년 7월 30일

주소 (우) 04052 서울시 마포구 와우산로 35길 3(서교동) 102호
전화 3141-3711~2
팩스 3141-3710
이메일 hyeanpub@hanmail.net

ISBN 978-89-8494-599-9 93810

값 28,000 원